The Mystery Collection

ruthless.com

南シナ海緊急出撃

トム・クランシー　マーティン・グリーンバーグ／棚橋志行 訳

二見文庫

TOM CLANCY'S POWER PLAYS: ruthless. com
Created by
Tom Clancy and Martin Harry Greenberg

執筆の準備にあたって貴重な助言をくださったジェローム・プライスラーに、感謝したい。また、マーク・セラシーニ、ラリー・セグリフ、デニーズ・リトル、ジョン・ヘルファーズ、ロバート・ユーデルマン氏、トム・マロン氏に、そして、フィリス・グラン、デイヴィッド・シャンクス、トム・コルガンをはじめとするパットナム・バークレー・グループのすばらしい社員のかたがたに、そして、ダグ・リトルジョンズ、ケヴィン・ペリーをはじめとする本書制作チームのみなさん、レッド・ストーム・エンターテインメントのすばらしいみなさんのお力添えに、そしてセスナを破壊する手伝いをしてくれたハンク・ビアードにも、感謝の言葉を捧げたい。例によって、わたしの代理人であり友人である、ウィリアム・モリス・エージェンシーのロバート・ゴットリーブにも感謝をしたい。しかし、なにより大事なことは、わたしたちの努力の結集がこうして実を結んでいるのは、読者のみなさんのおかげということである。

ジョホール水道
シンガポール島
タイ
カンボジア
プノンペン
プーケット
マレーシア
南シナ海
ペナン島
ジョージタウン
バンダアチェ
マラッカ海峡
クアラルンプール
プタリン・ジャヤ
ジョホール・バル
シンガポール
スマトラ島
サンダカン
サバ州
ブルネイ
セレベス海
サラワク州
シブ
クチン
ポンティアナッ
ボルネオ島
(カリマンタン)
バンジャルマシン
インドネシア
ジャカルタ
ジャワ島
スラバヤ
バリ島

南シナ海緊急出撃

主要登場人物

ロジャー・ゴーディアン……アップリンク・インターナショナルの経営者
メガン・ブリーン……アップリンク社の特別プロジェクト担当副社長
マックス・ブラックバーン……アップリンク社の私設特殊部隊〈剣（ソード）〉のナンバーツー
ヴィンス・スカル……アップリンク社のリスク査定部長
ピーター・ナイメク……アップリンク社の保安部長
チャールズ・カービイ……アップリンク社の法律顧問
ダン・パーカー……カリフォルニア州選出の下院議員
ノリコ・カズンズ……〈剣（ソード）〉のニューヨーク地域管轄長
リチャード・ソーベル……暗号技術会社、セキュア・ソリューションズのCEO
アレックス・ノードストラム……ロジャー・ゴーディアンの外交問題顧問
リチャード・バラード……合衆国大統領
マーカス・ケイン……モノリス・テクノロジーズの経営者
レイノルド・アーミテッジ……有価証券分析の専門家
ファットB……シンガポールのバー〈ファットB〉のオーナー
シアン……ボルネオ島イバン族出身の海賊
キアステン・チュー……モノリス・テクノロジーズのシンガポール支社の社員
ウィリアム・ハルパーン……メトロバンクの頭取
チウ・ション……中国政府の影の代理人
カオ・ルアン……タイを追われたインドネシアのヘロイン商人
クルシッ・イマン……インドネシアの元将軍
ガー・チャンブラ……インドネシアの銀行家

1

二〇〇〇年九月十五日　南シナ海、リアウ諸島

その貨物船には、中国の慈悲の女神にちなんで、〈観音号《クアンイン》〉という名がついていたが、乗組員たちは、ついに守り神に見放されたかと思っていたにちがいない。

彼らは、マレーシアのボルネオ島の都市クチンから、午後八時に出航した。長さ五〇フィート、製造から半世紀がたつ蒸気船の貨物デッキには、シンガポールの卸売市場で分配される識別用の札がついたヤシ油と香辛料が積まれていた。雨と激しい突風に断続的に見舞われて、視界は悪くなっていたが、三角波の立ちかたはさほどでなく、舵手は、出航時からおおむね時速一五ノットを維持してきた。無事に目的地まで行き着いたら、波止場のバーで一夜の酒を楽しむつもりだった。雨季とはいえ、この主要航路は距離が短いうえに一直線だ。シンガポール海峡を横断して沿岸を北上し、シンガポール島の北側にあるセンバワン港にたどり着くまで、四時間とかからない。

港に着くまで、ほとんどすることのない積み下ろし要員の四人は、上甲板を舵手と甲板長に任せ、四角い箱形の船倉で、九時までトランプに興じていた。もちろん、舵手は、舵をと

りつづけるしかない。仲間の乗組員たちは、ふつうなら同情をおぼえるところだが、さほど気の毒とは思っていなかった。舵手の高慢な態度と高給に反感をおぼえていたし、比較的ゆったりした船橋《ブリッジ》には、やわらかな革の椅子があり、海図と海図のあいだには、画鋲で留めたヌード・ポスターもあったからだ。

いっぽう、甲板長の評判はすこぶるよく、賭け事にもよく誘われていた。甲板長は、名前をチエン・ローといった。ふだんなら、ゲームに誘われたら喜んで応じていただろう。しかし、さすがに今夜は、甲板を離れる気になれなかった。この悪天候だし、強い海風で繋索がゆるむのを、良心的な甲板長が心配したのは無理もない。

十時ごろ、熱帯低気圧による土砂降りの勢いが、すこし弱まった。といっても、おそらく一時的な凪《なぎ》にすぎない。チエンは、下でゲームに加わりたい衝動を抑えこんだ。彼の妻は、〝災難は、我慢に我慢を重ねてチャンスをうかがうものよ〟が口癖だった。それでも、一服してタバコを吸うにはいい頃合だと、チエンは判断した。

助言の宝庫のような、彼のいとしい配偶者は、こうもいっていた。〝人生のささやかな楽しみは、楽しめるときに楽しむのがいちばんよ〟と。

チエン・ローがタバコの先に火をつけた、ちょうどそのとき、貨物船の船首から東へ四〇度の方向にあるちっぽけな小島の、島をとりまくイグサとマングローブの根のなかから、ゾーディアックの膨張式ゴムボートが二艘、すべりだした。ボートは、安定用のひれをつけ、防音された九〇馬力の船外機を動力に、時速五〇ノットに近いスピードですべるように進んでいった。前を行く〈観音《クァンイン》号〉との距離を数分で詰め、貨物船の後ろにわきたつジェット戦闘機の飛行機雲のような平行の航跡を切り進むのに充分な速さだった。彼らの出発した小さな染《し》みのような陸地は、たちまち暗闇の彼方にのみこまれていった。

この海賊は、十二人の団員で構成されていた。首領は、イバン族（ボルネオ島に住むかつての首狩り族）の、巨体の持ち主だった。あとは南の島々の土着民で、二艘の膨張式高速モーターボートに六人ずつ乗りこんでいた。どちらのグループにも、投げ手を任された男がひとりいた。彼らは、手袋をはめ、渦巻状に巻いたナイロン製の縄ばしごを、登山者のようにスナップリンクでベルトにとりつけていた。みな、顔を隠していた。目と鼻と口を出す穴を切り開けた、無地の帆布の袋をかぶっている者もいれば、顔の下半分に古いぼろ布やTシャツを結んだだけの者もいた。同じ犯罪集団の結びつきを象徴する短剣《クリス》の刺青を、全員が手の甲に入れていた。薄汚いぼろ服の上に、スイムヴェストを着けている。手にはアサルト・ライフルを持ち、腰の鞘には短剣が収まっていた。そして、覆面の下の残忍そうな表情を見れば一目瞭然だったかもしれないが、その武器で人を殺すのに、なんのためらいも感じていなかった。

貨物船の強奪は、これまでに何十回もしてきたが、いつもとちがい、これからとりかかる仕事には、貨物を盗むことも、闇市で売りさばける貴重品を乗組員から奪うことも含まれていなかった。そんなものは、ほんの余禄にしかならないくらいの、大仕事なのだ。だから、シブ（ボルネオ島西岸の港町）のバーや売春宿や闘鶏場には、しばらく、彼らの保護なしで頑張ってもらわなければならない。今夜は、この船を奪ってシンガポールに行き、そこに着いたらまたべつの仕事でいそがしくなる。

走行音の静かな二艘のゾーディアックは、二手に分かれて、〈観音号《クアンイン》〉の船尾に近づいていった。首領の乗ったボートは左舷に、もう一艘は、右舷の方向へ進路を変えた。どちらも、自分たちより大きい貨物船の速度に合わせて減速していった。

貨物船の横にボートを寄せてから二分ほどのあいだ、海賊の首領は、なにかを測るように、獲物に目を凝らし、錆《さ》びついた金属の船体をつぶさに観察した。彼は、デニムのジャケットを着ていた。雨でずぶ濡れになった長い黒髪が目に入らないように、額にスカーフを巻き、口とあごにはバンダナを巻いていた。胸ポケットに手を入れて、トゥアクという酒の入った小さな携帯用の酒瓶をとりだし、バンダナを口の下へ引きおろして、ぐいとひと飲みした。もうひと口飲んで、口のなかに酒精をゆきわたらせ、顔を上に傾けると、むきだしになった風焼けのほおに霧雨が降りつけた。そのあとさらにもういちど、ぐっとあおって、マスクを元にもどした。そして、ベルトに縄ばしごをつけている、背は低いが精悍そうな男に、さっと顔を向けた。「アミル」と、彼は呼びかけ、片手で宙を切るしぐさをして、襲撃開始の合図をした。

投げ手は、うなずいて、ひざとひざのあいだに手を伸ばし、座席の裏とアルミの床板のあいだにある荷物入れのふたを、ぱちんと開けた。そして、この荷物入れからもう一本ロープをとりだした。こちらは、撚《よ》り合わされていない一本だけのロープで、長さは二〇フィートほど、先端に〝熊の爪〟の形をしたひっかけ鉤がついていた。すこしたるみを出してから、渦巻の半分を左手に残し、金属の鉤がついた残りの半分を右手に持つという作業にとりかかった。そして最後に立ち上がると、貨物船のそばへ斜めにじわじわ接近していたボートの右端に移動し、水の縦横の揺れに負けないよう足を広げて踏ん張った。

アミルがロープのいちばん端を踏んで貨物船と向きあい、船にひっかけ鉤を投げ上げると、ロープは、鉤の重みにひっぱられて、左手からするするくりだされていった。

鉄の鉤が、がしっと音をたて、船縁《べり》にかかった。

その直後、貨物船の反対側から同じ音が聞こえ、投げ手は、四人の仲間と期待のこもった視線を交わしあった。いまの音は、もうひとつの班もゾーディアックと〈観音号《クアンイン》〉をつなげることに成功したしるしだ。

チエンが、右舷の手すりに両ひじをつき、タバコをくわえて立っていると、船尾四五度の方向からガンと音がした。その直後、一度目とおおよそ同じ区画から、またガンと音がした。

彼は眉をひそめた。これほど完璧な平和と静寂が、そんなに長続きするわけはないかと胸のなかでつぶやいた。〈観音号《クアンイン》〉は、いま、目的地の南東二〇海里にいて、ライウ群島のなかでも最小の島々の、岩や、土壌や、みずみずしく茂った熱帯の草木が、ところどころ水面に露出しているなかを、低速時特有のエンジン音をたてながら進んでいた。南シナ海の広範囲に群れをなすこの島々は、名もない未開の島が大半だ。チエンはかねてから、このあいだを通り抜けていく時間を、シンガポールの猥雑な港に到着する前の心安らぐ間奏曲と思っていた。

外の水面に目をやり、タバコを吸いおわるまでいまの音は聞こえなかったことにしようかと考えたが、不安を押さえつけることはできなかった。中身の詰まったドラム缶の係留がほどけて、転がりだし、甲板のあちこちにぶつかっているのだとしたら、どうする？

チエンは、肩をすくめ、まだ燃えている吸いさしのタバコを、海中へ投げ捨てた。

殺意を秘めた者たちが船に乗りこもうとしているのも知らず、彼は、責任ある地位にはそれなりの重荷がつきものだと胸のなかでつぶやくと、向き直って、船尾へ状況を確かめにいった。

アミルは、船縁に鉤をひっかけるとすぐに、ロープの端をゾーディアックの床の上の取り付けリングに固定した。手袋の指のしわを伸ばして、向き直り、貨物船と向きあった。それから、ロープをまたいで立ち、ロープを両手でしっかりつかむと、両脚を広げ、ロープをぎゅっと体に引き寄せると同時に貨物船に向かって跳躍した。

すべり止めをつけたブーツで貨物船の船殻に足を踏ん張って、シミー・ダンスのようにリズミカルに体を揺らしながら登っていき、一分たらずで甲板に上がりこんだ。船に乗りこむと、ベルトから縄ばしごを外し、上の部分を手すりにしっかり固定して、残りを船縁から下にいる膨張式ゴムボートへ投げ下ろした。

それを受け止めた男が、縦二本の線のあいだに張り渡されたナイロン製の段に足をかけて、すばやく登りはじめた。あとの者たちは、はしごに重量をかけすぎないよう、一度にひとりずつ、あとに続いてくることを、男は知っていた。

はしごの最上段までよじのぼると、男は、船縁を乗り越える助けを借りるために、待ち受けていたひとりめの男の手に向かって自分の手をさしだした。

チエン・ローが、さきほど耳にした不審な音を調べるために後部甲板へやってきて、自分たちの貨物船が包囲されている恐ろしい事実に気がついたときには、早くも、ふたりめの男の上半身とひじが甲板にかかっていた。

甲板にかがみこんでいたひとりめの海賊は、甲板長の足音を聞きつけると、瞬時に、尻を支点にくるりと体を回転させ、近づいてくる男を視界にとらえた。そのときには、どうすればいいかの判断はすんでいた。この船にあと何人、当直の人間がいるかは知らないが、その者たちの注意を引いてはならない。すぐにこの男を葬り去らねばならない。

チエン・ローは、ショックを受け、うろたえていた。甲板の前部マストまで数ヤードのところで足を止め、侵入者たちをまじまじと見つめた。脚は、氷柱のようにこわばっていた。顔は見えなくても、船に上がっている男の意図は読みとることができた。フードに開いた細いすきまから凝視している細く黒い目が、知る必要のあることはすべて伝えていた。この目には、殺意があった。まぎれもない殺意が。

チエン・ローは、呆然自失の状態からとつぜん抜け出して、くるりときびすを返し、船首に向かって駆けだした。あっちの船橋《ブリッジ》には、舵手がいる。だが、小柄な海賊の機敏さがものをいうのは、船をよじ登るときだけではなかった。男は、ぱっと立ち上がると、ものすごいスピードでチエンを追い、鞘からすばやくナイフを抜き出した。貨物船に乗りこむとき足がすべらないように、厚底のブーツをはいていたにもかかわらず、動くときにはほとんど音をたてなかった。

男は、たちまち甲板長に追いつき、後ろから飛びかかって、獲物をとらえ、胴に両腕をしっかり巻きつけた。このタックルを受けて、甲板長は、前のめりに甲板へ倒れこんだ。

チエンが、苦痛と恐怖のいりまじったかぼそい声を洩らしたとき、海賊の手が髪に巻きつき、頭をぐいと後ろに引いて、顔を上に向けさせた。そのあと、固く冷たいナイフの刃が、チエンのやわらかく暖かい喉の肉にふれ、そこを耳から耳まで切り裂いた。

チェンは、痛みらしい痛みはひとつも感じなかった。感じたのは、高圧電流のように神経をびりびり揺るがす感覚だけだった。そのあと海賊が体を離すと、チェンは顔から甲板に激突し、自分の血がつくった血だまりに鼻と口と目を沈めたまま、しばらくびくびく痙攣して、それから息絶えた。

海賊は、立ち上がると、チェンの死体を甲板の端までひきずっていき、船の外へ蹴り落とした。死体が海に落ちて、のみこまれたときも、広大な海のなかでは、飛沫《しぶき》ひとつ起こったようには見えなかった。

男がはしごを結びつけた手すりにもどると、すでにふたりめの海賊が、自力で船に上がりこむことに成功していた。彼らのチームの残りと、もうひとチームの五人も、甲板に上がっており、最後のひとりが登ってくるのを待ち受けていた。

すこしして、その男が船に上がると、彼らは全員で船の前方へ疾走を始めた。

舵手は、魂の抜けた骸《むくろ》と化して舵輪の下に倒れこんでいた。彼の血が、海図と「プレイボーイ」のピンナップから、雨のようにパラパラと音をたてて床にしたたり落ちていた。舵手を殺した男は、ブリッジに入りこむと、最初に船に乗りこんだ男がチェン・ローにしたのと同じ要領でそっと背後から忍び寄り、喉を切り裂いて、手早く仕事を完了した。完全に不意をつかれた舵手は、なにに襲われたかさえわからなかった。まして、叫びをあげて助けを求めることなどは不可能だった。

いま、またべつの海賊が入ってきて、死体を横へよけ、操縦席についた。目の前の計器パネルを見渡して、最初の男にうなずくと、男は彼の背中をぽんとたたいて血のしたたる刃を鞘に収め、残りの者たちに朗報を伝えるために外へ飛び出していった。

海賊たちは、この船を完全に掌握した。次の仕事は、残りの乗組員だ。

「ひざをついて、手を頭の後ろにおけ!」イバン族の男が、階段から叫んだ。船の働き手たちは、全員マレー人のように見えたが、首領はバンダナ越しに英語で吠えた。洗練された英語ではないにせよ、意思を伝えるには充分だ。この界隈にはさまざまな方言があり、混乱を避けるためだった。

乗組員たちは、トランプをしていたテーブルからぽかんと口を開け、愕然とした表情で相手を見て、指からカードをぽろりと落とした。海賊の首領の後ろに足音が続き、残りの海賊たちが甲板から、階段の金属の蹴込みを降りてきた。

「早くいうとおりにしろ、さもないと皆殺しだぞ!」イバン族の男は、乗組員たちが凍りついたように動かないのを見て、うなり声でそういうと、手にしたベレッタ70/90の銃身を使って、テーブルから離れるよう身ぶりした。

四人の乗組員は、抵抗を試みることなく命令にしたがった。あわてて立ち上がったため、椅子をいくつかぶざまに倒してしまった。

彼らは、狭苦しい小さな船倉のなかにひざまずき、黙って襲撃者たちを見た。

イバン族の男は、捕虜のひとりが腕時計をするりと外してさしだしているのに気がついた。できるだけ早く事をすませたいというわけか。イバン族の男は、そう察して、憐れみに近い気持ちをおぼえた。マレーシアや、インドネシア、フィリピン、中国といった国々が、このところ海賊対策として打ち出してきたさまざまな作戦も、このあたりの水域で頻繁に発生している襲撃を減らす役には立っていなかった。ジャングルにおおわれた無数の島があるうえに、巡視しなければならない水域が広すぎるため、海軍当局がしっかり監視をし、海賊たちのもくろみを阻止することを望むのは、酷というものだった。まして、陸上にある彼らの秘密基地を探し出すなど、不可能に近かった。この地域の商船会社は、そのことをよくわきまえていて、盗賊やシージャックによる損失を、運営の総支出に組みこんでいた。

海賊の首領の目が、船乗りたちの顔を見渡した。頭上の照明器具が投げかける光のなかに、緊張と不安の表情はうかがえるものの、とりたてて恐怖を感じている顔はないようだ。無理もない。彼らは、この手のことに慣れていた。これまでにも、船を乗っ取られた経験はあったし、貨物を奪われたあとは、とりたてて危害を加えられることなしに、はしけ用の小舟や救命ボートに乗せられて、船から追い出されるものと、彼らは思っていた。そうなるのがふつうだった。

この哀れで愚かな連中は、上で仲間があんな目にあったとは、夢にも思っていない。

イバン族の男は、自分のあとから階段をどやどや降りてきた海賊のひとりに、手を振ってみせた。するとその男は、ボスのところへ近づき、命令を聞くために体を折って顔を近づけた。

「身分証はていねいに扱え、ジュアラ」イバン族の男は、しわがれたささやき声で注意をした。今回、彼が使ったのは、自分の生まれ故郷の言葉であるバハサ・マライ、つまりマレーシア語だった。「ここまでの苦労がパーになっちまうからな、わかったか?」

ジュアラの了解を示すうなり声は、口とあごをおおっている汚い白のタオルの下でくぐもった。頭を剃りあげ、腹まわりに肉がだぶついている、首の太いこの男が、仲間のふたりに威勢よく身ぶりをすると、そのふたりは、ひざまずいている船乗りたちのところへ移動して、ポケットのなかのものをすべて床の上に投げ出すよう命じた。

船員たちは、こんども抵抗をせず、いわれたとおりにした。ジュアラがライフルでにらみをきかせているあいだに、手下のふたりが、船員たちの放棄した所有物をかき集めにいき、それらをテーブルの上に積み上げて、小さな山にした。船員たちがポケットを空っぽにしおわると、海賊たちは、なにも出し惜しみしていないことを確認するためにボディチェックを行なった。

望みのものが手に入ったことに満足すると、彼らはジュアラにうなずいた。

ジュアラはふたりに、自分の横にもどるよう身ぶりをし、それから首領であるイバン族の男に顔を向けた。

「始末しろ」イバン族の男がいった。

音量を抑える努力をしても、その野太い声は、静まり返った狭い船倉内にとどろくほどだった。海賊たちがライフルの銃身をすばやく上げたとき、乗組員たちの顔に、これから起ることを理解した表情が宿った。

やっと気がついたか、と首領は思った。怯《おび》えきってやがる。

船員のひとりが、金切り声をあげようと口を開き、立ち上がりかけたが、次の瞬間には、海賊たちが引き金を引いていた。服が蜂の巣になり、頭の大半を吹き飛ばされて、男は仰向けに倒れた。〈観音号《クアンイン》〉の乗組員は、残りの三名も、いっせいに銃撃の雨を浴び、血と骨と組織のかたまりと化して倒れ、腕と脚を投げ出して断末魔の苦しみにもだえていた。

イバン族の大男は、銃による騒ぎがおさまるのを待って、トランプのテーブルに歩み寄り、乗組員たちから奪った品々の山から、無作為に財布をひとつとりあげた。早いところ、ここでの作業にケリをつけて、広々とした甲板にもどりたかった。銃撃の音で耳がじんじんし、燃えた点火雷管《プライマー》と、血と、体から飛び出したはらわたの悪臭がたちこめていた。

財布を開けると、透明のプラスチックの下に運転免許証があった。ほかの仕切りのなかにも、身分を証明するものがいくつか見つかった。財布の持ち主である虐殺された乗組員の名は、サン・イエといった。

イバン族の男は、喉の奥で、低い喜びの音をたてた。この船員がこれまでの人生を満喫してきて、金もたっぷり使ってきたことを、彼は願った。いずれにしても、この財布と身分はもう、それをしっかり利用する人間のものになった。

こいつは大仕事だ。とてつもない大仕事だ。イバン族の男は、早くシンガポールに着き、仕事にかかりたくてうずうずしていた。

彼は、自分の胸ポケットのなかの折り畳まれた紙のことを考え、そこに書かれている指令のことを考え、自分にとって値打ちのあるあらゆることについて考えた。それは、これまで十数回にわたって行なってきたシージャックの、どれよりも値打ちがあるはずだ。

あのマックス・ブラックバーンとかいうアメリカ人に、勝ち目はない。

この船の乗組員に、まったく勝ち目がなかったのと同じように……。

万にひとつの勝ち目もない。

2

二〇〇〇年九月十五日　カリフォルニア州パロアルト

ロジャー・ゴーディアンは、十三歳のとき、友だちとよく遊んだ雑木林に、樹上の家を造った。自分たちの縄張りに侵入してくる大人たちを見張る場所にしよう、危害を及ぼしにくるかもしれない年上の少年たちからの避難所にしようというのが、当初の考えだった。ロジャーみずから青写真を描き、ふたりの親友の助けを借りて、この計画を実現した。そのふたりとは、隣の家のスティーヴ・パダエッツと、どういう由来でついたのかだれも知らない〝クリップ〟というあだ名をもつ、小柄で落ち着きのないジョニー・コーワンズだった。襲撃を受けた場合にそなえて、周囲を手の込んだ罠でかこい、安全を強化しようという考えは、浮かんだには浮かんだが、ロジャーの考案した十あまりもの仕掛けで、計画段階より先に進んだものはひとつもなかった。それどころか、少年たちは、襲撃を受けると本気で考えてはいなかった。それは、空想の世界の概念にすぎなかった。秘密と冒険という興奮のスパイスで喜びを高めるための、空想にすぎなかった。近所に、敵と想定できるような子どもは、ほとんどいなかったし、彼らの居場所や活動に興味をもって、いやがらせをしようとする者となると、なおさらだった。

少なくとも、少年たちはそう思っていた。

樹上の家を造るのに使ったはしごと道具は、ロジャーの両親のガレージから拝借した。スティーヴは、父親の所有する金物屋兼材木置場から、本格的な建築資材を手に入れてきたが、ロジャーは、パダエッツ氏の承知や同意を得てきたのかどうか、わざわざ問いただしはしなかった。どういうわけか、そのときには大事なことと思わなかった。少年たちが隠れ家を完成させるには、ツーバイフォーの木材が少々と、木の羽目板が数枚と、釘のはいった箱を除けば、ほとんどなにも必要なかったし、それだけの商品がふいに消えたところで、ウィスコンシン州ウォーターフォードで家族経営の店としては最大規模の、〈パダエッツ・ホーム・インプルーヴメンツ〉が財政破綻におちいることは、まずなかっただろう。

その夏、〈哨舎〉と名づけられた樹上の家は、彼らが第六学年最終学期の成績表をもらった直後から、中学校の始業ベルが鳴り響く二週間前までずっと、三人の少年の生活の中心になった。この、暑い、夢のような二カ月のあいだ、彼らは、日が暮れるまで、そのなかと周囲で遊んですごした。三人で、野球カードや漫画本や品の悪いジョークを交換し、森をそぞろ歩き、ラシーン郡の未開の原野に散らばっている——少なくとも子どもたちは、そう信じていた——インディアンの矢じりを求めて、実りのない探索に出た。

八月の後半にはいると、少年たちは、長い季節のあいだに廃品のなかから拾い集めてきた余分の木材で、樹上の家の真下にある草地の一画に、屋外運動場をこしらえはじめた。学校が始まるまで二週間ほどあったし、宿題と退屈な用事をすませたあとも寒くて外では遊んでいられない季節が来るまで、まだ一ヵ月以上はあった。彼らは、木の棒材を縦横に組み合わせて、馬の形をした運動器具の製作にとりかかった……ところが、それまで本気で心配したことのなかった外敵の襲来が厳然たる事実となったとき、彼らの拡張計画はとつぜん打ち切りとなった。

この牧歌的な季節をぶち壊しにしたのは、エド・コジンスキーと、ケニー・ホィットマン、そしてアンソニー・プラットだった。アンソニーは、ケニーの又々従兄弟で、のべつ幕なしに険悪な雰囲気をただよわせている、喧嘩っ早い少年だった。つまり、なにがあっても関わりをもちたくないタイプの少年だった。この恐ろしい三人組は、ロジャーとその仲間より、たぶん二歳ほど年上だったが、それまでロジャーたちの存在に気がついたことはなかった。意味のない破壊行為をしてみたり、地元の食料雑貨店からビールやタバコをくすねる方法や、彼らなど存在しないみたいな風を装っている女の子たちに言い寄ることばかり、考えている連中だった。それがどうしたことか、アンソニーが、この樹上の家の存在に気がついた。そして彼は、みんなで集まって酒を飲んだりいかがわしい行為にふけったりできる、すてきな秘密の隠れ家があれば、女の子たちにも受け入れてもらいやすくなるかもしれないと考えたのだ。

その考えが、アンソニーの心の底の汚泥から頭をもたげた瞬間に、この〈哨舎〉はもう、年下の少年たちのものではなくなっていた。ある日の朝、彼らが樹上の家へそぞろ歩いていくと、SFに出てくる負の宇宙の自分たちのように、ケニーとその仲間がそこを占拠していた。建造中の屋外運動場は、めちゃめちゃに破壊され、運動器具を造るのに使ってきた木材は、野原のあちこちに散乱していた。樹上の家のふたつの側面にスプレーで、〈マリファナの殿堂〉のつもりか、〈マリファナの伝道〉と、巨大な明るい赤色の文字が記されていた。周囲の状況があれほど痛ましいものでなかったら、笑える誤記だったかもしれない。しかしロジャー・ゴーディアンは、それを見て、わが身を切り刻まれたような心地がした。

アンソニーは、パーラメントを指にはさんで、人を小ばかにしたような表情を浮かべ、〈哨舎〉の片側へ脚を投げ出して、入口からロジャーとその仲間を観察していた。ロジャーたちがなかにたくわえていた、漫画本や、トレーディングカードをはじめとする、ありとあらゆるものが、無造作に投げ捨てられ、ビール瓶や、ポテトチップスの空袋や、キャンディの包装紙や、くしゃくしゃにしたタバコのパッケージといった、ごみの山といっしょに、下の地面に散らばっていた。

なにが起こったのか理解するかしないかのうちに、ロジャーたちは、自分たちの見張り小屋から降る石つぶての雨を浴びていた。ロジャーは、一瞬、断固この侵略者に抵抗しようと思ったが、そのあと、うなりをあげて飛んできた石のひとつがクリップの額のまんなかに命中した。クリップは、地面に倒れこんで、声をかぎりに泣きわめき、あとで四針を縫って破傷風の注射を打たなければならなくなった傷口からは、血が流れていた。そのとき、ロジャーは、自分の負けをさとった。それどころか、とても勝負にならないことをさとった。自分の無防備さが、たまらなく恥ずかしかった。相手の少年たちは、仲間のだれよりも体が大きく、たちが悪く、強かった。そのうえ、戦う準備は万全で、戦いのときを待っていた。

ケニーと不良たちが、年下の少年たちを追いかけるために、木の上から降りてきはじめると、ロジャーとジョニーは、クリップを助け起こして、その場から逃げ出した。

これが、ロジャーが初めて体験した、力による強引な乗っ取りだった。四十年と少々の年月を経たいまでも、このときのことを思い出すと、胸がちくりと痛む。

その痛みが、とりわけ今夜は激しい気がした。無理もない。訪問者が、ウォール街の最前線から、小さな悪い知らせを運んできたところなのだから。

「たぶん二、三ヵ月してからだったと思うが、わたしたちはそこへもどってみた」と、ゴーディアンは話の仕上げにかかった。「そのころにはもう、ケニーとその両親は引っ越して町を出ていっていたし、従兄弟のほうは、いやはや、ケニーがいないと猫のようにおとなしいもんだった。とにかく、あそこへもどってみると、樹の上の家も、屋外運動場と同じように破壊されていた。無傷のものはひとつもなく、雪のなかから板が突き出ていた。意図的にぶち壊されたのか、あそこを乗っ取ったばかどもが、不注意や愚かなことをして壊してしまったのか、わたしにはわからない。そんなことはどうでもいい。大事なのは、そして、あのときのことを思い出すたびに、いまでもいらだちをおぼえるのは、まず第一に、自分があのチンピラどもにあの樹上の家を明け渡したことだ。自分のものを――自分がゼロから築き上げたものを――一戦も交えることなく、やつらに奪わせてしまったことだ」

チャールズ・カービイは、しばらくゴーディアンの顔を見て、それから、スコッチ&ソーダをすこし口にした。夜の九時だったし、ニューヨークから空の長旅をしてきてへとへとだったし、時差ボケもあった。それでも彼は、ロジャーのパロアルトの自宅を訪ねてきて、いまふたりは、本の並んだロジャーの書斎にいた。自分の運んでいく知らせは、明朝まで先延ばしにできないくらい重要なものだと思ったからだ。

ゴーディアンは、〈フィスク、カービイ&タウランド法律事務所〉の法律に関する助言と弁護に、たっぷり依頼料を支払っているだけでなく、カービイとは親友でもあった。アップリンク・インターナショナル社の最大株式保有者である、スパルタスという共同企業体《コンソーシアム》が、アップリンク社の二〇パーセントにあたる持ち株の売却を考えていると知ったとき、カービイは、どんな問題が起こるかを瞬時にさとった。だから、飛行機に乗ってゴーディアンのところへおもむき、ひざを突き合わせて相談しようと決めたのだ。

ゴーディアンの憂慮の表情を見て、カービイは、自分の判断が正しかったことを知った。

カービイは、白髪のまじりはじめた細身の四十五歳で、知的な青い瞳と、突き出たほお骨と、満面の笑みさえ物憂く見えるくらい薄い唇の持ち主だが、きょうの服装は、ネクタイをしておらず、襟元のボタンを外したワイシャツの上に、ダークブルーの梳毛織製《ウステッド》スーツという巡航高度そこそこのものだった。カービイがこの家に到着すると同時に、ゴーディアンは服装の異常を指摘した——チャック、きみはわたしがこれまでに会ったなかでも、指折りの、念入りな服装をする人間だ。ウィンザーノットの結びかたの図解をわたしに送ってきて、スポーツジャケットの裾は、両手をまっすぐ体の横に降ろしたとき、こぶしと同じ高さになるのが伝統にしたがった作法だと、教えてくれた男じゃないか。ネクタイのない、そのなりは、どこかまちがってるような気がする。それも大いにだ。

ご指摘ごもっともだと、スコッチをすこし口にしながらカービイは思った。

「まあ少なくとも、その悪ガキどもは、じきにその場所に飽きただろうね」ロジャーの正面にある、中身の詰まった革張りの椅子から、カービイがいった。「女の子を上に連れてきたことも、十中八、九なかったはずだ」

「気をつかってくれるのはうれしいが、チャック、この問題を避けて通るのはやめよう」ゴーディアンはいった。「わたしはもう大人だからな、ちくしょう。ほおにうぶ毛も生えてなくて、ファーストキスもまだだったころと同じ過ちを犯したら、愚か者と思われてもしかたがない」

「ゴード、聞いてくれ——」

「どうしてこんな不意をつかれたのか、知りたいもんだ。自分の鼻先からアップリンクを強奪しようとする人間に、よくもこんなに無防備でいられたものだ」

カービイがスコッチを飲み干してグラスをおくと、溶けはじめていた四角い氷が、からんと音をたてた。

「きみが自分に悪態をついてるところを、ここで見物しててほしいのかい?」カービイはいった。「ぼくたちの業務上の取り決めに、そういうのが含まれていたとは知らなかったが、よかったら共同経営者たちに確かめようか」

「そう願いたいね」

この皮肉っぽい口調を聞いて、カービイは眉をひそめた。

「いいか」ゴーディアンがいった。「わたしは何十もの国に支社をつくった。そのなかには、従業員をきわめて危険な状況にさらしている場所もあるし、じっさいに善良な人びとを失った場所もある。教訓に学ぶことができず、危険が大きなときには戦えないような人間に、第一線をうろうろしている資格はない」

カービイは、ためいきをついた。自分たちが目にしているのが、きわめて深刻な問題なのはまちがいないが、ふだんのゴーディアンなら、自己憐憫や敗北主義がどれほど懸命に押し入ろうとしても、ドアを通らせてやるはずはない。いったい、どうしたというのだ? ひょっとしたら、暗号技術論争の反動が、いまごろになってやってきたのだろうか?……深海からようやく水面に浮かび上がったところで、心の潜水夫病に見舞われたのだろうか？

カービイは、一瞬、その可能性に考えをめぐらせ、あの論争がどんなに長く続いたか、そして、政府の新しい輸出政策に反対姿勢をとったためにゴーディアンがどんなに激しい批判を浴びてきたかを考えると、その可能性も否定はできないような気がした。極度の疲労のせいなのかもしれない。あまりに多くの最前線であまりに多くの戦いを同時遂行してきたために、燃え尽きてしまっただけなのかもしれない。その可能性はある。しかし、それでもカービイは、ゴーディアンをむしばんでいるのは、べつの要因であるような気がしてならなかった。

「きみに隙《すき》があったのは否定しないが、どうしてあれを不注意のせいにするんだ？」彼はいった。「きみは、このところ、たんなる避けられない出費から、水晶球でもなければ予測がつかなかったはずの出費にいたるまで、財務に絡んだとてつもない重圧と闘ってきた」

ゴーディアンの有無をいわせぬ表情は、カービイに、それ以上思い出させてもらう必要はないと告げていた。この点では、ふたりは同類だった。どちらも、最小限の言葉で意見を述べる人間だ。それに、ふたりとも、あの計算はくりかえし行なってきた。一群の低軌道衛星と、アップリンク社の軌道遠距離通信網に必要なＫａバンド衛星を、製造し、打ち上げ、保険をかけるのに必要な費用、今年一月にテロリストの攻撃を受けて壊滅に近い打撃を受けたロシアの地上ステーションを再建するのに必要な莫大な費用、そして、アフリカとマレーシアの地上ステーションを完全に立ち上げるのに必要な費用という、巨大な値札があった。

企業先導型の野心的な事業であるのは、まちがいない。しかし、莫大な資産をもたらした防衛技術産業から事業多角化への経営スタイルの転換は――軍縮がいくぶんそれに拍車をかけたのは確かにせよ――本質的に、営利目的で行なわれたことではなかった。カービイは、その点に、かねてから強い感銘をおぼえていた。ゴーディアンは、利己心で動く人間ではない。欲の皮の突っ張った人間ではない。あと十回ぶんの人生を暮らしていけるだけの財産をすでに手にしているのだから、その気になれば、富豪の多くと同様、現在の栄誉に甘んじ、暖かい土地への長い航海を続けることも、ギネスの世界記録を破りにかかることも、なんだってできただろう。

しかしゴーディアンには、まずなにより、いま以上のすばらしい世界を創りたいという、心からの願いがあった。この世から暴政や弾圧を一掃するには、通信を基盤とした解決方法が必要だと、彼は心底から信じていた。ベルリンの壁と鉄のカーテンの時代に育ってきたゴーディアンは、小さな亀裂からゆっくりと広がっていった情報が、あの冷戦という障壁を打ち破る力となったのだと確信していた。軍備の増強や、国家指導者たちによるサミットや、条約にも、あれほどの力はなかった。情報こそ、個人の自由や政治的自由を実現する、究極のカギであると、彼は信じていた。彼の目標は――理想は――そのカギを、想像できるかぎり多くの人びとに提供することだ……それがゴーディアンを、実用主義的な理想主義者たらしめているのだと、カービイは思っていた。おっと、これは、撞着語法だったかな?

いまゴーディアンは、前に身をのりだし、ひざの上にひじをついて両手を組み合わせ、ふたたび話しはじめた。

「誤解しないでくれ、チャック。わたしは、経営の多角化について自分が下した事業上の判断を、いまさら悔やんでいるんじゃない」彼はいった。「しかし、サメの攻撃にたいする防衛戦略を準備しておかなかったのは、わたしの責任だ。いい助言をもらえなかったという意味じゃないぞ。きみは、取締役会に〝取締役ずらし任期制〟を採用したほうがいいと、再三再四、忠告してくれた。わたしの友人で連邦議会議員のダン・パーカーは、この国に厳密な乗っ取り防止法が制定されるよう、もっと強力に議員たちに働きかけたほうがいいと、説得に努めてくれた。けれども、わたしは、どちらも採用しなかった」

「ゴード——」

ゴーディアンは、片手を上げてカービイを黙らせた。

「最後まで聞いてくれ。さっきもいったが、これはたんなる〝わが過失なり〟ではない」彼は続けた。「さっききみは、なにが起こるか見越すには水晶球が必要だといったな。まあ、ある意味で、わたしはその水晶球を持っていた。スパルタスが持ち株を売りに出すという話は、寝耳に水というわけではなかったはずだ。『ウォールストリート・ジャーナル』紙の記事を見ろ。例の、CNNとCNBCの、財務計画に関するとめどない解説の数々を。わが社の運営のありとあらゆる側面が、批判と嘲笑にさらされてきたわけだが、その大半は、たったひとつの源に発している。わが社の株価が暴落したところで、なんの不思議もない」

「これは明言しておくが、ぼくがいったのは、おたくの出費の話であって、アップリンク社の株価下落の話じゃない」カービイはいった。「しかし、偉大にして誉《ほま》れ高き金融界の預言者、レイノルド・アーミテッジが、マスメディアを利用しておたくの会社をクソミソにこきおろしてきたのはまちがいない。きみのいう源があの男のことだとしたら、たしかにそのとおりだ」

「ほかのだれでもない」ゴーディアンは、また、ひざの上で両手を組んだ。「スパルタスはパニックにおちいった。わたしが電話をしたときは、あそこの不安は解消できると思ったんだが、わたしの保証を信じなかったからといって彼らを責めることはできない。正直なところを教えてくれ、チャック。アーミテッジは、放送波を使ってうちの10－K情報を微に入り細を穿《うが》って分析した。あんなことをする人間を見たことがあるか？　そのあと、あの男は、信じられないくらい底意地の悪いねじれた解釈をやってのけた。ああいう例を、いままでに見たことがあるか？　不思議でしかたがないから、訊くんだが」

カービイは、なにもいわず、ただ首を振った。たしかにアーミテッジは、有価証券分析の専門家で、市場の気配を的確に嗅ぎとることに関して、彼の右に出る同業者は皆無に近い。あの男が尊大な卑劣漢だとしても、金融界は気にしない。卑劣な人間で、あまり人に好かれていなくても、話に耳を傾けてもらえる人間はいる。アーミテッジが口を開けば、投資家たちは、大投資家も小投資家も、耳をぴんと立てて話を聞く。

無理もないと、カービイは思った。アーミテッジは、投資番組の常連になって以来、多くの投資家の市場理解を深め、うまくいく投機対象を選ぶ手助けをしてきたのだから。しかしあの男には、心ない判定を下し、懸命に頑張っている会社を中傷したり、自分の予言の都合に合わせて数字をゆがめたり、企業のトップリーダーたちを執拗に愚か者呼ばわりして喜んでいるふしが、ときおり見受けられる。ゴーディアンが指摘したように、第一線で戦っている人間には、経済的打撃へのそなえが必要だ。そして、とつぜんの自信喪失に襲われているにもかかわらず、ゴーディアンは、現役の戦士だ……最高の戦士のひとりだ。それはともかく、アーミテッジの反アップリンク運動《キャンペーン》は――〝運動《キャンペーン》〟としか呼びようのない気がする、あのアップリンクたたきは――悪意のなせるわざとしか思えない。でなければ、あんなタイミングで世間に公表するはずがない。

アップリンク社が株主たちに年次報告書を発行したその日に、アーミテッジは、同社の10-Kをたずさえて、「マネーライン」に出演し、ふたつの申告のあいだには重大な矛盾があると攻撃した。それは、真実ではなかった。ふたつの報告書が、異なる観点からデータを提供していたのは確かだが、そもそも年次報告書は、会社の強みや将来の目標を強調するために発行されるものであり、いっぽう10-Kは、〈有価証券部〉と〈為替委員会〉の法律問題用に準備された財務統計を表の形にした、無味乾燥なものだ。こうした統計数字を、前後の脈絡なしに見せつければ――たとえば、新規開発事業の見積もり益と一時的な債務を比較検討せずに見せつければ――ひとつの事業が実際よりずっと悪い状況におちいっているかのような印象を与えることができるのだ。そして、アーミテッジが踏み出した一歩は、それどころのレベルではなかった。あの男は、あらゆる支出の意味を誇張し、損益率の分析にこれ以上考えられないくらい底意地の悪い解釈をして、ひとつの会社が崩壊寸前にあるかのような説明を試みていた。

たしかに、不可解な行為だ。

カービイは、なおも沈黙を守ったまま立ち上がり、部屋の反対側にあるバーカウンターに行って、スコッチのおかわりをついだが、こんどはソーダなしにした。いつもどおり、ゴーディアンの頭は明晰だ。アーミテッジが執拗な攻撃を仕掛けてくるのは、なぜか？　カービイの知るかぎり、ゴーディアンがあの男の心情を害したことはいちどもなかったし、ふたりのあいだには面識すらないはずだ。なのに、なぜ？　その疑問は、何週間ものあいだ、カービイの頭のなかで、怒りっぽいスズメバチのようにざわついていたが、思いつくことのできた唯一の答えは、まだひとつの漠然とした疑念にすぎなかった。それをゴーディアンに話すのは、ためらわれた。なんの証拠もなしにそれをするのは、軽率な気がした。

「高い酒を勝手におかわりしてるが、気にしないでくれ」彼はそういって、ゴーディアンに向き直った。

「あるあいだは、いくらでもどうぞ」ゴーディアンは、苦虫を嚙みつぶしたような微笑を浮かべてそう答え、酒の残りをぐっと飲み干して、カービイにグラスをさしだした。

カービイは、ゴーディアンお気に入りのビーフィーターを手に歩み寄り、かなりの量をついだ。

そのあと、ふたりの目が合ったが、視線の交換は一瞬で終わった。しかし、ゴーディアンも自分と同じことを考えているとカービイが確信するには、それで充分だった。

おたがいの考えを、はっきり口にする潮時だと、彼は判断した。

「ゴード、この株式買い取りの動きは、なにかべつの狙いと連動しているんじゃないか？」と、言葉が口をついて出た。「アーミテッジがきみを攻撃してきたのは、株主の信頼をぶち壊して——」

「大量売りによる株価の急落を引き起こすためだ」ゴーディアンは、そう受けてうなずいた。「今回の状況には、そこかしこから、陰で糸を操る市場操作の匂いがぷんぷんする」

カービイは、息を吸いこんで吐き出した。部屋の静けさが、触知できるくらいの重みをもって迫ってきた。

「それが事実なら」彼はいった。「少なくともアーミテッジは、だれかの操り人形として動いていることになる」

「ああ」ゴーディアンは、淡々とした口調でいった。「そういうことだ」

ふたりは、真顔で顔を見合わせ、見つめあった。

「そのだれかがだれか、見当はついているのか?」カービイがたずねた。

部屋の反対側にある年代物の掛け時計が、たっぷり一分間、チクタクと時を刻んだ。

「いや」ゴーディアンは、嘘いつわりのない言葉だとすんなり受け入れてもらえることを願いながら、そう答えた。

だが、それは真っ赤な嘘だった。

3

二〇〇〇年九月十六日　シンガポール／マレーシア、ジョホール州

「いや、なにしろ、この国は、恐竜バーニーが隠居するのにふさわしい場所だからな」シンガポール在住のあるアメリカ人は、かつて、ニューヨーク市から訪ねてきた知人にそう語ったという。少なくとも、記事にはそうあった。

これは、きわどい楽しみはどこに行けば味わえるのかという質問への答えだった。そして、後日シンガポールじゅうに知られるこのセリフを、無数の鳥がチーチー、ピーピー、トルルと鳴きたてる不協和音のなかで耳にとめたのは、ひとりの雑誌記者だった。日曜日の朝で、中国系が大半の鳥愛好家たちが、ティオン・バル・ロードとセン・ポー・ロードの交差点で毎週催される鳥の鳴き声コンテストに、ツグミやメジロを連れてきて、公共のベンチとカフェのテーブルが並んだ道の上方にとりつけられた格子に、竹製の鳥かごを吊るしていた。「安上がりの刺激がお望みなら、厳密には、選択肢はふたつしかない。夜、ひとりで悶々と、みだらな空想にふけるか、東のはずれにある〈ファットB〉に行くかだ」と、前述のシンガポール在住者は続け、友人は怪訝《けげん》そうな顔をしていた。立ち聞きしていた記者は、受け持ち

の〝ライフスタイル〟欄のコラムにもってこいの切り口に出くわしたと、心をときめかせ、日射しのふりそそぐ頭上から、鳥たちがピーチク、パーチクと、意味もなくうららかなメロディをさえずるなかで、注意深く耳を傾けていた。

たしかに、ゲイラン地区の狭い横道に立つ朽ちかけたショップハウスの奥にある、頽廃的な雰囲気のただようちっぽけな店、〈ファットB〉は、この島国でいちばんいかがわしいバーだった。この国のきびしい道徳律をものともせずに、常連客が夜ごと群れ集う、騒がしい店でもあった。ごしごし磨いて消毒をした手術室の壁や床にへばりついたまま、決して離れようとしない、抵抗力をつけた病原菌のように、卑しくしぶとく生き残っていた。当局が、なぜこの店を放置しているのかは謎だが、警察官に継続的に袖《ロロン》の下を渡し、有力政治家である大臣の名誉を危うくしそうな写真をちらつかせて閉鎖をまぬがれているという、うわさがあった。

いまにもくずれ落ちそうな天井は、紫色のホイルでおおわれてブラックライトを浴び、クレープペーパーの巨大なラフレシアや、色を塗った土着の部族の木彫りの面や、吹管《ブローパイプ》や、ビーズのひも飾りや、竜の旗や、かつてボルネオ島の首狩り族の共同住居に掛かっていた何世紀も前の人間の頭蓋骨、などなどで飾り立てられていた。えげつなさで、このバーの内装をしのぐものがあるとしたら、それは、オーナーのファットBだけだった……名前とは裏腹に、肥満とはまったく縁のない、やせ形の男だが、シンガポール人離れしたずぶとさと派手さの同居した、太字の感嘆符のような男という評判だった。この性格は、英国直轄植民地時代の裕福な中国人の祖先から受け継がれたものらしい。ファットBと取引のある人びとは、怒りや疑いが首をもたげたとき、彼の目には、ぞっとするようなすごみのある表情が宿ることも知っていた。そんなとき、彼の顔は用心深いワニのような表情になる。

今夜のファットBは、色鮮やかに咲き乱れたシャクヤクの花をプリントした、襟なしの黄色いシルクのシャツを着て、シャークスキンのスラックスをはき、右の耳たぶにはダイヤのピアスをつけ、翡翠《ひすい》をちりばめた指輪を八本の指にはめていた。真っ黒な髪を、まっすぐ後ろになでつけており、肌は、革をなめしたような淡い黄褐色をおびていた。彼は、バーカウンターの後ろのいつもの椅子に、壁を背にして腰かけ、入口を出入りするひとりひとりに油断なく目をくばっていた。

「約束のものだ、シアン」彼はそういって、自分と向きあうかたちですわっている大柄な長髪の男のほうへ、茶色いマニラ封筒をすべらせた。「こんな薄っぺらい包みひとつ渡すのに、こんな大変な思いをするとは思わなかった。しかしまあ、情報の取引というのは、そういうもんだ。石ころと宝石を選り分けるようなもんだからな、ラー（シンガポール英語独特の語尾）」

シアンは、相手の顔を見ただけで、なにもいわずに封筒に手を伸ばし、テーブルから持ち上げた。ファットBは、相手の手の甲にクリスと呼ばれるマレー民族の短剣の刺青が彫られていることに気づいてはいたが、この野獣のような男は他人の好奇心を絶対に喜ぶまいと考え、素知らぬ顔をしていた。それでも、どこか目を離せないものを感じて、相手に目をそそぎつづけていた。その昔、このシアンという男の部族は、ボルネオ島のジャングルを素っ裸で——というか、それに近い状態で——走りまわっていた。皮膚は、竜やサソリのたぐいの刺青におおわれ、彼らはその刺青を、勇気や男らしさの象徴として誇示していた。

ファットBは、まぶたを半分閉じて目を細めたまま、この筋骨隆々のイバン族の男の全身も、そうしたシンボルマークで飾り立てられているのだろうかと思った。その光景はどんなに印象的だろう。きっと、いちど見たら忘れられない、目にしみるくらいみごとなものにちがいない。

シアンは、酒場の主人の詮索《せんさく》の目に気づいたそぶりも見せずに、封筒を開けた。

ファットBは、様子を見ながら、相手の反応を待った。部屋の四隅におかれたステレオのスピーカーから、ポップ・ミュージックがけたたましく鳴り響き、東洋式のリュートやハープやシンバルが、西洋式のシンセサイザーとエレクトリックギターの上に、耳ざわりなループを描いていた。ホイルにおおわれた壁に、ストロボ照明が、すみれ色の光をはねかけている。短いスカートをはき、体にぴったりの襟ぐりの深いブラウスを着て、顔に厚化粧をほどこした、バーの女たちが、酒の代金を払っている男たちといっしょに、けたたましい笑い声をあげた。女の大半は、小さなハンドバッグを持っている。それが開かれるのは、彼女たちが自分の客をカウンターの奥の階段か、建物の三階にある小さな秘密の部屋へ誘いこんだときだ。そのあと彼らは、肉体と現金《げんなま》とを交換する違法な取引をし、その五〇パーセントがファットBのポケットに入る。

とりたてて理由はなかったが、ファットBは、ふと、〝あらゆるものは食べられる〟という、古い中国の言い回しを思い出した。

彼は、なにかを考えこむように口を引き結び、シアンのお供をしてきて部屋の反対側に控えているふたりの男を凝視した。彼らは、みすぼらしい服装で、入口の近くをじっと動かずにいた。片方は、タバコの煙を吸いこみながら、あからさまに見返してきた。もうひとりは、壁の上のほうを見つめていた。どうやら、色を塗った土着の部族の面をながめているらしい。もちろん、ふたりとも、手には短剣の刺青があるのだろう。

シアンは、用心深く左右の肩越しに一瞥をくれてから、自分を見ている者がいないことを確認し、封筒のなかをのぞきこんだ。写真が九枚か十枚、束になっていた。片方の手でなかを探り、スナップ写真の上端がのぞくところまでひっぱりだすと、最後の一枚にクリップで留められていた紙は無視して、親指でぱらぱらめくり、すばやく検分した。それから、写真を封筒にもどし、折り返しを閉じて、ファットBに目をもどした。

「この女はだれだ？」シアンは英語でたずねた。

「すべて、同封した小さな報告書に書いてある。名前はキアステン・チュー。モノリス・テクノロジーズという会社の社員だ。いい女だろう？」ファットBは、くつろいだ笑顔を海賊に向けた。「この女の両親が、娘に西洋式の名前を貼りつけたのは嘆かわしい話だが、生まれも教育を受けたのもイギリスらしい。しかたあるまい」

シアンは、目になんの表情もたたえずに、相手を見据えた。「おれがいってるのがなんのことかは、わかっているはずだ。ふたりなんて話は聞いてない」

ファットBは、封筒の中身に説明の必要なことなどなかったはずだと、とぼけようとした。「まあ聞け」彼はいった。「この女は、短い糸の先にぶらさがった美しい餌にすぎん。わかるな？　動きは、簡単に追跡できる。この女を尾《つ》けていけば、例のアメリカ人のところにたどり着く」

「このふたりの関係は？」

「おれは訊かないし、雇い主は教えない」

「女は、この国の人間か？」

ファットBは、返事を急がず、しばらく音楽に耳を傾けた。音響装置から重低音でくりだされている騒々しいディスコのリズムに、かん高い中国語の声が突き刺さった。しだいに大きくなる音や、異なる音楽的伝統の不自然なまざりぐあいに、いつもなら心地よさを感じるのだが、いまは、どうしたことか、神経にさわりはじめていた。次々とくりだされる電子サウンドが、神経をいらだたせ、女のラップ歌手の高い裏声が、鉄釘のように鼓膜に突き刺さった。

もっとスムーズに運ぶものと、たかをくくっていたのに……。

大きくひとつ息を吸いこんで、それを吐き出し、それから最後にうなずいたが、浮かんだ笑みの端々にこわばりが見えた。

「むずかしく考えるな」彼はいった。「そんな大変な仕事じゃない」

「ふざけるな。おれはまぬけじゃない。この国で働いてるわけでもないアメリカ人がひとり姿を消しただけなら、あとの始末は一度ですむ。しかし、この国の人間もいっしょとなったら、どうだ？ しかも女だと？ 冗談もほどほどにしろ。ひとつまちがえば捕まるし、そうなったら、籐の鞭打ち六回どころじゃすまん」

ファットBは、含み笑いをした。「シンガポールじゃ、おれみたいな習慣と嗜好の持ち主は、朝、ベッドから起き出しただけで、そのたぐいの罰を受けかねん。わが国の正義のシステムは、原罪というキリスト教の概念に直接由来するものかもな」

シアンは、黒い無表情な目で相手を見たが、なにもいわなかった。

ユーモアを交えようとするファットBの小さな試みが、この兄ちゃん《アーベン》の頭を素通りしていったのは明らかだった。それに、ファットB自身の顔にも、もう笑みは浮かんでいなかった。彼の気分は、この数秒で急激に落ちこんでいた。自分のふところが痛むわけではないが、この殺し屋と、ふたりの共通の雇い主とのあいだに入るのは、もううんざりだった。交渉が得意なわけでもない。この海賊が、すんなり封筒を受け取って出ていってくれることを、彼は願っていた――愚かな願いだったかもしれないが。

「いったい、なにが気に入らないんだ?」彼はいった。「両方とも生け捕りにできれば、それに越したことはない。しかし、おれたちの雇い主にとって本当に値打ちがあるのは、このブラックバーンのほうだ。この女で、あんたがいちばん気をつけなければならないことは、生きて証言することが絶対にできないよう、確実を期すことだ」

「そんなに簡単な話なら、なんであんたの手下で始末をつけられなかった? この女を尾けたんだろう。写真を撮ったんだろう。次の段階に進むこともできたはずだ」

「あんたとおれでは、役どころがちがう。おれは、この国で暮らしている人間だ、わかるだろう? おれは、ずっとこの国にいる。あんたは、出たり入ったりだ、ラー」ファットBは、また肩をすくめた。「これ以上、その議論に息をむだ使いするのはやめようじゃないか。とにかく、あんたもおれも、もう関わりあいになっちまったんだ」

シアンは黙っていた。ファットBは、相手を通り越してドアを見つめ、取引にケリがつくのを心から願いながら、相手が肚《はら》を決めるのを待っていた。まったく、どうしてこんな野蛮な畜生と、押し問答するはめになったんだ? まったく、うとましい話だ。頭が痛くなる。垢染《あかじ》みた二人組が、通路からなかに足を踏み入れて、カウンターに向かってくるのを見ながら、ファットBはさらに待った。

「いいだろう」ようやく海賊の男はいった。「ただし、仕事がすんだら、おれの残りの取り分は即金でよこせ。そう約束するのが身のためだ」

ファットBは、静かな敵意をこめて相手を見た。

「いいとも」と、彼はうなずいた。「喜んで」

ふたりの男は、それ以上の言葉は交わさずに、一瞬、目を合わせた。そのあとシアンは、写真の入っている封筒をデニムの上着の下に収め、すわっていた椅子をテーブルから足で押し下げて、立ち上がり、大股で店を出ていった。ふたりのお供も、続いて姿を消した。

ファットBは、前歯から小さな擦過音《さっか》をもらし、すわったままほとんど身じろぎもせずに、三人が出ていってスイングドアが閉まるところを見つめていた。


マックス・ブラックバーンがその人形を買ったのは、ある露店でのことだった。しばらく前に、ヒンドゥー教の〝光の祭〟ディーパヴァリに出かけたときのことだ。アップリンク・インターナショナル保安部の、そしてその私設特殊部隊〈剣《ソード》〉のナンバーツーとしてマレーシアのジョホール地上ステーションで果たしていた激務から、いっとき解放される憩いのときが必要になり、何日か休暇をとって、熱狂的なお祭を楽しみに海岸へおもむいた。ダンサーやミュージシャンやマジシャンの大道芸を見物し、おいしいカレーやサテを試食し、民芸品の売店をひやかし、あふれんばかりの旗や、花飾りや、色づけした米をあしらったブローチのなかを、そして、ずらりと並んだ蠟燭やランプや電球が戸口や窓を明るく照らしているなかを、ただのんびりとぶらついていた。

ブラックバーンにその人形を売りつけた露天商は、頭に念入りに巻いたターバンのいちばん下のひと巻きから、クジャクの羽根を一本、突き出しており、織地にぴかぴかの金糸を縦縞模様に織りこんだ栗色のシャツを着て、細い手首の片方に鋼鉄の腕輪をつけていた。祝日の美装に身を包んだ街角の君主《スルタン》といった風情だ。男が、くったくのない元気いっぱいの笑顔を浮かべると、黒く汚れた歯と、赤く染まった歯茎がのぞいた。ひと目見て、かるい興奮をもたらす特性と習慣性のある混合薬、ビンロウを噛む習慣があるのがわかった。このビンロウのせいで、おそらく彼は、実年齢より十歳ほど年をとって見えていたことだろう。

その男が、革製の平たい人形を両手にひとつずつ持ち、人形についた細い棒を握って高々と振りたてながら、売りこみに近づいてきたとき、その息に異国のスパイスの強烈な匂いがしたことを、ブラックバーンは思い出した。真昼の日射しのなかで目に飛びこんできた人形の色は、華やかで鮮やかだった。手でこまかく描かれた人形の顔には、えもいわれぬ味わいがあった。露天商が左手に持っていたほうの人形の出来映えに、思わず目を奪われたときの印象は、とりわけ強烈だった。それだけではない。彼の目を最初に奪ったその人形は、いま、彼のオフィスの壁の、上のほうにかかっている——頭が象、体が人間という、ヒンドゥー教の神だ。

「五〇リンギット、米ドルで一五ドル！」男は、頭上で人形を操りながら声を張り上げていた。ブラックバーンは、好奇心に駆られて足を止め、この人形はヒンドゥー教のなんという神様なのかと、このときにはまだマレーシアに来て一ヵ月足らずで、マレーシア語も不自由だったため、英語で露天商にたずねた。

露天商は、樹脂の染みがついた顔に満面の笑みを浮かべて、ブラックバーンの質問が理解できたかのように大きくうなずき、その人形を彼の顔に押しつけるようにして、「そう、そう！　五〇リンギット、米ドルで一五ドル！」と、大声で勢いこんだ。

「それはガネーシャ。シヴァの息子よ……」

その女性の声は、音楽的なイギリス英語の発音を運んできた。ブラックバーンが声のしたほうを振り返ると、三十歳から三十五歳くらいと思われる東洋人の女性が立っていた。山形にカットされた豊かな黒髪と、褐色の吊り目、そして、熱帯の永遠の八月のなかでアーモンドクリーム色に日焼けした肌をもつ、目のさめるような美女だった。夏用のカーキ色の服地に、ゆったりしたブラウスを着て、サンダルをはき、肩にはCOACHのハンドバッグをかけていた。この村の住民全員の年収を合わせても買えない代物なのを、ブラックバーンは知っていた。

体の線がすばらしいことに、ブラックバーンはすぐ気がついた。ゆったりとした服装の上からでも、よくわかった。意識して、線が出ないようにしているのだろう。しかし彼には、前々から、この手のことを見抜く眼がそなわっていた。

数ある取り柄のなかでも最高のひとつだ——そのときから三ヵ月がたったいま、彼は、顔を曇らせながら心のなかでつぶやいた。内なる声には、自分をさげすむようなところがあった。いま彼は、自分のオフィスで電話のそばに腰かけていた。彼女と寝たいという欲望と、彼女のボスをひそかに監視してほしいと説得するという考えが、最初からつながっていたのかどうかは、思い出すことができなかった。出会った瞬間に彼女の容貌に魅かれたのは確かだが、美しい女に会って、いっしょに寝たら楽しかろうと思わなかったことなどいちどもない。

しかし、本気で手に入れようとするかとなると、話はべつだ。まず彼女が欲しくなり、そのあと、彼女を利用できるのではないかと思いつき……。

ふいに、思いがけず、アップリンクの副社長メガン・ブリーンのことが頭に浮かんだ。彼女のときはちがった。もっとよかったというのではないが、もっと簡単だったし罪悪感もなかった。たがいを好きになり、ふたりとも、わびしいロシアの冬に孤独を感じていた。ふたりの関係がそれ以上に発展するとは、どちらも思っていなかった。ふたりのあいだに秘密の予定表はなく、隠しておかなければならないこともなかった。はばかるところも、ごまかしの必要もなく、境界と限界の線は明確に引かれていた。

もちろん、ちょっとした人形の話から始まった会話が、少なくとも五分ほど続くまでは、キアステン・チューがどこで働いているかも知らなかった。

「……人の獣性を表わす神様なの」と、彼女はいっていた。

ブラックバーンは、彼女を見てほほ笑んだ。「ありがとう。オフィスのマスコットにぴったりのようだ」

「いろんなペンダントやお守りに使われているわ」と、彼女は笑顔を返した。「身につけている人を魔物や不幸から守ると信じられているの」

「ぴったりどころじゃないな」彼はいった。「電話の上に飾っておくとしよう。勤務状況を確かめにボスから電話がかかったときのために」

彼女は、面白そうに笑みを広げた。

「いまの値段は妥当なところよ」彼女はいった。「こういうワヤン・クリッの人形をつくるには――少なくとも、質のいいものをつくるには――たくさんの時間が費やされるから。この人形には、野牛の角の竿までついてるし」

「それも、幸運を呼ぶものと考えていいのかな?」

「あなたが野牛でなければね。でも、その野牛の角は、上質の作品であるあかしよ。観光客向けの人形についているのは、木の竿がほとんどだから」

ブラックバーンは、彼女の黒褐色の目をのぞきこみ、彼女も自分の目を見つめていることに気がついた。「きみのいった……ワヤン……」

「クリッ」彼女はいった。「〝影絵芝居〟というところかしら。古代インドの英雄叙事詩の上演には、百体ほどの人形と、フルオーケストラが使われるわ。この土地に昔から伝わる芸能の一種で、ある種の伝統を現代《いま》に伝える方法でもあるの。最近は、任天堂《ニンテンドー》に人気を奪われているみたいだけど」

「よくある話だ」彼はいった。

「かもしれないけど、すごく残念なことだわ。ダヤンと呼ばれる人形使いは、何年も何年もかけて、彼らの技術を学ぶの。彼らは、人形を自分で手作りし、あらゆる登場人物の声や動きを、自分でつくりあげるのよ。上演中、人形たちは、白い木綿の幕の後ろで操られ、石油ランプがその幕に影を投げかけるの。照明をうまく操作すると、影に色までつくわ。観衆は、二手に分けられて、片方が幕の前で影絵を、もう片方が後ろの人形劇と音楽家たちを、見られるようにするの」

「物質的なものと崇高なもの、自己と神性の、分離を象徴するもの、か」彼はいった。「世俗の幻と、究極の真実の分離——」

「アートマンとブラーフマンだわ」彼女はそういって、驚きと好奇心が半分ずつ入りまじった表情を、ブラックバーンに向けた。「インド哲学に詳しいのね」

「といっても、ビートルズ派のだが」彼はいった。「大学生のとき、ジョージ・ハリスンの『オール・シングス・マスト・パス』は、すりきれるくらい聴いた」

ふたりは、そこで向きあって見つめあったまま、しばらく無言で立ち尽くしていた。群衆が彼らのまわりに押し寄せ、蒸し蒸しした空気のなかに、調理の煙がもたらす刺激的な香りが濃厚にたちこめていた。

「五〇リンギット、米ドルで一五ドル！」露天商が、忘れられてしまったのではと心配になったらしく、さらに近づいてきて、声をかぎりに叫んだ。

ブラックバーンは、ポケットに手を伸ばして財布を出し、二枚の紙幣——一〇ドル紙幣と五ドル紙幣——をとりだして、人形の代金を払った。露天商は、ちょこんとお辞儀をして感謝の意を表わし、そそくさと群衆のなかに消えていった。ブラックバーンは、田舎の祭の射的ゲームで動物のぬいぐるみを獲得した人間みたいに、かすかな当惑の表情を浮かべて、新たに自分のものになった品を握りしめていたが、それを自分がどうするつもりか、すこしも考えていなかったことに、とつぜん気がついた。

「そうね」と、女がいった。「職場に持っていけば、きっと、その人形は興味深い話題になるわ。アメリカでその手のものを見ることは、めったにないはずだから」

ブラックバーンは、彼女がなにをいっているのか測りかね、いぶかしげな一瞥を投げた。次の瞬間、わかってきた。そうか、おれの職場はアメリカにあると思いこんでいるんだ。どこから見てもアメリカ人だし、米ドルで人形代を払ったことを考えれば、そう思われてもしかたがないか。

「じつをいうと、ここにいるわが友人ガネーシャ君には、当分、この半島を出ていく予定はない」彼はいった。「ちゃんと自己紹介したほうがよさそうだ。おれは、マックス・ブラックバーン。アップリンク・インターナショナルという会社の保安部門で仕事をしている。職場は、その地域本部だ。場所は――」

「ジョホールでしょ?」握手をしながら、彼女はいきなりぷっと吹き出し、ブラックバーンは、そんなおかしなことをいったかなと、とまどった。彼女の笑いの発作はすぐにおさまったが、そのあと、ブラックバーンがこの何分か断続的に浮かべてきたとまどいの表情が、またもどってきたのを見て、彼女はふたたび吹き出した。

それでも、まだ彼女が自分の手を握ったまま放していないことに、ブラックバーンは気がついた。いずれにしても、それは好材料だった。

「ごめんなさい、きっと、失礼な女と思われたわね」彼女はそういって、ようやく落ち着いた。「わたしは、キアステン・チュー。そして、あいにく、職場はシンガポールのモノリス・テクノロジーズなの。法人通信部よ。休暇で、姉と姪のところを訪ねようと思って、こちらへ来たの」

ブラックバーンの顔に、納得の表情が広がった。

「なるほど」彼はいった。「それで、発作を起こしたわけがわかった」

「でしょ?」彼女はいった。「雇い主どうしが、最大の競争相手なんですもの。この半年、わたしのしてきた仕事といったら、ロビイストや広報係と、例の暗号技術騒動についての協議をしたり、ロジャー・ゴーディアンの反対に対抗する方法をブレーンストーミングしたり、といったことばかりだったんですもの」

キアステンを利用しようと決めたのは、あの瞬間だったのだと、ブラックバーンは、数カ月たって初めてきちんと理解した。あの瞬間にまちがいない。彼女には純粋に魅力を感じた。しかしあれは、そのこととは関係のない、計算ずくの、感情とは無縁の判断だった。あのとき以来、ふたりで長い時間を過ごしてきたが、そのあいだも——夜、ふたりの体が情熱のとりこになっているあいだも——彼女を利用することは大事な仕事だった。

「そうか、うちが苦しい状況に立たされているのは、きみがすばらしい仕事をしているせいだったのか」彼は、愛嬌のある笑顔をひらめかせ、声のなかにかすかな媚びをすべりこませた。最大の効果が得られるように、そのふたつのバランスをとった。「しかし、反対の陣営にいても、友好の打診は可能なんじゃないかな?」

「打診」彼女は、おうむ返しにいった。

「そのとおり。個人レベルの休戦協定だ」

ふたりの目が合った。

「そうね」彼女はいった。「可能かもしれないわ」

「だったら、今夜、食事をしながら、その休戦協定に調印しないか」

「でも……」

「お願いだ」ブラックバーンは、相手に答えるいとまを与えずにいった。「双方納得できる解決法を約束する」

彼女は、またしばらく彼の顔を見つめた。そして、ほほ笑んだ。

「いいわ」彼女はいった。「わたし、とってもあなたとお食事がしたいわ」

というわけだ。こうして、ふたりの関係は始まった。それは、彼にとってはきわめて満足のゆく関係になった。とびきりのセックス、とびきりの内部情報。

男にとって、それ以上なにが望めよう?

いまブラックバーンは、静まり返ったオフィスで椅子にかけて、顔を曇らせたまま、窓から、ジョホール地上ステーションを構成する不規則に広がった低いプレハブの建物群をながめていた。自分が彼女にどんな危険をもたらしたかを考えると、いやになる。考えるなと自分にいいきかせ、かわりに、ふたりにとっての真実に考えをもどした。彼女と肌が触れあい、ひとつになり、真っ暗な彼女の寝室にふたりの喜びの叫びが混じりあい、夜まで続いていくところを、思いめぐらした。

そうとも、あれは真実だ。

真実だ。

彼は、電話に手を伸ばして、キアステンのオフィスの番号をダイヤルし、秘書がつないでくれるのを待った。

「マックス？」彼女は、すぐに出た。「伝言は受け取ってくれた？」

「ああ」彼はいった。「遅くなってすまなかった。警戒システムが増えてきたおかげで、隅から隅まで点検しなくちゃならなくて。故障を直すのに、午前のほとんどをつぶしてしまった」

彼女は声をひそめた。「ちょっと気がかりがあって。あるものが見つかったの。大変なことかもしれないわ。ひょっとしたら、あなたが探してたものかも」

「いまはそれ以上、話さないほうがいい」

「そうね。オフィスからじゃなくても、電話でこの話はちょっとね」

「わかった。じゃあ、その話は、ふたりきりですることにしよう」

「この週末に、来られる？」

「行く」と、彼はいった。

「すごい意気込み」彼女はいった。

彼は、罪悪感を振り払えと自分にいいきかせた。

「から元気だよ」彼はいった。「不測の事態が起こらないかぎり、明日の朝、トラックでコーズウェイ（マレーシアとシンガポールをつなぐ道路）を渡っていく」

「お泊まり用のかばんは持ってくる？」

「荷物は、きのうから詰めてある」彼はいった。

「あまりかばんが詰まってなければ、うれしいわ。わたしの思い描いてきた週末の予定表に、服は必要ないから」

「歯ブラシとデオドラントは？」

「それはもう、必需品よ」彼女は、声をあげて笑った。「わたし、帰らなくちゃ、マックス。愛しているわ」

ブラックバーンの目は、窓から、人形を飾った壁の上に移動した。アートマンとブラーフマン。彼は心のなかでつぶやいた。幻と真実。

「おれも、愛している」と、彼はいっていた。

いまのそらぞらしく聞こえたセリフは、受話器の向こうにも同じように伝わっただろうか？

4

二〇〇〇年九月十七日　カリフォルニア州サンノゼ

「おめでとう、アレックス。きみがこれまで以上の大変な名誉を手にしたと知って、アメリカじゅうの政治コラムニストが、こぞって切歯扼腕しているにちがいない」

アップリンク社の外交問題顧問、アレックス・ノードストラムは、すこし照れくさそうな笑みを浮かべて、会議室に足を踏み入れた。ゴーディアンの言葉と自分の遅刻の相乗効果で、ある種の印象が生まれなければいいがと思った。その印象が正しいかどうかはまた別問題だ。とにかく、露骨な態度はとるべきでない。うぬぼれには用心したい。かつてのハーヴァードのクラスメイトに、ここ二十年ほど、ファイ・ベータ・カッパ友愛会の鍵を金《きん》の時計隠《フォッブ》しにつけている男がいるが、決して美しい光景ではない。

「では、潜水艦に乗りこむことになったのは、もうお聞き及びのわけだ」といって、彼は自分の席に着いた。このくらいの控えめな発言でどうだろう？　それとも、見当ちがいか？　シーウルフ級攻撃型原子力潜水艦に〝乗って〟アメリカ大統領ほか数名の世界的指導者に随行する小さな記者団の一員に選ばれたことなど、なんとも思っていないそぶりをするのは、まちがいかもしれない。指導者たちはみな、条約調印のイベントから、それにふさわしい公の注目を引き出そうと躍起になっていた。

そう、この部屋の人びとには、素直に感心させてあげるべきなのかもしれない。

「だれから情報を仕入れたのか、訊いてもいいかな？」と、ノードストラムはたずねた。ゴーディアンにこの情報を教えたのは、この会議の出席者の少なくとも二名を含めて、政財界のだれであってもおかしくない。招かれる記者の一覧表は、数時間前に発表されたばかりだが、事情通と呼ばれる人びとが存在するとしたら、この面々こそその一団だ。

「情報提供者は、匿名を希望していてね」ゴーディアンはいった。「いずれにしても、アレックス、すこしコーヒーをついだほうがいい。けさは、話しあわなくてはならない議題が目白押しだし、会議が終わらないうちに海中気分でも困る」

当面の議題へのみごとなつなぎだと、アレックスは思った。

彼は、部屋を見わたし、自分より先に到着していた面々に黙礼した。目にはいった顔のほとんどは、おなじみの、ゴーディアンの友人と顧問から成る中核グループのものだった。ノードストラムは、外交問題顧問をつとめているとはいえ厳密にはフリーの身だが、彼のほかに、アップリンク・インターナショナルの人間はふたりいた。ゴーディアンの右隣にいる特別プロジェクト担当副社長のメガン・ブリーンと、左隣にいるリスク査定部長のヴィンス・スカルだ。ノードストラムの真正面には、ダン・パーカーがいた。カリフォルニア州第十四地区選出の連邦議会議員であり、ヴェトナムの第三五五戦術戦闘機航空団でいっしょに爆撃飛行の任務に出て以来、ゴーディアンがもっとも信頼をおく親友でもあった。そして、パーカーの隣にいるのは、ワシントンDCのFBI長官、ロバート・ラングだ。

テーブルのいちばん端で熱心に文書に目を通しているのは、マサチューセッツ州を本拠地にする新興の暗号技術会社、セキュア・ソリューションズの創始者であり最高経営責任者《CEO》である、リチャード・ソーベルだ。彼は、この小さな一団の最後のひとりであると同時に、けさこの面々が集まったあらゆる理由を象徴する存在でもあった。暗号技術分野の競争相手がゴーディアンに支援と協力を提供しにきているのには、なにかもっと深い意味があるのか、ソフト業界のリーダー五十人のうちゴードの招きに応じたのはソーベルだけだったのか、ノードストラムには判断がつきかねた。

「よろしい、始めるとしよう」ようやくゴーディアンがいった。顔に暖かな笑みを浮かべていても、彼の一挙手一投足が放つ強烈な引力にはほとんど影響がない。「まず初めに、ここに集まっていただいたことを、みなさんに感謝したい。次に、みなさんが集まってくださった理由に、わたしがどれほど感謝しているかを、はっきりお伝えしたい。声も姿も見せずにおこうと思えば、簡単なことだった。例の暗号技術問題にたいする統一姿勢で、すでに少なからぬ問題をかかえているし、数日中にその問題が深刻化するのは、まずまちがいのないところなのだから」彼は、いちど間をおいて、メガン・ブリーンのほうをちらりと見た。「記者会見でわたしが読み上げることになる声明は、すべて、メガン・ブリーンがまとめてくれたものだ。みなさんがファックスで一部を受け取って、目を通しているとすれば、彼女が、わたしたちの懸念をマスコミが使いやすい簡潔なかたちに圧縮するという、すばらしい仕事をしてくれたことに異論はないと思う」

「まったくだ」と、ソーベルが、目を通していた紙片から顔を上げてメガンを見た。「メガン、きみをロジャーの手から奪い取るチャンスがすこしでもあるなら、いますぐ打診をして席を立つだろう。きょう一日の予定なんか、どうでもいい」

メガンは、ソーベルのお愛想にほほ笑んだ。長身ですらりとした三十六歳、大きな瞳はサファイア色で、肩まである鳶《とび》色の髪を、いまはフランス編みにしており、すみれ色のブラウスに、専門デザイナーが組み合わせた灰色のブレザーとスラックスという、凛《りん》としたいでたちだ。

魅力的な女性にたいする鑑識眼の持ち主を自認する、異性愛者のノードストラムは、彼女がとびきりの美女であることに以前から気がついていた。仕事上の同僚という立場があったから、その感想を人前で口にするのは政治的に正しくない行為と判断し、思慮深く胸にしまっていた……しかし、いまここにいる二名を含めて、彼女の同僚の男たちの多くが、自分と同じことを思っていても、なんら不思議ではないと思っていた。それとも、メグとマックス・ブラックバーンが、昨年、ロシアの冬を熱く燃え立たせたといううわさを運んできたときの、スカルの声の端々に、やっかみが感じられたのは気のせいだろうか？

「ロジャーの言葉は、ちょっと褒めすぎかもしれませんが、わが社の出すコメントを簡潔で明白なものにしたかったのは確かです」と、メガンはいっていた。「でも、補足したり、削除したり、明快にしたほうがいいところが、まだありましたら、どうかご遠慮なくおっしゃってください。バラード大統領がモリソン＝フィオーレ法案に署名するまで、まだ四十八時間ありますから、声明のどの部分でも、微調整に必要な時間は充分にあります。わが社の主張はきわめて簡潔なものと、わたしは思っておりますが」

「おれにもそう見える」ヴィンス・スカルが、うなるようにいった。禿げ上がったてかてか頭の縁にある髪の端っこが、無頓着にはねあがり、ブルドッグ顔の眉根にしわを寄せた相貌は、怒り沸騰の一歩手前のようだった。ふだんから、この男の感情の領域は、狭いうえに不安定で、目盛りのいちばん下にはすぐに爆発しかねないいらいらが、いちばん上にはすさまじい怒りがあり、そのはざまで一時間おきくらいに激しい変動が起こる。この男の洗礼をいちどでも受けたことのある人間は、もう慣れっこだった。

「うちが暗号技術を無制限に海外へ送り出したら、たちまち、コンピュータに接続できる悪党は、法の手の届かない電子通信施設を手に入れることができる。バラードが、世間でいわれているようなワット数の高い脳味噌の持ち主なら、簡単に理解できるはずだ。つまりだ、そんなことは明々白々じゃないか、ボブ？」

FBIの男は、肩をすくめた。「どれほど公明正大を謳《うた》っていても、灰色の領域はかならず存在する。信頼すべき情報筋によれば、世界各地にある子会社を通じて外国に暗号を売ることで法の網をくぐっているアメリカの会社はいうまでもなく、その手の悪党どもは、すでにインターネットからその技術を手に入れている。その論理をたどれば、わが国のソフト・メーカーが海外市場で競争するのを制限するのが、努力に見合う行為かどうかは、検討の必要がある」

「精霊を瓶にもどすのは不可能なんだから、そんなことをするより、そいつを働かせてやったほうがいいというわけだ。そんなのは、麻薬を合法化したがっている連中から長年聞かされてきたのと、同じたぐいのたわごとだ。さらにいわせてもらえば、なんの意味もない。まだ警察のバッジをつけていた当時に、おれは見たが――」

「ちょっと待った、きみが質問したから、答えただけだ」ラングがさえぎった。「わたしをやりこめる必要があるのなら、自分のキャリアと名声を危険にさらしてまで、きょう、ここにいるつもりはない。ダンが証言してくれると思うが、わたしはこれまで、十を超える連邦議会の委員会で自由化には猛反対してきた」

「そのとおりだ」ゴーディアンがいった。「この席で、政策についての討論を最初からやりなおす必要は、どこにもない。この会議の目的は、モリソン＝フィオーレ法案を阻止する手段や、われわれの主義主張を――そして、結束を――世間に、政府に、そして産業界に、効果的に訴える手だてとして、なにか見落としていることがないかを確認することだ」

ノードストラムも、まったく同じことを考えていたから、火花が散りはじめる前にゴーディアンが雑音を取り除いてくれて、ほっとした。

「最後の数点についていえば、署名の日に全米記者クラブの前で、われわれの小さな宣言文を読み上げるというのは、まず申し分のない戦略だろう」彼は所見を述べた。「それは論議を引き起こし、マスコミの注目を引き、そうしなければ日刊紙の九面に載っていたはずの記事を、第一面の折り返しの上にもっていくだろう」ノードストラムは、思案するようにいちど間をおいて、鼻柱の上の針金縁の眼鏡を調節した。「署名まぎわに、法案の前に障害物を投げつける方法については……あさって、大統領の署名する部屋に鍵をかけて、なかに入れなくしたり、彼のペンを持つほうの手を折ったりする方法をひねり出すのは問題外として、正直なところ、わたしには、どうしたらいいかよくわからない」

「なにかいい考えはないか、ダン？」ゴーディアンがたずねた。

「やっこさんの手を折る方法を選ぼう」とパーカーはいったが、ゴーディアンは、なんとか微笑に近いものを浮かべることしかできなかった。

パーカーは、ゴーディアンの顔を見て、全然元気がないと思った。けさ、そう思ったのは、もう四度目になるだろうか。ほおは青白く、目の下に深いしわがあり、何週間もろくすっぽ眠っていない人間のようだ。ゴーディアンは、自分のかかえる問題をぺらぺら他人に話す人間ではないが、パーカーには、窮地におちいるずっと前に相談をしていた。ハノイの戦争捕虜収容所で五年を過ごしたあと、自由の身になかなか適応しなおすことができず、苦労をしていたときも、打ち明けていたし、すこし前に、結婚生活が困難に突き当たったときにも、打ち明けていた。

なのに、このところ、ゴーディアンは固く口を閉ざしている。なにを悩んでいるのかは、推《お》し量るしかない。個人的な問題だと、直感は告げている……しかし、勘はあくまで勘でしかない。ゴードが沈黙を守っているうえに、暗号技術論争のせいで厄介な問題がほうぼうに飛び火していて、しっかり突き止める機会がなかった。

パーカーは、周囲が静かになったのにふと気づき、ゴーディアンがまだ自分の答えを待っていることに気がついた。

「政治的見地からいえば、連邦議会の次の会期を見据えるべきだと思う」彼は、ゴーディアンについての心配を心の奥に押しこめて、そういった。「いまは、断固たる姿勢をとってPRの面で優位に立ち、海外で販売できる暗号ソフトのレベルにきびしい制限を設けるという前政権の方針に立ちもどるよう提唱するのが……」

「そうすれば、連邦議会でふたたび状況が好転したとき、ゆるやかに妥協点に向かうかもしれない」ゴーディアンがそう受けて、ダンの考えの仕上げをした。「そうなれば幸いだ」

「わたしもそう思う」ラングがいった。「この文書に書かれているとおり、わたしは、モリソン＝フィオーレ法案は、わが国の安全に災いをもたらすと信じている。しかし、被害を緩和するある種の変更を組みこむことは、可能なんじゃないだろうか」

「たとえば……？」

「すぐ思いつけるのは、プラグイン式の暗号カードや、わが国の軍隊が使用している——つまり、あなたやミスター・ソーベルが、海外の市場へ出すのを拒否しているのと同じタイプの——多重通信式暗号装置に使われる重要部品の輸出を禁止するという、明確な規定だ」

「もうひとつ挙げるとしたら、鍵回復《キーリカバリー》センターの運営を管理する、きびしい国際法と国際基準の組み合わせだろうな」パーカーがいった。「キーリカバリー・センターは、基本的には非公開の保管施設だ。政府はそこに、データソフトのデジタル・キーコードを預ける。いまは、警察と情報機関が、召喚状でその施設にコードの引き渡しを要求できる……民間の自由意志論者たちは、さまざまな法廷で、その権限に異議を申し立てているが」

パーカーは、ラングを見た。「まちがっていたら訂正してもらいたいが、わたしの理解しているところでは、ある国のキーリカバリー・センターに、キーをべつの国に引き渡すよう強要できる、有効な国際条約は存在しない。たとえ、引き渡しを要求している国が、国家の安全を脅かすものへの対抗上そのキーが必要なことを証明できたとしても」

ラングはうなずいた。「まさしくそのとおりだ。理論的には、最新鋭の電子装置をそなえたテロリストには、わが国の経済を壊滅させる力があり、わが国の軍隊のコンピュータを使用不能に追いこむことさえ可能なのだ。なのに大使たちは、現存の協力協定のもとで合法的にできることやできないことと格闘しているのが現状だ」

ゴーディアンは、しばらく、床から天井まである窓から、サンノゼのスカイラインと、南東のほうにぼんやりと見える山々を見つめた。そしてそのあと、ダンに注意をもどした。

「〈外国貿易委員会〉は、どうだ？」ゴーディアンはいった。「将来的に見て、最終的にわれわれの見解の、せめていくつかにでも、歩み寄りそうな人間はいないだろうか」

「だめだな」パーカーがいった。「あそこの長のオリヴェイラは、好戦的な自由貿易主義者だ。それだけじゃない。あの男と大統領は、ともにウィスコンシン大学で政治学を専攻している。そのおかげでバラードの指名を受け、ずっと大統領におべっかを使ってきた人間だ。世界じゅうのチャップスティックと交換だといわれても、大統領のケツから唇を離しはしない。自分の下っぱたちがその方向から脱線するのも、許しはしない」

「なら、連邦議会のしかるべき人物だ。国家安全保障会議《NSC》の人間なら、いっそう望ましい」

パーカーは、首を横に振った。「委員会には、個人的にわれわれに共鳴しているのが数名いるし、モリソン＝フィオーレ法案を、わが国の国防体制にとっての害毒の種と見ている者も、ひとりいる。しかし、みんな、ソフト産業が大きな影響力をもつ州や、海外市場に参入できなくなって失業者が出ることを恐れている州の出身者ばかりだ」彼は、悲しそうにほほ笑んだ。「あの法案に反対しているために、わたしがどれだけ票を失っているか、見当がつくかな？　シリコンヴァレーを代表する議員として？　ウージー短機関銃と盗んだ品々を手に、武装強盗の罪で逮捕されたとしても、これほどの数の有権者を敵にまわすことはあるまいよ」

ゴーディアンは、また外を見た。長々と続くロジータ通りを越えて、ディアブロ山がハミルトン山につながっていくあたりへ、目を向けた。遠く離れた山の裾野は、スモッグの薄いベールに包まれて判然としない。もっと手前には、かつてこの街の産業基盤を形成していた、古びた食品加工工場とプラスチック工場の姿が、まだいくつか見えた……だが、それらはまさに、過去の遺物でしかない。ここまで二十年以上にわたって、サンノゼの街に活力源を送りこんできたのは、工学技術の研究開発だ。この街の経済が生き延びられるかどうかは、莫大な数の人びとに雇用を提供しているハードとソフトの会社にかかっている。ダン・パーカーは、自分の主義を貫くために……そして、友人を援護するために、どれだけの代価が必要になるかを、つとめて控えめに語っていた。それは、政治家としての自殺行為にひとしいというのに。

ゴーディアンは、窓から顔をもどしてテーブルを見渡し、自分のもとに馳せ参じてくれた同盟者ひとりひとりの顔を、しばらく見つめた。その直後に、パーカーは、はっと気がついた——ゴーディアンの目に、かつての鋼鉄を思わせるきびしさが、すこしよみがえってきている。

「ワシントンへの旅支度について相談するとしよう」ゴーディアンはいった。「次のラウンドに進む準備はできたようだ」

5

二〇〇〇年九月十八日　シンガポール

ストレイツ・タイムズ紙より。

〝幽霊〟貨物船の捜査続く
乗組員が消えたのは海賊の仕業との見方が強まる

シンガポール発——センバワン港で、乗組員の消えた貨物船〈観音号《クアンイン》〉が発見されるという不可解な事件の発覚から、丸二日ほどが経過した。未配達の貨物は、いまも当地の税関事務所に保管されている。同事務所は、現在、シージャック事件の可能性について、マレーシアの税関事務所とクアラルンプールの海賊対策センターに相談中であることを明らかにした。

税関省のスポークスマン、タイ・アルフランによれば、この貨物船は、東マレーシアを拠点とするタムー・エクスポーツ社の船舶免許状を交付されていた。同船が九月十五日の夜、シンガポールに届ける多種多様な卸売商品を積んでクチン港を出たことは、確認されている。どこかに寄港する予定はなかった。十六日の朝に停泊しているところを発見されたとき、荷物はすべて積まれたままであることが判明し、海賊が船を襲った動機について、またひとつ疑問が加わった。約十名の乗組員の安否が気づかわれている。「船主は、きわめて協力的で、〈観音号《クアンイン》〉の出航時に乗り組んでいた正規の乗組員の完全なリストを、捜査班に提供していただきました」と、アルフラン氏は記者たちに語った。

アルフラン氏は、乗りこんできた海賊によって乗組員が力ずくで船外に追いやられた可能性を認めているが、そのいっぽう、彼らが行方不明になった理由はもっとありきたりなものかもしれないという希望的観測も表明している。前者の場合、犯人は偽造文書を手に入れてシンガポールに不法入国するために船を乗っ取ったのではないかという憶測が浮かび上がってくる。

「彼らの身になにがあったかは、判断を保留しています。現段階で即断しなければならない理由は、どこにも見当たりません」と、同氏は述べている。

弾痕らしきものを含めた武器による暴力の痕跡が下甲板に残っているのを、警察が発見したといううわさについては、アルフラン氏は、肯定も否定もしようとしなかった。

東南アジア諸国連合（ASEAN）が、合同で、海上の犯罪と戦う努力を続けているにもかかわらず、中国とこの地方全域で発生する海賊行為は、この十年で五〇パーセント以上の増加を見せ、残虐の度合いも段階的に強まってきている。その多くは、暗黒街の犯罪組織《シンジケート》の支援を得て行なわれているものだ。昨年だけでも、海賊によって襲撃を受けたり殺害されたりした船員の数は、四百人を超えている。海賊を取り締まる巡視隊の装備や対策が、この数年で強化されていることを考えれば、これは驚くべき数字といえ……

彼らは、二日のあいだ、女を尾けてきた。彼らのつかんだ情報によると、アメリカ人は、今夜やってくるらしい。ならば、襲撃は今夜だ。この機会を逃したら、次のチャンスがおとずれるまで、また一週間待たなければならないかもしれない。そのあいだに、〈観音号《クアンイン》〉乗っ取り事件の捜査は広がりと進展を見せ、犯人追跡の段階に進むだろう。そうなれば、船員から奪った偽の身分証が使いづらくなる。

シアンとその仲間が寝泊まりしているゲストハウスは、〈ファットB〉からさほど離れていない、曲がりくねった横道《ロロン》にあった。荒れ果てたふたつの建造物のあいだに押しこめられ、鎧戸を閉めている、くたびれた宿だ。安い料金で三部屋を押さえていたが、どの部屋にも、たわんだ簡易寝台と、がたがたの椅子に囲まれたがたがたの三角テーブル、そして蛇口から水漏れのする洗面台が、あるきりだった。人里離れた場所で、周囲の環境も怪しげだから、旅人や、余計なことに首をつっこみたがる短期滞在者が、わざわざこの宿を探しにくることもない。シアンにとっての絶対条件は、それだけだった。

つまり、今夜の彼らは、居心地など気にもしていなかった。

シアンは、刺青をほどこした胸をはだけたまま、椅子に腰をおろし、小さな厚紙を脚の下にはさんで揺れを止めているテーブルに、両腕をおいていた。テーブルの上には、マックス・ブラックバーンの写真があった。その右側で、蠟燭が、平らな金属の灰皿にとりつけられて燃えていた。蠟燭の横には、丸いセラミックの柄のついた細長い針が一本あった。シアンと向きあう部屋の反対側では、サンとカマルというふたりの手下が、簡易寝台を片側に押しやって空間をつくり、カルナ・マチャンという、虎の動きを土台にした動きのしなやかな武術の練習をしていた。日除けは下ろしてあり、部屋にそなえつけの電気照明も切られていて、蠟燭の光が、交錯する彼らの影を、壁と天井に投げかけていた。

今夜、ブラックバーンと女を襲うときに着ていく服が、簡易寝台のひとつに無造作に投げかけられていた。目立たないカーキ色のデニムのズボンに、長袖のコットンシャツ。安全でおだやかな暮らしを送っている、軟弱な者たちが着る服だ。

人込みにまぎれやすい服装をしたほうがいいと、あのバーの見栄っ張りはいっていた。助言はありがたく採用したが、あの男はシアンのことを、淡々とした表情の奥に押しこめたあざけりの思いに気がつくほど頭はよくないと見くびっていた。大男、総身に知恵がまわりかね、とでも思ったのだろう。それは、このイバン族の男と取引をする人間が、犯しがちな誤りだった。しかし、相手がそう思えば、そのぶんシアンは有利になる。

いまシアンは、大きな右手を伸ばしてテーブルから針を持ち上げ、念入りに研《と》いだ先端を炎のなかに差し入れた。手下たちには、型《カタ》の練習をさせておいた。シアンには、心の準備をする独特の方法が——この先に待ち受ける仕事に向けて、強固な意志を固める方法があった。

彼は、針の柄を持って先端を炎にかざし、それが熱くなるのを見つめながら、静かに待った。先が熱せられて赤くなると、炎から引き抜いて、顔の前に左手を持ち上げ、指をそろえてぴんと立てた。手相を見ているみたいに、すっと目を細くして神経を集中し、しばらくその手を凝視した。真っ赤になった針は、まだもういっぽうの手にあった。

次に、針を横にして先端を左手に向け、小指の第一関節のすぐ下に当てた。口を引き結んで、針をすっと指にすべりこませ、指の腹の奥のやわらかな肉を突き通し、少量の血といっしょに先端が反対側に出てくるまで押した。

広い額にうっすら汗をにじませて、さらに針を進ませた。それが、薬指の関節の下を貫いて突き通り、肉を焼き焦がしながら、ふたたび外に出てくると、先端が中指をちくりと刺した。

シアンは、親指を除いたすべての指に針が通るまで、押しこみつづけ、一、二度、それを回して、骨を傷つけないように調節した。顔には、神がかりの状態に似た表情が浮かんでいた。

そのあと、彼はゆっくり指を曲げていき、こぶしを握って針を包みこんだ。一分が過ぎ、二分、三分と経過した。こぶしに力をこめた。針の熱と圧力で、指関節の内側がかっと熱くなった。血が、手首を汚し、マックス・ブラックバーンの写真の上にはね散った。痛みが耐えがたくなればなるほど、手に侵入した金属をきつく握りしめて、針を包む指の皮膚を引き伸ばし、ふくらませた。血のしたたりが速くなり、激しくなった。前腕がぬらつき、写真のブラックバーンが血におおわれていった。こぶしに、さらに力をこめた。この痛みは、純然たる意志の力で乗り越えなければならない波だ。痛みが止まってほしいとは思わなかった。あとのふたりが儀式としての稽古を続け、一千年の歴史をもつ格闘術の流れるような動きにしたがって影が部屋を縦横無尽に踊り、くっついては離れていくあいだ、シアンは、うつろな目をまばたきひとつさせず、ふたりのことを忘れていた。

「やる」彼は、息を殺してささやいた。「やる」

こぶしに、ぎゅっぎゅっぎゅっと力をこめた。

三十分後、シアンは、血のしたたる針を肉から抜いた。

準備完了だ。

ふたりの会話のなかに、マーカス・ケインの職業倫理の話が登場したのは、二度目のデートのときだった。一度目は、あの、信じられないくらい刺激的なスランゴールの週末だった。マックス・ブラックバーンは、つむじ風のように彼女の人生に吹きこんできて、自分がなにをしているのか考える時間も、自分の小ぶりで魅力的な頭がだれかに支配されているのか自問する時間すら与えずに、ベッドへ吹きさらっていった。二度目のとき、その話を持ち出してきたのは、マックスだった。スコッツ・ロードぞいにあるタイ料理のレストランで、夕食を食べながらだった。

食事がすんで、ボルドーの赤の二本目にかかっていた。三十分後には、マックスがハイアットにとったスイートで、ドアからベッドまで点々と服を脱ぎ捨て、息もつかせず格闘することになる。だが、食事とそれのあいだに、ふたりはワインを飲みながら、彼女の雇い主について議論していた。短い時間ではあった。ふたりとも、仕事の話より楽しい営みを心待ちにしていたから、ごく短い時間ではあった。だが、そのあと彼女の世界をひっくり返すことになる一連の出来事のきっかけをつくるには、それで充分だった。

就業時間を過ぎて、外の廊下に清掃婦がひとりいるだけの、静まり返ったオフィスに、いまキアステン・チューはいた。これまでに築き上げてきたキャリアウーマンとしての経歴が、ひょっとしたら人生そのものが、木端微塵に吹き飛ぶかもしれない。それはわかっていた。たぶんいつの日か、わたしは——簡単に自分を納得させる、ただそれだけのために——あれは、良心と義憤に駆られ、国際法の許す限度をはるかに超えた犯罪行為に、消極的にでも加担するのを拒否するためだったのだと、自分にいいきかせるだろう。高潔を貫いた女、だ。あと知恵とはいえ格好はつくし、盲目の恋におちた瞬間に自分がくだした判断についても、気が楽になるだろう。しかし、いま、社外秘の事実に探りを入れる作業に自分を駆り立てている真の理由は、ひとつしか見つからなかった。

 こともあろうに、それは、どんな人間なのかもほとんど知らない男への、愛とあこがれだった。

なんという、ロマンチックな話だろう。

キアステンは、腕時計をちらりと見て五時半と知り、もう出なければと思った。三十分後にハイアットの外で、マックスと落ち合うことになっている。現在の仕事に死をもたらすディスクを、コンピュータのCD-Rドライブからとりだすと、そのあとしばらく、ただそこにすわって頭を振り、プラスチックでできた死の円盤を見つめながら、あのレストランで交わした会話を、まるできのうのことのように鮮明に思い出していた。

ああ、マックス、マックス、マックス。彼がよこした質問は、かなり不躾《ぶしつけ》なものだったし、ほかのだれかからあんなことを訊かれたら、きっと不愉快な思いをしただろう。だが、あれこそブラックバーンの真骨頂だった。彼の話しかたは、ほかの人間ではとうてい不可能なたぐいのものだった。もちろん、すぐに警戒を強めはした。しかし、本当は、最初から抵抗できないものを感じていた。なぜか、あの無神経さが逆に、相手の警戒を解いてしまうのだ。

それがうまく働くことを知っていたから、彼はあんなに自信たっぷりだったのかもしれない。マックスは、まるでふと思いついたかのように、きみは雇い主の〝後ろ暗い企業戦略〟に憤りを感じてはいないのか、とたずねてきた。まるで、マーカス・ケインのやりかたに問題があるのは、既成事実であるかのように。空は青く、海は広く、マーカス・ケインは破廉恥な悪党だ。わかりきったことじゃないか、いとしいキアステン。

最初は、どう返事をしたらいいのかわからず、本当に返事を期待されているのかしらと半信半疑のまま、ワイングラスの縁から彼の顔をただ見つめていた。彼は、ただ静かに待つことで、そのとおりだと伝えてきた。

「あなたの質問は――」できればこの話題は避けて通りたいと、なおも願いながら、彼女はようやく答えた。「わたしたちの宣言した休戦協定に反しているんじゃないかしら」

「いや、ルールは確かめた。この質問は、どう見ても許される」例の、自信たっぷりで、いまいましいくらい魅力的な表情を目に宿して、彼はいった。「忌憚のないところを聞かせてくれ」

この質問に、なぜこんなに居心地の悪さを感じるのか、キアステンにはわからなかった。あのときはわからなかった。そのあとも、しばらくは。わたしは、マックスにも自分自身にも、まだ認める気になれなかったのだ、前々から触れられたくなかった痛いところに、マックスが触れてきたことを。自分でも気がついていた、モノリスの金銭的な不正には……不正、ああ、そうよ、わたしは、あのときすでに、あれをそんなふうに考えていた。自分の机を横切っていく不審な出来事を、なんでもないのだと自分にいいきかせていた。そしてふだんは、適当な理由をつけて頭から疑念を追い払うことができた。

「まあ、それはきっと、負け惜しみの強い競争相手や、長引いている政治闘争で彼と敵対する側についている人たちの言い草ね」キアステンは、意図したよりきつい口調でそういっていた。魅力的な男だけに、マックスの高飛車な態度にいらだっていた。「でなかったら……」

「じつをいうと、おれは二年前に、あの男にたいする集団訴訟を考えていた」マックスはいった。「おぼえているかな?」

あの事件から発生したマスコミの攻撃を食い止めるために広報軍団の一員として働いてきたキアステンは、いやというほどおぼえていた。ケインの新しいオペレーティング・システム（OS）は、マイクロソフトのウインドウズに次ぐ二番目の人気を博しており、急速に首位の座を脅かす存在になっていたため、ソフト・メーカーが正式な発売の前にモノリスに試供品を手渡し、互換性の確認が行なわれるのは慣例になっていた。OSは、そのグラフィック環境で作動するプログラムがなくては使いものにならないし、プログラムは、三つの標準的なOSのひとつで動かなければ無用の長物になるのだから、双方の利益になる申し合わせだった。きわめて重要といっていいくらいの。

ところが、モノリスが自社の開発製品として市場に出しはじめたソフトに、外部の開発者たちから、これは自分たちが評価のために送った最終テスト用のプログラムにそっくりだとクレームがついたとき、騒動は持ち上がった。開発者は、以下のように告発した。われわれは、ケインの技術者に知的財産を盗まれた。モノリスは、操作画面と機能に小さな変更を加えてから、製品のパッケージにモノリスのロゴを貼りつけたのだ。つまり、強欲にも、他人の開発した製品を強奪し、自社の製品として売り出したのだ、と。

あのレストランで、キアステンは、テーブルをはさんでマックスと向きあい、グラスをおいて、テーブルの上に腕組みをし、身をのりだしていた。

「あの問題が裁判沙汰にならずに解決したのは、知ってるはずよ」彼女はいった。

「ケインが莫大な和解金を出してな」

「それは、罪を認めたのと同じことではないわ。有名な会社の場合、世間の注目を取り除くのが大切なことだってあるもの。特に、そうしなかったら問題が長引いて収拾がつかなくなる場合には」

マックスは、両手を開いた。「ケインには、ひとこといっておかねばならないことが、ほかにもいくつかある。たとえば彼は、OECDの贈賄禁止協定を無視しているが、その程度は目に余る」

「あなたもいまいったじゃないの、マックス」彼女はいった。「あれは国際協定であって、正式な条約じゃないわ。つまり、強制力はないのよ。マーカス・ケインが、あれの中身のなさにつけこんだからって、それを犯罪呼ばわりするのはどうかしら……特に、昨年まで外国との契約で袖の下をやりとりしている会社に減税措置を与えていたフランスとドイツには、そんな資格はないわ」

彼女は、いちど言葉を切って、大きく息を吸いこんだ。「まったく、なんでうちのボスの仕事のやりかたを、いちいち弁護してやらなくちゃならないの。たしかに、彼の人間性には太鼓判を押すことはできないわ。でもね、彼は、四つの大陸に支社をかまえて、本当の意味で双方向的なケーブルテレビ・ネットを所有している、あの分野の第一人者なの。わたしにいわせれば、だからこそ事業の天才と呼ばれているの。彼の競争方法が、ときに非情なものになったとしても、それはしかたのないことだわ。わたしにとって大事なのは、それが合法であることと――」

「たしかに、決定的に違法であると証明されたことは、まだいちどもない」

「――あの人が、社員にとびきりの給料をはずんでくれることよ」彼女は、割りこんできた彼の言葉を押しのけるように、言葉を継いだ。

「金がすべてではないという昔ながらの常套句にも一理あるぞと指摘してみたところで、その指摘自体が陳腐な常套句みたいなもの――」マックスはいった。そして彼女に、こわばった微笑を向けた。「そういうわけかい？」

キアステンは、狼狽と興味が奇妙にまじりあった面持ちで、彼を見た。

「じゃあ、マックス」彼女はいった。「あなたは、アップリンク社に無償で奉仕をしているの？　全人類を携帯電話とワイヤレス・ファックスでつなぐっていうロジャー・ゴーディアンの聖なる戦いに、義侠の士として参加して、世界じゅうで問題解決をしてまわるつもりなの？」

マックスの顔に、嘘いつわりのない真剣な表情が浮かんでいなかったら、そのあと彼がいった言葉には、唖然としていたかもしれない。しかし、その表情を見ていた彼女は、自分のいやみなセリフをたちまち後悔した。

「ロジャー・ゴーディアンは偉大な男だし、彼を守るためなら、おれは喜んで命を投げ出すだろう」マックスは、あっさりそういった。

がーん。

いま彼女は、あの夜のことを振り返りながら、その言葉に椅子から転げ落ちそうな衝撃を受けたことを思い出していた。とにかく、あの言葉にこめられたとてつもない激しさと確信に、彼女の感情をせき止めていた最後の壁は突きくずされた。そして、マックスにたいする思いは、ワープのスピードで、正真正銘のロマンチックな愛へと昇華した。彼への思いに圧倒的な割合を占めているのは、体の欲求だと——ありていにいえば、性的な欲望だと——それまでは思っていたし、そう思いたかったのに。あれは、初めて出会った驚くべき感情だった。どう対処すればいいのか、見当すらつかなかった……。

彼女の物思いに、戸口から、ひとつの声がいきなり侵入してきた。「あら！　ごめんなさい、ミス・チュー。もう、みんな帰ったと思ってた。あとにします？」

キアステンは、戸口からのぞいている顔を見る前から、シングリッシュと呼ばれるシンガポール訛りの英語で、掃除婦だとわかった。キアステンが、オックスフォードでの学業を終えて最初にシンガポールに帰国したときには、現地の訛りに——行く先々で耳に飛びこんでくる、近隣の島々やフィリピンから移民してきた労働者階級の人びとにとりわけ好まれているらしい、英語と福建語とマレー語とタミール語が渾然とした、騒々しい独特の言語に——大急ぎで耳を調節しなおさなければならなかった。

彼らは、裕福なキアスー（ゲンキン、ちゃっかり屋、新しいもの好き、負けず嫌いといったシンガポール人気質を象徴する、コミックの主人公）が、ごたまぜの言語に加わった最新の用語を、頭痛に見舞われながら解読しているところを見て喜んでいるのかもしれないと、彼女は苦々しく思っていた。

「いいえ、リン、もういいわ」彼女は、お決まりの手順を踏んでコンピュータの電源を切った。「もう終わるところだったの」

ドアのすきまが広がり、リンが手押し車を押して、がたがた音をたてながらはいってきた。

「なんでこんな時間まで仕事してるの、ラー？　金曜日の夜なんだし、会社になんかいないで、外に出ていかなきゃ」彼女はウインクした。「あのハンサムなアメリカ人は、どうしたの？」

キアステンは、ほほ笑んでブリーフケースに手を伸ばし、CD-Rを、内ポケットのデジタル録音機の横に入れた。マックスは、このなかに小さな特別のものを見つけて恍惚とするだろう。

「じつはね、あのハンサムなアメリカ人と、彼のホテルで待ち合わせて、今夜は〈ハリーズ〉で踊り明かす予定なの」と、キアステンはいった。そして、彼女のほうは痛飲もするだろう。見つけだした情報をマックスに手渡したあとは、いやなあと味を洗い流せるものがたっぷり必要になるはずだ。あの情報は、事業の発展につれて彼女に破格の待遇を与えてくれた会社に、そして、彼女のなかにいる東洋的な集団本位の伝統主義者が忠誠に値すると考えている会社に、破滅をもたらすかもしれないのだから。

「楽しんできて」大きな丸顔で破顔一笑して、リンはいった。「かならず月曜日に話を聞かせるのよ、ラー?」

キアステンは、ブリーフケースをぱちんと閉めた。

「赤面せずに話せることだけね」と、彼女はいった。

ブラックバーンは、市街を走るたくさんの車と、デパートに群がる買物客と、カクテルアワーを終えて疲れたほろ酔いの顔で帰宅の途につこうとしている無数の会社員や公務員のあいだを縫うようにして、スコッツ・ロードに靴音を響かせながらハイアットへの道を急いでいた。時刻は午後七時だが、灼けつくような日射しは、ようやくすこし弱まりかけたところだった。おびただしい汗で、シャツはもうずぶ濡れだ。シャワーを浴びたくてたまらなかった……ああ、そうとも、それこそ週末にふさわしい幕開けだ。さらにまずいことに、キアステンとの約束は六時だった。携帯電話に遅れると連絡はしたものの、思ったよりずっと遅くなってしまい、焦っていた。彼女は、はやる気持ちをぐっと抑えて、おれが現われるのを待っているはずだ。

彼女にそんな思いをさせてはならない。

なによりいらだたしいのは、たっぷり余裕をもって出かけたはずなのに、こうなってしまったことだ。保安部隊のひとりといっしょに、ジョホール・バル（JB）のバス・ターミナルまで車で送ってもらい、コーズウェイを渡るJB発シンガポール行きの急行に飛び乗った。会社のランドローヴァーより、バスを使ったほうが、はるかに早く、面倒な思いをせずにシンガポールに渡れることは知っていた。バスには専用の車線が割り当てられており、トラックや自家用車が長蛇の列をつくって長時間渋滞に巻きこまれる税関も、ふだんは迂回していけるからだ。ところが今夜は、公営、私営のバスを含めて、橋の上のあらゆる車がきびしい検問を受けており、両方向とも渋滞の列ができていた。わざわざ事情を説明してくれる検査官はいなかったが、バスの乗客の多くは、今週のニュース番組をずっと独占してきた〈観音号《クアンイン》〉事件と関係があるにちがいないと思っていた。停止が長引くあいだ、ただ待つ以外しかたのない彼らは、かまびすしい議論の末に、貨物船を乗っ取った犯人たちか、彼らの逃走を助けるためにマレーシアからこっそり国境を越えてこようとするその仲間をチェックしているのだという結論にいたった。

マックスは、この事件のことはよく知らなかった。地上ステーションの保安分析に忙殺されている身では、世間を騒がせている事件の進展を、逐一追うことなど不可能だった。それでも、シンガポール警察の肩章をつけた制服の男たちが、税関担当分遣隊の応援に駆けつけてきているのを見て、なにか尋常でない事態が持ち上がっているのだと思った。

バスが、止まっては動きをくりかえしながらジョホール水道を渡って、ブキティマ高速道路に乗り、きびしい管理下におかれている瑞々《みずみず》しい樹林草原を迂回して、南のクイーン・ストリート・ターミナルへ向かうあいだ、彼の心には、もちろん、べつの心配事が重くのしかかっていた。モノリスのコンピュータ・データベースからなんとか手に入れたいと思っていた証拠を、ついにキアステンが掘り当てたのだとすれば、ふたりが出会った日から開演した影絵芝居は、ついに終幕を迎える。彼女は、どれほどの痛手をこうむることになるだろう？モノリスでの彼女は、おしまいだ。そして、無情で冷酷な話だが、自分とキアステンの関係も終わりに近づくだろう。

だが、彼女にそんな仕打ちをしていいのか。最後にそんなひどい思いをさせていいのか。

ブラックバーンは、バスに乗っているあいだ、その問題を頭から締め出した。アラブ・ストリートに着くと、すぐに都心部を走るバスに乗り換えて街の中心に向かったが、そこでまた、車の流れがとどこおりはじめた。こんどは、ラッシュアワーの混雑による典型的な渋滞だった。歩いたほうが早いと判断し、オーチャード・ロードでバスを降りて、西へ急いで歩きはじめ、現代の水晶宮のように道路ぞいに立ち並ぶ、正面がガラス張りの美しいショッピングセンターを、いくつか通りすぎた。建物の正面が、鋭く尖った太陽の矢を反射していて、サングラスをかけているにもかかわらず、目がひりひりした。

そのあと、スコッツ・ロードへ急いで右折すると、まぶしく照りつける日射しに目を細めながら、もうひとつの高級ショッピング街と、その向こうに高くそびえるハイアット・リージェンシーを透かし見た。

キアステンは、メインエントランスのそばの、いつもの場所で待っていた。淡い黄色のドレスの肩に、髪をゆったりと垂らし、一方通行のにぎやかな大通りを見つめている。おそらく、ホテルの前をとぎれることなく流れていくタクシーやバスのなかから、彼が現われると思っているのだろう。彼女に近づくにつれて、ふたりで会うときかならずふくれあがってくる、罪悪感と欲望がないまぜになった思いに、たちまち襲われた。彼女は、なんのためらいもなく、マックスにその身を捧げてきた。マックスが彼女を求める気持ちも、彼女のそれに劣らず強烈なものではあったが、マックスの愛は、彼女がマックスに感じるようになった愛ほどではなかった。しかし、きみを愛するのは自分の身勝手な目標の達成を早めてくれるからにすぎないとは、話していなかった。嘘をつき、巧みな手管を用いて、ふたりのもっとも親密な瞬間まで利用してきた。彼は知っていた。欲しいものが手にはいるまで、自分が彼女をだましつづけることを……さほどそれが、骨の折れることではないことも。

そう、悲しいくらい造作ないのだ——そう胸のなかでつぶやきながら、マックスは、彼女の待つ場所へ急いだ。

スコッツ・ロードの高台側にあるハイアットの通用口の外に、パネルトラックと呼ばれる小型のヴァンが駐まっていた。シアンは、その運転席にいた。トラックの本来の運転手が、新しいリンネル製品をホテルに届けにきてから、三十分近くなる。いま、運転手の裸の死体は、後ろで、赤い染《し》みのついたテーブルクロスにくるまっていた。クロスは、イバン族の男が背後に忍び寄ったときに運転手が降ろしかけていたリンネル製品の山から、いただいてきた。運転手は、耳から血をしたたらせていた。シアンが、カナタと呼ばれる長さ六インチほどの針を耳に突き刺して鼓膜を破り、耳道から脳のやわらかな肉まで針を貫通させると、男は、一瞬にして、声もなく、絶命した。

男からはぎとった白い制服の上着は、シアンには信じられないくらいさっぱりしていたが、襟元に血の染みがついていた。しかし、トラックのなかにいるかぎり、気がつく者はいるまい。とはいえ、すこしずつ不安がつのってきた。あのアメリカ人は、どうしたんだ？　いつまでも積み降ろし用の傾斜路に車を駐めていたら、疑われずにはすまない。シアンは、もどかしい気持ちを抑えつけ、運転席で休んでいるみたいに見えるように、すこしだけ頭を沈めた。そして待った。

路上では、襲撃チームの残りがホテルの周囲に散っていた。ふたりが入口のドアを見張り、べつのふたりが向かいのロイヤル・クラウン・プラザの前にいて、さらに四人がスコッツ・ロードの南と北の角に散らばっていた。

手下たちの見かけは、おおむね同じだった。黒髪と冷酷そうな目に、骨張った顔立ち。肌はひからびた粘土のような色で、大柄な体つきではないものの、その表面は、張りつめた革ひもを束ねたような筋肉におおわれていた。急ぎ足の群衆のなかをうろうろしていても目立たずにすむ、ごくふつうの、ゆったりした衣服に、それぞれ一種類か二種類の武器を忍ばせていた。

人びとの群れは、マイナス材料ではない。まだ沈んでいない太陽の光も、同様だ。人通りが少なくなって、歩道の熱狂が静まったら、襲撃が失敗する可能性は高くなる。夜になったら、彼らの動きは、静かな池の水面にとつぜん起こったさざ波のように、人目を引くだろう。いまなら、おびただしい歩行者の喧騒と混乱がつくり出す、ごく平凡な風景に、紛れこむことができる。

女がハイアットの入口の前に立ってから、しばらく経過した。女は、いまにも待ち合わせの相手がやってきそうな感じで、通りを見ていた。もちろん、そうなるはずだ。彼らは、狩りに出た狼たちのように、女のあとを何日か尾けてきた。そして今夜、女は彼らの真の獲物を輪のなかへたぐり寄せ、彼らは請け負った仕事を遂行する。

そのとき、ふとオーチャード・ロードのほうを見た女の目が、大きく見開いた。監視者たちは気がついた。女は、顔をほころばせて笑顔で手を振り、その表情には喜びと小さな興奮が浮かんでいた。

監視者たちは、その点も見逃さなかった。

彼らは、女の顔が見ている方向に視線を転じ、強い期待をこめて、女の視線の先をたどっていった。いよいよだ、と彼らはいっせいに思った。女に向かって歩いてくる男は、飛行士用のサングラスをかけていたが、写真の男であるのはすぐにわかった。男が、手を振り返し、歩調を速めた。

「マックス！」と、女が呼びかけ、ホテルの入口前の階段を降りていった。

監視者たちは、ふたりを捕獲するために動きだした。

6

二〇〇〇年九月十八日　ワシントンDC

「しっかり頭にたたきこめ、アレックス。あんたの友人のゴーディアンが照準を合わせるべきなのは、錠《ロック》じゃない、鍵《キー》だ……ええい、このワイヤー仕掛けのくそ装置めが、ペースメーカーに遅れちまう！」

元海軍少将のクレイグ・ウェストンは、軍人としての絶頂期には、SUBGRU2の最高士官という地位にあり、アメリカ合衆国海軍の大物のなかでも指折りの大物だった。SUBGRU2というのは、アメリカ潜水艦部隊の初等訓練施設を併設したコネティカット州グラトンを基地にして、大西洋岸の全攻撃潜水艦を統括する司令組織だ。そのなかには、人目を欺くように平穏なニューイングランドの海岸線にドックを設けた、原子力潜水艦の三個小艦隊に加え、サウスキャロライナ州チャールストンとヴァージニア州ノーウォークの本拠地に分散している二個小艦隊も、含まれていた。原子力潜水艦が全部で四十八隻、研究用潜水艦が一隻、そしておびただしい数の支援艦がいた。原子力潜水艦一隻に搭載されている通常弾薬と核弾頭には、沿岸の大都市ひとつを地図上から消し去るだけの威力があることを考えれば、ウェストンが握っていた破壊の力は、ひとことでいえばすさまじいものだった。

ノースウェスト・ヘルス&フィットネス・クラブのローイング・マシンに向かっているウェストンを観察しながら、アレックス・ノードストラムは、その力はなにひとつ衰えていないのではないかと思った。ウェストンは、六十代後半ながら、背が高く、贅肉がまったくなく、銀髪の平たいクルーカットと、嵐雲のような灰色の瞳、屹立する山の岩棚のようなあごの持ち主だった。いま彼は、真剣な表情で最大限の精神集中をして、朝のトレーニングにとりかかっていた。すさまじい迫力だ。火の出るような激しさが、たびたび、ののしり言葉の一斉射撃の形をとって吐き出される。このジムが会員に求めている常識人としての行動を、あやうく逸脱しそうな大声で。

「こんちきしょう！　いくぞ、この腹ぺこの股ぐらのシラミ野郎！」ウェストンは、そう吠えて、マシンを漕ぐリズムを加速した。ジムのショートパンツとランニングシャツを着ているのは、肉体を誇示するためにちがいないと、ノードストラムはにらんでいた。彼より三十歳若い人間の肉体だとしても驚きだし、いくら健康でもこの年齢のものとは信じられない、ケタ外れの肉体だった。これで、リンパ節に転移した前立腺癌と闘うために、最近、集中化学療法のプログラムを受けてきたというのだから、このウェストンというのは、アレックスから見れば、まさしく超人の域に達していた。ウェストンがマシンを漕ぎはじめると、太股の横の筋肉がふくれあがった。腕を伸ばしていくあいだ、タンクトップの下で、二インチも厚みがあるかという腹筋と胸筋が収縮した。ひと漕ぎを完了するためにハンドルを引き、そのあと、次のストロークにはいるためにはずみ車に向かって上体を後ろに反らすと、腕の二頭筋がふくらみ、臀部がかすかに揺れ、装置のケーブルが弓の弦《つる》のようにふるえた。

ウェストンの横でエアロバイクに乗っているノードストラムは、たるみはじめた自分の腹にちらりと目を向けて、狼狽のうずきをおぼえ、バイクの画面に指を触れて負荷を上げた。

「きょうはシーウルフ級の予備知識を教えてくれるはずだったじゃないか」息切れをさとられないよう苦労しながら、彼はいった。「なんでロジャー・ゴーディアンの話になるんだい？」

「生意気いうな」ウェストンがいった。「いつでもこんな気前よく忠告してやるわけじゃないぞ」

アレックスは眉をひそめた。「わかったよ、勝手にしてくれ。しかし、その知識が必要なのは本当なんだ」

「必要なことはすぐ教えてやる」

ウェストンがマシンを漕ぐと、筋肉が躍動した。呼吸は、鼻から静かに行なっている。目は、ローイング・マシンのビデオ画面に集中していた。画面では、コンピュータのシミュレートするボートレースが行なわれており、赤と青の小さなボートが、白い砂浜の先にある緑色の水面を競走していた。ノードストラムは、ウェストンが話を再開するのを待ちながら、ジムを埋めつくしている最新のマシンがなめらかに動く静けさを感じていた。ときおり、トレッドミルの斜面から空気圧で不明瞭な音が起こったり、ベンチプレスの重量を調節するガチャンという金属的な音が差しはさまれたりはするものの、聞こえるのは、音響を抑えた空間に人間の運動がたてる控えめな音――つまり、息を吐く規則的な音や、足がゴムを蹴るリズミカルな音がほとんどだった。

「ひとつ質問がある」ようやくウェストンが口を開いた。「あんたなら、どっちが心配だ？自分の家と同じホーム・セキュリティ・システムをもって隣の家に引っ越してきた泥棒の一味か、自分の身を守るシステムはなにももたずに引っ越してきたが、あんたの家のシステムを無用の長物にできる道具や手段をもっている、つまり、あんたの家の玄関を開けて警報装置を切り、あんたが眠っていたり留守にしているあいだに、いつでもあんたの寝室に忍びこめる泥棒どもか？」

「せっかくの凝った質問だが」ノードストラムはいった。「どちらもいないのがありがたい」

「だれだってそうだ。しかし、おれの質問の選択肢にそいつはない。いいから、おれのわがままにつきあえ」

ノードストラムは肩をすくめ、汗で濡れたタオルを首に巻いたまま、上体をハンドルにかぶせるように前傾させて、ペダルを踏んだ。

「わたしなら、そいつらが自分の家にはいることができないようにするだろう」と、彼はいった。

ウェストンは、しばらく相手を見た。「そこだ。おれのいいたいのは、そこなんだ。ゴーディアンは、暗号技術についての考えを世間に訴えたがっている。あの男のいいたいことも、そいつのはずだ」

「あなたの口からは、そこまでしかいえないわけだ?」

「そういうことだ」とウェストンはいって、また画面に目をもどした。「あの潜水艦の、なにを教えてほしいんだ?」

ノードストラムは、話の接《つ》ぎ穂を入れそこなったかなと思った。「教えてもらえることは、すべてだ。自分が乗るのがどんな船かは、きちんと知っておいたほうがいいだろうからな」

「どんな船のことを書くことになるかもだ」

「報道陣の誠実な一員として、そして、できれば恥をかきたくない人間として」と、ノードストラムはいった。

ウェストンは、画面を見て、またひとしきり悪口雑言を吐き、それまで以上に力をこめてケーブルをぐいとひっぱった。

「昔、テレビでやってた『原子力潜水艦シービュー号』というのを、見たことがあるか?」彼はいった。「うちの息子たちは、子どものころ、なんの疑いもなくあれを見ていたものだ。日曜の夜七時だ。遠征に出て、出先から電話をかけたときには、今回はどんな話だったかってのに耳を貸さなくちゃならなかった」

ノードストラムは、首を横に振った。「当時、プラハでは、アメリカの番組を受信できなかったからな。共産党への無知を責めてくれ」

「そうだったな、あんたがどこで育ったかを忘れてた」ウェストンはいった。彼は、オールを引き寄せて、前に押しもどした。「その番組に、ノーチラス号という未来の潜水艦が出てきた。ジュール・ヴェルヌの小説にちなんで命名されたやつだ。シーウルフ級は、ロサンジェルス級の設計者には想像するしかなかった能力を搭載した、その現実世界版だ。あいつは、海軍の最新交戦技術の試験用潜水艦《テストベッド》なんだ。無限に改良を重ねられるモジュール構造をそなえている。いままでになかった識別防止構造や、統合探知法、遠隔測定法、通信システムをそなえている。ハープーン対艦ミサイル、MK48魚雷、機雷、といった通常搭載兵器をずらりと並べ、そのうえに、新型のブロック5シリーズ・トマホークが加わる。こいつは、陸上攻撃用ミサイルで、弾頭には、二時間まで空中にとどまることができて爆発前に二〇フィートも地面へもぐりこめるハードターゲット・スマート・フューズ爆薬をはじめ、たくさんの選択肢がある。おれにはすらすら並べきれないくらい、たくさんある」

彼は、片目をつむって、内密の話をするように声をひそめた。「海軍には、表向きは、核弾頭を積んだトマホークを搭載している潜水艦はないことになっているが、当然のことながら、その能力は存在する」

「当然のことながら」アレックスはいった。

「シーウルフ級は沿岸で活動できる点も、付け加えておくべきだろうな」

「近くの港や、都市や、敵の防衛拠点をはじめとする、地上ベースの目標を攻撃する能力、という意味だな」

「そのとおりだ」ウェストンは、天井から床まである鏡でノードストラムの反応を確かめ、うんざりしたように小声でののしりの言葉を吐いて、体をまっすぐ起こした。「SEAPAC（東南アジア太平洋協議会）のためにシーウルフ級を配備するというのは、あの大統領の頭がこく典型的な屁のひとつであるばかりか、これまでやっこさんがこいた屁のなかでもいちばん臭い代物だが、その理由は、詳しい説明にはいる前に知っておいたほうがいい」

「当ててみようか」ノードストラムはいった。「あなたが内心おだやかじゃないのは、日本、韓国をはじめとする、あの地域の国の人間が乗りこんでいて、医療や研究をはじめとする非戦闘的な役割の専門家たちまで乗っているからだ」

「おれのことをよく知ってるな、アレックス。あれは、あの協定のなかでいちばん愚かな条項だ」

ノードストラムは、ペダルを踏んだ。ウェストンはまだ一滴の汗もかいていないというのに、彼のほうは早くもばてはじめていた。

「ひょっとしたら、クレイグ」ノードストラムはいった。「いまの番組のたとえは不適当だったかもしれない。シーウルフ級を『スター・トレック』の宇宙船エンタープライズ号にたとえれば、もっとしっくりくるかもしれない。世界の平和を愛する人びとの代表が、クリンゴンを警戒して戦力を強化しているのだと」

「あの軟弱な番組になんであんなに人気が出たのか、さっぱりわからん」と、ウェストンはいった。

ノードストラムは微笑した。「それはともかく、最近、アジア太平洋地域の同盟諸国が、これまでより積極的に方面作戦に関わってくるようになったのは確かだ。日本ひとつとっても、あの国は、わが国との合同弾道ミサイル防衛構想の研究費に、何百万ドルもつぎこんできている。それに、彼らの宇宙空間にはクリンゴンがいる。北朝鮮は、東京の心臓部に生物化学兵器を撃ちこむことのできるノドン2型を所有しているからな」彼は、すこし息切れを感じて、いちど間をおいた。「いまのは、口からでまかせの当てずっぽうじゃない、現行の戦略方針を論理的に発展させた結果だ」

「いいたい放題、論説ページに書き散らしてこられたのは、だてじゃなかったわけだ」ウェストンはいった。「ただで潜水艦という絶叫マシンに乗れて、喜んでるだけかと思ってたよ」

ノードストラムは、相手をしばらく見た。「ひょっとして、いまのはいやみかな?」

「冗談だ」ウェストンは、顔にユーモアのかけらも見せずにそういった。「いいか、協力はけっこうなことだ。しかしどうして、外国の乗組員に原子力潜水艦という深海の怪物《リヴァイアサン》の上で、生活したり働いたりまでさせてやることになるんだ？　あれを許可したとき、わが国の防衛機関と情報機関は、いったいなにを考えてたんだ？　べつに日本人嫌いってわけじゃないが、あの国だって、自国にいちばん利益になることをするに決まってる。ここ数年は、中国やロシアとの合同軍事演習までやっている。わが国にだけじゃなく、べつの方面にも手を広げてるんだ」

「SEAPACが危険をはらんでないなんて、いちどもいったことはない。安全確保の手順が大変なのは、だれの目にも明らかだし――」

「さっき医療人員の話をしたな。二週間もすればわかってくると思うが、最大級の潜水艦でも、しばらく乗っているうちに、閉所恐怖症を起こしそうなブリキ缶に思えてくる。診療室から魚雷室までは、ほんのひとっ飛びだ。制御室へもだ。幽霊は、甲板と甲板のあいだをたどようものだ、アレックス。幽霊ってやつは、なんの前触れもなく、行きたいところに行きやがる。やつらは、自分の姿を透明にできるんだからな」

ウェストンは、もうなにも付け加えることはないといった風情で、黙ってボートを漕いでいた。潜水艦の機能は、まだほとんど解明していない。どうして、政治の問題に話がそれたのだろう？

アレックスは、バイクから脚を降ろし、タオルで額をぬぐった。

「いまので充分だ」彼はいった。「朝飯でもどうだい？」

「おれの人生は、このくそいまいましい拷問マシンに、あと十五分借りがあってな」ウェストンはいった。「しかし、次回はつきあおう。ホットケーキでもどうだ？」

「いいとも」といって、ノードストラムは更衣室に向かった。

「アレックス——」

彼は、足を止めて、肩越しに振り返った。

「錠《ロック》じゃない、鍵《キー》だ。そうロジャー・ゴーディアンに伝えろ。記者会見の前にだぞ。いいな？」

アレックスは、しばらくウェストンを見つめて、それからうなずいた。

「承知した」と、彼は答えた。

7

二〇〇〇年九月十八日　シンガポール

ブラックバーンは、目に見えるほんのわずかな手がかりを感知して、つのっていた警戒感をさらに強めた。それは、言葉に表わせないくらい微妙な感覚だった。長年にわたり空軍特殊部隊で戦闘経験を積んできた結果、神経回路にプログラミングされた、本能的な感覚だ。そして、彼はその感覚を、目や耳と同じくらい信頼していた。

この反応を引き起こした張本人は、バス停に立って、雑誌のあいだからじっと視線をそそいでいた。ブラックバーンがそばを通りすぎたとき、その男の目が雑誌の上端からさっと動いたのは、なぜか？　そして、この顔にまちがいないとばかりに目が鋭くなって、急に体に緊張が走ったのは、なぜか？

だれかに見張られているという強烈な感覚に、いきなり襲われたのは、なぜか？

キアステンはいま、二〇ヤードほど先にあるハイアットの入口前の階段を、降りてこようとしていた。マックスは、足どりをゆるめ、視線の先を手前に引きもどした。それを右から左へ移動させ、数フィート先の一帯を見渡して、それから方向を転じ、もうすこし先の広い区域を、キアステンがふたたび視界にはいるところまで仔細に調べた。彼の注意は分離して、自動的に、そして同時に、別々の基準で分類を開始した。特殊なものと平凡なもの。狭いものと広いもの。点と線。

ブラックバーンは、目に映った人びとを、静体と動体に区分し、その位置と歩行パターンの相互関係を割り出した。そして、そこにひそむ特異性を抽出した。

数人は、あっさり判明した。

男がひとり、通りの真向かいにある縁石のそばから勢いよく左へ飛び出し、横断歩道を越えてから、車の走る道路をジグザグに渡ってブラックバーンのいる側へ向かってきた。信号無視に高額の罰金が課せられるこの国では、めったに見られない光景だ。もうひとり、べつの男が、歩道のさほど離れていないところから、群衆を押し分けて前に進んでいた。さらにもうふたり、左右両方向からホテルの入口に向かって足早に距離を詰めてきているのがいた。

ブラックバーンは、さっと後ろを一瞥した。首の後ろの皮膚に、刺すような感覚があった。バス停でそばを通りすぎたあの男が、彼のほうに突き進んでいた。手に持っていた雑誌は、もう見当たらない。

五人とも、同じくらいの年齢で、アジア人で、基本的に同じスタイルの衣服に身を包んでいた。

これだけを看破するのに、八秒弱かかった。あまり考えている時間はない。彼は、まわりで起こったあらゆる事象を感知し、目にとまったことを瞬時に整理分類するすべを、身につけていた。罠に足を踏み入れたのは、もう明らかだった。それも、閉じてくる罠だ。敵がだれで、どんな布陣を敷いているかも、全部で何人いるかすら、よくわからない……だが、そのうちの五人の位置だけはわかった。

冷静になろうとつとめ、襲撃者に気づいたことを隠そうと懸命に努力しながら足を進めた。キアステンはもう、階段を半分ほど降りていた。ホテルにいちばん近い男たちは、彼女との距離を縮めていた。つまり、この男たちは——あるいは、彼らを送りこんできた何者かは——モノリスのファイルのことをなにか知っているとしか考えられない。彼女を、逃がさなくては。しかし、どうやって？

ホテルのそばの一帯を何度か見渡して、彼は一案を思いついた。

間髪を入れずに、スポーツジャケットに手を入れて、手のひらサイズの携帯電話を探り出し、すばやく開いて、親指で電源を入れ、短縮ダイヤルのひとつを出して、〈送信〉を押した。キアステンの携帯電話のスイッチが入っていることを、そして、入っていたら彼の呼び出しに応じてくれることを、神に祈りながら。

ハンドバッグのなかの携帯電話が鳴ったのは、キアステンが歩道に到達しかけたときだった。彼女は立ち止まり、マックスのほうへ目を向けて、ほほ笑んだ。携帯電話を耳に持ち上げている。近づきながら、たわいもない甘い言葉をささやくつもりかしら？

彼女は、手すりを背にして石段の上にブリーフケースを降ろし、電話をとりだした。

「ハイ・ホー」彼女は、送話口に向かっていった。「よかった、やっと――」

「しゃべるな。時間がない」

彼女はとまどい、短い距離をへだてて彼に目を向けたが、彼の表情は、口調と同じく真剣そのものだった。

「マックス、どうしたの？」

「黙って聞けといったんだ」

キアステンの胃が、緊張できゅっと縮んだ。彼女は、電話をきつく握りしめ、唾をごくんとのみこんでうなずいた。

「きみの右側のブロックに、タクシー乗り場がある。そこまで、走らずに、できるかぎり早く歩いていけ」

彼女は、物問いたげに目を大きく見開いて彼を見ながら、またうなずいた。タクシー乗り場はマックスとは逆のほうだ。どういうことだろう？

胃をわしづかみにしていた感情が、いきなり不安から恐怖へ変わった。

あのディスクだわ。なんてことなの、これはきっと、あれとなにか関係が――。

「タクシーに飛び乗って、とにかくここを離れろ。すぐに連絡する。わかったな？」

彼女は、三度目のうなずきを送った。

「行け！」マックスがいった。

キアステンは、心臓をどきどきさせながら、携帯電話をバッグにもどしてブリーフケースをひっつかみ、通りに向かって急いで残りの階段を降りはじめた。

キアステンのいちばん近くにいた襲撃チームのふたりは、彼女が立ち止まって携帯電話をとりだし、そのあと、通りにいるブラックバーンに目をやり、ブラックバーンが彼の携帯になにごとか話しているのを見た瞬間、気づかれたのだとさとった。

ふたりのうちの片方が、手を上げて合図をし、もう片方にその旨を伝えた。

次の瞬間、女がふたたび動きだした。階段を降りきって、ブラックバーンとは逆方向に折れ、タクシー乗り場に向かっていく。

ふたりの男は、群衆を押し分けながら足を速めた。この距離なら、女がタクシー乗り場に着く前につかまえられる。

その男がキアステンのほうへ顔を向け、それから自分のほうを見て、明らかに仲間への合図とわかるしぐさをしたとき、ブラックバーンとキアステンのあいだには、まだすこし距離があった。

まずい、とブラックバーンは思った。並外れて頭のいい人間でなくても、ふたりが同時に電話しているところを見れば、ふたりは連絡をとりあった、待ち伏せはもう秘密ではなくなったと結論するのはたやすいはずだ。あの合図で、仲間にも、急いで行動に移れという知らせが伝わったにちがいない。

キアステンは、歩道にたどり着くと、マックスと逆方向に折れ、急いでタクシー乗り場に向かった。コンフォート社の、緑がかった明るい青色のタクシーが、並んで客待ちをしている。ホテルの入口を担当していた二人組が、持ち場を離れて、彼女のすぐ後ろに迫っており、彼女の姿はブラックバーンの視界から消えていた。

マックスは、歯を食いしばると、買い物袋を提げた女たちのあいだを、体をぶつけながら急いで通り抜け、ダークスーツを着た数名のビジネスマンのそばを巧みにすり抜けた。自制心をふりしぼって駆けだしたい気持ちを抑えながら、二人組の背後についた。走りだせば、敵も同じことをするに決まっている。全員を倒せるか、目の前のふたりよりキアステンの近くにいて、なおかつ自分が敵と認識していない人間がほかにもいるのか、判断材料はなにひとつない。

マックスは、男たちとの距離を詰め、さらに詰めて、接触すれすれでさっと左へ回りこんだ。ぱっと縁石の外に出て、また石の上にもどり、彼らを追い越して、彼らとキアステンのあいだに入りこんだ。キアステンは、三フィート前にいた。三フィートもなかったかもしれない。

もうすこしで彼女に触れられるくらい、近づいていた。

もうすこしで……。

足音で、背後の敵が足を速めたのがわかり、マックスは、いきなりスピードを上げて前に突進した。もう、抑えはしなかった。ためらっている場合ではない。ついにキアステンに追いついた。肩に右腕を回して、アスファルトの上で転倒しないようしっかり支え、エンジンをかけたまま待機しているタクシーたちのほうへ押しやると同時に、自分の体を盾にして彼女を敵から隠した。

ショックに身をこわばらせたキアステンは、わけがわからぬまま、しばらくよろめき進み、進みながらも抵抗しようとした――そのあと、とつぜん相手がマックスであることに気がついて、彼女はこわばりを解き、彼の操縦にまかせてそのまま前に進んだ。

タクシー乗り場に近づくと、キアステンは、ちらりとマックスの顔を見上げた。目には、苦悩の色がくっきりと浮かんでいた。ふたりのほおが、触れあわんばかりに近づいた。

「マックス、マックスったら、あの人たちのひとりかと思ったわ。わたし――」

「しっ！」

キアステンは、マックスにあずけた体をふるわせて、黙りこんだ。彼の視線が、自分を通り越して待機しているタクシーの一台に向かっているのに、彼女は気がついた、次の瞬間、マックスは、タクシーのドアを引き破りそうな勢いで開けた。彼女が、ひょっとして取っ手がちぎれたのではないかと思ったほどの、ものすごい勢いで。

そのあとの出来事は、あとから思い返しても、いつもぼんやりしていた。彼のわきにかかえられ、一瞬、ふたりの体が密着した。次の瞬間、マックスは、彼女を投げこむようにタクシーの後部へ押しこんだが、自分は乗りこまずにそのまま通りに立っていた。通りに立ったまま、ドアのなかへ上体を折り曲げた。

「スランゴール！」彼は運転手に叫んだ。

運転席の男は、さっと首を回して、安全確保用の仕切り越しに彼を見た。肩が当たって、ルームミラーからぶらさがっている小さな宗教的装身具の群れが、かたかた音をたてた。

「すいません、長距離はだめね」と、運転手は首を横に振った。

ブラックバーンは、ズボンのポケットに手をつっこみ、急いで札入れを引き抜き、それをフロントシートに放り投げた。

「なかに米ドルで二〇〇ドル以上ある」彼はいった。「彼女を乗せていってくれたら、そいつはあんたのものだ」

キアステンは、一種の気力喪失状態におちいったみたいに呆然とマックスを見上げていた。いっぽう、運転手のほうは、すでに札入れを座席からつかみあげて、仰天しながら中身をのぞきこんでいた。

「マックス、どうしてなの！」キアステンが金切り声で叫んだ。「どういうこと？　どうしてあなたは来ないの？」

「お姉さんのところにいろ」彼はいった。「二、三日しても、おれから連絡がなかったら、ある男に連絡してほしい。名前は、ピート・ナイ――」

だれかの手が、マックスの左のひじを後ろからつかんだ。彼は、はっと緊張し、ふたりの襲撃者が割りこめないよう盾になりつづけようとした。

「早く行け！」彼は、車のなかに向かって叫び、ドアのすきまから頭を引き抜いて、右手で勢いよくドアを閉めた。ふたりの襲撃者の姿が、窓に映っていた。ひとりは、まだ彼のひじをつかんで放さず、もうひとりは、彼をすり抜けて、なんとかタクシーにとりつこうとしていた。

永遠と思える一瞬が過ぎても、タクシーは動きだそうとしなかった。この運転手、おれの申し出に飛びついてこないのか、とマックスは思った。しかし、そのあと運転手がメーターを倒し、走りだす準備をしたのを見て、彼は安堵の吐息をついた。

タクシーが縁石の前から斜め前に発進すると、キアステンは、困惑と恐怖の表情を浮かべたまま、座席のなかでくるりと位置を変え、ルームミラーでマックスを凝視した。

ふたりの目がしばらく合った。彼の目は細く決然として、彼女の目は涙に濡れていた……

そのあとタクシーは、北に向かう車線の激しい交通量に溶けこみ、離れていった。

右の前腕をつかんでいる男から、短い、いらだたしげな息が洩れたのが、マックスには聞こえた。

「いっしょに来な、あんちゃん」と、男はささやくように告げ、つかんだ手の力を強めた。男は、マックスの耳元に口を近づけ、後ろから体で圧力をかけていた。

マックスは動かなかった。男の相棒は、タクシーを小走りに数ヤード追いかけたものの、結局、猛スピードで流れている車線から離れざるをえなくなり、急いで歩道にもどって、周囲を見まわしていた。しかしまだ、マックスたちのいるところへはもどってきていない。

小さな、しかし絶好の突破口がひらけた。

マックスの体は、反射的に動いていた。体の前から左腕を伸ばして、体重を右足に移し、腕をつかんでいた相手をぐいっと引き寄せた。男が片手でマックスの前腕を握りしめたまま前によろけると、マックスは、自由なほうの手を相手の手にかぶせ、指を三本つかんで、思いきり逆に折り曲げた。

男は、苦痛と驚きのあえぎを洩らしてマックスを放し、必死に体のバランスを立てなおそうとした。

マックスは、男から離れ、くるりと三六〇度回転して、通りの両側をさっと見渡した。近くにいた通行人が、何人か足を止めて、この乱闘をぽかんとながめていたが、歩行者の大半は、異常な事態には気がついていないかのように、足早に通り過ぎていった。本当に気づいていなかったのか、どんなに繁栄しても、いまだシンガポールは、他人のことに関わらないのがいちばんの野蛮な国であることを忘れずにいただけなのか。

いずれにせよ、マックスには火急の問題があった。例の、雑誌を読んでいた男が、左から近づいてきていたし、信号無視をして道路を横断してきた男もそこに加わってきた。そして、もうひとりべつの男が、右側から足早に向かっていた。いま振り払ったばかりの男と、タクシーを追いかけていた男は、どちらもマックスの背後にいたが、このふたりを入れれば、少なくとも五対一になる。

ふさがっていないのは、まっすぐ前方の、ホテルに向かう方向だけだ。

彼は、歩道を駆けだし、ホテルの入口をめざして階段をのぼりはじめた。

マックスは、いちども後ろを振り返らず、真一文字にロビーを突っ切った。アップリンク社の長期滞在者用スイートをいつも利用していたから、ホテルの構造は熟知していたし、なにを探せばいいかもわかっていた。フロントとメイン・ラウンジがあるエリアの奥に、エレベーターの並びがあり、その右に、業務用の通用口につながる短いまっすぐな廊下がある。その向こうには、吹き抜けの階段があって、たぶんそこから、地下の積み降ろし用出口に出られるはずだ。巡回中の警備員はいなかった。少なくとも、目に見える範囲には。警備員がいれば、追跡者たちもわきへひっこまざるをえなくなるかもしれないと、期待していたのだが。それでも、もし、追っ手より先に通用口に出られれば——すぐ後ろまで迫ってきていたから、大きな〝もし〟ではあったが——ホテルの横手へ脱出し、振りきることができるだろう。

ホテルに到着したばかりの一団が、フロントでひと騒動起こしていた。声からして、ドイツ人のツアー客だ。一瞬でも盾になってくれるかもしれないと、群れをなして右往左往している騒がしい一団のなかへつっこんだ。そのあと、いくつか戸口を通り過ぎて、ダンスクラブとバーのほうへ進み、エレベーターの前を通過して、通用口のあるほうへ向かった。まだ、肩越しに振り返りはしなかった。そんな余裕はなかった。なにをする時間もなかった。

金属製の灰色の扉は、わずかながら壁の奥へひっこんでおり、目の高さには網入り板ガラスの窓があった。周囲には、だれひとりいなかった。マックスは、左手でノブを回し、右の手のひらで扉を押し開けた。なかに入ると、足もとが、じゅうたんからむきだしのコンクリートに変わった。

さっと周囲を見まわした。彼の立っている広い踊り場から、上にも下にも階段が続いている。下りの階段へ向かったが、踊り場の端までやっとたどり着いたとき、背後の扉が轟音をたてて開いた。だれかの手が肩を握りしめたと思った次の瞬間、すさまじい力で後ろへ引きもどされた。

マックスは、よろけて倒れる寸前に、手すりをつかんだ。ぱっと体を回転させて、自分をつかみもどした人物に向き合ったときには、喉にバタフライ・ナイフを突きつけられていた。「いっしょに来い」それは、信号を無視して道路を横断した男だった。男は、二重になったナイフの柄を握りしめており、マックスとの距離は数インチしかなかった。「早くしろ」

ブラックバーンは、相手の目を見たが、人間らしい感情はかけらも見えなかった。冷たい、渦を巻く虚空があるだけだ。そのあと、どたどたと足音が聞こえた。マックスは、男の目から視線を外して、注意を扉の窓に向けた。雑誌の男と、あとふたりが、外側の廊下から近づいていた。何秒かしたら、勢いよく踊り場に飛びこんでくるだろう。そして周囲には、ほかにだれひとりいない。

ブラックバーンは動かなかった。両手は腰の位置にあった。耳のすぐ下の、喉の右側に、刃が当たっていた。刃は、そこからなんなく頸動脈へ切り進むことができるだろう。刃に皮膚を裂かれたところから、血がしたたり落ちていた。

心臓が早鐘を打った。腰の隠しホルスターにヘックラー&コッホMK23を携行していたが、それを抜くチャンスをくれるとは思えなかった。絶体絶命だ。この狭い空間では、計略をめぐらす余地もほとんどない。

どうする？

あれこれ考えている余裕はない。マックスは、体の横から左腕をさっと振り上げ、信号無視の男のナイフを握っている手の甲に、前腕の外側をたたきつけて、喉から刃を払いのけ、ナイフがもどってこないよう相手の手首をつかんだ。虚をつかれた男は、手を振りほどこうとしたが、ブラックバーンは、手首をしっかりつかんだまま、相手の股間にひざをぶちこんだ。信号無視の男は、うめき声をあげて体をくの字に折り、ナイフが床にかちゃんと落ちた。マックスは、さらに接近して、電光石火のコンビネーション・ブローを——左ストレート、右ジャブ、左フックと——フォローした。信号無視の男は、鼻と口から血を流して苦しげにうめき、手すりに向かってよろよろとあとずさった。マックスは、一瞬たりと攻撃の手をゆるめなかった。ボクサーのように、あごを引いてかまえ、相手に体勢を立て直す時間を与えなかった……そして、加勢が来る前に倒そうと、全体重を乗せたこぶしを男の顔面にたたきこんだ。

だがそのもくろみは、半分しか成功しなかった。信号無視の男が床に昏倒すると同時に、防火扉がぱっと開いて一味の残りが踊り場へ飛びこんできたからだ。先頭の男は、小柄で、針金のように細かった。黄褐色のだぶだぶのシャツにチノパンをはき、オークリーのサングラスをかけていた。その後ろから駆けこんできた雑誌の男は、先頭の男よりも頭ひとつくらい背が高く、はるかに大柄だった。

動きの読めない厄介な相手であることが判明したのは、サングラスの男だった。

マックスが銃に手を伸ばしかけたとき、サングラスの男は、すっと体を沈めて片脚を軸に回転し、もう片方の脚を床と水平にくりだした。弧を描いた蹴り脚の足刀がマックスの足首をとらえ、恐ろしい衝撃が走った。相手の動きに完全に虚をつかれ、ひざに電気ショックのような衝撃を受けて、マックスはよろめき、手すりにつかまろうとしたが、こんどはそれをつかむことができずに階段に転倒した。

二度、転がった。右手は、なんとか半自動銃《セミオート》のグリップを離さずにいたが、落下を止めようと投げ出した左腕が、体の下でねじれた。下の踊り場に大きな音をたてて激突した。左半身を焼けつくような痛みが貫き、顔をゆがめた。どうやら、肩甲骨に深刻なダメージを負ったらしい。骨折の可能性すらあった。

しかし、まだ銃がある。こぶしのなかの頼りになる武器は、いつでも撃てる状態にあった。体をなんとか仰向けに起こしたとき、サングラスの男が見えた。マックスのいる踊り場に向かって、誘導ミサイルさながらの猛スピードで突進してくる。例の、光を吸いこむような無表情な目のままで。マックスは、撃ちそこなったら一巻の終わりだぞと自分にいいきかせて、ピストルを上げ、襲撃者の胸郭のどまんなかに狙いをつけて引き金を絞った。

銃声は、妙に味気なく、コンクリートの吹き抜けに反響すらしなかったが、にもかかわらずその効果は劇的だった。コルト社オートマチック四五口径（ＡＣＰ）の弾丸に引き裂かれたサングラスの男のシャツから、血と、生地の切れ端が吹き飛んだ。サングラスが外れて宙を舞い、くるくる回転して壁に当たった。男は、いきなりギヤがバックにはいったみたいに、腕をばたばた振りまわし、目を驚きに大きく見開きながら、後ろにはじけ飛んだ。そして、ぐんにゃりと、階段の上に大の字になった。

マックスが、サングラスの男の先にある上の踊り場を一瞥すると、雑誌の男が、だぶだぶのシャツの下に手をすべりこませるところが見えた。その先になにがあったかはわからないが、男がそれを抜く前に、マックスはふたたび発射した。

銃口から、ふたたび単調な鈍い音がして、またしても真っ赤な血が爆発した。雑誌の男は、胸をかきむしるようにして、くずれ落ちた。

まだいっとき難を逃れたにすぎない。ブラックバーンは、懸命に上半身を起こした。追っ手の残りが、いま倒した三人の男よりずっと後ろにいるはずはない。三人と残りの者がずっと連絡をとりあっていたとすれば——その可能性は高かった——残りの連中が、いつあの扉から飛びこんできてもおかしくない。

そうなれば、状況はさらに悪化する。ずっとずっと悪くなる。

早く移動しなくては。

マックスは、片方の手で手すりをつかんで体を支え、立ち上がった。足首と、傷めた肩が、苦痛のうめきをあげた。地下の廊下を見渡すと、右側に、高さ一〇フィートから一五フィートくらいの大きな両開きの扉が見えた。どこに通じるものか試してみようと、瞬時に決断した。

小さなあえぎを洩らしながら、手すりを押してそこを離れ、足を何歩か引きずって、目的の場所にたどり着いた。

とつぜん、大音響がとどろいた。背後の、吹き抜けの階段の扉が、勢いよく開いたのだ。

それから、足音が聞こえてきた。

けたたましい足音が、階段を降りてくる。

新たなピンチに、マックスは身ぶるいした。扉を通り抜けてきた者たちは、仲間がマックスになにをされたか知ったとき、どんな反応を起こすだろう? 想像に難くはない。控えめにいっても、喜びはしまい。

金属のかんぬきに全身を押しつけると、扉が外に開いた。弱い日射しがふりそそいだ。前方に、ゴミ容器の並んだ短い横道へ上がっていく、積み降ろし用の傾斜路があった。配送用のパネルトラックが一台、路地の入口の縁石の前に駐まっていた。車体の側面に、〈ニュー・ブリッジ・リネンズ〉という英語の社名が記されていて、運転台の運転手側に配達人がいた。

マックスはためらった。配達人が、助手席側の窓から首を伸ばして外をのぞいているのが見えたからだ。その顔には、あたりを監視しているような険しい表情が浮かんでいた。自分は、敵の逃走用の車に向かって突き進もうとしているところなのだと、彼は理解した。

配達人は、運転手側のドアに体を向けなおし、ドアを開けて外に出ると、急いでフロントグリルを回りこんできた。ひと目で、大男だとわかった。いま一戦交えるのは、気が進まなかった。万全の体調でもきびしそうなのに、いまは万全とはかけ離れた状態だ。右手の銃を持ち上げて、扉口へ引き返した。左手でかんぬきをつかんで、かけなおした。追っ手が来る前に、外へ脱出するべつの方法が見つかりますようにと祈った。

右腕に、とつぜん鋭い痛みが走った。腕が、釣り糸にかかったみたいに跳ね上がり、半自動銃《セミオート》が指から飛んだ。信じられない気持ちで自分自身を見下ろしたマックスの口から、荒い息がもれた。なにかがひじの下をとらえ、上着の袖を裂いて、深々と肉に食いこんでいた——細い鎖の端についた、金属の鉤爪のようなものだ。飛爪《ひそう》と呼ばれる中国武術の武器にちがいない。ハンドルリングをつかんでいる男は、オークリーのサングラスをしていた男とそっくりの、慈悲のかけらもない目をしていた。

マックスの背後で、両開きの扉が大きく開かれた。男の巨体が左に移動してくるのが、目の端に映った。

動くほうの手で、ぴんと張った鎖を必死につかみ、腕からもぎとろうとしたが、どうしても外れない。鉤爪は、腕を深々とえぐっていた。肉に食いこんでいた。

ちくしょう、何者なんだ？　傷口から血が大量に流れ、鎖の上から床にしたたり落ちた。武器を操っている男は、命がけの綱引きをしているみたいに端を握っていた。いったいだれが——？

その自問が終わらないうちに、男の巨大な手がマックスのこめかみめがけて振り出された。世界が爆発し、まばゆい白色に包まれて、それから暗転した。

8

二〇〇〇年九月十九日　ニューヨーク市／カリフォルニア州パロアルト

ウォールストリート・ジャーナル紙より。

産業界の焦点：ロジャー・ゴーディアンの成長して衰えゆく怪物企業

——レイノルド・アーミテッジ

数字は劇的だ。アップリンク社の収益は、同社の概算によれば、ここ一年で一八パーセントの下落を見せた。これまでで最大の落ちこみであり、三期連続の下落になる。同社の株価は、それ以上の大幅な落ちこみを続けている。ニューヨーク証券取引所では、ひと株あたり一五・四六五六ドル安の四五・七八五四ドルで今週の取引を終えた。二五パーセントの下落だ。この損失の結果、同社の市場価値は、もっとも悲観的な市場分析家たちの予測をもかなり下回る、およそ九〇億ドルにまで急落した。地球規模の〝パーソナル通信衛星〟網を張りめぐらせるための投下資本を、つまり、約五十個の低軌道衛星（ＬＥＯ）を打ち上げ、世界じゅうに四十のゲイトウェイ・ステーションを建造し、今後五年間に三〇億ドル超の総投資額が必要になるネットワークを築くための重い資本投下を、はたしてこのハイテク産業の巨人が支えきれるのかどうか、あらためて疑問がわきあがってくる。

数字は劇的だが、状況はもっと複雑だ。ロジャー・ゴーディアンが過去に収めた成功に中心的役割を果たしてきた、防衛事業と通信事業に、不調の原因を突き止めて治療をほどこす必要があるのはまちがいない。しかし、彼の親会社を転覆させようとしている力を完全に理解するには、子会社たちの無惨な業績に目を向ける必要がある。すこしだけ、例を挙げてみよう。アップリンク社の特殊車両部門の子会社は、業績不振。医療機器部門は、慢性的に利益をすり減らしている。コンピュータ・ハードウェアとソフトウェアの子会社たちが最近もたらしたダウ平均の落ちこみは、ほとんどが、海外の新興市場で暗号製品を売ってはならないというゴーディアンの専制的で無分別な命令に帰因するものといって過言でない。もっとはっきりいえば、かつてアメリカでも指折りの有力企業であったこの会社の、失敗と、失敗すれすれの一覧表は、とどまるところを知らないように見える。

投資家たちには、大きな不安が広がっている。ロジャー・ゴーディアンが、つぎはぎ細工の怪物を——企業の中枢部から貴重な血液を送りこんで不規則に伸びた手足を支えている、多肢性の異様な怪物を――創り出してしまったのではないかと心配しているのだ。ぶしつけを承知でいえば、かつて高い評価を受けていたアップリンク社の株式が、後退また後退を続けているいま、同社の問題は自信過剰によるものなのか、不注意によるものなのか、たんなる経営幹部の判断力の乏しさによるものなのかという問いは、以前ほど重要ではなくなった。そろそろ、明白な事実を述べてもいい頃合ではなかろうか。同社の取締役会は、株主にたいする基本的な受託者責任を守ることに、つまり、彼らの投資に高い利潤を保証することに、失敗したのである。

ここでひと息入れて、体の癒着した双子、つまり〝シャム〟双生児のイメージを、思い浮かべていただきたい――いや、三つ子でいこう。この三人の体は、無情にも、肉の管や、神経や、からみあった血管でつながっている。三人は、ゆりかごのなかでは、喉を鳴らして喜んだり、抱きあったりしていた。思春期をむかえ、将来の計画に思いを馳せたが、未来は明るく無限に開けているような気がしていた。

ところが、成人期をむかえると、変化と衝突に見舞われた。三つ子のひとりは、大人になって、やさしくロマンチックな詩を作るようになった。もうひとりは、柄の悪い酒場で酒を飲んだり腕相撲をしたりすることに、喜びを感じるようになった。三人目は、お日様の下で釣りをするのが大好きだった。運命のいたずらで不釣り合いな共存を余儀なくされた哀れな三人は、調整によってしかるべき生活様式を打ち立てようとし、均等に時間を分けあって自分の好きな営みに精を出そうとしたが、生まれながらに相容れない性向の違いが原因で、三人ともうまくいかなかった。

詩人は、柄の悪い酒場で長い夜を過ごすため、おだやかで叙情的な思考ができなくなり、共有する血管に流れこむアルコールのせいで二日酔いにおちいって詩を書けなくなった。放蕩者は、詩を作っている兄弟が韻律と隠喩という複雑な対象に思考を集中しようとしているあいだ、鬱々とし、へそを曲げていた。ふたりの絶え間ない口論に、釣り人は疲れ果て、彼が小川のそばで眠って過ごせる朝はめったになく、竿は、すばやいバスやマスの動きによって頻繁に指からこぼれ落ち、水中に引きずりこまれ、しぶきを上げて水没した。

最後に、三人の兄弟は、衰弱して死んでしまう。彼らの死亡診断書に書きこまれる死因は？　医学用語でなんというかはわからないが、多様化過剰というのが適切な表現かもしれない。

アップリンク社が同じ末路をたどらずにすむには、どうすればいいのだろう？　同社が企業の拡大にあたって採用した、むやみやたらな多角化の道と、モノリス・テクノロジーズ社が採用した、用心深く狙いを絞りこんだ発展様式を比較してみれば、おのずと答えは……

レセプションはまだ終わりをむかえてはいなかったが、マーカス・ケインは、満員の国連会議場で退屈におちいっていた。彼は、自分のいる高い壇から、エキゾチックな生け花の向こうを見つめていた。技師の一団がいそがしげに走りまわって、おびただしい数のテレビカメラと、ケーブルと、投光照明と、ブーム・マイクを操っている。彼の背後には、国連のシンボル、つまり、北極から見た地球をオリーブの枝が囲んでいるマークをあしらった、折り畳み式の背景幕があった。いま行なわれているのは、国連児童基金《ユニセフ》の行事だから、球の中央には若い子どもを抱いた女性のひと筆が加わっていた。ケインの妻、オージェルが、ほっそりと引き締まった顔つきで、彼の右に静かにすわっている。ふたりの両側には、運営委員会の役員がいた。親団体である経済社会理事会の高官だ。下のほうでは、ヘッドフォンをつけた通訳の列が、面白味も中身もないスピーチを六カ国語に訳していた。

現在スピーチをしている人物が、ケインの慈善的な贈り物についてだらだら話を続けているあいだ、彼は、アーケイディア・フォックスクロフトのいるテーブルをぼんやりと見下ろしていた。通称、レイディ・アーケイディア。ケインと国連事務局をつなぐパイプ役であり、いま行なわれている行事の段取りをつけた女でもあった。ケインは、自分の心が完全にこの場を離れてただよっていくのはまずいと考え、彼女に視線をそそいで精神集中の的にした。むずかしいことではない。彼女は、人がファッションモデルの顔写真に期待するたぐいの容貌の持ち主だ。つまり、刺激的で、魅惑的で、挑発的だった。華やかな容姿を、ピーチ色の服が際立たせている。はつらつとした青い目をきらきら輝かせ、ほっそりした唇を開いて完璧な白い歯をのぞかせながら、隣の男と会話を交わし、相手の言葉に声をあげて笑っていた。自分の席から笑い声が聞こえたわけではないが、ケインはその声をよく知っていた。

どういうわけか、あの声を聞くたびに、とがったガラスの破片を連想した。

ケインは彼女を観察した。魔性の女、アーケイディア。ああいうたぐいの女の例にもれず、あの女も、自分が悪女であることをきちんと心得ている。彼女が鳶色の髪をひと房かき上げると、ダイヤのイヤリングがのぞいた。彼が〈ハリー・ウィンストン〉で大枚をはたいて買い求め、昨夜ベッドインしたときに進呈したものだ。セックスのあと、あのリングを太股のあいだに落としてやると、彼女はそれを見て大いに興奮した。それを着けて、するりと彼の上に乗り、ふたたび彼を喜びに導いて、息も絶え絶えにうめき声をあげた。あのときケインは、この女は、おれと火遊びをしているのと並行して、何人の男と寝ているのだろう、何人の男から高価な贈り物をもらっているのだろうと考えていた。かなりの数にちがいない。それはそれでかまわない。悪女アーケイディアなのだから。おれも、おすそ分けは充分にもらっている。ほかの男たちにもちゃんと分け与えてやるのが、スポーツマンシップというものだ。

それにケインは、彼女が自分に隠れてよこしまな行為にふけっているところを想像するのが好きだった……それどころか、妻と愛人が同じ部屋にいて、ひじとひじをすり合わせ、ちょっとした言葉を交わしている緊張感や、見えない仕掛け線のように張り渡されている秘密は、彼にとっては一種の栄養源だった。

ケインは、スピーチをする人物が入れ替わったことに、ぼんやりと気づいていた。ニューヨークの連邦議会指導者と結婚した有名なハリウッド女優だ。大作からはなかば引退した格好だが、イースト・ハンプトンに引っ越して、まばゆいばかりの美貌を学者風の針金縁の眼鏡の奥に押しこめ、子どもたちの熱心な代弁者をつとめていた。何年か前にチャンスがあったとき、この女とデートしておくんだったと、ケインは思った。彼女はいま、ケインの職業倫理を称え、メディアとコンピュータ技術をつないだ業績を称え、彼が新たにアジアのケーブルテレビ市場へ進出したことを称え、賞賛の言葉を連ねていた。彼女は〝とかなんとか《ギズモ》〟という言葉で聴衆からくすくす笑いをとり、そのあとまじめな口ぶりにもどって、最後になったが決して忘れてはならないことだと前置きをし、不特定多数の子どもたちにたいするケインの変わらぬ献身の姿勢を称えた。そして最後に、いかめしい顔で、世界が小さく感じられるようになったのはマーカス・ケインのおかげなのです、と締めくくった。

このスピーチのあいだ、ケインはずっと、アーケイディアに視線をそそぎ、彼女が隣の高官と交わしている浮わついたそぶりを観察していた。ケインには、彼女のことがよくわかった。それだけでなく、ふたりには似たところが多かった。アーケイディアは、ドイツを追われた裕福な国外追放者の私生児としてアルゼンチンに生まれた。父親から父親らしいことや金銭的な援助をしてもらったことはいっさいなく、母親の手ひとつで育てられ、十二歳になる前からブエノスアイレスの路上で客をとっていた。十年の月日と数名の裕福な顧客から、洗練された物腰や様式を教わったのちに、イギリスの新鮮で心地のよい寝室にもぐりこみ、棺桶に片足をつっこんだよぼよぼの有力者と結婚して、相続権を手に入れ、雅《みやび》やかな"上流社会《ハイ・ソサエティ》"——どうか、大文字のH、大文字のSでお願いしたい——に居場所を確保した。この女は、気取り屋で、単純で、扱いやすい。どのしぐさも大げさに見えるが、驚くにはあたらない。この女に招かれた客たちに取り入る妖女だ。舞踏会に忍びこみ、魔力を駆使して招かれた客たちに取り入る妖女だ。この女には、自分の魅力をたえず自分自身に証明する必要があるらしい。

そう、ケインには彼女のことはよくわかった。それにひきかえ、まわりにいるのは、社会的地位やコネで国連職員に任命された者たちや、エリート学校の卒業者、血筋と資産の源を数世紀前までさかのぼることのできる男や女、一族の頂点を優雅に歩いている甘やかされた洒落者たちばかりだ。生まれながらの特権階級だ。ケインの父親は、心身を消耗させるたぐいの平凡な職歴を経たのちに、そこそこの年金をもらって引退した営業幹部だった。母親は教師で、彼を身ごもるまでは小学三年生を受け持っていたが、妊娠して専業主婦に落ち着いた。ケイン自身、学生のころはいつも優秀だったし、成績優秀で奨学金を手にして、二年間ハーヴァードに通った。ところが、二年生の後期に問題を起こし、奨学金を取り消されたために、学位を取ることはできなかった。除籍以前に、何人かの有力者と親交を結んでいなかったら、競争に突入するどころか、スタートラインにすら立てずに終わっていただろう。あの立派な紳士淑女どもは、仰天して目を白黒させただろうな。おれがあいつらのことをどう思っていたか、どんなにあいつらのことを蔑んでいたかを知ったら……。

すぐ右の演壇の近くで、にわかに動きが活発になって、ケインは物思いを中断した。椅子にすわったまま背すじを伸ばし、レイディ・アーケイディアから目を離した。いま、彼の博愛主義に公の大賛辞を捧げているのは、経済社会理事会事務局長のアムノン・ジャファリで、話のまとめにかかっているようだった。ダークスーツを着た男の一団が、ケインがユニセフに寄贈した小切手を長さ六フィートくらいに引き伸ばした写真を持って、折り畳み式の壁の後ろから現われた。三〇〇万ドルだ。ほかの裕福な人びとから集まった寄付がこれと同額になったら、寄付を倍に増やすという約束も、ケインはしていた。模造の小切手にはベニヤ板の背がとりつけてあり、ダークスーツ軍団のふたりが、それぞれの端を支えていた。

事務局長の声は、深いテノールだった。スピーチの最後には声のボリュームを上げ、熱烈な情熱をこめて、ケインへの感謝を表明した。ジャファリの口から放たれたケインの名前は、音響抑制用の吊り天井に向かってとどろき、そのあとVIPフロアと階段状の一般席へ広がっていった。万雷の拍手が鳴りわたり、満場にとどろいた。

そろそろ、賞賛にこたえる番か。カメラの前に立って、主催者たちの仰々しい饒舌に負けない努力をさせてもらうとしよう。ケインは立ち上がって演壇に向かい、ジャファリの右手を両手でがっしり握った。そして、事務局長がわきへひっこむと、特大サイズの小切手という華やかな背景を背に、聴衆のほうへ向き直った。そしてまず、答礼の皮切りとして、この行事を催してくれた国連職員ひとりひとりに感謝の言葉を述べはじめた。メモやテレプロンプターの助けは、いっさい借りていない。記憶力は、ケインに数ある人並みすぐれた資産のひとつだった。

「この場に自分がいることを、心から光栄に思います」名前を列挙しおわると、彼はいった。フラッシュの焚かれる音がはじけ、ドリーに載ったカメラが、彼を大写しにするために移動した。「しかし、本日はなにより、やりがいのあるひとつの努力目標をもってみなさんの前に立つ機会を得られたことに感謝しております。みなさんの多くがご存じのように、わたしは長年、この地球上に双方向性電子メディアが、とりわけインターネット技術が届く範囲を広げようと腐心してまいりました。というのは、それこそが、惑星地球の住民や政府をひとつに結び、真の意味でわたしたちをひとつにできる現代の魔法であり、種《しゅ》としてのわたしたち人類に新しい進化をもたらす道具であると、信じているからです。電脳空間《サイバースペース》は、老人も若者も、富める者も貧しい者も、地位の高い低いも関係なく、わたしたちすべての人間が、同じひとつのフィールドに集うことを可能にします。果てしなく広がる地平と無限の可能性が存在するフィールドに」

　ぱらぱらと拍手がわき起こったため、彼は間をとって、妻の頭越しにレイディ・アーケイディアをちらりと見た。アーケイディアは、彼の視線をとらえ、前歯で唇をはさみこむ魅惑的な表情をつくって、彼にほほ笑みかけた。

「しかしまだ、二十一世紀に足を踏み入れるにあたって、わたしたちには、情報と知識にあふれたこの活動領域を利用できない人間がひとりもいない世界を、築きにかかる必要があります。それも、ためらうことなく、むしろ大胆に。わたしたちのなかの、物質的な慰めに恵まれた人びとには、享受してきた利益を還元する義務があるのです。どうか、ここをよくお聞きください。いまこそ、子どもたちに指導と教育を与えるために力を尽くすときなのです。わたしたちだけでなく子どもたちにも、無限の成長を遂げ存分に能力を活かせる新しい地平に到達してもらわなくてはなりません。いまこそ、わたしたちひとりひとりが、手を差し伸べ、富の一部を提供して、暮らしに測り知れない発展をもたらす技術を、子どもたちに進呈するときなのです。進歩にお金が必要なのは、厳然たる事実です。教室のコンピュータ、高速DSLモデム、インターネットへの接続——どれひとつとっても、無料のものはありません。バーレーンからバルバドスまで、アフガニスタンからアンティグア島まで、ヨーロッパの産業の中心地から西アフリカの新興諸国まで、どんなに若い人びとにも、どんなに運に恵まれない人びとにも、アクセスは保証されなければならず……」

ケインは、こんな調子でさらに十分ほど話を続け、そのあと、声がかすれる前に切り上げることにした。聴衆が立ち上がって送る拍手に、何度か、喝采とブラヴォーの声が差しはさまれた。オージェルの拍手が、あまり熱のこもらないおざなりなものであること、彼女のやつれた顔がふだんの朝よりずっとこわばって見えることに、ケインは気がついた。おれとアーケイディアが親密な視線を交わしたのに気がついたのか？　おれとあの女が密会を重ねていることも、知っているのか？　そう思うと、目のくらむような興奮に襲われ、ぞくぞくした。

だが、いまはそれどころではない。まだショーは終わっていない。まだ、東南アジアの仲間たちに――彼らは、恩人と見られるほうが好きだったが――おれが最高のステージを最後まで演じきるところを、見せてやる必要がある。彼らは、テレビの前でこの様子をじっと見守り、耳を傾けているはずだ。

ケインは、群衆の熱狂が引くのを静かに待ち、そのあと、記者団からの質問をいくつか受けつける旨を告げた。

予想できることではあったが、彼に向かって叫ばれた第一声は、ユニセフへの贈り物や、裕福な人びとへの要望や、世界の恵まれない若者たちをオンラインで結ぶための擁護運動とは、まったく関係のないものだった。

「ミスター・ケイン、ご承知のとおり、明後日には、モリソン＝フィオーレ法案が、署名を受けて成立します」ケインは、このニュース記者がだれか知っていた。褐色に染めたひとすくいの髪と、頭韻を踏んだ名前の持ち主だ。「あれについて、あなたのお考えをお聞かせいただけないでしょうか？　それと、この署名と時期を同じくして、ロジャー・ゴーディアンが、暗号技術に関する規制をゆるめるという大統領の方針に引き続き反対を宣言するために、ワシントンで記者会見を開くことになっていますが、これについても考えをお聞かせください」

ケインは、考えこむような表情をつくった。「わたしは、ゴーディアン氏がこれまでに築いてきたすばらしい業績に、敬意をいだいています。しかし彼は、すでにあの問題に関する見解を表明し、一般大衆は、選挙で選ばれた議員を通じて、それに異をとなえています。ここは、わたしたちの子どもや孫たちについて考える場です。未来について。悲しむべきことに、ゴーディアン氏は、未来とは逆の方向に目を向けています」

「質問を続けてよろしければ……あの法案の、民間でもっとも活動的な支持者であるあなたは、署名の式典にワシントンへいらっしゃるおつもりですか？」

「まだ決めていません」ケインは笑顔をつくった。「大統領は、ご親切にも招待者の枠を広げてくださいましたが、スポットライトを浴びるのは、週にいちどでも自分には多すぎるような気がします。正直申し上げると、ホテル暮らしはもううんざりだし、仕事にもどりたくてたまらないんです」

記者は腰をおろし、べつの男がはじかれたように立ち上がった。

「ロジャー・ゴーディアンの暗号技術問題にたいする姿勢と、アップリンク社の株価が下落していることには、つながりがあるとお考えですか?」

いいぞ、とケインは思った。

「そのご質問は、ソフト開発業者よりも投資銀行家におたずねになったほうがよろしいのではないでしょうか」彼はいった。「わたしは、同業者のかかえる経営上の問題について憶測をするために、ここにいるわけではありませんので。ただ、自明のことを申し上げてよろしければ、技術関連会社の資産は、社の指導部の、後ろではなく前を見る意志と能力に応じて上下するものだということです」彼は、いちど言葉を切った。「さてと、さきほど提案いたしました子どもたちの権利に、話をもどしてよろしければ……」

しかし、もちろん記者たちはそれを許さなかった。それは、ケインの思うつぼだった。このあとしばらく続いた質疑応答のなかで、六度、ロジャー・ゴーディアンの名前が出た。最後には、この場に透明人間の彼がいるのではないかと思えるほどだった。

しかし、あの男はここにはいない。ケインは心のなかでつぶやいた。きょうのこの会議場は、おれのものだ。聞こえるのは、おれの声だけだ。

ケインは、自分の仕事ぶりに酔いながら、またべつの記者を指差した。

そのとおり、未来のことです。

それをお話ししているんです。

「ロジャー――」

ゴーディアンは、受話器を持ったまま顔を上げて、書斎の入口に現われた妻に目をやり、受話器を首と肩のあいだにはさみこんで、人差し指を高く上げた。

「ちょっと待ってくれ、ハニー」

「二十分前にもそういったわよ。チャック・カービイに電話する前に」

「わかった、悪かった、彼とはいつも長話になるもんだから」彼は、うわの空でいった。

「でも、もうすぐだ、飛行場にかけてるだけだから。記者会見のためにワシントンへ飛ぶことになる。だから、整備士に点検をしてもらおうと……」

アシュリーの表情は、真剣なのよと告げていた。「ゴード、あなたの目の前には、なにが見える？」

ゴーディアンは、両手で抱きかかえるように受話器を包んだ。「すてきだが、堪忍袋の緒が切れかけている配偶者、かな？」

彼女の顔には、まだ微笑は浮かんでいなかった。

「華やかな美しさに満ちてもいる」のっぴきならない事態になったことがわかり、彼はそういった。

「わたしが美容室で、生まれてこのかたなかったくらい、髪を短くして、明るいブロンドに脱色して、家に帰ってきてから、三時間になるっていうのに、あなたはそのあいだずっとここにこもりっきりで、いそがしくてそれに気がつきもしないのよ」彼女はいった。「きょうは土曜日よ。夜は、仕事をお休みしてくれると思っていたのに」

彼は、一瞬、言葉を失った。アシュリーが帰宅してから、三時間？　うん、たしかに、そのくらいになるかもしれない。午後は、知らないあいだに猛スピードで駆け抜けていったらしい。仕事に没頭しつづけて離婚の瀬戸際に立たされてからの、六カ月と同じように。この仕事を、アシュリーは衝動と呼んでいた。いつもゴーディアンは、なにかに追いつこうとしているみたいに見えるからだ。無二の親友で、三十年連れ添ったおしどり夫婦だったアーサーとエレインのスタイナー夫妻が、今年二月に、理不尽にもロシアでテロリストの銃弾の前に倒れたあと、ようやくゴーディアンは、アシュリーがかけがえのない天からの贈り物であることに気がつき、このままでは彼女を失ってしまうと思い知って愕然とした。半年のあいだ、集中的にカウンセリングを受け、真剣に努力を重ねたおかげで、ふたりのあいだに走った亀裂の多くには、橋を架けることができた……しかし、夫婦生活を揺るがす地震がときどき起こり、橋はまだそれほど安定していないのだと、何度も思い出すことになった。とりあえず、まだ盤石ではないらしい。

「きみのいうとおりだ、たしかにそう約束した」彼は、凝りをほぐすために首すじを伸ばした。「悪かった。ここからやりなおせるかい？」

アシュリーは机の前に立っていた。若々しい美貌は、中年の初期をむかえた年齢になにひとつ譲歩をしておらず、すらりとして気品がある。海緑色の目は、彼の視線をとらえているあいだ、小揺るぎもしなかった。

「ゴード、よく聞いて」彼女はいった。「わたしは操縦士じゃないわ。旅客機の窓ぎわの席にすわって、頭上にあるべき雲が自分の下にあるのを思い出すのさえ好きじゃない人間よ。なのにあなたはいつも、ジェット機のコクピットにいると気持ちが解放されるとか、目が開かれるとか、そんな話ばっかり……ええと、それからなんだったかしら、感じるものは？広大な空間だった？」

「もしくは、高空病だ」彼は、弱々しい笑みを浮かべていった。「きみはほんとによく、人の話を聞いているな、アッシュ」

「わたしの最大の長所よ」彼女は、ゆっくりと部屋を横切って、机の前に来た。「あなたのいう、その空間……あなたには、そのたぐいの贅沢を手にする資格があるし、あなたにそれだけの財力があることを、うれしくも思っているわ。でも、ときどきわたしは、それにちょっぴり焼きもちを感じるの。わかる？」

彼は、妻の顔を見た。

「うん」彼はいった。「うん、わかる」

彼女は、長いためいきをついた。「いまなにが起こっているか、知らないわけじゃないわ。レイノルド・アーミテッジがウォールストリート・ジャーナルに書いた、最新版のでたらめにも目を通したわ。あなたとチャックが、株の大量売りの話をしているのも、耳にしたわ。マーカス・ケインが国連であなたについてコメントした言葉が、夜のニュースで流れたときの、あなたの顔も見たわ。あれがどんなに腹立たしいものかも、想像がつくわ」

ゴーディアンは、返事をしようと口を開きかけたが、眉間にしわを寄せ、唇を結んで二の足を踏んだ。アシュリーは待った。夫には、思いを自分のなかに押しこめる癖があり、そのふたをなかなか開けられないことがたびたびあるのを、彼女は知っていた。

「以前、いんちき万能薬の宣伝マンに会ったことがあるが、あの男ならケインの戦術を、えせ擁護作戦と呼んだだろう」ようやく彼はいった。「場合によっては、えせ敵対作戦と呼んだだろう。ケインは、その両方を同時に駆使してきた。公の問題を利用して自社に注目を集め、そのいっぽうで、ある種の企業戦略をひそかに進行させるというのが、基本的なもくろみだ。論争を巻き起こすか、論争に踏みこむことで、標的となる聴衆に自分の存在を気づかせ、しかるのちに、本当に伝えたいメッセージをそっとすべりこませる。マジシャンのシルクハットと外套がステージでするのと同じことを、市場でやっているわけだ」

「そしてどうやら、マーカスの、いわゆる〝子どもたちの権利要求〟は、キャンペーン第一弾の手本になりそうね」

「完全無欠の模範例だ。あれであの男は、太っ腹な慈善家という印象を手に入れる。決して攻撃を受けることのない、道義にかなった主義主張を手に入れる。子どもを敵に回す人間が、どこにいる？」

アシュリーは、力ない笑みを夫に向けた。

「うちの子たちがまだ小さかったころ、わたしたち、そんな大人になりかけたことが何度かあったわね。でもあなたは、自分の言い分を通してきたわ」彼女はいった。「えせ敵対作戦……それが、暗号技術法案をめぐってあなたと戦うさいの、あの男の戦法なのね？」

ゴーディアンはうなずいた。「こういう戦いかたをしていれば、報酬はかならず危険を上回るし、暗号技術をめぐる論争は、現実にはたいして一般大衆の関心を呼び起こしはしないことを、マーカスは知っている。ふつうの人びとは、輸出の規制をゆるめることが自分たちの日々の暮らしにどんな影響をもたらすかわかっていない。ハイテク産業内の特別利益団体や、法執行にたずさわる人びとや、情報機関の人びとを除けば、だれも本気で心配しやしない」

アシュリーは、ひと息入れて、いまの話を整理した。

「ユニセフ十字軍の裏にある戦略は、特別理解しがたいものとは思えないわ」ようやく彼女はいった。「子どもたちにコンピュータを与え、モノリスのソフトをもっとたくさん売って、みんなをいい気持ちにさせ、自画自賛させてやろうというんでしょ。でも、暗号技術問題をめぐってあなたと対決することで、あの人は、なにを手に入れようとしているの？　よくわからないわ……その底にひそんでいる、隠れた意味が」

ゴーディアンは、小さく肩をすくめた。

「いまのは百万ドルの質問だ」彼はうつろな調子でいった。「だが、それに答えられるかどうかは自信がない」

部屋がしんと静まった。アシュリーは、夫がふたたび沈黙の下にもぐりこもうとしているのに気がついて、身をのりだし、両手の指先をかるく机の端についた。

「あなたがどんな気持ちでいるか、わたしにはわかるわ」彼女はいった。「それって、当然のことだと思ってる?」

彼は、質問に虚をつかれて、はっとした。

「ただ思ってるだけじゃない」彼は、つぶやくようにいった。「きみがわかってくれていると知るのは……どうやって手に入れたかも、自分にそれを手にする価値があるのかすらもわからないままに、手に入れることができた賞品のようなものだ。知らずにいるより、ずっと心強い」

彼女は、やさしげにほほ笑み、まっすぐ彼を見た。「あなたの苦しい状況を見くびるつもりは毛頭ないの。わたしにはなんの力にもなれないなんていうつもりも、全然ないわ。でもね、わたしがさっきいいかけたのは……」

ゴーディアンは、その短いとぎれのあいだに、妻の顔をつくづくながめた。「うん?」

「わたしは、こういおうとしていたの。あなたがその問題を何時間かわきにおいてくれたら、そして、いつも地上三万フィートで手に入れている例の空間をこの地上でいっしょに分かちあってくれたら、わたしは、アップリンク社を、この家を、わたしたちの車を、わたしたちの持っているすべてのお金を、わたしたちの全財産を、手放したって惜しくはないってことなの。それとも、解放感を味わうためには、操縦席にひとりでいるしかないの？」

ふたたび沈黙が降りた。夫の顔から、超然とした、自分と向きあっているような表情が薄れていくところを、見られるかもしれないとアシュリーは思った。だが自信はなかった。たんなる希望的観測かもしれない。

ゴーディアンがゆっくり手を伸ばして、彼女の手を包み、そのままそこに手を休めたとき、アシュリーは、ほっと安堵の吐息をつきそうになった。

「夕食に出かけよう、どこのレストランがいい？」彼はいった。「きみの魅力的な新しい髪型には、みんなに見てもらうだけの値打ちがある」

彼女は、やさしくほほ笑んだ。

「あなたは気がついていたかしら？」彼女はいった。「わたしが放棄するっていったもののなかに、〈エイドリアンズ・スパ＆美容サロン〉の会員権は入ってなかったことに？」

ゴーディアンは、海のような緑色をしたアシュリーの目をのぞきこんで、笑顔を返した。

「それはうっかりしていたな」と、彼はいった。

9

二〇〇〇年九月二十日／二十一日　カリフォルニア州サンノゼ／シンガポール海峡

マックス・ブラックバーンから、モノリスのはらわた深くにもぐりこむ一本の線を手に入れた、それを使って、彼のいう〝会社ぐるみのいかがわしい活動と金銭取引〟の証拠を探りにかかっているという話を初めて聞いたとき、ピート・ナイメクは、耳を傾けながら強い関心をおぼえた。そして、すぐ調査を中止しろとは命じないことで、続行に暗黙の了解を与えた。しかし、アップリンクの保安部長として、自社がスパイ行為をはたらいていると解釈されるような状況は、なにがあっても避けるからなと、釘は刺しておいた。そこから生じる責任は、あまりに大きすぎる。ナイメクは、こうも指摘した。自分の見つけた糸を頼りに調査を進めていく気なら、調査の詳細はそれ以上教えないのが賢明だ……決定的な証拠をつかむまでは、と。

マックスは話をのみこんで、それ以上説明はしなかった。いちどのうなずきと目くばせひとつで、関係否認の了解は打ち立てられた。いつものように。マックスの活動が明るみに出ても、その結果生じる厄介な問題に、アップリンク社の人間はだれひとり巻きこまれない。

ナイメクは、平社員から経営幹部まで、だれの手も汚したくなかった。

建前上は、ナイメクとその調査との関わりはそこで終わった。しかし、どんな進展を遂げているのか知りたいというのが本音だった。マーカス・ケインのゴーディアンにたいする公然の攻撃が度を強めるにつれて、その気持ちはさらにつのった。

マックスは、ふたりが交わした了解事項を頭に刻みつけていたため、初めて電話でその件について話をしてから三ヵ月のあいだ、きわめて慎重に、この問題への言及を控えていた……話をするときにも、やはり慎重をきわめていた。ブラックバーンがモノリスにつないだパイプが、モノリスの女性社員であることは、どうにか聞き出せた。彼の話によれば、その女性とは、調査と関係ないところで知りあい、情報提供者としてとりこんだのは、そのあとだという。その女性がシンガポール支社の法人通信部の要職にあることも、なんとか聞き出せた。しかし、その二点を除けば、ナイメクが知っている情報は皆無に近い。

もちろん、マックスと引き続き連絡をとりあうにあたっては、それ以外に正当な理由もあった。マックスがマレーシアに送りこまれているのは、ジョホールの地上ステーションの保安体制を確立するためだ。つまり、彼の計画の多くには、ナイメクの意見と承認が必要になる。ジョホール時間の月曜日の朝、カリフォルニアの日曜午後四時に、ナイメクが自宅の仕事部屋からブラックバーンに電話を入れようと試みたのは、その用件があったからだ。先週、マックスから、莫大な費用はかかるが生体測定走査機《バイオメトリック・スキャナー》の性能を上げたいという要望を受け、検討の結果、設備の組み込みを許可することにした。ところが、電話をしてみると、マックスはまだ会社にいなかった。

「ミスター・ブラックバーンは、週末、シンガポールにいらっしゃいましたから、きっと、コーズウェイの渋滞につかまっておもどりになるのが遅れているのだと思います」と、マックスの部屋の受付係はいった。「最近、コーズウェイを渡るのは大変なんです……シージャックらしき事件があったせいで、税関がごった返しておりまして。でも、きっともうすぐお着きになるはずです。よろしければ、彼の携帯に連絡いたしますが？」

「いや、急ぎの用件ではないから、出社してきたら、わたしから電話があったことを伝えてくれればそれでいい」と、ナイメクは答えた。

それから八時間がたった。まだマックスから連絡はない。ナイメクからマックスに電話しなおす機会もなかった。子どもの養育権に関する妻との取り決めで、ナイメクには、息子のジェイクと週末を過ごすことが許されている。彼はいま、十二歳になるわが子を野球観戦に連れていったあと家に送り届けてから、帰宅したところだった。

まだナイメクは、手違いで自分の伝言が伝わらなかったか、マックスがうっかり忘れてしまったのかもしれないと考えていた。ジョホールが夜になる前に、もういちどかけてみよう。ブラックバーンの最大の欠点は、好奇心に駆られていちどにたくさんの方向へ目を向ける傾向があることだ。いちばん大事な任務は地上ステーションであることを、思い出させてやらなくては。

ナイメクは、机に行って電話をとりあげ、マックスの番号を打ちこんだ。

「アップリンク・インターナショナル、マックス・ブラックバーンの部屋です」

「ジョイス、またピート・ナイメクなんだが」

「ああ、部長」彼女はいった。そのあと、一瞬の間があいた。「ミスター・ブラックバーンは、まだいらしてません」

ナイメクは眉を上げた。「きょう、いちどもか?」

「はい、申し訳ありません。連絡もはいっていないんです」

「彼にかけてみたのか?」

「あ、はい。携帯のほうにはね。朝、それを提案申し上げたと思いますが——」

「で?」

「それが、応答がなくて」

ナイメクは、しばらく黙りこんだ。名乗った瞬間から、ジョイスの声はどこか妙だった。

そのわけに、とつぜん気がついた。なにか隠しているのだ。

「ジョイス」彼は、ようやく口を開いた。「わたしの思いすごしかもしれないが、きみはなにかを隠しているような気がする」

彼女は咳ばらいをした。「部長、ミスター・ブラックバーンは、お出かけになる前、どういうご予定か、はっきりおっしゃいませんでした。でも……」

「うん？」と、彼はうながした。

「その、じつは……そのご予定というのは、プライベートな性質のものだったような気がします」

「恋人に会いにいったんじゃないか、という意味か？　そういうことなんだな？」

「あの、たぶん……つまり、はっきりそうおっしゃったわけではなくて――」

「きみのマックスへの忠誠心は、見上げたものだ。しかし、色恋沙汰のために出かけたのではないかという憶測のほかに、わたしに隠していることは本当にないんだな？」

「ありません。なにひとつ」

「だったら、彼が現われたら、すぐ教えてくれ」ナイメクは、そういって電話を切った。

しばらくして、彼は立ち上がった。照明のスイッチを切り、シャワーに向かった。意図的に外部との連絡を断っているのだとしたら、念入りにそのモノリスの管理職を抱きこもうとしているか、公平を期すためにいえば、調査がこれまで以上に重大な局面をむかえて、それに没頭しすぎているかだ。ナイメクは、どちらの線にも、不快感と小さな不安をおぼえた。

ブラックバーンがつかまったら、なにをしていたのか白状させ、必要ならば、いま注意を払うべき場所はどこかを思い出させてやろう。

ある程度までは自主行動も許されるが、まったく連絡がないのは問題だ。勇み足を犯す可能性もある。

長さ二六フィートの娯楽用《プレジャー》ボートは、スマトラ島の北岸線から一五キロ以内の海上で、深夜の霧と暗闇のなかにディーゼルエンジンの静かな音をたてていた。前甲板の手すりをつかんでいたシアンの目が、ほぼ真横の方向に投光照明の明るい光をとらえた。

シアンは、前甲板の手すりを動かずに腕時計で時間を確かめた。

あのヨットは船室の灯りも航海灯も消して走っているが、快速巡視艇のレーダーや熱映像装置に探知される可能性も、わずかながらある。船を盗んだのに、まだ気づかれていない点には自信があった。手下たちは、真夜中の十二時すぎに、この船を停泊用の水面から盗んできた。たいして複雑ではない警報装置の配線を、ワイヤーカッターで二、三カ所切断し、埠頭にほとんど人気《ひとけ》がなくなったころを見はからって乗りこんだ。

拘束され、トランキライザーを投与されたアメリカ人は、彼を捕獲した者たちが誘拐に使ったパネルトラックで埠頭の先へ運ばれたのち、船がモーターを暖めているあいだに船内へ運ばれた。

海賊たちを呼び止めて質問をする者はいなかった。〈観音号《クアンイン》〉乗っ取り犯を追っている捜査当局は、空港や、コーズウェイや、いかにも船が出ていきそうな商船用ドックには、きびしい捜査態勢を敷いていたが、裕福な人びとがヨットや帆船を停泊させているマリーナには、監視や捜査が強化された様子がまったく見えなかった。

シアンは、即席の非常線が緊密に張られるわけはない、かならず穴があるはずだと踏んで、そのすきまを最初から利用するつもりでいた。シンガポール当局は、ありきたりの密航者を追うことに慣れていた。タイやマレーシアからの不法労働者を追跡し、仮収容所に集めて、籐の鞭で打ちすえ、頭髪を剃り落としたうえで母国に送還する作業には慣れていた。しかし、規模の大小を問わず、集中的な人狩りをした経験はない。イギリスから購入したコンピュータ制御のIBIS指令制御システムを使用することで前線部隊の努力を統合することは容易になっていたが、まだ一流の仕事にはほど遠い。嵐で浜に打ち上げられたみたいなありさまで海岸にたどり着くボート・ピープルとはちがって、シアンと彼の率いる無法者の一団は、自暴自棄になってもいなければ、従順な御しやすい人種でもなかった。

いまシアンは、自分と直角の方向から放たれている円錐形の光線にじっと目を凝らし、暖かな南風に上着をはためかせながら待っていた。小さな波が彼の船の竜骨をたたくぱしゃぱしゃいう音を打ち消すように、小型船外機のうなりが聞こえてきた。よし、と彼は思った。

シアンが手すりから身をのりだしたとき、投光照明がふっと消え、深くたちこめた海霧が、水と空を一枚の漆黒の帳《とばり》に編み上げた。彼は、ふたたび腕時計に目を落とし、きっかり五秒間待って、それから水面に視線をもどした。

光がぱっと点灯し、それから消え、また点灯した。

彼は、肩越しにちらりと振り返った。船室の風防越しに、コクピットにいる何人かの手下が見えた。舵輪の前にいるジュアラが、外のサーチライトに目をやって、それから頭をかがめ、羅針儀の架台《ビナクル》の微光のなかで、コンパスと海図を念入りに調べていた。ジュアラは、会合のための正しい座標にいることを確認すると、すぐに体をまっすぐ起こして、シアンにうなずきを送った。

満足したシアンは、強力なフラッシュライトをベルトのクリップから外し、それを前に突き出して、返事の合図を返した。点灯、消灯、点灯、消灯。そのあと、十五秒の間隔をおいて、また点灯し、また消した。

迎えの動力艇の輪郭が見えるまで、シアンは手すりにいた。そして、輪郭が見えると船室へ急ぎ、船内通路から下甲板に向かった。捕虜を陸上げする準備が万全か、確かめるために。

10

二〇〇〇年九月二十日　ニューヨーク

「まじめな話、ジェイソン、このあたりは、〝コレステロールの街角〟とか〝動脈硬化通り〟と呼んだほうがいいんじゃないか」チャールズ・カービイは、そういって、いまにもくずれ落ちてきそうな〈ルディ・ギリアーニ〉名物のヒーロー・サンドイッチを見下ろした。コンビーフとパストラミとムンステール・チーズとスイス・チーズの山を、たっぷりのロシア風ドレッシングとコールスローで包みこんでいる代物だ。いったんは、七面鳥とローストビーフを何層にも重ねた〝バーブラ・ストライサンド〟に、そそられるものを感じたのだが、この名前にはちょっと軟弱な響きがあると思い、メニューから声を出して読み上げるのを断念したのだ。

「なんでまた？」ジェイソン・ワインスタインは、そういって大きく口を開け、パストラミとコンビーフとレバーを積み上げた〝ジョー・ディマジオ〟にかぶりついた。〝トム・クルーズ〟をやめてこっちにしたのは、あの俳優の主演映画を面白いと思ったためしがなかったからにすぎない。

カービイは、窓の外へあごをしゃくった。「なにしろ、角には〈リンディーズ・フェイマス〉のチーズケーキ屋があって、向かいには〈フェイマス・レイズ〉のピザ屋があるんだからな。このブロックに、駆けこみで診てもらえる心臓病診療所ができたら、大繁盛すると思わないか？」

ジェイソンは、そっけなく肩をすくめ、自分のサンドイッチをひとかじりしてテーブルの上に手を伸ばし、酸味を抑えたディルピクルスを、ひと目でカービイのほうに近いとわかるピクルスの皿からつかみとった。ピクルスの皿を回してくれと、ひとことといえばいいものを、なぜジェイソンが自分で手を伸ばしてとったのか、カービイにはさっぱりわからなかった。カービイの祖母がいたら、刑務所の作法ですよとたしなめられたことだろう。仮にもウォールストリートの弁護士じゃないか。食事作法は、いったいどこへ行ったんだ？

カービイは、このまま口へ持ち上げたら、薄切り肉とチーズが地すべりを起こすのはまぬがれないと判断し、ナイフとフォークを手にとってサンドイッチをV字形に切り、静かに食べた。重力に逆らうその作業をやってのける能力がジェイソンにあったのは、いわずもがなだ。

ブルックリン育ちでないとああはいかんだろうな、とカービイは思った。

ジェイソンは、そんなことはどこ吹く風とばかり、いかにもおいしそうに、嚙んで飲みこんだ。「これにくらべりゃ、セックスなんて目じゃないだろう？」

「ぼくには当てはまらないかもな」カービイはいった。「しかし、すばらしく美味しかったのはまちがいないよ」

ジェイソンは、人の好みはさまざまだという表情をカービイに投げた。

「まあいい、話を聞こう。昼飯をおごるなんて、どういう風の吹きまわしだい？」

カービイは、しばらく動かずにいた。

「きみは、スパルタスという企業共同体《コンソーシアム》の代理人を引き受けているだろう。少なくとも、きみの事務所が引き受けているのはまちがいない」カービイはいった。「アップリンク社の株を買いあさっているのが何者か、知りたいんだ」

「アップリンクか、偶然にもあんたが代理人を請け負っているところだな」

「利害の衝突はない」カービイはいった。「現実問題としては、まず――」

「つまり、厳密な話をすれば、衝突はありうるわけだ」ジェイソンはいった。

カービイは肩をすくめた。「足を使う仕事の手間を、すこし省いてほしい。それだけだ」

ジェイソンは、自分の〝ジョー・ディマジオ〟を皿において、ほれぼれとながめた。

「ここは、自分たちで肉を塩漬けにしてるのかな？」と、彼はいった。

「頼むから、ジェイソン」カービイがいった。

ジェイソンは彼の顔を見た。「ああ、いいとも。ただし、おれから聞いたなんていわないでくれよ」彼はいった。「高い値をつけたのは、ミッドウェスト・ゼラチンというミシガン州の会社だ。分野を説明してやる必要はないな？」

カービイは顔をしかめた。「地方のゼリー製造会社に、アップリンクの株をごっそり買い上げられるだけの資本があるか？　いいかげんなことをいうのはやめてくれ」

「本当だって」ジェイソンはいった。「それに、ゼリーじゃない、ゼラチンだ。ゼラチンには、家庭用断熱材から、スニーカーの中底、弾道ミサイルの実験用にまで、無限の用途がある。あんたが瓶ごとがぶ飲みしてる頭痛薬のたぐいにも、はいってるくらいだぜ。参考までにいっておくと、ミッドウェストは、じつはその分野では、わが国最大の化学メーカーだ」

「公開か、非公開か？」

「一番目だ」ジェイソンはいった。「あそこは、缶詰メーカーの子会社だ。その缶詰メーカーには、プレキシガラスの被覆用材を製造している上場民間会社が、全額出資している。いや、陶磁器製造会社だったかな。すまん、どっちか忘れちまった」

ジェイソンがサンドイッチにかじりつくあいだに、カービイは、いまの話をじっくり検討した。

「ミッドウェスト・ゼラチンの経営幹部に、だれか、その、名の知られた人間がいるかどうか、知らないか？　親会社にでもいいが？」

ジェイソンは、また彼の顔を見ていた。

「記録をたどって、アップリンクにちょっかいを出してるやつの黒幕を突き止めたいのなら、公園に行ったときエド・バークに聞いてみるんだな」と、ジェイソンはいった。

「うちのエドか？」カービイは、〈スティーラーズ〉と金色の大文字でプリントされている、自分のユニフォーム・シャツの前を指差した。「一塁手の？」

「その缶詰メーカーは、やっこさんの最大のクライアントのひとつだよ」ジェイソンは、そういってうなずいた。「ただし、頼むから、おれの名前は出さないと約束してくれ」

「もうしたつもりだったが」

ジェイソンは頭を振った。「いや、いや、してない」

カービイは、人差し指と中指でボーイスカウト流の誓いのしぐさをした。

「約束する」と、彼はいった。

満足したジェイソンは、視線を転じ、やせた年配のウェイターが腕の上に皿を高く積み上げ、絶妙のバランスですたすたテーブルのそばを歩き去るところを見つめた。

「あの人は、おれがガキだったころから、ここで働いてる」彼はいった。「三十年、ばりばり足で稼いでる。どうしてそんなことができるのか、想像もつかん」

「きみといっしょで、ここでばりばり足で稼ぐのが、好きでたまらないのかもな」と、カービイはいった。

ウェイターが通路に描いていくエネルギッシュな軌道を、ジェイソンの目は追いつづけた。

「きっとそうだ」ジェイソンは大まじめにそういって、奇抜なサンドイッチにまたがぶりとかぶりついた。

レイノルド・アーミテッジが住む二十二室の重層式マンションは、街のランドマークになっている、手すりと蛇腹のついた宮殿のような建物のなかにあった。鉄とガラスの凝った庇《ひさし》が、セントラルパークと向かいあった五番街の入口に、影をつくっている。外観同様、中身にも、地位と富のしるしが歴然だった。人によっては、歴然すぎるという者もいるだろう。玄関を通ると、パネル張りの長い受付ホールがある。さらに進むと、八角形の大広間が現われ、そのあとは、寄せ木張りの床があるリビングや、巨大な暖炉が出てくる。そして丸天井の下には、これ見よがしに油絵の肖像画が現われる。アンティークのテーブルの上に欧風の銀細工がきらりと輝き、前面の中央部がせり出したブレイクフロント・キャビネットから、ヴェネチアン・グラスのゴブレットとデカンターがダイヤモンドの光の点をきらめかせ、精巧な大理石の小卓には、一輪のはかない花のように王朝時代の中国の花瓶が載っている。

マーカス・ケインは、どれをとっても非常に感銘深いが、身体障害を補えるよう設計された統合電子システムのマトリックスを隠すためにアーミテッジが払っている細心の注意には及ぶべくもないと思った。そのシステムの大半は、モノリスが開発した最新の音声認識技術に依存していた。

かつてアーミテッジは、ふつうの人間なら、身障者用の出入口、つまりリフトやエレベーターのついた特別の傾斜路をつけるところだろうが、きみからは、もっとすばらしいものをいただきたいな、とケインにいった。

ケインが、腰をおろしてベルモットを飲んでいると、応接間のドアが、まるで自分の意思をもっているかのように開き、この部屋の主人を登場させた……車椅子に縛りつけられていても、その堂々たる押し出しはすこしも損なわれていない。それどころか、ただの見栄っ張りではない孤独な不屈の男という雰囲気すら、ただよわせていた。風車に忍び寄るドンキホーテ、白鯨と対決するエイハブ船長、どんな不利な状況にも不屈の闘志で立ち向かう男。最高のドラマに欠かせない要素だ。

「近づけ」アーミテッジが、かろうじて聞き取れるくらいの小さな声でそう告げると、電動車椅子は、機械特有のうなりもほとんどたてずに主人を前に運んだ。アーミテッジの後ろで、両開きのドアが音もなく閉まった。「障害物なし、命令実行」

アーミテッジは、客のそばまで来ると、左のひじ掛けについている制御用レバーで椅子を停止させた。以前は右側にあったものだが、萎縮が進んで数年前から右手が使えなくなっていた。

「マーカス」声のボリュームを通常レベルに上げて、アーミテッジは呼びかけた。「待たせてすまなかった、電話に出ていたものでな。いらいらしてないようで安心した。それどころか、瞑想にふけっているみたいに見えた」

「称賛に、だよ」と、ケインは訂正し、手をさっと振り動かして周囲を示した。「魅惑的な部屋だ」

やせた顔、黒い用心深そうな目、生え際がV字形になったまっすぐな黒髪。五十歳の熱情家。そのアーミテッジが、驚きの表情を見せた。

「ここでは、いそがしそうなきみしか見たことがなかったのに」彼はいった。「いまも成長を続けているようだな、マーカス。それどころか、国連でのきみを見たあと、わたしのきみにたいする評価は、新しい高みへと急上昇した。あれには、心から賛辞を送りたい」

ケインは、醒めた目をちらりとアーミテッジに向けた。「本気かい？」

「もちろんだ。きみは、すばらしい好感を与えた。宣伝の観点からいえば、それがすべてだ。もちろんきみもご存じだろうが、世の中には、そのたぐいのことを調べる世論調査屋がいる。製品のCMや連続ホームコメディにどの有名人を使えばいいか、ほかにどんな判断材料がある？」彼は口元に、小ばかにしたような笑みを浮かべた。「できることなら、背中をぽんとたたいてやりたかったよ」

ケインは、不愉快な表情にならないよう努力した。

「思わなかったかい？」彼はいった。「テレビのあんたを見て、おれはコツを身につけたんじゃないかって？」

アーミテッジは、首を横に振った。「わたしには独特の生存様式がある。読者や視聴者から好かれる必要がないんだ。耳を傾けてもらうだけでいい。投資に関するわたしの助言が実のあるものであるかぎり……そして、わたしにそれを伝えることができるかぎり……彼らは耳を傾ける」彼は、いちど言葉を切って唾をのみこんだ。喉の筋肉が最大限の働きをして、その基本的な機能を果たした。「カールにおかわりを持ってこさせようか？　それとも、すぐ用件に入ったほうがいいかな？」

「酒はもういい」ケインはいぶかしんだ。アーミテッジは、病気の話を努めて避けることにより、病気の進行に関する自分の感触を隠そうとしているのだろうか？　前回話をしたときにくらべて、言葉が発しづらくなっているのか？　大いに考えられる。前回はひと月以上前だったし、最新の薬物療法を用いても、筋萎縮性側索硬化症《ALS》は急激に進行する可能性がある。

「メトロバンクの頭取との話は、どうなっている？」

アーミテッジはケインの顔を見た。「これを聞いて抱きつかないでくれよ。ハルパーンを説得した結果、あの男はきみの買い取りの申し入れを受け入れた」

ケインのなかに興奮がわき上がってきた。「本当か？」

「大事なのは、彼はその気らしいが、決定ではない点だ」アーミテッジはいった。「もちろん、この取引を認めるゴム印を、取締役会に押させる必要があるから、彼が来週、理事たちと会うまで、祝杯をあげるのは控えるのが無難かもしれない」

ケインは、その但し書きを無視した。急に顔がほてってきた。「あれは、アップリンク株の、ええと、九パーセントにのぼるんじゃなかったか?」

「それどころか、一〇パーセント近い」アーミテッジはいった。

ケインはこぶしを固め、それで力強く宙を突いた。

「ちきしょう、すごいぞ」彼はいった。「すばらしい」

ふたりは静かになった。レイノルドの脳の死にかけた神経細胞のはたらきが不発に終わり、不自由な右手がすこしひきつって、詰め物をした手首の保護帯が椅子の肘掛けにコッコッ音をたてた。

ケインは顔をそむけた。九パーセントか。彼は心のなかでつぶやいた。すでに買収を進めている株に、それだけ加われば、際立った保有数になる。欲しいものが手にはいる。

しばらく続いた沈黙を、アーミテッジが破った。

「ちょっといいにくいんだが」彼はいった。「ほかにも訊きたいことがある」

ケインは、うわの空で肩をすくめた。「いいとも、どうぞ」

「シンガポールのことだ……あっちでいろいろ嗅ぎまわっていた、例のブラックバーンという男のことだ」

「あれは忘れろ」ケインはいった。「もうすんだ」

アーミテッジは、片方の眉をつりあげた。

「どうやって始末したんだ?」彼はたずねた。

ケインは、水をはじき飛ばすためにぶるるっと体を震わせる犬みたいに、頭を振った。わずらわしい話題だったし、考えるだけでも不愉快だった。どうしてこのアーミテッジという男は、おれを不安にさせたがるんだ？

「おれは知らないし、知りたいとも思わない」と、ケインはいった。

「あの男がなぜきみのことを探っていたのか、ちゃんとわかったのかね？」アーミテッジは、なおもたずねた。

「前にもいったと思うが、おれは事業に専念している。いまの話は、おれのいちばんの関心事じゃない」

「いまのところはな」アーミテッジは、抑揚のない声でいった。

ケインは、彼にさっと視線を投げた。「いったい、なにがいいたいんだ？」

「怒るな」アーミテッジはいった。「わたしはただ、不愉快な性質の問題にもしっかり通じておくのが賢明だと指摘しているだけだ。健康の問題から学んだことがあるとしたら、それは、制御の力は一瞬にして消え失せるということだ」

ケインは、椅子の横のテーブルにグラスをおいた。

「まあ、ご忠告には感謝しておこう」彼はそういって立ち上がった。「胸に刻んでおくよ」

アーミテッジの顔には、人を小ばかにしたような薄笑いがもどっていた。

「もう帰るのか？」と、彼はたずねた。

ケインはうなずいた。

「今夜のうちに、わが家へ帰る飛行機をつかまえないと」彼はいった。「ご指摘のとおり、留守のあいだに西海岸が太平洋に沈んでいないか確かめるのをはじめとして、しっかり注意を払っておかなくてはならない状況が目白押しだ」

アーミテッジは、ケインにじっと目をそそいでいた。

「マーカス、わが友よ」彼はいった。「ようやくわかってきたようだな」

「こいつは悪い夢にちがいない」エド・バークはいった。「そうだろ？」

「ならいいんだが」チャールズ・カービイはいった。

スティーラーズとスラマーズの試合は、スラマーズが六対〇とリードして八回の裏のスティーラーズの攻撃をむかえていた。二塁にひとり走者がいたが、すでにアウトカウントはふたつを数えており、打席には、〈ラニング、トーマス＆ファーリー法律事務所〉のデイル・ラニングがいた。あとストライクひとつでチャンスは消える。

カービイは、ホームプレート後方の土の区画で、チームメイトたちと身を寄せ合っていた。ラニングの鼻の下に浮かんだ緊張の汗が見えるくらい、スラマーズの外野手たちは前に出てきていた。法律にもとづいて顧客の前から敵を引き下がらせるラニングの手腕に、異論のある人間はいないだろうが、グラウンドでの打撃の技術となると話はべつだ。

「ああがちがちじゃ、見通しは暗いな」バークがいった。

「期待なんかしてないよ」

ふりそそぐ初秋の日射しのなかで、カービイは、そばを漂っていきかけたタンポポの種を、ぱっとつかみとった。以前は、八月の半ばを過ぎると、タンポポが飛んでいるのを見ることはなかったのに、と彼は思った。ところがここ十年ほど、ニューヨークの夏は、以前より長く暑くなっている。秋は、文字どおりの季節ではなく、たんなる暦《こよみ》のうえの区切りになっていた。それどころか、昨年などは、一月の寒波による氷結でようやく枝から深緑の葉が落ちるまで、木々は青々とした葉におおわれていた。葉っぱは、歩道に落ちるとセラミックのかけらのように飛び散った。

カービイは、避けられない話題を先延ばししてもしかたがないと判断し、バークに顔を向けた。ちょっと内密の話があるというようなずきを送り、チームメイトとは離れたわきを身ぶりした。

「エド」彼はいった。「ひとつ頼みがあるんだ」

「当ててみようか」バークはいった。「うちの打撃の名手が、これ以上おれたちに恥をかかせないうちに、殺してくれというんだろう」

カービイは、手を開いてタンポポの種を解放した。

「じつをいうと、アップリンクへの攻撃を裏で操っているのがだれか、教えてほしいんだ」

彼はいった。「ぼくがいってるのは、チェスの駒を動かしている人間のことだ」

バークは、カービイの顔を見た。「どうしてまた、おれがその情報を知っているなんて思ったんだ？」

カービイは、肩をすくめただけで、なにもいわなかった。バークは、スニーカーの爪先で土をぐりぐり掘り起こした。打席では、ラニングが低めのボール球を見逃して、グリップの位置を直した。

「教えてやってもいいが、べらぼうな額の損害請求書が回ってくるぞ」と、バークはいった。

カービイはうなずいた。そして待った。

「マサチューセッツ州ダンヴァーズに、ポリマーのガラス代替製品を設計製造している、セイフテックという会社がある」バークはいった。「セキュリティ・パネルや、耐ハリケーン窓や、対弾道弾合板なんかを造っている。不動産業者から、デパート・チェーン、国務省や麻薬取締局にいたるまで、得意先は多岐にわたる。そのセイフテックだ、株を入手している企業は……いろんな子会社を通じてだが」

「人物を知りたい」カービイはいった。「だれがやっているのかを」

「いま、いおうとしてたところだ」と、バークはいった。そして、地面の土に軌道を描きつづけている足に目を落とした。「セイフテックの表向きの代表は、技術方面の専門知識は豊富だが、それ以外はなにも持たない、ＭＩＴ卒の二人組だ。事業のアイデアを思いついたとき、彼らは、ある人物のところへそれを持ちこんだ。そしてその人物は、自分をサイレントパートナーにしてくれれば、無利子で新事業開設資金を融資しようと申し出た。全体の五一パーセントにあたる出資金だ」

「資金調達の必要がある場合には、めずらしい取引じゃない」カービイはいった。「最悪のケースでもない」

バークは肩をすくめた。「問題は、アイデアは思いついたが資金が足りなかったその二人組が、その融資条件を気に入ったことだ」

「で、その気前のいい三人目の正体は……?」

バークは、また彼の顔を見た。

「あの大金持ちの、マーカス・ケインだ」彼はいった。「きみが代理人をつとめているゴーディアンの、最大の誹謗中傷者だよ」

カービイは、大きく息を吸いこんで、それを吐き出した。打席に目を向けると、ちょうどデイル・ラニングが、ボールの一マイル上を空振りしたところだった。

バークは身をのりだして、地面からふたりのグラブを拾い上げ、ひとつをカービイに手渡した。

「以上です、みなさま」彼は、顔をしかめてそういった。「さあ、検察官どもに追加点を許す時間だぞ。悪夢になることとまちがいなしだ」

カービイは、フィールドの向こうに、バークには見えないなにかを見ていた。

「ああ」グラブをはめながら、カービイはいった。「まちがいない」

11

二〇〇〇年九月二十二日　インドネシア、カリマンタン南部

水路の幅が狭まってきて、モーター付きの丸木舟は、貧しい地元民の高床式の家が両岸にひしめくあたりにさしかかった。まだ朝の八時をすこし回ったところではあったが、チウ・ションは、水上マーケットがすっかり活気を失っていることに気がついた。行商人と買い手の大半は、日の出とともに姿を現わす。できれば、気温と湿度が耐えがたいほど上昇する前に商売をすませたい。前者は、小さな舟か丸木の筏《いかだ》の床に売り物を並べ、後者は、浅い丸木舟を竿で操ってくるか、チウの雇った男のようにクロトクと呼ばれる小さなモーター付きの舟でやってくる。動きの遅い舟たちは、運河に長い列をつくって、疲れた蛸の触手のように、くねくねとバンジャマシンのはずれを縫っていく。

バナナや、スターフルーツ、ライチ、瓜、サラク、緑野菜、魚、うなぎ、ザリガニ、蛙、そして調理ずみの数々の料理を載せた、小さな舟が行き来している。鶏肉を売る舟がひとつもないのが目についた。かつて、インドネシア国民の最大の動物性タンパク源だった鶏肉は、いまでは、主にジャカルタの高級レストランでしか味わえない、贅沢な輸入品になっていた。

いわゆる〝アジアの奇跡〟が輝きを失い、地元の家畜飼育場の大半が消滅を余儀なくされたところへ、ルピア安と飼料の値上がりが重なって、家畜産業は壊滅的な打撃を受けた。家畜不足につけこんだアメリカの鶏肉生産者が乗りこんできて、市場を分捕る格好となった。皮肉なことに、彼らの成功を確実にしたものは、値下げやインドネシア人への信用売りを拒んだ、中国とマレーシアの欲深い食料生産者たちだった。

チウは、需要と供給の関係を理解していたが、それでもこの状況には憤懣やるかたない思いがした。

チウは、黙って舟に乗りながら、運河をくねくね進んでいくほかの舟にたえず目を奪われていた。マーケットの舟のほかにも、郵便船や、水上バスや、帆の上をぐらぐら揺らしながら街の中心部の波止場へ向かっていく、桶のような平底の米運搬船がいた。この光景を見て、三十年以上も前、最後にこの地区を訪れたときの記憶がよみがえってきた。スカルノのインドネシア共産党（PKI）が権力の絶頂にあり、北京の政府と共産主義共同戦線を張ろうとしていたころだ。あのとき彼は、周恩来の正式な特命全権公使として、国家建設計画に尽力するためにやってきた……革命の情熱に燃えていた男にとっては、なんのためらいもなく取り組むことのできる任務だった。

これだけの月日が流れたのだから、あたりまえかもしれないが、今回の旅をとりまく状況は、当時よりずっと複雑だと、チウは思った。

昔とちがっていて当然だし、過去を振り返ることなどめったにないのだが、久しぶりにもどってきたせいで感慨深いのだろう。西洋文化の悪影響という汚れを一掃しようと、スカルノは懸命だった。しかし、それを払拭することはできなかった。いまのこの状況を目の当たりにしたら、彼はどんなに悲痛な思いをしただろう。ここでも、その影響はいやでも目についた。ついさきほども、白人旅行者の一団が、レンタルした高速モーターボートで勢いよく通り過ぎていった。彼らを見てチウは、丸い目に、赤く日焼けしたほおで、興奮して大声をたてる、騒がしいマカクザルを連想した。しかし、不快な気持ちを抑え、いつものように明るい見方をすることにした。彼らの船外機が水を跳ね散らしていったおかげで、蚊が追い払われ、バリト川からののろのろ吹く風に涼気が加わったのはまちがいない。

「ゆっくりゆっくり《ペラン・ペラン》」チウは、北京語訛りのマレーシア語でガイドに命じた。そして、曲がった古い板がつぎはぎになった舟で餅を売っている女のほうを指差した。

「はい《ヤ》」

ガイドは、モーターのエンジンを切って、櫂《かい》で水をかき、いまにもひっくり返りそうな舟に近づくと、先端に釘をつけた竹竿に手を伸ばした。舟の舳先からその竿を伸ばし、チウ・ションのために餅をひとつ突き刺して、味見のためにさしだした。

チウは、ひとかじりして飲みこみ、餅売りの舟の床にブロンズ色のコインを放り投げた。

「ありがとうございます《テリマ・カシ・バニャッ》」女はそういって、感謝の笑顔を浮かべた。

チウは、エンジンをかけなおすようガイドに命じ、ゆったりもたれて軽い朝食にとりかかった。

しばらくすると、ガイドは運河の曲がり目を折れ、近くの岸に張り出すかたちで建っている家屋と穀物倉庫に向かっていって、着きましたと告げた。チウは、そうだと思ったとはあえていわなかった。水上マーケットから遠ざかるにつれて、鎧戸を閉めた窓の奥からのぞいている視線が強くなってきたのを感じていたし、たちの悪そうな若者たちが、ぼろぼろの建物を結んでいる歩道から、すばやく、ひそかに、彼の進んでいく様子を目で追っていることにも気づいていた。

カオ・ルアンは、この地域の人びとにとっては封建時代の将軍のような存在だ。人びとに与えるものは、忠誠心がなくならない程度にとどめる。独立心が芽生えるほどには与えない。

ガイドは、ふたたびエンジンを切って舟を漕ぎ、住居の玄関から泥水のなかへ続いている梯子《はしご》に向かった。十代らしい三人の若者が、別々の段の上にすわっていた。色あせたデニムの半ズボンとTシャツを着た少年がふたりと、同じようなショートパンツをはき、薄いすけすけのホールターを乳房の下で結んで腹部をむきだしにしている少女がひとり。少女には、背伸びして〝女〟を見せつけているようなところがあり、チウ・ションは、それを見て、悲哀と嫌悪感に同時に襲われた。肩を丸めてフィルターのないタバコを吸い、アメリカのロックをがなりたてる巨大なラジオに耳を傾けているふたりの少年にも、きちんと理解していない役柄を演じているような雰囲気があった。

　暑い日差しのなか、彼らは、前かがみのだらけた姿勢ですわりこんでいた。あてもなく漂っていく葦やよどんだ沈殿物以外に、なにかあるかもしれないとばかりに、水面をのぞきこんでいる。

　アジアの奇跡、か。チウ・ションは心のなかでそっとつぶやいた。

　梯子のそばへ舟が近づいていくと、若者たちは汚れた水から目を上げた。みんな顔色が悪い。不潔なうえに、栄養不良のようだ。表情は、物憂げで、感情にとぼしく、一様にむっつりしている。

　チウは、四本の竹竿が垂直に立った停泊位置に舟が舫《もや》われるのを待って、ガイドに支払いをし、旅行用の大型バッグを肩にかけ、立ち上がって岸に上がった。

　十代の若者たちは、なおも彼を見ていた。そのあと、背の高いほうの少年が、チウの接近をさえぎるために立ち上がり、なめし革色の胸の前で腕組みをするというわざとらしい悪ぶった態度で、期待されていると思っている役割を演じはじめた。

　この様子では、二十歳をむかえる前に路上の喧嘩で命を落とすだろう。

　チウ・ションは餅を食べおえ、指に張りついた粘つくかすを、指先をこすりあわせて落とした。

「男たちの部屋に行きたい《サヤ・マウ・ラキ・ピリッ》」彼は、ボートの舳先からいった。「なかの男たちに会いにきた」

長身の少年が、アメリカのギャング映画みたいに、タバコをくわえたままじろりと彼をねめつけた。先端から渦を巻いている煙が、鼻につんとくる丁字《クローヴ》の甘い香りを運んできた。

「名前は？」少年がたずねた。

チウは、名乗ってやる気はさらさらなかった。「いいから行ってこい。男たちに、北の友人が到着したと教えてやれ」

「聞こえなかったのかよ——」

「やめろ《ブルフンティ》！」チウは、片手で少年を制した。「時間のむだだ、いいから行け」

少年は、しばらくのあいだ彼をにらみつけて、そのあとくるりと向きを変えたが、仲間の手前、せいいっぱい体面をつくろおうと、必要以上に時間をかけて部屋に続く梯子を上がっていった。

このくらいは勘弁してやるか、とチウは思った。たぶん、面子のほかには、なんの持ち合わせもないのだろうし。

少年は、ドアをノックした。ゆっくり二回、コツコツたたき、そこでひと呼吸おいて、そのあとはすばやく三度たたいた。それから、すこし待ってドアを押し開けた。戸口から頭を入れ、なにごとかいって、またすこし待った。しばらくして、なかから男の声で返事が来たのが、チウにも聞こえた。なんといったかはわからなかったが、きびしい叱責の声だったのはよくわかった。

少年が、戸口からもどってきて、仲間を立ち去らせるためにシッと声を出すと、ふたりは地上に降りて、岸ぞいのどこかへそそくさと姿を消した。

「すいません《マアフ・サヤ》」と、少年は緊張の面持ちでいい、後悔の念をにじませながら、チウ・ションに頭を下げた。「悪気はなかったんで――」

「気にするな」

じりじりしていたチウは、少年のそばをすり抜け、まさか折れはしまいなと思いながら、ぐらぐらする梯子をのぼっていった。

ひょろ長い体つきに褐色の肌をして、手に短剣《クリス》の刺青を波打たせている島民らしきふたりが、入口でチウを出迎えた。この手の短剣は、忍ばせているだけで犠牲者を求めるといういいわれがなかったか？ たしかあったはずだ。しかし、昔の作り話はともかく、この男たちの肩に吊り下がっている半自動小銃は、あれ以上のすさまじい殺傷力を証明するだろう。

「ようこそいらっしゃいました《セラマト・ダタン》」ふたりのうちの片方がいった。そして、うやうやしいお辞儀をした。「歓迎いたします」

チウは、うなずいて部屋に入った。

部屋は大きな長方形で、床と壁はむきだしのベニヤ板だった。傾いた梁が一列に並んで、高いとんがり屋根を支えている。右側の壁の途中に、閉まったドアがひとつあり、その前にもうひとり島民が立っていた。この、いかにも頑丈そうな雲突く大男は、粗暴な顔つきと長い黒髪の持ち主で、袖を切り離したデニムのジャケットの前を開けており、その下に裸の胸がのぞいていた。上半身と上腕に盛り上がった筋肉のかたまりを、びっしり刺青がおおっていた。男は、ライフルだけでなく、凝った細工をほどこしたベルトの鞘に、ナイフも所持していた。クリスと呼ばれるマレー民族の短剣にちがいない。

部屋の中央に目を向けると、チウが会いにきた男たちが、長い厚板のテーブルで待っていた。クルシッ・イマン将軍、ガー・チャンブラ、そして麻薬の売人のカオ・ルアンだ。

ほかのふたりとの会話から目を上げて、最初にチウの存在に気がついたのは、クルシッだった。

「チウ・ション、元気そうだな」クルシッは、そういってちょこんとお辞儀をした。「旅はどうだった?」

「暑くて退屈だった。苦労の甲斐があることを願いたい」と、チウはいった。

クルシッの細いしわだらけの顔に、笑顔が浮かんだ。もじゃもじゃ眉の下にある目の、力強さと鋭さはあいかわらずだが、この数カ月でずいぶん老けこんだ感じがした。いまみたいに民間人の服装をしていると、本来の情け容赦ない性格が隠れて、好々爺めいた雰囲気さえただよってくる。

対照的にチャンブラは、外の若者たちと変わらないくらい若々しい、とチウは思った。そして、彼らと同様、柄にもない役割を演じようとしているように見えた。政治的な破壊活動分子や貧しい人びとのために戦う人間、といった役柄を。しかし、おだやかな顔立ちと、見栄っ張りな態度を見れば、化けの皮ははがれる。彼の社会的地位も同様だ。ダイヤモンドの豪商の長男に生まれたガーは、生まれながらに莫大な富に恵まれており、カリマンタンのバンジャルマシン最大の銀行の支配権を譲り受けてはいたが、一族が縦横無尽にくり広げている財政ゲームの、盤上の位置標識《マーカー》の役割を果たしているにすぎなかった。人の苦しみなどなにひとつ理解していないし、物質的な苦しみとなるとなおさらだ。自分と同じような思い上がった上流階級の活動家たちと、ひそかに交わり、彼らの国家改革運動に資金援助をしている。

　この男は、自分のうぬぼれを満足させたい自己陶酔的な道楽家にすぎない。活動の結果がわが身にふりかかれば、さっさと特権という安全網に逃げこむだろう。

「いらっしゃい。クルシッの住まいには比べるべくもないが、しがない国外追放者で社会から孤立している身では、これが精一杯でね」

　これは、カオ・ルアンの言葉だった。彼は、テーブルの上座から、タイの伝統的な挨拶方式にのっとって両手を上げ、鼻の真下に指先をそろえてお祈りをするように手を合わせた。親密さの表現だ。前回の会合までは、指先は、もっと低い胸のあたりにあった。余所者への合掌《ワーイ》だった。

　チウも、このしぐさの意味を知らないではない。正直、いやな気持ちがした……友人を見れば、その人のことがわかるというではないか。とはいえ、すぐに答礼はした。疑惑の時代は、遠い昔のことだ。それに、汚い仕事はしているが、このタイ人は、てらいのない人物だ。敬意を払う値打ちはある。

「さあ」と、ルアンは自分の右の、だれもすわっていない椅子を身ぶりした。「どうぞ、くつろいで」

チウは、テーブルに行って、注意深くルアンを見た。肉づきがよく、頭は禿げかかっている。なめらかな広い額。反り返った唇。口とあごは薄い髭におおわれていた。ほお骨は、真っ平らで、肉と脂肪の詰め物をしたやわらかくつややかな肌におおわれている。テーブルから椅子を引いて腰をおろしているが、腰帯の上に出ている半袖のバティック・シャツは、大きな腹の上で合わせ目がぴんと張りつめていた。襟元のボタンが外れていて、モン族の太い銀の輪がのぞいている。胸と腋の下に、黒い汗じみができていた。

「例のアメリカ人だが」椅子に腰を落ち着けると、チウはいった。「どこにいるんだ？」

ルアンは、右の壁にあるドアを、あごでしゃくった。

「おれの友人のシアンと、手下の海賊どもが、しっかり見張っている」

「なにかしゃべったか？」

ルアンは、しばらく黙ってから返事をした。

「けさはまだ、その……話ができなかった。しかし、そろそろ意識がもどるはずだ」彼はいった。「たぶん、そのときには、みんなの知りたいことがわかる」

チウは、テーブルの向かいにすわっているクルシッ将軍に、驚きの一瞥を投げた。「やつを捕らえたのは、たしか四日前だったな？」

クルシッは、こくりとうなずいた。

「しぶとい男でな」と、彼はいった。

「心配はいらない。知りたいことは、すぐ吐かせられる」と、ルアンはいった。そして、薄笑いを浮かべた。「〝白い淑女〟には逆らえない」

チウは眉を上げた。「ヘロインか？」

「彼女に紹介してやって以来、ふたりは片時も離れていない」ルアンがいった。「彼女は、やつを虜《とりこ》にしてしゃべらせる」

「野蛮なことだ」

「しかたあるまい」クルシッがいった。「ほかの方法よりはましだ」

「結論は、じきにあの捕虜が自分で出す」ルアンがいった。

言葉がとぎれた。チウは、自分が巨大な海賊を見つめていることに気がついた。自分だけの宇宙にいるような風情だ。動かない、危険な存在だ。静かな感情のない目は、襲いかかる寸前で止まっている中生代の生物のそれだ。

「厄介なのは、あの女だ」ガーがいった。

チウは、ガーに注意を移した。「チューだったな、女の名は?」

「キアステン・チューだ。あの女は姿をくらました。そして、あの女がモノリスとわれわれのつながりについて、なにを見つけたのかも、どんな証拠を握っているのかもわからない。部署が部署だけに、莫大な情報が掘り起こされている可能性だってある」

「シンガポールで捜索させているんだな?」

「ほかの場所でもな」ルアンがいった。

「だとしても」ガーがいった。「こっちが大やけどする可能性はある。もし、アメリカ人たちにあのことが——」

「ガーには、取り越し苦労だとたしなめてきたんだ」クルシッが割りこんだ。「わかっている材料で、話を続けようじゃないか。あれは、われわれとはなんの関係もない産業スパイ事件だったのかもしれないんだ」

「女は、モノリスの最高機密である経理関連のデータベースに、自分のオフィスのコンピュータ端末から、何度もアクセスしている。それに、ジョホールにあるアップリンクの地上ステーションへ、何十回も電話をかけている……たぶん、確かめられない安全回線への電話は、もっとたくさんあっただろう」ガーがいった。「それでも女のことは気にするなというのか?」

「もっと人の話を素直に聞くようにならなくちゃいかん」クルシッがいった。「あのアメリヵ人が指示をしないかぎり、女は、どこで曲がればいいかわからないし、証拠書類を持っているとしても、それをどうしたらいいかはわかりはしない。たぶん自分からしっぽを出さなかったとしても、いずれは見つけだす」クルシッは、手をゆっくりすべらせるようにしてチウ・ションのほうへ振った。「臆測ごっこはやめて、われわれの同志がここまで来てくれた用件にはいろうじゃないか」

チウは、かすかにうなずいた。クルシッは、物腰こそおだやかだったが、目はじっとチウを見つめていた。

「朗報だ」チウはいった。「わたしが代理をつとめる人びとは、必要な弾薬をすべて、いますぐ用意できる。高速艇は、弾薬にくらべると少々厄介だが、すぐに都合がつくはずだ」

「上陸艇は？」

「要請のあった数よりは少ないが、それで手を打ってもらいたい」

「何隻だ？」

「三隻。ひょっとしたら四隻になるかもしれん」

クルシッは鼻柱をつまんだ。「アサルト・ライフルだが、いちども発射したことのないものか？」

組みこまれている消音器《サイレンサー》のことを考えているのだ。チウにはわかった。あれは、たえず使用していると、すぐに効き目が失せる。

「工場から届いたばかりの、まっさらの85式だ」

クルシッはあいかわらず、考えこむような表情をしていた。「納品は迅速を保証してもらわねばならん。知ってのとおり、われわれのチャンスの窓はごく小さいのでな」

「約束の期日は、かならず守る」チウはいった。「まちがいなく」

クルシッは、すーっとひとつ息を吸いこんだ。

「船の数が減ったことで、侵入能力にどのくらい影響が出るか心配だ」彼はいった。「作戦全体を練りなおすことになるからな」

「思ったほどではないと思う。攻撃用の船は重装備をしている。それに、水陸両用艇を再装備すれば、定員数を増やすこともできる。動員可能人数に限れば、まったく差はあるまい。どういう変化が出てくるか、逐一挙げる必要があるなら——」

「あとでいい」クルシッがいった。彼は、チウの顔から視線を外さなかった。「おたくの政府だが……われわれの冒険に、どんな立場をとる?」

「表向きは、気づいていないことになっている」

「で、実際には?」

「どういうレベルの妨害も、ないといっていい」チウは、細心の注意を払って言葉を選んだ。

クルシッは、満足のうなずきをよこした。

「よかろう」彼はいった。「ここまでは、たしかに朗報だ」

チウはテーブルを見渡した。

「なら」彼はいった。「あとは、支払い条件に反対する者がいないことを願うばかりだ」

ルアンが眉をひそめた。思ったとおり、反応は慎重なものだった。

「条件というと?」ルアンがいった。

「全額、前金でいただかなくてはならない」

「なんだって?」ガーが、信じられないとばかりに目をぱちぱちさせた。「冗談だろう?」

チウは、あいかわらずおだやかだった。

「短期間の大きな取引だ」彼はいった。「製造業者にも、それなりの出費がある。彼らにしてみれば、リスクの見返りに信用のある通貨での支払いを期待するのは当然だ」

「こっちのリスクはどうなる?」ガーが、うわずった声でいった。「わたしはこれまで、おたくと、おたくが代理人をつとめる中南海《チョンナンハイ》(中国最高機関の所在地)のために、いろいろやってきた。なにかあったら、うちの銀行の国際的な信用に取り返しのつかない傷がつくかもしれないのにだ」

「それには大いに感謝している。しかし、残念ながら、わたしの上の人間が費用の一部を物々交換で相殺できるような状況ではないし、ほかに譲歩の余地もない」

ガーは、むっとした表情を浮かべた。「失礼ながら、チウ、それじゃまるで、暴利をむさぼる人民解放軍《PLA》の武器商人たちのために弁解しているみたいな言い草ではないか。いったいどうして――？」

「もういい」クルシッが割りこんだ。「あんたの不満はよくわかる、ガー。しかし、差し迫った状況だ。それに、われわれが必要としているのがかなり特殊なものであることも認めざるをえない」彼は、ちらりとルアンを見た。「あんたはどう思う？」

タイ人は、一瞬ためらい、それからずんぐりした肩をすくめた。

「金のやつに愛着はあるが、自分の分担ぶんはもう使われたと思えばいい。手を切ってもかまわんよ」彼はいった。「変えようのないことでいがみあうのはやめて、計画にまつわる大事な問題に話を進めようじゃないか。サンダカン（マレーシアのボルネオ島サバ州北東部の海港）とそのあとのことばかりに話が集中して、まだアメリカのデータ保管庫の話が出ていない。あれは、おれたちの成功には必要不可欠なものだし、少なくとも――」

穀物倉庫の扉が開いて、彼らを驚かせた。シアンの手下が、ドアのすきまから体をのりだして、シアンに低いささやき声で話しかけ、ドアをわずかに開けたまま倉庫へひっこんでいくあいだ、彼らの視線はシアンに釘づけになっていた。

シアンが、くるりと向き直って、まっすぐタイ人を見た。

「アメリカ人が目を開けた」彼は告げた。

部屋がしんと静まった。

ルアンが、かすかな笑みを浮かべて、やる気満々の目をテーブルのまわりに投げた。

「失礼する、兄弟がた」と、彼はいって、椅子から大きな体を持ち上げた。「仕事にかからなくては」

ルアンは、シアンのあとからゆっくりとドアを閉めて、穀物倉庫へ向かった。

12

二〇〇〇年九月二十二日　インドネシア、カリマンタン南部

ブラックバーンは、はっと目をさました。方向感覚がない。汗びっしょりで、視界を黒い点がただよっていた。目が腫れ上がり、体のあちこちにずきずきする痛みがあった。ここはどこだ？　なぜ腕が動かないんだ？

自分が椅子にすわっていることに気がついた。硬い、背もたれのまっすぐな椅子にすわって、前にだらんとなっている。彼はぐっと体を起こした。動きが速すぎた。めまいに襲われ、胃がきゅっと縮まった。吐き気が喉元にこみあげてきて、必死にむかつきを押しもどした。

しばらく予断を許さない状況が続いたが、吐き気はおさまりはじめた。

ずきずきする目をぎゅっと閉じ、苦しげに息を吸いこんだ。

よし。だいじょうぶだ。もういちどやってみよう。ただし、こんどはゆっくりと。

頭を回し、ずきずきする首筋をほぐし、首をそろそろと一インチか二インチ上げて、もういちど目を開けた。

さっきよりはいい。

まばたきをして、ざっと自分の様子を調べた。シャツが血まみれになって裂けている。撃たれたのか？　いや、ちがう、そうじゃない。ホテルの階段に激しく転倒した。そのあと、あの鉄の爪みたいなものが腕に食いこんだ。なんとか外そうとしていたそのとき、だれかに、あるいはなにかに、頭を殴られた。そのあとは……？

そのあと、なにがあった？

マックスは、またひと口、空気をのみこんだ。くそっ、しっかりしろ、なにがあったんだ？　つかみどころのない短い映像がひらめくほかは、ほとんどなにも得られなかった。頭を殴られたせいか、階段を転げ落ちたせいで、脳震盪を起こしているのだろうか。長い忘却の期間があり、意識朦朧としたまま支離滅裂な現実の断片を受け止めていたときのことが、かわるがわる浮かんできた。

あるときは、トラックのなかにいた……ホテルの外に駐まっていた配達用のトラックだ。あそこで最初、手錠をはめられたんだ、あの車の後部座席で。隣にだれかいた。死んでいた。おそらく、あのトラックの本来の運転手だ。服をはぎ取られていた。血とおぞましい体液の混じったものが、耳からにじみ出ていた。血糊で濡れたシーツの上に、裸の死体のそばに、おれは横たわっていた……それだけしか思い出せない。どれだけの時間トラックのなかにいたのかも、そのあとどこへ連れていかれたのかも、わからなかった。時間がただすべり落ちていったような、漠然とした感覚があった。そのあと、担ぎ上げられ、短い距離を運ばれて、仰向けにどさりと降ろされた。

また時間が経過した。おれは、狭い空間にいて、横揺れと縦揺れの単調な動きを感じていた。しばらくは、そんな感じだった。そのあと、強いさわやかな風が、とつぜん吹きつけてきた。塩を含んだ風だった。船でどこかに運ばれていくんだと、ふと理解した……。

そのあと、またすっと意識が遠のき、ほかのどこかでいちど目をさました。べつのトラックか？　べつの船か？　だめだ、あそこはほとんど空白だ。もういちどどこかへ移されたことを除いては、なにも思い出せない。たぶん、いまいる場所へだ。穀物倉庫かなにかだ、ここは。広くて、薄暗くて、蒸し風呂みたいに暑い。草ぶきの屋根と、屋根裏に上がる階段がある。手首が両方とも、椅子の肘掛けに手錠でつながれている。拘束具は、警察に支給される標準的な金属の腕輪だ。

しかし、見張っているのが警官のはずはない。ホテルで追ってきた男たちの顔が、いくつかあるのがわかった。トラックのなかで待っていて、通用口から襲いかかってきた、あの大男もいる。

頭がすっきりしてきた。めざめてから、時間をおくたびに、状況がすこしずつよみがえってきた。ばらばらに散らばっていた記憶の断片が、つながりのある一本の撚《よ》り糸に編み上がり、はっきり状況が見えてきた。

この倉庫で、尋問を受けた。質問の大半は、責任者らしい男がした。ルアンだ、それが男の名前だ。質問をされ、答えを拒むとすさまじい打撃が加えられた。だが、それは最悪の事態ではなかった。まだほんの序の口だった。容赦ない拷問を受けたことは、それまでにもあったし、しばらくはこの連中の尋問にも耐えられると信じていた。

おお、ちくしょう。あいつらも、同じ結論に達したのか？

針のことを思い出すと、首の後ろの毛がちくちくした。あれのことを、よく一瞬でも忘れられたものだ。

しかし、だからこそ、心がしばらくスイッチを切っていたのかもしれない。そうでもしなければ逃れられないものから、いっときの休息を得るために。あの針のことを考えずにすむために。

最初のときが、いちばんきつかった。やつらは、おれを押さえつけ、シャツの袖を引き破って、ひじの内側にあの針をずぶりと突き刺した。おれがもがいたせいで、注射器を持った男は、血管に突き刺すのを何度か失敗した。しかし、ついに成功した。皮膚に針をしっかり押しつけて、血管に刺しこみ、すこし血を抜いて、ちゃんとした場所に刺さったことを確認した。そして、そのあとあの液を押しこんだ。

おれは、小さくうめいて、椅子のなかで体を引いた。頭ががくんと揺れ、まぶたの下に眼球が押しもどされる感じがした。腕から脳にいたる直通回線のようなものを、ぴりぴりする感覚がごーっと駆けのぼってきて、そのあと、全身の肉と骨と臓器にしびれるような熱いさざ波が広がって、がくんと体が傾いた。そして、恐ろしいことに——ああ、なんということか——おれのなかには、それが運んでくるしびれるような感覚を歓迎している自分がいた。どんな拷問にも耐えられるように心と体を鍛えてきたつもりだったが、天国が深呼吸をしたみたいに、シューッと慈悲深い大きな音がして、痛みが体から抜け落ちていった……。

白粉《パイフェン》と、ルアンは呼んでいた。

ヘロインを意味する中国語のスラングだ。

男をたぶらかす性悪女だ。だからこそ、やつらの信頼も篤《あつ》いのだ。

回想からはっとわれに返って、マックスは左腕の内側をちらりと見た。注射を打たれて青黒くなっている箇所があった……何回打たれた？　五回だ。ひょっとしたら六回かも。ひじの下に水ぶくれがある。注射針がすべり、誤って皮膚と筋肉のあいだに薬がすこしはいってしまったのだ。最初の二回は、ひじから肩と首にかけてひどい発疹に見舞われたが、体の組織が順応してきたのか、赤みとすさまじいかゆみはすこしずつ薄れてきた。

まだ検討が終わらないうちに、右側で物音がした。マックスが目を上げると、薄暗いなかに四人いる見張りのひとりが、向かいの壁のドアに行って、そこを開け、外に身をのりだして、向こう側にいるだれかと話をしていた……上位の人間なのは明らかだ。あの配送トラックから出てきた大男だ。次の瞬間、その大男が、ずんずん倉庫へ入ってきた。すぐ後ろを、ルアンがやってきた。

またか、とマックスは思い、気をひきしめた。

黙って見ていると、ルアンは、六フィートほど離れたテーブルに向かった。マックスを捕らえた男たちは、そこに、ヘロインと道具類、そして水差しと調合用のガスバーナーをしまっていた。バーナーからオレンジの炎が噴き出すと、ルアンは、かなりの量のヘロインをスプーンに落とし、そのあと水と混ぜて、スプーンを火の上にかざした。

一分ほど煮沸させたあと、スプーンに綿棒をつけて、液で膨れ上がらせ、そこへ針をつっこんで、不純物を漉《こ》した麻薬の溶液を綿のあちこちから吸い上げた。

「ご友人、あんたは度重なる説得をはねつけて秘密を守ってきたが、こっちが知る必要のあることは、いずれ話さなけりゃならんのだ」ルアンは、皮下注射器を持って近づいてきて、そういった。まずまずの英語を話していたが、何度か誤った音節が飛び出していた。

マックスは、そこにすわったまま、なんの反応も見せなかった。

「沈黙を破ったからって、名誉が傷つくわけじゃない」ルアンはいった。さらに近づいてきた。「あんたの雇い主たちも、あんたの頑張りを知ったら喜ぶことだろう。そいつらのために、これ以上期待できないくらい耐えてきたんだからな」

マックスは、なにもいわなかった。

ルアンが、やれやれと頭を振った。成果を得られないまま、同じことをくりかえしていた。

質問に答えないと、痛めつけ、それでもだめだとヘロインだ。選択肢を堂々めぐりしているだけだ、とマックスは思った。いずれ、痛みに耐えかねるか解放されたいという気持ちに負けると思っているのだ。悪賢い下衆どもめ。ヘロインは、静脈に打たれると、あっというまに脳の快楽中枢へ駆け上がる。中毒症状におちいるにはすこし時間がかかるが、これが欲しくてたまらなくなったら……。

そうなったら最悪だ。おれの心は、それを認めるのを拒んで、みずからを閉ざしたのだ。すでにその欲望は、ごくわずかではあったが、まちがいなく、彼のなかに根を伸ばしていた。

ルアンが、また一歩前に出た。

「あんたが何者か、どこの人間かは、もう知っている。知らないことは、ひとつしか残っていない」彼はいった。「あんたはなにを探していたんだ、マックス・ブラックバーン？」

沈黙。

「最後のひとつだ」ルアンがいった。「吐け」

マックスはふと、まったく同じ質問にルアンがどう答えるか、聞いてみたいものだと思った……しかし、これはいい兆候だ。この男がそれを知らないということは、キアステンはまだ追跡の網を逃れているということだ。長年、下劣な人間たちを相手にしてくると、彼らはどんな卑劣な行為でも正当化できる手合いであることが、よくわかってくる……不幸にして、マックスのいまの状況はその好例だ。こいつらは、キアステンを鉤爪に捕らえたら、どんな手段を使っても欲しいものを絞りとるだろう。そうとも、彼女はまだ、こいつらの手に落ちてはいない。そう考えると、すこしだけ気が楽になった。

マックスは、無言でルアンを凝視しつづけた。

タイ人の顔が悲しげな表情をおびた。「そんな必要はないんだが、ちょっとした警告をしてやろう。いまは、舌の使いかたを思い出せないかもしれないが、ここを出ていく前にはまちがいなく思い出す。わかるか？」

マックスは、そっと唾をのみこんだ。いや、たぶんわかっていなかった。きちんとは。しかし、やがてわかるときがくるという恐ろしい思いはあった。彼は、あの大きな番犬から目を離さずにいた。その男が、静かにテーブルに近づいて、脚の鞘に収めた短剣に手を伸ばし、武器を手にバーナーのそばに立った。クリスだ。長さ六インチほどで、波形の刀身をしている……。

いままでとはちがう新しい展開だ、とマックスは思った。

ルアンは、マックスの前に立って、彼の様子を注意深く見さだめていたが、思いやりのあるふりをしても、目にひそむ悪意がかえって際立つだけだった。

最後にルアンは、口をすぼめて吐息をついた。

「だめか」彼は、あきらめ口調でいった。「おれの忠告を聞き入れる気は、ぜんぜんなさそうだ」

ルアンは、巨大な番犬にさっと目をやった。

そしてうなずいた。

マックスは、ちらりとテーブルを見た。胃がきゅっと縮んだ。

バーナーに向かって短剣を上げた番犬が、それを炎の上にかざすと、刃はたちまち熱くなり、薄暗い倉庫に光を放射しはじめた。

「シアン」タイ人が呼びかけた。

大男は、方向転換して、マックスのほうへやってきた。短剣の刃が真っ赤にきらめき、手のなかで脈を打っているように見えた。見張りがふたり、さっと暗がりから現われて、ひとりずつ横についた。マックスの肩をがっしりつかみ、椅子にぎゅっと押しつけて、しっかり背もたれに固定した。マックスは、抵抗しようとしたが、彼らの手は、手首の鋼鉄の手錠同様、びくともしなかった。

全身が緊張し、心臓が、胸のなかで鎚を振るっているみたいに激しく打った。

シアンは、ゆったりとかまえ、生きて呼吸をしている山のように、一瞬、マックスの上にそびえ立った。そのあとマックスの腕に短剣を下ろすと、手首の一インチほど上の皮膚に薄く切れこみを入れた。かみそりの刃のように薄い切り口ができ、その端が、刃の熱でしゅっとしおれるように縮んだ。シアンがそこを切り開いていくあいだ、マックスは激痛に襲われていた。ナイフは皮膚の下にすべりこみ、すこしずつ皮をはぎながら、さらに上へと進んでいった……さらに上へ……さらに上へ……。

マックスは、椅子のひじ掛けをぎゅっとつかんで、必死に叫びを押しとどめた。歯を食いしばって、なんとか叫ぶのだけはこらえたが、怪我をした動物みたいな荒い息が、歯のあいだからぜいぜい漏れていた。こめかみの血管がふくらんだ。頭が、がくがく前後に揺れた。上へ進んでいく刃から焼けた肉と神経組織がはがれていき、吐き気をもよおしそうな甘ったるい匂いがたちこめた。体が、痙攣しているみたいにばたつき、その激しい動きに合わせて、椅子の脚が床に打ち当たった。ガタン、バタン、ドスンと、激しい音がした。常軌を逸したすさまじい痛みのほかは、なにひとつ感じなかった。喉元に閉じこめた叫びのほかは、なにひとつ考えられなかった。叫びは、罠にかかって鉤爪と歯で檻《おり》を破ろうと猛然と突進する動物のような激しさで、喉を逃れようとしていた。

タイ人が、そこまでと命じたあと、切り進む作業が三十秒ほど止まっていたことに、ようやくマックスは気がついた。シアンが短剣をすべらせて腕から外し、削られた長い皮を床へはじき落とした……皮は、少なくとも六インチはあったはずだ……三十秒以上かかったにちがいない。

ようやく、マックスを押さえていたふたりの見張りが後ろに退き、彼はだらんと椅子に沈みこんだ。胸いっぱいに何度か空気をのみくだした。虐待された腕の筋肉が、小刻みにふるえ、びくんと痙攣した。

意識が流れ落ちていきそうになり、気力を奮い起こした。

ルアンの顔が、彼の前で止まった。

「あんたの雇い主、ロジャー・ゴーディアンだが」彼はいった。「あいつはなにを欲しがっているんだ？　いえ」

マックスは、そのまま動かなかった。額から、汗がいくすじも流れ落ち、目がちくちくした。腕は、めらめら燃える油に包まれているようだった。

ルアンが注射器を見せた。

「いえ」彼はいった。「楽になるぞ」

ブラックバーンは、相手の目を見た。息を吸った。吐いた。それから、相手に向かってゆっくりとうなずいた。

ルアンが、にやりとして、期待のこもった表情で身をのりだした。

「おれのボスは……P・T・バーナム（米国の興業師・サーカス王）だ……彼のサーカスに使える、めずらしい人間を探している」ブラックバーンは、弱々しい声でいった。「そしたら、ここにいた」彼はいった。「でぶがひとり」と、あごをタイ人に向けた。「巨人がひとり」と、あごでシアンを指した。「ほかにも奇人変人がいっぱいだ……数えきれないくらいいる」彼は、頭をぐるりとめぐらせて、両側に立っている見張りたちを示した。

ルアンの顔から笑みが退《ひ》き、ぞっとするくらい凶悪な表情が浮かんだ。彼は、体をまっすぐ起こして、すごみをきかせた目でブラックバーンをにらみつけ、それからゆっくり頭を振った。

「馬鹿《ばか》めが」ルアンはそういうと、マックスを指差して、マレーシア語でシアンに指示を与えた。

彼の指は、マックスの顔を差していた。

巨人が、短剣を手に、ブラックバーンのほうへ一歩進み出た。さきほど彼を押さえつけていた、ふたりの見張りが、また視界の端に現われた。

生きたまま皮をはがれずにすむ方法を考えたが、できることはあまりなさそうだった。しかし、とにかくやってみるしかない。

残された力をかき集め、できるかぎりの勢いをつけて自分の体重を前に振り向けた。手錠で椅子に縛りつけられたままだったが、よろよろしながらも、なんとか立ち上がることができた。手首がひじ掛けにつながれ、椅子の背が厚板のように背骨に張りついていたため、腰を曲げて二つ折りになったみたいな形になった。

彼のとつぜんの動きに驚いて、ふたりの見張りは一瞬ためらったが、ブラックバーンにはその時間で充分だった。彼は、タイ人に体当たりを敢行して、道具類のしまってあるテープルへ激突させた。ヘロインの包みと火のついたバーナーが、床に激突して転がった。炎が、部屋のあちこちに波のような網目状の影を投げた。左にいた見張りがまっすぐ突進してくるのが見えた。ブラックバーンは、引きつけるだけ引きつけて、くるりと半回転した。上を向いた椅子の脚が、相手の胴をとらえた。見張りの男は、ぐあっと悲鳴をあげて、がくんとひざをついた。

マックスは、息を吸って気持ちを落ち着けた。こんどは反対側から足音がした。自分に向かって突き進んできた影の巨大さに仰天せずにすんだのは、シアンの攻撃にたいする心の準備ができていたおかげだった。とはいえ、動きもバランスも限られているこの状況では、避けることはできない。

なにをどうしても、痛い思いはするのだ。それなら、自分から痛みをつくったほうがましだ。

マックスは、ぱっと巨人のほうを向いて、雄牛のように突進した。大理石の柱のようにそびえ立つシアンの胸に、飛びこんで頭突きを食らわせた。

短剣を落としたシアンは、鼻を鳴らして怒りと驚きを表現した。マックスは、頭を低く保ったまま、シアンの円柱のような胸に、ふたたび激しく飛びこんだ。巨人は、後ろによろめきはしたが、倒れはしなかった。シアンは、怒りに短剣のことを忘れていた。傷ついた熊のように体を前に傾け、巨大な腕を大きく広げると、二頭筋が膨れ上がって波を打った。そして、うなり声をあげ、ブラックバーンの肩をがしっと両手でわしづかみにして、上へ引き抜いた。

足が床から浮き、マックスは、体をねじ切られるような激痛に見舞われた。マックスの体重とて一八〇ポンドはあるというのに、シアンは軽々と持ち上げていた。

シアンの顔に浮かんでいる、先祖返りをしたような凶暴な表情を見て、ブラックバーンは一瞬ぞっとした。この巨人は、マックスから情報を手に入れようとしていることをすでに忘れている。雇い主が自分になにを求めているかも忘れていた。なにも考えていなかった。怒りが大竜巻と化し、破壊的なエネルギーと勢いを得て、シアンをのみこんでいた。シアンは、その尻馬に乗っているだけだった。

シアンはマックスを、床から目の高さまでつかみ上げて、激しく振り動かした。マックスはうめいた。気力だけでかき集めてきた抵抗の力は、すこしずつ流れ落ちていき、虐待に打ちのめされた肉体は、彼の発する命令に応じることができなくなってきた。このあとどうなるか、ふいに理解した。逃れようがない。扉がぴしゃりと閉ざされる音が、頭のなかに聞こえてきそうだった。小説や映画で起こるような土壇場の脱出劇など、ありえない。BGMが高まり、超人的なヒーローが戦い抜いて危機を切り抜けるなんてことは、ありえない。ひどい話だが、現実の世界にはよくあることだし、災難はいつなんどき自分の上に降りかかるかわからない。だから、彼の考えついた最善の行動は、言語の壁をものともしない伝達方法で、いまの気持ちを表現することだった。

彼は、口に湿り気をため、シアンの顔に唾を吐きかけた。

シアンがうなりをあげた。野獣のように、うなり声をあげた。血のまじった唾が、ほおできらりと光った。シアンは、大きく一歩前に出て、さらに一歩進み、マックスを壁に押しつけた。それから、背中の上部と肩の筋肉の束を大きなかたまりに膨らませると、呆然とするような力で、マックスの背中を壁にたたきつけ、引き寄せて、またたたきつけた。マックスは、手錠をひっぱってみたが、なんの効果もなかった。上半身がねじれ、口のなかにぬかるんだ血がどっと押し寄せた。シアンがたたきつけ、引き寄せ、たたきつけをくりかえすうちに、背中と壁にはさまれた椅子が裂けて、ぎざぎざの木っ端が床にこぼれ落ちていった……。

ブラックバーンは、ばら色のもやのような朦朧とした状態にのみこまれていた。首のどこかがポキンと音をたて、明るい痛みの火花が散った。もやが暗くなり、凝結した。はるか彼方から、狼狽したタイ人の声がなにかを叫んでいたが、彼には理解できない言葉だった。マックスは、切れ切れに自由落下をしていくような感覚をおぼえていた。底なしの淵に垂直落下をしていく小石になったように。

そして、なにも感じなくなった。

「やめろ！」タイ人が、シアンのそばへよろよろと近づいて、腕をつかんだ。「いいかげんに目をさませ！」

巨人は、タイ人にちらっと目をやった。次の瞬間、顔に変化が起きた。理性が吹き飛び荒れ狂っていた表情が、すっと消えた。シアンは、自分が壁に押しつけているぐんにゃりした体に目をもどし、初めて目にしたみたいにしばらくそれをまじまじと見つめ、それから下に降ろした。

ルアンが、ひざをついてブラックバーンの上にかがみこみ、急いで脈を確かめた。頭の傾きぐあいを見て、いやな予感がした。首が、ゴムのようにぐんにゃり曲がっていた。

さっとシアンを見上げたルアンの目は、氷のように冷たかった。

「死んでいる」

13

二〇〇〇年九月二十二日／二十三日　カリフォルニア州サンノゼ／東南アジア

ロジャー・ゴーディアンは、平日は、朝五時にサンノゼ郊外の自宅を出て、真っ黒な一九八四年型メルセデスSEに乗りこみ、エル・カミーノ・レアルを東に向かって、サンカーロス通りの出口で降り、ダウンタウン・エリアを走り抜けて、ロジータ通りのアップリンク本社に到着する。ゴーディアン同様、このベンツも、おおむね状態は良好だった。エンジンのかかりが悪かったり、線の詰まりや、部品の磨耗といった、年齢を感じさせる兆候はいくらかあるものの、彼の見るかぎり、通常の整備やハイウェイでときどき受ける点検で直らないものは、ひとつもなかった。

それでも、周囲の人びとは気をもんだ。アシュリーは、なにかあってはと心配し、通勤には自宅にあるもっと新しい車を使ってほしいと懇願していたが、ランドローヴァーではちょっと大きすぎるような気がした。最新のBMWは、小さすぎ、頼もしさや特徴に欠け、見た目も電気シェーバーか石鹸のようだ。保安部長のピート・ナイメクは、ボスの身を案じて、運転手かボディガードを雇うよう説得につとめてきたが、ゴーディアンは、田園地帯の豊かな緑が、小ぎれいに囲いをめぐらした都市近郊特有の中庭に変わり、そのあと、ごみごみした都心部へ移っていくあいだ、ひとりで考えごとをするのが好きだった。この風景の推移は、人類の果たしてきた大きな前進を、忠実に再現しているような気がした。

また、彼は自分でハンドルを握るのが好きだった。大きなV型八気筒エンジンが車を走らせるときの心地よい重低音には、オペラのテノール歌手が腹の底から朗々と響かせる完璧な調べを思わせるものがある。

それにフリーウェイには、前進の感覚を、日々の目標を追い求めている自分以外の人びととつながっている感覚を、もたらしてくれるだけのマイカー通勤者がいた。数時間後には大渋滞に見舞われる車線で、群れのほんのすこし前を、目的地に向かって走っている人ばかりだ。

こうやって会社への道を走っていると、ピートやアシュリーの熱心な勧めをはねつけてよかったと思わずにはいられなかった。彼の頭のなかには、たくさんのことがあった。だれにもじゃまされずに整理する必要のあることが、たくさんあったし、この車の運転席は、まさしくその作業に打ってつけだった。

いつの世でも、大事なのは意志とタイミングと機動力だ。彼はつくづくそう思った。ひとつの闘いに固執するのはやめて、敵の不意を突くチャンスがあれば、かならず利用できるように、準備をしておく必要がある。

それが近代戦の鉄則だ。いま、ゴーディアンが考えているのは、武力衝突のことではなく、ハイウェイの運転という一種の戦闘技術のことですらなく、生き馬の目を抜く、見えない罠の充満したビジネス世界のことだった。そこは、準備や覚悟ができていない者や、決断力に欠ける者や、柔軟性にとぼしい者の上には、敗北と死骸の山が築かれかねない独特の戦場だ。そのことを、彼は遠い昔に学んでいた。

昨夜、ゴーディアンは、法律顧問のチャック・カービイから戦争への召集を受けた。薄々感づいていたことが、カービイの電話で確認された。数日中にどういう企業内容開示《ディスクロージャー》が行なわれるかを、カービイの電話は教えてくれた。マーカス・ケインによって、スパルタスの持ち株に公開買い付け《ティクオーヴァー・ビッド》がなされたのだ。モノリスの代理とすぐわかる会社を……はっきり名前を挙げれば、セイフテックという中西部の会社を使って。

よろしい、次の項目に移ろう。ケインがなにを欲しがっているかは確かめられたが、なぜ欲しいのかという問題が、まだ残っている。乗っ取りが目的なのは明白のように思えるが、状況はかならずしもそれほど明快ではない。ウィリアムズ法があり、カリフォルニア州にも証券独占禁止の法令がたっぷりあるから、セイフテックは、証券取引委員会に申請する分類表13Dのなかで株式取得理由の申し立てをしなければならず、ほかにも文書で株主たちに書類の提示をしなければならない。しかし、規則に厳密にのっとって事を進めたとしても、ケインには、真意を包み隠すための逃げ道がたくさんある。

代理を使って申し入れをしたところを見ると、ケインがまだ目立たずにおきたいと考えているのはまちがいない。ケインについてゴーディアンが知っていることがひとつあるとすれば、それは、やむにやまれぬ理由がないかぎり、あの男は絶対に後ろにひっこんではいないということだ。ケインは、しばしば強引な手に出る。しかし、単純なわけではない。襲撃準備をしているのなら、戦術的に最適な位置につくまで実行を待つだろう。まちがいない。あの男は、自分はゴーディアンと取締役会からアップリンク社の支配権を強奪しようとしているわけではなく、むしろ、半数以下の充分な株式を取得することで、資産管理についての発言権を手に入れ、自分の元手を守れるようにしようとしているのだと表明するだろう。その論拠が綿密な調査に耐えられるかどうかは、問題ではない。なぜなら、虚偽の、つまり不完全なディスクロージャーが行なわれたとしても、裁判所がするのは、おそらく、せいぜい修正を命じることとくらいだからだ。

そのあいだに、ケインは必要なものを手に入れる。ほかの大株主たちを味方に引き入れる時間を。公の市場でアップリンク株のもっと小さなかたまりを購入することで、ウィリアムズ法のディスクロージャー条項をうまく回避する時間を。乗っ取り戦略をさらに発展させ、練りなおす時間を……むろん、完全な乗っ取りがあの男の目標だとすればだが。

その場合には、どう手を打てばいい？　すでに、カービイと独禁法取締官たちは、通信産業と技術産業には、マーカス・ケインとアップリンクの利権が直接競争状態にある分野がいくつもあることを根拠にして、民事訴訟の手だてを考えはじめていた。訴訟となれば、弁護士と判事が複雑な告訴の海を渡りつづけて、世間の耳目を集めるのはまちがいないが、FBIが独禁法にもとづいて独自に刑事訴訟に乗り出し、アップリンク社の異議申し立てを支援してくれないかぎり——そういう行動にはめったに出ないのが、ふつうだった——長い消耗戦の末に思いもよらない結果がもたらされる可能性もある。それに、専守防衛がゴーディアンの流儀であったためしはない。かつて孫子がいったように、勝利の可能性は攻撃にあり、だ。自分の使える武器を総動員すれば、きっと……。

ゴーディアンは、前をのろのろ進んでいるトレーラートラックを追い越すために、ゆっくり左へ車線変更した。顔には、精神集中の表情が浮かんでいた。先日ウォールストリート・ジャーナルで読んだレイノルド・アーミテッジの記事が、ふと頭によみがえってきた。なぜあの男は、わたしの資産について、あんなことを書かねばならなかったのか？　冒頭の核心は、経営多角化への激しい批判だった。それが、誤った経営判断につながったのだと、ぼろくそにけなしていた。そのあとあの男は、シャム双生児の奇妙なたとえを持ち出してきた。組み合わせを誤った手足と、持続できない成長の話だった。あの内容には、ちくりと胸が痛んだ。アーミテッジの主張にも、一理あるだろうか？

渋々ながらも、その可能性は認めざるをえなかった。あの内容にいらだったのは、ひとつには、最初から薄々そのことに気づいていたからなのだと思った。アーミテッジへの軽蔑の思いや、あの男の動機に関する疑いは、禁じえないが、それでも、あの男の主張の正当性は評価しなければならない。戦いのなかで感情に動かされては、冷静な判断を欠き、神経も消耗する。最終的に値打ちがあるかどうかはともかく、はからずも敵から塩を贈られたわけだ。検討に値する助言が。

しかし、あの男のいうとおりだとしたら、どの道をとればいい？　自問の必要のある疑問でないのは承知のうえで、ゴーディアンは自問した。その道は、わたしの目の前にある。方向も明らかだ。わたしが本当に知らなければならないのは、そこを歩むだけの力と意志が——その先でかならず遭遇する痛ましい犠牲を、受け入れるだけの力と意志が——自分にあるかどうかだ。

深く息を吸いこんで、運転席側の窓をちらりと見ると、太陽が、まるでいつまでも消えない快適な巣を見つけたかのように、けだるそうに山の上に鎮座して、とぎれのないすっきりした地平線を浮かび上がらせていた。この地平線に向かって、暖かな光に包まれた道を走れば、世界に広がっていける。

人生も、そのくらい単純ならいいのだが。

満足のゆく状況のもとであっても、ピート・ナイメクには難儀な二十四時間だったことだろう。ロジャー・ゴーディアンと側近の顧問たちが記者会見のためにワシントンＤＣへ飛ぶまで、あと二日しかない。安全確保の準備に——人員の選定から、環状道路における複雑な実施計画にいたるまで、ありとあらゆる準備に——最後の仕上げをほどこさなければならなかった。それだけでなく、ネヴァダ州のデータ保管施設の警戒網に、不可解な故障が連続して起こっていた。また、ボツワナの衛星ステーションでは、アップリンク社の私設特殊部隊〈剣《ソード》〉の管理官二名が、権限をめぐってつまらない口論を始め、それがエスカレートして酒場で暴力沙汰に発展し、片方が肋骨を折り、もう片方は地元の刑務所に放りこまれた。このふたりを両方とも解雇すべきかどうかという問題まで、ナイメクは考えなければならなかった。

どれも、すぐに対処しなければならない問題ばかりだったが、頭の大半を占めていたのは、マックス・ブラックバーンの謎の失踪だった……そして、マックスの秘書といましがた電話で交わした会話によって、不安はさらにつのっていた。

火曜日の夕方六時、つまりマレーシア時間の水曜日午前十一時に、アップリンクの本社からかけたとき、ジョイスからは、マックスはまだ地上ステーションにもどってきておらず、理由を説明する電話もかかっていないという答えが返ってきた。最後にだれかが姿を見たり声を聞いたりしてから、およそ四日になる。初めて電話したとき、ナイメクは、ジョイスの声になにかを隠そうとしている雰囲気を察知したが、今回、彼女の口調は、動揺を隠せない不安のそれに変わっていた。

「ジョイス、正直に答えてもらわなくてはならない」ナイメクはいった。「いままで、彼がなんの連絡もなく姿を見せなかったことはあったのか？　今回のようなケースは？」

「いえ、ありません」彼女はすぐさま答えた。「ですから、心配でたまらないんです。ほんとに、きのうのうちには連絡が入るにちがいないと思っていたんです」

ナイメクは、話すのを中断して考えた。

「シンガポールで彼がデートしていた相手だが」しばらくして、彼はいった。「その人に連絡する方法はわかるのか？」

「はい、わかります、キアステンの電話番号は、自宅のもオフィスのも、ファイルにあったはずです」ジョイスはいった。「マックスは、万一のために、どちらも教えておいて――」

「確かめてもらわなければならないことが、いくつかある」ナイメクは途中で割りこんだ。「電話をしてくれ、その……キアステンといったな、その人の名前は？」

「はい、キアステン・チューといって――」

「彼女の職場にまず電話をして、彼女が事情を知っているかどうか確かめてみてもらいたい。連絡がつかなかったら、自宅のほうを試してくれ。つかまるまで、試しつづけるんだ。彼女とつながったら、すぐわたしに知らせてくれ、いいな？　アメリカがどんな遅い時間でもかまわない。どっちみち、わたしは夜更かしの人間だ。わたしの自宅の番号にかけてもらってかまわない」

「承知しました、かならず……」

その会話から六時間のあいだに、ナイメクは、無数の仕事を片づけ、自宅にもどって、自分の道場《ドージョー》で修交会空手の激しい稽古をやり、シャワーを浴びて、軽く食事をとり、そのあと書斎に腰を落ち着けてEメールを読んだ。そのあいだもジョイスからは連絡がはいらず、ずっと気が気でならなかった。ようやく彼女から電話があったのは、いまから十分前、太平洋標準時間の夜十二時、ジョホール時間午後四時のことだった。

「どうだった?」受話器をとった瞬間に彼女の声とわかって、彼はいった。

「すみません、だめでした」ジョイスは答えた。「あの電話のあと、何度かメッセージを入れてみました、モノリスに……ご存じですわね、あそこが彼女の職場なんです」

ああ知っているとも。いまいましいくらい、よく知っている。ナイメクは、心のなかでつぶやいた。

「——でも、返事は来ませんでした。彼女の自宅のほうも試してみましたが、結果は同じでした」

ナイメクは待った。その先があるのはわかったし、いい知らせとは思えなかった。

「部長、キアステンの自宅の留守電には、外出中を伝える声と発信音のあいだに、長い間《ま》がありました」ようやく彼女はいった。「すでに、かなりの数のメッセージが入っているときみたいな……」

「しばらく帰っていなくて、メッセージがたまっているような感じだったんだな」彼は、ジョイスに代わっていった。

また間があった。ジョイスは受話器に向かってうなずいているのだろうと、ナイメクは想像した。

「お電話する直前、無謀かもしれないと思ったんですが、キアステンの部署の受付にもかけてみました」彼女は続けた。「彼女の友人だと名乗りました。彼女に連絡しようとしていたのだけれど、留守電を聞いてもらってない可能性もあると思ったものだからと言い訳をして」

「そしたら？　どうだった？」

ひと呼吸おいて、彼女はいった。「キアステンはいませんでした。金曜日以降、姿が見えず、なんの連絡もないというんです。彼女のオフィスでも、みんなすごく心配していました。彼女がこんなことをするなんてありえないと、彼らはいってます」

彼女らしくない。マックスらしくない。ふたりとも、らしくないことをしている。では、どこにいるんだ？

頭が痛くなってきた。ナイメクは、ジョイスの努力をねぎらい、かならずまた連絡すると告げ、なにかわかりしだいかならずご連絡しますというジョイスの心配そうな言葉に耳を傾けてから、電話を切った。

そして、それから十分がたったいま、ナイメクの頭痛は急激に悪化してきた。夜の睡眠をしっかりとる以外に治しようのないたぐいのものだ。ただし、これだけ神経がぴりぴりしていては、眠れるはずもない。だから、苦しむしかない。マックスは、もっとも信頼のおける、責任感の強い男だ。ガールフレンドと週末のバーン・ダンスを延長しているだけのことだと、自分にいいきかせてみたところで意味はない。あらゆる兆候は、こう告げていた。マックスは、モノリスの調査中に、手に余ることに手を出してしまったのだ……どんな手違いがあったのかは、神様にしかわからない。

ナイメクは、眉をひそめて、机と向きあう壁を凝視した。マックスがあの調査を進めたいというのを了承したのが、そもそものまちがいだったのだと後悔した。そうなのだ。なにかあったのだ。刻一刻と確信が強まってきた。どう対処するか、具体的な方法を考えるにはすこし時間が必要にせよ、やれることはやっておかないと……。

そして、ありとあらゆる本能は、急げと命じていた。

「ひとつ、お力を借りたい。かなり厄介な話でしてね」ガー・チャンブラがいっていた。「ほかに方法があれば、お手をわずらわせたりはしないのだが。おわかり願いたい」

「喜んで力になりましょう」門倉《カドクラ》は、心にもないことをいった。できるものなら、ガー・チャンブラとは顔を合わせずにいたいというのが本心だった。だが、面子と金のためには、気の進まないこともいろいろせざるをえない。

ふたりは、カリマンタン銀行のガーのオフィスで、机をはさんで向きあっていた。オフィスは、ビルの三十三階にあった。ここからは、息をのむようなすばらしい海の景色を楽しむことができた。小ぎれいな、明るい空間で、現代東洋風の装飾がほどこされている。まばらな家具。きわだった特徴のない木材。壁を飾っているのは、理想化された冬景色が描かれた、十七世紀中国の掛け軸だけだ。

「なにをしていただくかをお話しするまで、判断は保留なさりたいでしょうな」ガーがいった。

門倉は、なにもいわずに待ち受けた。薄い小さな目に、握りこぶしのような顔。バンジャマシンにある電子部品メーカー、大光《オオミツ》産業の副社長だ。アジアの虎の経済発展期に、日本とインドネシアが対等のパートナーシップを結んでできた会社で、虎が欲に駆られて遠くへ飛びすぎ、勢いよくどぶにはまりこんだあとは、日本主導の経営体制に落ち着いていた。

一九九〇年代の終わりごろ、財政支援を受ける必要に迫られた東南アジアの会社には、よくある話だった。西洋の多くの分析家《アナリスト》は、うれしげに日本経済の黄昏《たそがれ》を予測していたが、日本人は、歴史を通じて示してきた卓越した能力を、またしても証明した。失敗に学び、状況の変化に適応し、最後には、逆境を強みに変えた。練り直された彼らの戦略は、ふたつあった。ひとつ、彼らは、それまでより大きな分け前と引き換えに――たとえば、その企業を支配できるだけの株式と引き換えに、運転資本を注入しようと持ちかけることで、タイや、マレーシア、インドネシア、フィリピンの会社との合弁事業に、支柱をほどこした。ふたつ、彼らは、やせ衰えていくアジアの市場から、潤沢な貨幣を持つアメリカの買い手への輸出へ、優先順位を再転換した。

チャンスをそつなくものにした日本の市場開拓は、きちんと法律を守っている実業家たちに大きな利益をもたらしただけでなく、ヤクザと呼ばれる日本の暴力団の酒瓶もあふれさせることになった。買収した企業を高い割合で資本に組みこんできていたアジアの金融界に、地歩を固めて大きな力を振るっていた大鷹会《オオタカカイ》にも、格別の報酬が流れこんだ。前にいる人間のポケットに手を深くつっこんでほくそ笑んでいる、満足そうな男たちの長い列でも描けば、この世界の相互関係を説明するにふさわしい図になるかもしれない。

大光産業を立て直すとき、チャンブラ一族は、取引の仲介をすると同時に、破格の返済条件で日本の投資家たちに資本を融資した。借り手のほうも、チャンブラ一族にヤクザと無数のつながりがあることは、最初から承知のうえだった。〝黒い霧〟の融資者から違法な便宜を求められる可能性も、不愉快ではあったが我慢のできる返済条件として、受け入れていた。

昔の名句にもあるように、世界をめぐるには多くの峡湾《フィヨルド》を渡る必要があるのだ、と門倉は思った。

「わたしがどういう苦しい状況に立たされているか、お話ししましょう」こんな厄介なことになったのは、カオ・ルアンと、彼の雇った野蛮人たちのせいだと、心のなかで悪態をつきながら、ガーは切り出した。「きのう、ひとりの外国人を巻きこむ事故があった。白人です」彼は門倉に、意味深な視線を送った。「死亡事故でしてね」

門倉は、すわったまま相手の顔を見た。

「わたしはその事件になにひとつ関わっていないこと、個人的には、できることならその人物の死を警察に通報してやりたい気持ちがあることを、明言しておきたい」ガーはいった。

「しかし、それが事故であることを証明するのは非常にむずかしいし、事件には厄介な連中がからんでいる」

門倉は、まだ黙っていた。

ガーは、机の上で手を組み合わせて、次の言葉を考えた。ここは慎重を要する。

「その死体には、ひとつ問題がある」彼はいった。そして、門倉の目を見た。「どう始末をするかという問題が」

門倉は、ひとつ息を吸って吐き出し、またしばらく待った。しかるのちに、ガーはどんな無茶な企《たくら》みをもてあそんでいるのか……このおれに、気乗りのしないまま、どんな無茶の片棒をかつがせようとしているのかと、いぶかしみながらも、彼はゆっくりうなずいた。

「明日の午後、ポンティアナッを出発する船荷がある」門倉はいった。「船は、西の各地に向かう途中、マラッカ海峡を横断する」

ガーは、相手の顔を見た。

「なるほど」彼はいった。「外海か……さびしい場所だ」

門倉はうなずいた。

「あのあたりを航海中に船縁から落ちたりしたら」ガーがいった。「まず見つからないだろうな」

門倉は肩を揺すった。「万一、潮の流れでどこかの岸に打ち上げられたとしても、波は荒いし、魚たちに食い荒らされているから、身元の確認はむずかしい。死因の特定も」

ガーは、小さな笑みを浮かべた。

「いつもながら、友よ、すばらしいセンスだ」彼はいった。「船名と正確な出航時間を教えていただければ、その不運な男を積みこむ段取りは、こちらでつけられる。今夜のうちに積みこもうと、相談していたところだから」

門倉は、ガーの笑顔の端々に不安を見てとった。そして、ひとこと警告して、その不安を強めてやることにした。彼は、この銀行家が嫌いだったし、この男の常軌を逸した要求に憤りを感じていた……また、それとはべつに、これは、ガーの父親がこれまでずっと揉《も》み消してきた小さな不正とはわけがちがうことを、はっきりガーにわからせておきたかった。

「わたしの考えかたは、評価していただいているようなので、すこしその考えをお伝えしておかないといけないような気がしましてね」彼はいった。「友人もいない男が、なんの説明もなしに姿を消したのなら、その失踪は、気づかれることも埋められることもない、空白となる。しかし、特に人間の営みというやつは、空白のなかで起きることはめったにない」彼は、いちど言葉を切って、それから前にのりだした。「その男がいなくなったのを悲しむ人間が残っていれば、かならず捜査は行なわれる。粘り強い捜査が続いたら、遺体がないからといって、その〝事故〟の状況が暴かれずにすむとはかぎらない。逆に、だからこそ、あらゆる可能性に目が向けられるにちがいない。おわかりですか?」

ガーは、相手をじっと見た。口元から笑みが消えていた。

「心配は無用だ」彼はいった。「すべて、わたしが面倒を見る」

納得がゆかず、門倉は返事をしなかった。

キアステンは、マレーシアの首都クアラルンプールに近いプタリン・ジャヤという街にある、姉のアンナの家にいた。そしていま、キッチンに立って姉を見つめていた。ふたりとも、無言のまま深刻な表情を浮かべていた。ふたりのあいだにある、まな板の上には、唐辛子や水菜やチンゲンサイや大根をはじめとする、夕食用に準備した炒め物の材料が、きれいに積み上がっていた。豆もやしを詰めこんだ竹の蒸籠《せいろう》が、ガスこんろの上にのっていたが、下のバーナーにはまだ点火されていなかった。キアステンの後ろで、電気炊飯器が静かに仕事をしていた。

アンナは、青ざめた顔をして、苦悩に身をふるわせていた。野菜を刻むのに使っていた包丁を握ったままなのも、彼女は忘れていた。

「それは、下ろしておいたほうがいいんじゃないかしら。怪我をしないうちに」キアステンは、包丁のほうへわずかにあごを動かした。そして、アンナにぎごちない笑みを向けた。

「わたしも怪我したくないし」

アンナは、キアステンのいった言葉が聞こえなかったかのように、彼女を見つめていた。部屋の静けさを破るものは、炊飯器のたてるかすかな音だけだった。

キアステンは、この沈黙よりは、苦しまぎれの冗談でもいいから、またなにかいったほうがましだと考え、口を開きかけた……だが、思いなおしてひっこめた。いったい、なにを期待していたの？　まさか、同情じゃないでしょう。アンナとその家族のところに厄介になってから、はや数日が過ぎていた。やってきたときは、失恋して現実から逃れる必要があるの、気持ちがまいっているのよと、まったくの作り話をでっちあげた。

こんなに長いあいだ、アンナとその夫に嘘をついているつもりではなかった。ところが、真実を打ち明けようとするたびに、言葉に詰まった。だから、どうしようもなくなるまで嘘を続けてきたのだ。これだけではない。最近の彼女の人生は、嘘にまみれていた。

ときどき、良心のとがめと、マックスについての恐ろしい不安で、自分は本当に気が狂ってしまうのではないかと思った。そしてけさ、もうこれ以上、秘密の重荷には耐えられないとさとった。堅く決心して、義理の兄が仕事から帰るのを待ち、彼とアンナに居間にすわってもらって、真実を、洗いざらい、ただ真実だけを、話すつもりだった。かならず。

しかし、クアラルンプールの国営病院で外科医をしているリンは、急患やなにやらで帰れなくなることがたびたびあった。どうも今夜はそうなりそうだと、彼から電話がはいったとき、キアステンは、リンが帰ってくる前に決心がくずれてしまうのではないかと不安に駆られた。また先延ばしするのはやめて、まずアンナだけにでも打ち明けるのが最善の策ではないかと考えた。

とはいえ、こういう事態を予測していなかったこともあって、切り出すタイミングを見つけるのにひと苦労した。しかし、いまから三十分前、夕食の準備にかかったあと、ついに本当のことを打ち明けた。ただし、その直前まで……口から真実が飛び出す直前まで……奇妙なことに、彼女の頭はまったくべつのことを考えていた。

彼女は、その前日に、アンナのふたりの子どもの世話をしていたときのことを、思い起こしていた。ミリとブライアンは、アパートの小さな裏庭で遊んでいた。五歳のミリが、花壇をいじりまわしているうちにバッタをつかまえ、兄のブライアンに、虫を入れる壺を持ってきてと声を張り上げた。ブライアンは、小さな手をカップの形に丸めて虫を持っているミリをおいて、壺を探しに家に駆けこんでいった……しかし、思ったよりブライアンが手間どっているうちに、虫をつかまえたときにミリが感じた最初の興奮は、うろたえに変わってきた。

「逃げちゃう!」彼女は、目を大きく見開いて必死に叫んだ。「大きすぎるよ!」

事実、バッタはとても大きかった。この地方の虫は、特大サイズのものばかりだ。イギリスから帰国したときキアステンは、いろんなことに慣れなおさなければならなかったが、これはそのなかでも大変な部類のことだった。あのひどいシングリッシュより、ずっと大変だった。そして、おそらく、彼女の姪があんなにひどくうろたえたのは、手のなかであの虫が自由の身になろうと激しく跳ねまわり、手のひらに甲殻を打ち当てた感触のせいだった。こんなに大きくて元気な虫を、噛みつかれたり刺されたりして痛い思いをせずに、いつまでも手で包みこんでおけるとは、とても思えなくなったのだ。

ミリの動揺に気がついたキアステンが、刈りこみをしていた垣根からあわてて走り出し、庭を横切って、かわいそうな姪のそばへ駆けつけると同時に、ミリは、両手を大きく広げてバッタを放してしまった。虫は、ライフルの薬莢のようにぱっと宙に身を躍らせて、逃げ出すときにチチチッ、ジャジャッと、はばたくような音をたてた。ミリは仰天し、飛び上がってかん高い悲鳴をあげた。彼女の動揺を静めるには、しばらく時間がかかった。もう虫は行っちゃったわ、遠くに行っちゃったから、ひどい仕返しをしにもどってきたりなんかしないのよと、何度も元気づけて、ようやく落ち着かせることに成功した。

キアステンは、真実を自分のなかに押しこめて鍵をかけておこうとしていた自分のあがきは、姪の身に起こった出来事に似たところがあるような気がした。自分のしたことは、じつは大変なことだったのだ、最初に思っていたのとはちがう、自分の手には負えない大変なことだったのだと気づいて、恐ろしくなり、どうにもできなくなった自分に気がついたのだ。だけど、いったいわたしは、アンナとリンのなにを恐れていたの？　わたしが混沌とした危険な状況に足を踏み入れてしまったことを、ふたりに隠しつづけること以上に、まずい対応がどこにあるの？

「アンナ、お願い、話を聞いて」彼女は、つっかえながらいった。「本当にごめんなさい、わたし……」

「ごめんなさい？」アンナはいきなり、感情を害したようなとげとげしい笑い声をあげた。「そういわれて、なんていえっていうの？　どうしろっていうの？」

キアステンは、かぶりを振っていた。

「わからない」彼女はいった。「ただ、これだけはいえるわ、こんな厄介な問題をあなたの家庭に持ちこむつもりは全然なかったの。それと、ここに来たのはとんでもないまちがいだったわ。今夜のうちに出ていくわ、もし――」

「ちょっと、事態をますます悪くするのはやめてくれない？」アンナがぴしゃりといった。「やってきてからずっと、失恋の痛手をいやしてるなんて嘘を、わたしたちに信じこませていただけでも、とんでもないのに、そのあと、あなたが雇い主の秘密を探り出すなんてことに関わりあっていて、シンガポールでも指折りのにぎやかな通りで男たちに待ち伏せされたなんていう、ジェイムズ・ボンドの映画ばりのお話を聞かせたあげくに、こんどは〝さよなら〟ですって？　いいかげんにしなさいよ。出ていったら、誘拐されて殺されるかもしれないっていうのに、それじゃまるで、わたしたちが喜んで玄関から見送るみたいじゃないの。まったく、どうしたらいいの。怒るべきなのか、おびえるべきなのか、侮辱を感じるべきなのか」

キアステンは、喉が湿りで詰まったような気がして、唾をのみこんだ。

「お願いしてもいい？」彼女はいった。「たくさんある選択肢のなかに、〝許してあげる〟っていうのも加えてもらえないかしら？」

アンナは、妹の視線を、しばらく黙って受け止めていた。

さらに沈黙が続いた。

「ええ」アンナは、ようやくそういってうなずいた。「いいわ」

キアステンは、耳ざわりなためいきをついた。「わたし、混乱しているの、アンナ」彼女は蚊の鳴くような声でいった。「マックスは……彼は、わたしの携帯電話の番号を知っているし、数日中にかならず連絡するっていったわ。わたしがタクシーに乗りこんだとき、彼は、だれかの連絡先を教えかけたの。おれから連絡がなかったら、その人に連絡してくれって。だけど、その名前を聞きとれないうちに……」

「キアステン、わたしの意見を求めているのなら、あなたが連絡すべき相手は警察だと思うわ」アンナはいった。「そもそも、そのマックスって人のおかげで、あなたは厄介な状況に巻きこまれたのよ。その人への思いがあるのはわかるけど、その人が犯罪者じゃないって、どうしてわかるの？　ホテルの外で待ち伏せしていた人たちが、警察の人たちじゃなかったって、どうしてわかるの？」

キアステンは激しくかぶりを振った。

「ちがう」彼女はいった。「そんなこと、ありえないわ」

「でも、その男の人とは、何ヵ月か前に知りあったばかりなんでしょう。どうして、そういいきれるの？」

「たしかにわたしは、あなたより五歳年下かもしれないけど、のぼせあがった若い女学生なんかじゃないからよ」キアステンはいった。また喉が詰まった。「ねえ、マックスに恋しているのは否定しないわ。向こうも同じ気持ちかしらって疑ったこともあるし、ときには、モノリスでの役職が……あの人にとって都合がいいだけじゃないのかしらって思ったこともあるわ。それは否定しない。でも、わたしにはわかるの……わかるの……あの人は、わたしを大切に思ってるって」キアステンが目頭をぬぐうと、手は濡れてもどってきた。「最初から大事に思ってくれていたかについては、どんなに異議をとなえてくれてもかまわない。だけど、あの人は、口先だけのぺてん師なんかじゃないわ。詐欺師なんかじゃないわ。命がけで、あの男たちからわたしを守ってくれたのよ。それを見捨てるなんて、できるわけないじゃない！」

アンナは、ためいきをついた。「わたしが勧めていたのは、そんなことじゃないの。すこし冷静に考えてみたら、わかることよ」彼女はいった。「わたしは、こういってただけなの。あなたは——わたしたちは——とても深刻な状況におちいっているのよ、助けを借りる必要があるの。警察に連絡することの、どこがそんなにいけないの？　あなたに、わたしに、リンに、うちの子たちに、危害が及ばないうちに、そうしようと考えて、なぜいけないの？」

キアステンは口を開きかけたが、自分がなにをいいたいか、さっぱりわからなかった……いいえ、そうじゃないわ。ちがうわ。自分に嘘をついちゃだめ。もう白状しなくちゃ。わかっているはずよ。あなたは知ってるわ。なにをいわなければならないか、ちゃんと知ってるわ。自尊心や意地に、じゃまをさせてはだめ。

キアステンは、いきなり感情の波にさらわれて、あふれだした嗚咽《おえつ》を抑えることができなくなった。

アンナは包丁をカウンターにおき、それからキアステンの横に来て、片方の手をとった。

「キアスト、わたし、そんなつもりじゃ——」

「ううん、いいの」キアステンは、そういって、あいているほうの手を使って猛烈な勢いで目から涙をぬぐった。瓶の底が抜けたみたいにとめどなくほおを伝う涙が憎かった。「そのとおりなの。みんな、あなたのいったとおりなの。あなたは、わたしを、なんにもいわずにここに泊めてくれたっていうのに、そのお返しに、あなたの家族をみんな危険に巻きこんでしまったのよ。こんなことを続けてちゃいけないわ」

アンナは、無言で彼女の横に立って、手を握ったまま妹を見つめていた。

キアステンは、姉の目を見て、前に頭を傾け、そっとほおにキスをした。

「いいかげん、人の忠告も聞かなくちゃね」彼女はいった。「警察に電話するわ」

14

二〇〇〇年九月二十三日／二十四日　さまざまな場所

「なにをしたいって？」チャールズ・カービイは、マンハッタンのブロードウェイにある事務所で、電話の受話器を握っていた。「とてもまじめな話とは思えない」

「信じてくれ」ゴーディアンは、アメリカ合衆国の反対側からはっきりと返事をした。「考えに考えた末の結論だ」

めったなことでは動揺しないカービイだったが、いまは、ずり落ちないよう椅子にしがみつきたい気分だった。

「この前、話をしてから、二日もたってないし、あのときは全然そんなことはいってなかったじゃ――」

「まだ、それを思いついていなかったからだ」ゴーディアンはいった。「しっかり考え合わせた末の結論だといっただろう。しっかり、時間をかけて、ではないが」彼は、いちど言葉を切った。「真の霊感をいつ得たかで、状況が変わることもある」

カービイは、なおも体のバランスをとりもどそうと努力しながら、口元から受話器を離して息を吸いこみ、それからゆっくり十まで数えた。窓からちらりと外を見ると、下の通りのあちこちで、多くの物語が展開していた。市庁舎前の階段近くで、なにかに抗議しようとプラカードを掲げている人びとがいた。ここに事務所をかまえているかぎり、ほとんど毎日、同じような光景が見られる。きょうは、なんのデモだ？　プラカードの文字を読もうと目を凝らしてみたが、なにもわからなかったので、すぐに頭から締め出して、息を吐き出した。

「うちが準備していた独禁法訴訟用の文書は、もう三インチの厚みになっている」彼はいった。「すぐにも正式提出できそうなところまで、来ているんだぞ」

「なら、そのまま進めて、そうしてくれ」ゴーディアンはいった。「それの真の目的が時間稼ぎにあることは、わたしもきみもわかっているし、手に入るものはすべて使えばいい」

カービイは眉をひそめた。「ゴード、ぼくの仕事は、法律にまつわる助言をして、おたくの代理人をつとめることだ。きみにかわって、ぼくが判断することはできない。しかし、それを推し進めていくことでどんな危険を冒すことになるかは、わかっているんだな」

「危険はしかたがない」ゴーディアンはいった。「風邪をひいている人間と話をすれば、ぐあいが悪くなるかもしれない。建設現場のそばを歩いていれば、頭の上に煉瓦が降ってくるかもしれない。だからといって、こそこそ巣穴に逃げこんでいるわけにはいかない」

カービイは、なにもいわずにいた。息を吸え。十まで数えろ。吐き出せ。

「きみが哲学的になったときには、かならずおっかない話になるんだ」しばらくして、彼はいった。「とにかく、ワシントンからもどってくるまで、その計画は凍結すると約束してくれ」

「もっと早く動きだしたい」ゴーディアンはいった。「じつは、飛行機に乗る前に、朝きみに来てもらって、わたしとリチャード・ソーベルの相談に乗ってほしいと頼みこむつもりだったんだ」

「しかし、あれは木曜日じゃないか。あさってだぞ」カービイは、そういって、予定が書きこまれたノートをぱらぱらめくった。

「きみが無理なら、もちろんしかたがないとあきらめよう、チャック。ただし、わかっているだろうな。わたしを思いとどまらせるだけの説得力のある理由を、きみが持ち合わせていたとしても、それを申し出るチャンスは、その会議のときが最後だ」

カービイは、ペンに手を伸ばし、とびきり魅力的な同僚の女性と約束していた木曜日の昼食に×印をつけ、かわりに〈サンノゼへ〉と書きこんだ。

「明るい状況が混沌におちいるのは、またたく間だ」彼はつぶやいた。

「なんだって?」ゴーディアンがたずねた。

「おたくの会議に出席するといったんだ」カービイは答えた。

アレクサンダー大王が、ゴルディオスの結び目を、なんの迷いもなくただちに剣の一撃で断ち切ったように――その結果、彼はゼウスの手厚い庇護を受けた――アップリンク社が拡大発展にのりだすにあたって、特別プロジェクト担当副社長のメガン・ブリーンと保安部長のピーター・ナイメクは、そのためにはアレクサンダー大王と同じような迅速対応能力が、つまり、地域の安定と社の利益を脅かす危機的状況に対応することができ、受け入れ国の政府と情報を分かちあうことができ、シナリオ・プランニングの技術を用いて問題が表面化する前にその大半を無害化し、やむをえない場合には、強大な力で暴力に対抗することも辞さない、そんな私設保安部隊が必要になるという結論に達した。

雇い主が、伝説のマケドニア王を連想させる名字を（そして胆力を）持ち合わせていたことも手伝って、ふたりは、この広域組織を〈剣《ソード》〉と名づけた。また、ふつうでは手にはいらない法執行官を獲得する方法を、ナイメクが有していたおかげで、彼らは世界じゅうの警察と情報機関から、もっとも優秀な人びとをスカウトし、どんな仕事にも耐えうる人材を、特別プロジェクトに雇い入れることができた。なにしろナイメクという男は、南フィラデルフィアのパトロール巡査から警察官人生を始め、途中でボストンに移り、ボストン市警の選り抜きが集まる〈重大犯罪課〉で、いまだに破る者のない輝かしい事件解決記録を打ち立て、二度目の異動後にはシカゴの〈特別作戦本部〉の本部長をつとめた経歴の持ち主だった。それも、二十年たらずのうちに。

〈剣《ソード》〉のニューヨーク支部でも指折りの荒馬だったノリコ・カズンズは、今年の初め、新しい千年期の到来を祝っていたタイムズ・スクエアが爆弾テロに見舞われたあと、ナイメクから特別調査チームの一員に抜擢を受けた。あの調査がすみやかに進展し、解決につながった原動力として、ノリコは高く評価された。彼女の上司だった地域管轄長のトニー・バーンハートが、同事件の調査中に負った怪我のために早期引退をすると、その後任には当然のように彼女が抜擢された。あまり権力を振りかざさないのが、ピート・ナイメク流の管理方法だったから、彼女は、上からの横やりをほとんど受けずに組織を切り盛りすることができた。重大な問題が持ち上がらないかぎり、ナイメクから連絡が来ることはめったにない。

だから、このさわやかな秋の午後に昼食からもどってきて、机の書類差しに彼から三度電話があったというメモを見つけ、どれもこの一時間のあいだにかかってきたものとわかったとき、ノリコは、緊急事態が発生したにちがいないと思った。

急いで電話に駆け寄り、上着のファスナーをはずす間もなく、ナイメクの直通番号をダイヤルした。

ナイメクは、すぐに出た。「ノリ、ずっと電話を待っていた」

嘘でしょう、と彼女は思った。

「なにかあったんですね?」

「まだ断言はできない」彼はいった。「それでだ、無理強いはしないが、できればサンノゼまで出向いてもらいたい。こっちに着くまで説明はなしだ」

驚きはしたものの、決断には一瞬で充分だった。簡単に決断できるくらい、ノリコは、一個人として、この道の専門家として、この上司に忠誠の義務を感じていた。

「いつでしょう?」彼女はたずねた。

「できるだけ早くだ。差し迫った用がなければ、今夜か明日にでも」

「補佐の人間で手に負えないことは、ひとつもありません」彼女はいった。「最近、こっちのほうは平穏そのものですから。おっと、油断は禁物でしたね」

「うん」彼は、しばらく間をおいた。長引いた沈黙は、なにやら、声よりずっと重々しい雰囲気を伝えてきた。「無理をいっているのはわかっているし、はっきりしたことをいえないのもすまないと思う。しかし、話は実際に会ってからする必要がありそうなんだ」

「お安いご用です」彼女は上司を安心させた。「では、電話を切って、準備にかからせてください。準備ができたら、折り返しお電話します」

「わかった」ふたたび言葉がとぎれた。「それから、ノリ——」

「はい?」

「軽めの服をたくさん詰めこんでおいたほうがいいと思う。少々、旅をすることになるかもしれない」

彼女は、首の後ろをさすって、その意味するところを考えた。どんどん好奇心がかきたてられるわ。

「承知しました」と、彼女はいった。

今夜のポンティアナッ港は、理想的な赤道の夜といって過言ではなかった。空気は、暖かく澄んでいて、空には無数の星がきらめき、その光をきらきら反射する水面が岸辺から広がっていた。船着場では、一群の商船が、クレーンと巻き上げ機の静かな林のなかに錨を下ろしており、荷を降ろして停泊している船は、ほかの船より浮き上がって見えた。荷下ろしがすんでいない船は、船首から船尾材のところまでコンテナが山積みで、運搬物の重みで舳先が深く沈んでいるためだ。

いつも、夜明け前には、静寂のなかにまどろみを誘うのどかさがあった。夜が明けると、波止場の労働者たちの怒鳴り声や叫び声、そしてリズミカルな活気のあるドカンという音がとぎれなく続いて、さざ波のたてるやわらかな音を圧倒する。

いつもは。

今夜は、一台の貨物輸送車がゴロゴロとたてる騒がしい音が、静寂を破った。車は、後部の泥だらけの防水シートをばたばたさせながら、船着場の北端にある格納庫へ向かい、積み降ろし口の外の傾斜路に乗って、重々しく停止した。

その直後、待ち受けていたふたりの男が、明かりを落とした格納庫のひとつから姿を現わし、大型輸送車に近づいてきた。運転席から外をのぞいたシアンは、後ろになでつけた短い髪と、腕に彫られた桜の刺青を見て、ヤクザだとわかった。まだほんの若造だが、日本の暗黒街の訓練学校に等しい暴走族《ボウソウゾク》という、たちの悪いバイク乗り集団から、補充されてもおかしくない年ごろではある。

シアンは、助手席にいるジュアラにうなずいた。それから、ヘッドライトを点けたままエンジンを切り、運転台から降りて、フロントグリルを回りこみ、ふたりのヤクザに近づいていった。

表情のない目でふたりを見て、まだちんぴらだと判断した。日本の暴力団と東南アジアの犯罪組織《シンジケート》が手を結んで築き上げた、密輸と麻薬売買の同盟軍は、ただ富を生み出しているだけでなく、この手のいきがった三下たちを有効活用してもいた。彼らの請け負っている掃除の仕事は、だれも手をつけないたぐいのものだった。

「遅いじゃねえか」ちんぴらのひとりがマレーシア語でいった。「約束は一時間前だぜ」

シアンは、なにもいわずに頭をわずかに後ろへ傾けた。貨物トラックの助手席側のドアが開いて、ジュアラが、FN社製P‐90アサルト・ライフルを手にぱっと躍り出た。消音をほどこした銃身の下に、レーザー照準システムの小さなレンズがついている。ジュアラは、なんの表情も浮かべずに輸送車の横に立ち、ヤクザたちのいるおおよその方向へ銃口を向けた。

「そんなことはいい」シアンがいった。「おまえたちを送りこんできたのはだれだ？　答えろ」

ふたりのヤクザは、一瞬とまどいを見せた。「どういうことだ？　国際海事局《IBM》の人間にでも見えるってのか？」

「おまえらは、ケツから頭を吹き飛ばされようとしているのにそれに気づかない、まぬけなドブネズミに見える」シアンは、そういってジュアラを身ぶりした。

ジュアラは、小さな成形プラスチックの銃をぐっと上に向け、レーザー光の赤い点をヤクザの額のまんなかに合わせた。

「だれに送りこまれたか、答えろ」シアンはくりかえした。そして、ちんぴらの目をじっと見据えた。「早くしろ」

ヤクザは、まばたきをして肩をすくめた。

「門倉という男に頼まれた」彼はいった。

「なにを？」

「死んだ外人《ガイジン》を、海への旅に連れていってやれと」彼はいった。「これでいいか？」

シアンは、さらに三十秒ほどじっと相手を見据え、それからようやく手を伸ばしてジュアラを押した。もうひとりの海賊は、銃を下ろした。

「死体は、防水シートにくるんで、トラックの後部においてある」彼はいった。「あそこから出して、運ぶ船に持っていけ。これ以上の質問はなしだ、糞袋ども」

ヤクザは、肩をすくめて日本語でなにごとか相棒にいうことで、安堵の気持ちを隠そうとした。それから、ふたりでトラックの後部に回りこみ、仕事にとりかかった。彼らが、カバーのかかった平台からアメリカ人の死体をかつぎ上げ、格納庫に運びこむのを見守っているあいだに、シアンは、ふとあることを思い出し、急いでもどりたい欲求に駆られた。根拠はないが、強烈な欲求だった。トラックのほうに向き直り、しばらく波止場を洗っている黒い水を——まもなくマックス・ブラックバーンを海中に呑みこむ水を——じっと見つめたが、さきほど心をよぎった胸騒ぎを消し去ることはできなかった。

ポンティアナッの地名は、〈復讐に燃える亡霊〉というマレー語に由来する。心ならずも、全身をぶるっと震えが走った。シアンは、ジュアラにトラックにもどるよう命じ、自分も運転席に上がって、夜の闇のなかへ走り去った。

血塗られた事件の例にもれず、ジャカルタでも、不穏な空気のなかでひとたび衝突が起こったとき、惨劇を回避することはできなかった。

抗議活動の組織者《オルガナイザー》の大半は、さまざまな政治組織に属する大学生で、〝民主主義支援〟を旗印に集まってはいたが、結束はゆるやかだった。実際、乞食のような共産主義者から戦闘的な超国家主義者まで、ありとあらゆる人種がいた。彼らは、何週間もかけて文化センター前でのデモ行動を計画し、特殊な用語をちりばめた小冊子やビラやポスターやプラカードを配布してきた。派手な色でスローガンを描いたTシャツと野球帽があった。熱のこもった演説やプロテスト・ソングを詰めこんだCDまであり、これは集会中に大型のラジカセから流されることになっていた。運動指導者たちは、インドネシア屈指の大学の構内とその周囲で、改宗を説く宗教家のように熱心に改宗者を募り、何千何万という学生支持者を獲得した。ふだんは無関心な労働者階級も、アジアのバブル経済がとつぜんはじけてから四年にわたってひどい困窮生活に耐えてきただけに、かなり多くの人数を扇動することができた。

集団をまとめ上げる力こそ充分ではなかったが、急激なインフレへの嫌悪感、頑なに経済改革を阻んできた政府への不満、大統領への怒りは、みんなに共通していた。大統領への怒りは、ひとつには、彼が官僚の腐敗と浪費に見て見ぬふりをしていること、もうひとつは、国の基幹産業の国家による独占廃止を拒否したことに向けられていた。これらの産業はすべて、大統領のどれだけいるのかわからないくらい大勢の、兄弟、異母兄弟、息子、義理の息子、甥たちに牛耳られていた。

反体制の人びとの集まりは、侮りがたい市民勢力となった。

しかし政府には、連携作戦で力を誇示する準備もできていた。

多くの政府高官は、インドネシアじゅうの大学と村と都市に広がった社会不安が、いつか徹底的な反抗への扉を開くことになってはと懸念して、政府が弱腰と見られるのを防ぐには断固たる行動が必要であるという結論に達していた。中国の天安門広場のようなかたちで抗議を鎮圧すれば、世界じゅうから非難を浴びかねないし、西側諸国や日本との同盟関係にひる可能性もある。それはだれもが知っていた。しかし、大規模な市民暴動に発展する可能性を慎重に検討した末に、発言力をもつ大統領補佐官たちは、その危険を冒す価値はあると判断して、大統領から計画の承認をとりつけた。反体制者への我慢がついに限界に達したことを知らしめる計画の承認を。

集会のピーク時には、反抗者の群れは五千人強に達するとみられていた。彼らの不平は、きわめて深刻なものからつまらないものまで、多岐にわたっている。男たちには、抑圧的な社会政策を非難する者もいれば、産業の私物化廃止を要求する者も、プラカードを掲げてケーブルテレビ局のチャンネル数の少なさを非難する者もいた。女たちには、教育機会の改善を求める者もいれば、職場での性差別を禁じる新しい法律を求める者も、輸入規制による化粧品不足の解消を求める者もいた。報道の自由を叫ぶジャーナリスト、信頼できる公共の交通機関がないと嘆く都市生活者、自分たちの道路やハイウェイは無視されていると不満を訴える郊外生活者、公害規制を強めよと呼びかける環境保護論者、さらには、何軒かの四つ星レストランが閉鎖されたことに怒りを表明している、少数ながら声高な美食家集団までもいた。

数ではデモ隊に劣るものの、彼らの監視と包囲のために配置された軍隊は、防弾服に身を固め、多種多様な武器と暴動鎮圧用装備をそなえており、攻撃の点でも守りの点でもかなりの優位に立っていた。

姑息な秘密の作戦も用意してあった。デモの参加者をよそおって群衆のなかに散らばっている、私服の治安維持官たちだ。潜入者の仕事は、軍隊との衝突を誘発することだった。軍隊側は、もちろんその計画を知っており、本物の抗議者たちに、すばやく、容赦なく、力を見せつけるつもりでいた。この対応が、人権問題にうるさい人びとから行きすぎと批判されてもかまわない。それどころか、これは、もうこれ以上、一般市民の反抗は許さないし、批判家がなにをいおうと反対制者は厳罰に処していくという、政府の意思表示だった。

見てくれをよくするために、仕組まれた最初の出来事はマッチに火をつける程度にとどめられた。〝抗議者たち〟の統制が徐々にとれなくなってくると、兵士たちは、彼らを押しもどすことで自制と規律を示した。衝突が、あちこちで起こり、そのあと、いかにも現実らしく段階的に数を増していった。やがて、軍隊に石と瓶が投げつけられた。それを鎮圧するために、催涙弾、唐辛子スプレー、放水砲、暴動鎮圧用の警棒が使用され、投石者は、手錠や足枷をはめられて現場から引きずりだされた。

次に、小競り合いの現場付近にいた潜入者が火炎瓶を投げはじめ、その一帯が、オレンジ色の炎のしぶきと刺激臭のある煙に包まれた。この行為に及んでいるのはせいぜい二十人にすぎなかったが、戦いの混乱のなかで、それに気がつく者はいなかった。火炎弾はすべて、兵士たちが盾で阻めるところか、実害のないところへ、意図的に投げこまれていたが、それにも気がつく者はいなかった。軍隊が物理的な攻撃を受け、その周囲に火炎弾が炸裂している状況は、彼らが総力を挙げて攻撃に出るのに必要な口実となった。

移動式の武器庫からショットガンと自動小銃が運ばれてきて、死の弾薬がこめられた。装甲兵員輸送車《APC》が何台か、群衆に向かってきたことで、怒りと激情が急激にふくれあがった。ひとりの若者が、先頭のAPCの前にいきなり飛び出した。操縦士は、ブレーキをかけて回避しようとしたが間に合わず、若者は下敷きになった。無惨にも、輸送車の踏み面《トレッド》の下でぺちゃんこになり、残ったのは、搾《しぼ》り機にかけられたような血まみれの死体だけだった。寸前までその男の横にいた若い女が、われを忘れて、男の仇とばかり、ひとりの兵士に跳びかかって、ガラスの破片でほおを切り裂いたが、警棒とブラスナックルでたたきのめされ、地面にくずれ落ちた。女に駆け寄ろうとしたふたりの男が、警棒で殴られて昏倒した。だれかが自動拳銃の引き金を引いた。そのときにはもう、銃を撃ったのが軍服を着た兵士だったのか、こっそり潜入していた扇動者だったのか、不当な力の行使に逆上した本物の抗議者だったのかは、ほとんど問題でなくなっていた。

軍隊が四方八方から群衆に突進し、すさまじい火力を解き放った。パラベラムの実弾が、銃口から浴びせられた。逃げ出そうとした人びとは、殺到する群衆の圧力で思うように動きがとれず、悲鳴をあげて倒れこみ、銃火になぎ倒され、自分の流した血の上ですべり、血だまりを這いまわった。

この惨劇を生《なま》で伝えようと、すでに現場に到着していたテレビの撮影班に、衛星放送の撮影班がたちまち加わった。

その模様をテレビでつぶさに見守っていたガー・チャンブラは、この事態をどう受け止めればいいかよくわからなくなった。ガーは、このデモ隊に、ルピアでかなりの大金を提供していた。デモ参加者たちの不満にはほとんど関心はなかったが、現政権との政治ゲームには加わりたかった。大統領の親類縁者たちが握っている利権に、憤りをおぼえていたのが、主な理由だ。そのなかでも、大統領の息子で、大学の同級生だった男は、銀行の所有者におさまっていた。政府からたっぷり融資と投資の支援を受けて、ガーの銀行よりつねに業績が上だった。

ガーは、やはりこの烏合の衆は、未熟で、同情には値しないと思った。この断固たる処置は、現政権に有利にはたらくだろうか？　それとも、国民の反感にさらに火をつけることになるだろうか？　国際通貨基金《IMF》が、経済復興総合対策の実施を見合わせることにしたら、どうなる？　それだけでなく、人道主義の声に押されて完全に手を引いてしまったら、どうなる？　そうなったら、チャンブラ一族の持ち株会社には、どんな影響が及ぶだろう？　いちばんわからないのは、なぜ自分がいままで、この問題を自問してこなかったのかだ。

この学生たちへの肩入れは、始まりにすぎない。わたしの所業をだれかが徹底的に調べはじめたときに表面化するかもしれない事実の、氷山の一角にすぎない。冷静になってそう気がつくと、とりわけ頭が混乱した。怖くなった。そして、直接手を下したわけではないにせよ、あのアメリカ人スパイが殺された事件に加担していたことがわかれば、秘密を隠している場所まで手が伸びないともかぎらない。門倉の、歯に衣着せない警告が、身にしみた。わが身を滅ぼしかねない要素が、多すぎる。あまりに多すぎる。クルシッ将軍をはじめとする人びとが企《たくら》んでいることに、わたしが果たしている役割を知ったら、門倉はなんというだろう？　このゲームが、どうしてこんなに複雑で危険な代物になってしまったのか、どうしてこんな大事《おおごと》になってしまったのか、ガーにはわからなかった。手に負えない領域に踏みこんでしまったような気がした。

テレビを見つめた。装甲車を。兵士たちを。気の毒なくらい恐怖におびえたデモの参加者たちが、われ先に安全な場所へ逃げ出そうとして、逃げる途中で打ち倒されていく。大統領とその顧問団は、狼たちが玄関先にやってくるまで待たずに果敢に攻撃に出た。国際社会の反発を招くのは承知のうえで、思いきった行動に出た。少なくとも、その勇気は称賛に値する……そして、たぶんそこには、学ぶべき貴重な教訓が、進むべき道を指し示す道標があるような気がした。

門倉の忠告が、また頭によみがえってきた。マックス・ブラックバーンの雇い主たちが、彼がどういう状況で死んだのかを突き止めにかかったら、ガーの玄関まで追及の手が伸びるのは避けられないだろう。では、その捜査を回避するには、どうすればいい？　そうだ、マーカス・ケインが、いずれアップリンク社を餌食にするはずだ。アップリンク社をむさぼり食うはずだ。その点には、いまも自信がある。しかし、あのタイ人のわびしい隠れ家で、わたしが指摘しようとしたように、きちんと手順を踏んで消滅させるには時間がかかる。間に合わない。

ガーは、なおもテレビ画面を見つめていたが、もはや目の焦点は、混乱の映像には合っていなかった。彼は考えをめぐらしていた。問題は、ゲームそれ自体が手に負えなくなったことではなく、むしろ、戦略を拡大する必要があるのではないだろうか？　熟慮しながら一手ずつ打っていては、もうどうにもならない段階に来たらしい……早急にあるひとつの手を打つしか、ゲームに勝てない段階に達したのだ。

複雑なパズルを解く方法をとつぜん思いついたみたいに、ガーはひとりうなずいて、受話器を上げ、マーカス・ケインに電話をした。

「はい？」

「やあ、マーカス。きみを自宅でつかまえられるなんて、まったく驚きだな。新聞で見たところによれば、最近きみは、町の大変な人気者じゃないか」

ケインは、ガーの声の調子を聞きとって眉をつりあげた。衛星波で送られてくるCNNの生の映像でジャカルタの殺戮劇を見はじめてから、もう一時間以上になる。通常の番組で放映されるころには、一般大衆が受け取りやすいように編集されているだろう。視聴者は、必要以上に残虐な場面を見ずにすむ。だがケインは、この世の醜さを稀釈せずに見るほうが好きだった。薄まった現実では、見る目は養えない。

「おれみたいな放蕩者でも、たまには、ばかなことを考えてないで、世の中の出来事を知るよう努力することがあるのさ」このタイミングでガーから電話がきたのは、たまたまだろうかといぶかしみながら、ケインはいった。「そういえば、いまあんたの国で起こってるこのばか騒ぎは、なんなんだ？」

「われわれの敬愛する国家元首が、反対勢力の取り締まりに力を入れているらしい」

「それで心を痛めているのかい？」

ケインには、ガーのためいきが聞こえた。「それは、この事件がわたしの財産に影響してくるかどうかによるだろう」

ケインの眉が、さらに高くつりあがった。ガー独特の二枚舌を、たっぷり聞かされるものと思っていたのだ。庶民は気の毒うんぬんといった、意味のない話の数々を。あのガーが、率直な答えを返してくるとは、まったく驚きだ。

「おたくの銀行がうまく立ちまわってるぶんには、だれが上に立とうが安泰だろう」と、ケインはいった。インドネシアの政治にちょっかいを出したがるガーの癖を考えると、いまの言葉が本気かどうかはわからないし、どちらだろうと、ケインはかまわなかった。沈黙を埋めてみただけのことだ。

「マーカス、話を聞いてくれ」しばらくして、ガーがいった。「ロジャー・ゴーディアンのことで、相談しなければならないことがあるんだ。ある問題が持ち上がった。いますぐ取り組まないと、いずれわれわれに被害が及ぶ可能性がある」

ケインは、あごをさすって考えた。ガーのぼかした表現を、どう理解すればいいかは、さっぱりわからなかったが、どうもあの乗っ取りに関係のある話らしい。

「おれは、きょうのウォールストリート・ジャーナルで、アップリンク社買収の意向を公にする」彼はいった。「あそこの弁護士たちは、きっと裁判沙汰にして時間を稼ごうとするだろうが、そんなものは屁みたいなもんだ。あと何週かしたら――」

「わたしのいったのは、ロジャー・ゴーディアンのことだ。アップリンク社のことじゃない」

とつぜん不安になって、ガーのやつ、はっきりものをいえと思いながら、ケインはまた考えこんだ。「ひょっとして、うちのシンガポール支社を嗅ぎまわってたろくでなしと関係があるのか？　あいつは、あんたが始末したはずだ」

沈黙が降りた。

「マーカス、この電話は安全か？」

「おれのほうは保証できる」

「なら、安心して話ができるな」ガーはいった。「きみのいっている男は死んだ。話がややこしくなったのは、そこからだ」

ケインは、心臓が早鐘を打っているのに、とつぜん気がついた。「どうも……よくわからんな。だから、どんな手違いがあったんだ？　それに、なんでおれが関係あるんだ？」

「話せば長くなるし、もくろみとちがう結果になったのも確かだ」ガーはいった。「しかし、やっぱり、あの男を誘拐したのはまちがいだった、わたしは最初から反対していたんだ。誘拐しておいて解放したら、誘拐したのがどういう人間たちか、警察当局や雇い主に情報が行く。かといって、殺してしまえば、かならず捜査が行なわれる。結局は同じことだ。世間は答えを求めるだろうし、すべての道はわれわれに続く」

「ちょっと待った」ケインがいった。「それじゃまるで、おれがその件に加担していたみたいじゃないか。おれはしてないぞ。そんな話、知りたくもない。やつがなにを探っているのか突き止めるには、もっと簡単な方法が——もっと無難な方法があったはずなのに、あんたの仲間たちが、雁首並べて相談をして、始末することにしたんじゃないか」

「落ち着け。すんだことをいっても、しかたがない。いま大事なのは、われわれが勇気をもって、このあとの問題に対処することだ」

「ばかをいえ。なんのことか知らんが、あんたが自分で処理すればいい話だろう。あんたの融資は、十倍にして返してやった。あんたの頼みは、みんな聞いてやった、年季奉公の召使みたいにな。しかし、この話に関わるのは……いっさいごめんだ」

また沈黙が降りた。最初より長く。

「マーカス、きみはもう、例の活動に加担した。アメリカ政府はあれを反逆罪と見なすだろう。なにをしたか思い出させてあげる必要はないな。きみのしたことが明るみに出たら、死刑はまぬがれても終身刑はまちがいない。どうしてブラックバーンの行動を阻止しなければならなかったと思っているんだ？　ほかに方法は――」

「あいつの名前を口にするな。だいたい、あんたに反逆者呼ばわりされる筋合いはない」ケインは抵抗した。声が、かん高くなってきた。「ちきしょう、おれは、こういうことには不慣れなんだ。こいつは、あんたが付き合っているあのくそったれどもの、あの悪党どもの問題じゃないか。いったい、おれになにをしろっていうんだ？」

「直接的なことは、なにもない。しかし、以前われわれのためにある種の仕事をしてくれた男たちが、アメリカにはいる。だれにもなにひとつ目撃されずに、いろんなところへ出入りできる連中だ。彼らが何者かは、きみも知っているはずだ、マーカス」

ケインは信じられない気持ちだった。

「やめろ」彼はいった。「もうこれ以上聞きたくない――」

「いや、きみは聞く」ガーはいった。「ほかに方法はない。だから、ゴーディアンのことでしてもらわなければならないことを、わたしはきみに伝える。そして、同じ理由で、きみは耳を傾ける」

「いやだ、やめろ、やめるんだ――」

「きみに伝える、マーカス」と、ガーはくりかえした。

そして、ケインにふたたび妨害する時間を与えず、ガーは伝えた。

15

二〇〇〇年九月二十四日　カリフォルニア州サンノゼ

ジャック・マクレーは、〈ベイヴュー・モーターイン〉というモーテルの外に停めたピックアップトラックの座席で、また腕時計を確かめたい衝動に駆られ、それを押さえつけた。この十分のあいだに、もう、二度確かめていた。いま彼は、相矛盾する欲望の板ばさみになって苦しんでいた。これから会うことになっている女が車で現われるのを見たくてたまらない気持ちと、来ないでほしいという願いが、彼のなかには混在していた。結婚してから十年以上になるが、妻を裏切って浮気をしたことは一度しかない。それも、彼が酒浸りでどうしようもなくなり、アリスがしばらく家を出ていたときのことだ。郡保安官助手としての信用を裏切ったことは、いちどもない。生活のために夜の副業もいろいろやったが、へまをやらかしたことはいちどもない。酒浸りがいちばんひどかったときにさえ、いちどもなかった。

ところが、夜警のアルバイトをしている民間飛行場で勤務中のはずなのに、いま彼は、モーテルの駐車場にいた。いまでもたまに、保安官事務所の仕事が終わったあと、飛行場の勤務が始まるまでのあいだに、バーで少々ビールを飲んでいくことがある。そのバーで知りあった女を、ここで待っているのだ。女のことは、綴りにiがふたつ付くシンディという名前であることと、ブロンドの髪と美しい目の持ち主で、ミニスカートをはきハイヒールの靴をはいた姿がたまらなく魅力的なこと以外は、なにひとつ知らなかった。いや、しっとり濡れた感じがする例のつややかな代物を唇に塗っていること、笑顔がたまらなくセクシーで、生唾を飲みそうになるくらいなまめかしいことも知っていた。

昨夜、そのバーで出会ったとき、彼女は、友だちを待っているんだけれどまだ来ないのといった。ちょっと元気がなさそうに見えたからと、彼女に一杯おごり、そうこうしているうちに、いい雰囲気になってきた。彼女は、スツールの尻の位置をすこしこっちへずらした。おっという表情を見せると、彼女は、なにもいわずにただほほ笑んだ。スカートを高く持ち上げ、太股を彼の脚にくっつけて、しばらくそのままでいた。

さらにいろいろあって、あぶない雰囲気になってきた。行き着く先は明らかだったし、彼女のほうもわかっていた。ジャックは、本当のことをいうことにした。じつは、妻のある身なんだ。彼女は、その告白を聞くと、くすくす笑った。なにがそんなにおかしいのかと訊くと、彼女は、彼のマリッジ・リングに指をおいて、奥さんがいるのか、なかなかものにできない男のふりをしてるのか、どっちかだと思ったわといった。ジャックは、自分の野暮さ加減に気がついて、笑いだした。そのあと彼女は、自分にも彼氏がいるから、おあいこか、おあいこ未満ねといった。そのセリフがやけにおかしくて、ふたりでまた大笑いをした。笑いながら、双方から接近し、濃厚なキスをした。そして、抱きあいながらの愛撫が始まった。ふたりきりになれたらいいのに、妻のことを忘れ、彼氏のことを忘れて、ふたりきりに、などといいながら。いまにもその場で始まりそうな勢いだった。

ジャックは、〈ベイヴュー〉をよく知っていた。社用ジェット機を共同保管している地元実業家グループの飛行場まで、夜の仕事に行くときに、いつも前を通っていたからだ。あのバーからは目と鼻の先だし、結婚している友人のなかに、浮気相手とこのモーテルへ行ったことがあるのが何人かいた。彼らから、あそこの経営者は波風が立たないよう気配りをしているという話も聞いていた。

おたがいのひざの上に乗り上がらんばかりになっているあいだに、ジャックは、その話をシンディにした。仕事に出かけるまでにまだ二時間くらいあるんだが、そこへ行って、この仕上げをしないかと誘った。彼女が、付き合っている男の話を始めたのはそのときだった。男は長距離トラックの運転手で、この町に来たときには、かならず彼女と会っていく。その男が、今夜、長距離移動の途中、この町に立ち寄ることになっているのだという。到着するのは、もうすこし遅い時間になると思うけど、いつものように、わたしにちょっとしたことを求めてくると思うの。だから、同じ夜にあなたといるのはまずいんじゃないかしら。

ジャックは、その話をどう解釈すればいいかわからなかったが、ここで熱くなってはいけない気がした。気が変わったのなら遠慮なくそういってくれというと、彼女は、ううん、ちがうの、それは誤解よといって、彼の太股のあいだに手をおいた。彼氏は明日の朝には行ってしまうわ。だから、なんの気兼ねもなく、あなたにわたしのすべてをあげられるときに会えるなら、そのほうがいいんじゃないかなってことなの……そう彼女はいった。そのあいだもずっと、彼の上に手をおいて、ほかの客たちの目もはばからず、大事な場所をさすっていた。そして、彼女のあの笑顔は、あの笑顔は、あれは——なんだった、あの歌詞は？——あそうだ、〝チェリー・パイのように甘く、金曜の夜のように奔放〟だった。

わたしのすべてを。

ああ、ちきしょう、抵抗できるわけがない。

だから、ふたりで今夜の計画を練ることにした。ジャックが最初に考えたのは、六時ごろバーで落ち合って、そのあと車で〈ベイヴュー〉へ行き、彼が飛行場の警備の仕事に出かけなくてはならない時間まで、二時間ほどいっしょに過ごすというプランだった。ところが彼女は、この日は夕方にすまさなければならない大事な用があるから、もうすこし遅い時間ではだめかしら、たぶん七時か、七時半ならまちがいないわといった。そして彼は、それはまずい、八時までにはどうしても夜の仕事に行かなくちゃならないから、せいぜい三十分しかいっしょにいられないし、初めていっしょに過ごす時間なんだから、やっつけ仕事みたいにすませるのは、きみも本意じゃないだろうといった。

しばらく堂々めぐりをしたが、これ以上先延ばしにはしたくなかったので、ふたりでなんとか実現の方法をひねり出そうとした。だがシンディは、自分の用はあと回しにはできないと譲らず、あげくの果てに、こういいだした。ひょっとして、仕事にすこし遅刻するか、かわりの人を見つけるか、持ち場から一時間かそこら抜け出してくることはできないの？　そのほうがずっと刺激的だと思うわ。スリルがあって面白いんじゃない？

シンディがその案を持ち出したときには、とんでもないと思ったが、すぐに妙案であることに気がついた。だれにも気づかれずに、すこしのあいだゲートを留守にしてくることは可能だ。実際、コーヒーやタバコを買いに仕事を抜け出すことはときどきあったし、途中でビールを一杯飲んでから急いで飛行場に駆けもどったことも、一、二度あった。おれの仕事場は、サンフランシスコ国際空港じゃない。おれの監視時間に離発着が行なわれることはめったにない。いつもの時間にタイムカードを押し、シンディとこっそり二時間ほど抜け出して、だれにも気づかれずにもどってくることは可能だ。うん、そうだ、彼女のいうとおりだ。それに、たしかに、そのほうがわくわくする。

結局、〈ベイヴュー〉の駐車場で落ち合うことに決めた。道順を教えようとすると、彼女は、場所はわかると思うといった。時間は、八時半にした。これなら、監視ボックスのタイムカードを押し、昼勤の男が帰っていったのを確認してから、また出ていける。

そして、翌日の夜になった。ジャックは、彼女の到着を待ちながら、また腕時計を見た。あれだけ計画を練ったあげくに……交渉といっていいくらい相談を重ねたあげくに……がっかりさせられるなんてことがあるだろうか？　本当は、それがいちばんいいのかもしれないと、また思った。アリスはよくできた女だし、おれといろんな苦労をともにしてきてくれた。彼女を失ったら悲しい思いをするのはわかっている。だが、トリシアが生まれてからというもの、ベッドでわくわくすることはなくなった。そしておれは、生理的欲求を持ち合わせた健康な男だ。今夜のは、性欲を満たす行為にすぎない。妻への愛に変わりはない。ただし、いったん事が始まれば、パンツを脱いでいる現場を押さえられる可能性がゼロとはいえない。シンディが来なければいいと思っている自分が、心の隅にいるのは、それもあるからで……。

車の近づく音で、ジャックの物思いは断ち切られた。ちらっとサイドミラーを見ると、ヘッドライトの小さな光の後ろから赤いシビックが駐車場に入ってきた。そして、彼の後ろの車の列にスペースを見つけて駐車した……そのあと、運転席からシンディの長い脚がするりと外へすべり出た。チェリーパイのように甘く、金曜の夜のように奔放な彼女が、やってくる。脈が速くなってきた。ジャックの狂おしい幻想から、そのまま抜け出てきたような服装だ。その服を見たとたん、彼にはもう、それを脱がせたときにどんな光景が現われるのか、それ以外のことは考えられなくなった。

ジャックは、ひじ掛けのボタンを押して窓を開け、待ち受けた。

「だれか特別な人を待ってるの？」彼女がそういって、車のなかへ笑顔で体を折り曲げると、とびきりの大きな目と香水の香りに、ジャックの胸は高鳴った。

「もう待たなくてよくなった」彼はそういって、ドアハンドルに手を伸ばした。覚悟はできた。もう、すぐに飛行場に引き返すことはできない。なにかあったら、二度とあそこで働けなくなっても文句はいえない。そしてこのあと、旧約聖書に出てくるあのサムソンみたいな、めくるめく運命が自分を待ちかまえていることを、彼は確信していた。

飛行場の場所は、プライバシーに配慮して選ばれていた。アルメダ郡とサンタクララ郡の境界線のすぐ北東にあたる、湾南部の狭い入江の端だ。シンダーブロック造りの保守格納庫が四つあり、それぞれの屋根と、外壁の少なくとも一面に、会社のロゴが大きく刷りこまれて、ほかの会社との区別をつけていた。これのおかげで、接近してくる操縦士も、目で簡単に識別ができた。小さなプレハブの付属建物がいくつかあり、滑走路が二本ある。一本は、二〇〇〇フィートそこそこだが、もう一本には、大型プロペラ機やジェット機用に三四〇〇フィートの高速度用直線があった。今夜、おだやかで静かな空の下の駐機場には、ひと握りの飛行機しかなかった。単発のピラトゥスと、もうすこし大きいキングエアC90B双発ターボプロップエンジン機が、各一機。セスナとスウェアリンゲンのビジネスジェットが数機。そして、組み立て式のスポーツ機が三、四機いた。旅客ヘリコプターの一群は、飛行場の北端にあるヘリ発着所の数字の上にいる。
飛行場の駐車場は、コンクリートの上に二十四、五台しか車を駐められない、小さな楕円形の区画だった。なんのしるしもないヴァンが一台、並木道になった出入用の道路から入ってきた。格納庫と駐機場の奥にあるフェンスのほうへ、注意深く進んでいくと、駐車場は空っぽだった。ヴァンに乗っているふたりの男は、監視ボックスではだれにも会わなかった。そのはずだった。警備員は、ある女にモーテルへ連れ出されていた。男の心を惑わす専門家だ。あの女にかかると、男は、自分の名前を思い出すこともできないくらいのぼせあがってしまう。まして、この飛行場で果たさなければならない責任など、思い出せるはずもない。

運転手と助手席の男は、ヘッドライトを消し、エンジンを切ると、すぐにヴァンを降りて、さっと入口を通り抜け、格納庫のある区画へ向かった。ふたりとも、緑色の実用的な作業衣を着ていた。運転手のほうは、偽の身分証の入った財布と、小さなモンキーレンチを二本、胸のパッチポケットに入れており、片方の手に空《から》の一パイント容器を持っていた。助手席のほうの男も、偽の身分証は持っていたが、隠しホルスターに収めた消音器つきのベレッタ以外は、なにも持っていなかった。

飛行場にはループ状に側道が走っており、コンクリートの歩道が格納庫のそばを通っていた。ふたりは、その歩道にたどり着き、三〇ヤードほど右にアップリンク社の格納庫を見つけると、さっと方向転換して、静かにそこへ向かった。

彼らの存在に疑問をいだく人間に遭遇したら、ロジャー・ゴーディアンのリアジェットに飛行前の最終点検をほどこす仕事を請け負ったのだが、飛行場を見つけるのに苦労して、到着が遅れたのだと説明するつもりだった。それで疑いを解けなかった場合は、ベレッタに頼ることになる。

しかし結局、だれにも遭遇せずに格納庫までたどり着くことができた。格納庫は、扉を開け放して、涼しい夜の空気をとりこんでいた。男たちは、なかに入ると、頭上の照明のスイッチがある場所を見つけ、螢光灯を点けた。格納庫のなかには、燃料と機械油と金属の匂いがたちこめていた。

高い平らな天井の下に輪止めで固定された、ロジャー・ゴーディアンのリアジェット45は、八人乗りの優雅な飛行機で、上向きの翼端と強力なターボファンをそなえている。運転手のほうの男は、しばらくほれぼれとながめていた。工学技術が生んだ美しい芸術品ではあるが、アキレス腱が同居しているのはこの飛行機も例外ではない。

やがて、運転手の男は、もうひとりに向き直り、あごで格納庫の前を指し示して、相棒が見張りに向かうのを待った。銃を持ったほうの男は、出入口に行くと、首を外に伸ばし、すばやく左右を確かめてから肩越しに振り返り、ひとつうなずいて、まだだれの姿も見えないことを相棒に伝えた。

運転手のほうは、うなずき返して、飛行機の下へするりともぐりこんだ。仰向けになってポケットからレンチをとりだし、仕事にかかった。一パイント容器のふたをねじって、口の開いた容器を腹の上にのせた。そのあと、着陸装置のシリンダーから延びているラインを、片方のレンチで締めつけ、ハンドルで固定し、もう一本でシリンダーの油圧装置の部品をゆるめた。一パイント容器を部品の下に当て、流れ出た液がいっぱいになるのを待った。いっぱいになると、ふたを回して容器の口を閉めなおし、道具をポケットにもどし、身をくねらせて飛行機の下を出た。

格納庫に入りこんでから十五分とたたないうちに、ふたりの男はヴァンにもどった。運転手のほうが、油圧装置の液が入った容器を、グラヴコンパートメントのなかにおき、イグニッションを入れて、車を出入用の道路に出した。

監視ボックスのそばへ来たが、明かりは消えたままで、だれもいなかった。

警備員は、まだ外でお楽しみの最中だ。背徳の喜びの時間を、さぞやにやけた顔で思い出すのだろう。自分が留守にした時間で、ロジャー・ゴーディアンの死がほぼ確実になったとは、まさか思うまい。

16

二〇〇〇年九月二十五日／二十六日　ワシントンDC／カリフォルニア州サンノゼ

「いいか、報道局のあの連中が責任を果たしにかからなかったら、わたしがこの手で全員のクビを切ってやる。最初に切られるのは、タースコフだぞ」リチャード・バラード大統領は、腹立ちまぎれに、ホワイトハウス大統領報道官ブライアン・タースコフの名を挙げた。

「率直に申し上げて、彼らの責任ではないと思います」ステュ・エンカーディはいった。彼の正式な役職名は〝大統領特別補佐官〟だ。いま彼は、風が吹いてくるのをひたすら待っていた。「マスコミがどういうものかは、ご存じでしょう。彼らは、自分たちの報道したいことを報道するんです」

バラードは、不愉快そうな表情を浮かべた。「まったく、いまいましい。われわれがこれから日本をはじめとする極東の国々と結ぶ条約は、まちがいなく世界を変えることになるんだぞ。三つの地域の指導者と、不肖このアメリカ大統領が、原子力潜水艦に乗りこんで、調印のセレモニーに集《つど》うというのに、きみは、暗号技術問題のほうが魅力的だというのか？そんなばかな話があるか！」

「おっしゃることは、わかります」エンカーディがいった。「たしかに、数字が示すところでは、世間は、今週になるまでほとんど暗号技術問題に注目していなかったし、まだあれがどういうものかわかっていません。しかし、わたしの見るところ、マスコミの興味を惹きつけるのは、白熱してきたゴーディアンとケインの論争のほうです。条約は、協力と調和を表現するものです。ドラマの真髄は、その……衝突にありまして」

「勘弁してくれ」バラードはいった。「それじゃ、いったい、注目を集めるにはどうしたらいいんだ？　ダイヴァー・ダン（一九六〇年代に米国で放映されたテレビドラマの主人公）とバロン・バラクーダ（同番組の悪役）を海のなかに呼べというのか？」

「あの、それは……？」

「気にするな、生まれるのが二十年遅かっただけだ」バラードはそういって、耳をぴんと起こしてみせた。「それはともかく、あの木の葉を吹き抜けてくる風の音は美しいな」

「はい、おっしゃるとおりです」

前大統領の夫人は、自分がホワイトハウスに在住したしるしを永久に刻みつけようと、南側に広がる芝生に、葉が柳に似たヘロッシーカシというナラ属の木を植えた。ふたりはいま、その下にいる。じつをいえば、エンカーディも、現大統領の美しい夫人の手で大統領の側近グループに植えこまれた人間だ。バラードが再選を果たした選挙の運動中に調整役をつとめていた、三十歳のイェール大学出身の男を、夫人は気に入った。その男の未来の展望と人生にたいする姿勢に、自分と同質の魂を感じたのだ。彼女はその後、夫をうまく説得して、その男を、当選後に結成される顧問団の一員にした。自分がいないとき、自分にかわって自分と同種の意見を――政治的な問題についても、私的な問題についても――バラードに伝えてくれる代理人として、うってつけと考えたのだ。

バラードのエンカーディにたいするおおよその評価は、洞察力に富み、実用の役に立つ、ひたむきな犬ころというものだった。この男を、妻の価値観の化身として周囲においておくのも、悪くはないと思っていた。ただし、苦々しく思っていることもあった。育毛剤のロゲインをものともせずに進行している頭の禿げを、大統領が隠すには、芸術的な櫛の入れかたがもたらす奇跡に頼るしかないというのに、この補佐官は、ハンガリーの牧羊犬も顔負けの豊かな髪を誇っていた。

エンカーディが、妻そっくりの言葉づかいをしたときも、苦々しい気持ちになった。この男は、大統領がなにか発言するたびに、「おっしゃることは、わかります」と受け、「率直に申し上げて」とか「わたしの見るところ」という学者ぶった言い回しから返答を開始する。いずれも、数十年にわたって大学の教師をつとめてきた夫人の職歴に由来するものだ。こういう言い回しは、よくも悪くもない日を悪い日にしたり、悪い日をさらにすこし悪くしたりするたぐいのものだった。ただし、すばらしい好天のもと、バラードお気に入りの木をそよ風がさらさらと音をたてて吹いてきて、神様の青空の下にあるなにもかもを気持ちのいいものにしてくれるときは、話がべつだ。

「ステュ、短観といこう」バラードはいった。「いまから二日後、ロジャー・ゴーディアンがキャピトル・ヒルで騒いでいるあいだに、わたしは暗号技術法案に署名する。二カ月後には、もう、だれもがそんなことは忘れている。モリソン＝フィオーレ法というのは、ラスヴェガスの動物訓練法かなにかだと思うようになる。しかし、そのあいだに、わたしは、ひとつの条約をまとめている。アメリカが、今後二十年、いや、おそらくもっとずっと長い期間にわたって、アジアの安全保障にどういう役割を果たすかについての、ガイドラインを打ち立てるものだ。それは――少なくともその大部分は――わたしの残す遺産となる。世間の注目は、なにがあっても集めなければならん」

木の投げる薄い影のなかにたたずんでいる大統領を、エンカーディが見守っているうちに、だらりと垂れ下がった樹葉の天蓋を風が吹き抜けた。まわりには、羽虫や、渦を巻くように飛ぶ虫がいた。いや、じつをいうと、この木の下にはかならず虫がいる。なぜかは知らないが、虫たちは、とりわけこのカシの木のまわりに惹きつけられるらしい。

羽をもった小さな侵略者の編隊を顔から払いのけながら、エンカーディは思った。いちどでいいから、アメリカ合衆国大統領が、心の平穏をとりもどすのにハナミズキかニレかハンノキの下を歩くことにしてくれたら、自分はもっと幸せな男になれるにちがいない。

「ニューヨーク・タイムズのノードストラムには、赤じゅうたん級の丁重な扱いを心がける必要があると、わたしは考えています」と、エンカーディはいった。

「もう、してるじゃないか」大統領はいった。

「まあ、たしかにそうですが、じゅうたんを広げる余地はつねにあります」エンカーディはいった。「ノードストラムは、わが国のジャーナリストのなかでも、わたしたちの掲げるアジア太平洋政策の最大の支持者です。日本の首相のみならず、マレーシアやインドネシアの代表にもインタビューできるよう、手を貸してあげてはいかがでしょう？　シーウルフで開く晩餐会に、お招きになっては？　彼が記事を書けるよう、とぎれることなく材料を提供するのに最善を尽くすべきだと思います」

バラードは、腕を大きく開いて、ホワイトハウス構内のかぐわしい空気を吸いこんだ。こんもり茂るカシの長い葉を通り抜けてきた太陽の光が、顔に縞模様をつくっていた。

「うーん、くつろぐな」彼はいった。「すばらしい朝じゃないか、ええ？」

「すばらしいですね」エンカーディは気のない返事をして、虫を一匹、手でぴしゃりと追い払った。

バラードが彼を見た。

「きみのノードストラムについての考えは、けっこうだと思うが、とりあえずでしかない」

彼はそういって、考えこむように眉間にしわを寄せた。「あの男の名前が出たからいうが、ロジャー・ゴーディアンがノードストラムに、コラムにもっと暗号技術問題のことを書けと迫っていないのは、ちょっと妙だな。あの男が、アップリンク・インターナショナルの雇われ顧問をつとめているのは、知っているだろう?」

エンカーディは、しばらく考えて肩をすくめた。

「あの問題に関しては、ゴーディアンと意見の食い違いがあるのかもしれません」彼はいった。

「あるいは、ほかのみんなと同じように、暗号技術の問題など、退屈で、とるに足りない問題と思っているだけなのかだ」と、大統領はいい添えた。

この、手つかずの自然にかこまれた環礁は、マレーシアのボルネオ島、サバ州沿岸の東に広がるセレベス海に点在してフィリピンの領海との境界をなしている、数百個のうちのひとつだった。海岸線のまわりに、丸い形の礁が防波堤を作っている。帯状に密集したマングローブが、熱帯の嵐を防ぐ壁となり、内陸に広がる熱帯雨林をとりかこんでいる。熱帯雨林そのものも、島の中央にある礁湖《ラグーン》の三面を、保護するようにとりかこんでいた。

この環礁を海と天候の猛威から守っている自然の地形は、同時に、だれからも探り当てられることのない飛び地にもなっていた。探り当てるのは不可能に近い。海賊にとっては絶好の隠れ処だ。彼らと同じ海賊を生業《なりわい》にする者以外に、ここを突き止めた者はほとんどいない。この自然の防衛線を突破したことのある者となると、さらに数は少なくなる。そして、招かれずに突破を果たした者で、生きてそこを出られた者はひとりもいない。

チウ・ションは、一度だけそこを訪れたことがあったが、そのときも、サンダカン襲撃計画を実行するさいの状況を自分の目で確かめておいてほしいというクルシッ将軍の要請を受けて、島の周囲をさっと通り過ぎたにすぎなかった。しかし、きょうは奥地を目指していた。福建省の港市である厦門《シアメン》から彼を運んできた中国のトロール漁船は、一時間前に、狭い入江をゆっくり通り抜けて礁湖《ラグーン》に入り、そのあと帯状の砂地付近に錨を下ろした。到着は絶好のタイミングだった。その数分後、真っ黒なぶあつい入道雲がとつぜん稲光をひらめかせて、しばらくのあいだ空を明るく照らし、そのあと、熱帯特有のすさまじいスコールが始まった。外海にいたら、荒波と乱気流で転覆の憂き目にあっていたかもしれない。

雨の勢いが弱まると、広州軍事特別区のコマンド部隊から選りすぐられた十数名の乗組員は、船が積んできた無標示の木箱を、上陸用の搭載艇《ディンギー》に降ろす作業にとりかかった。彼らは、指示どおり、民間人のカーキ色の衣服に身を包んでいた。いっぽう、浜辺で彼らを出迎えたシアンと数名の海賊たちは、軍隊の迷彩服を着こんでいた。皮肉に敏感なチウの目が、この光景を見逃すはずはない。いやまったく、男の役目も単純明快ではなくなったものだ。そう彼は思った。

いま、兵士たちは、大きな木箱を肩にかついでバランスをとり、汗でシャツをずぶ濡れにしながら、ソテツの生えた狭い小道と小道のあいだを曲がりくねっている小川を、ひざまで水に浸かりながら渡りはじめていた。案内の海賊たちは、彼らを、ジャングルのさらに奥深くへ導いていった。最初のころは、着生蔓植物や匍匐《ほふく》植物を鉈《なた》で切り払いながら進まなければならなかったが、樹葉の天蓋の下に入って周囲が薄暗くなってくると、下生えがまばらになってきて前進しやすくなった。

それでも、生まれてこのかたずっと都会で暮らしてきたチウは、圧迫感と閉塞感に襲われていた。進むにつれて、その感覚は強くなってきた。まるで、何百万年も昔の先史時代にどんと押しもどされたような光景だ。チウが現代の北京の街並みにすっと溶けこむのと同じように、シアンのような男たちは、この光景にすんなり溶けこんでいるような気がした。巨人の後ろについて小川を渡りながら、チウは、タイ人の隠れ家でこの男を初めて見たときのことを思い出した。この男は、捕虜のいる部屋の入口を見張っていた。周囲のあらゆるものをとりこみ、なにひとつ見逃しそうにない、無表情でいて一分の隙もない目で、じっと見つめていた。あの目を見て、チウは背中に冷たいものを感じたが、まだあれがどういうものかを完全に理解してはいなかった。まだ、あのときは。シアンがマックス・ブラックバーンにしたことを、見たあとでもだ。ところがいま、この異国の古い森のなかで、チウは理解した。あれは、人類の記憶の彼方にまでさかのぼる素性の目であること、原始の密林と沼の表情であること、冷血で無慈悲な狩人にしか存在しない表情であることが、ここにきてようやくわかってきた。

川渡りは、さらに続いた。肩のリュックには食料と水と救急箱しか入っていないが、流れる水のなかを渡ってきたせいで、チウはくたくただった。彼より重い荷物を背負っている部下たちが、疲労の極みに近づいているのもわかった。

シアンがようやく小川の土手に上がり、ふたたび森の地面へ一行を先導しはじめたときには、ほっとした。

さらに二十分かかって、野営地にたどり着いた。障害物を取り除いたその区画には、スプーンの形をしたむきだしの石灰岩の前に、仮設のわらぶき小屋がひとかたまりあった。周囲をさえぎっている群葉にチウが目を凝らすと、わらぶき小屋のひとつのそばにクルシッとあと五、六名の姿が見えた。将軍を除く全員が、控え銃《つつ》のかたちで戦闘用のライフルを携えていた。形から見て、使い古したロシア製ＡＫＭのようだ。シアンの率いる海賊たちと同じように、この兵士たちもジャングル用の迷彩服に身を包んでいたが、似て非なるものだった。兵士たちの訓練と秩序がゆきとどいているのは目にも明らかで、彼らはチウの部下たちに近いものがあった。

経験豊富な兵たちだ。クルシッが引退前に率いていたＫＯＳＴＲＡＤ特殊部隊から、選りすぐられた者たちにちがいない。

チウは、頭を動かさずに、アーチ状に広がる木の葉の天井へ視線を上げた。周囲を警護している狙撃手の姿は見えなかったが、彼にはわかっていた。狙撃手たちは、上のどこかに隠れていて、招かれざる侵入者がいればその射撃位置からいつでも狙い撃つことができるにちがいない。

「おお、チウ、着いたか」彼の姿を見つけて、クルシッが呼びかけた。そして、低木の群れをかき分けて前に進み出た。「こういう一風変わった場所で会うことになったのも、われわれの大義の導きとは思わんか？」

「まったくだ」チウはそういって、シアンのわきをすり抜け、クルシッのさしだした手を握った。「正直いうと、この暑さと湿気にはまいったよ」

クルシッは小さな笑みを浮かべた。「島で生まれ育ったおかげで、そういうのはまったく気にならん」彼は、チウの部下たちに値踏みするような一瞥を投げ、そのあと、見たものに感じ入ったかのように、明らかな賞賛のうなずきを送った。「さあ、みんな疲れただろう。船荷を降ろす場所を教えよう」

クルシッは、彼らについてくるよう身ぶりをして、野営地のほうへきびすを返し、わらぶき小屋の向こうの岩層へ大股で向かった。岩肌のかなりの部分が、日干しにして縄で束ねたヤシの葉の筵《むしろ》におおわれていた。クルシッは、兵士をふたり呼びつけ、マレーシア語でおだやかな命令を与えて、それが実行されるのを待った。兵士たちが筵をはがすと、小さな洞穴が出現した。入口は、縦も横も五フィートくらいだ。

チウは、好奇心をかきたてられて、洞穴に近づき、よく見えるように、わずかに体をかがめてなかをのぞきこんだ。奥行きがあるようだ。それどころか、奥が見えない。入口の向こうの岩肌を厚くおおっている鳥糞石《グアノ》を、甲虫をはじめとするさまざまな虫が這いまわっていた。しばらく耳を傾けていると、天井のコウモリがはばたく、かすかな音が聞こえた。

まったく、一風変わった場所だ。チウは思った。

彼は、体をまっすぐ起こし、部下たちと向きあった。

「あそこに武器を運べ」彼は、洞穴の入口を身ぶりで指し示した。そして、部下たちが歩かなければならない虫だらけのすべりやすい鳥糞石《グアノ》のことを思い出し、すこし思案した。「ただし、足元に気をつけろ」と、彼は付け加えた。


アンナが、居間のソファに脚をたくしこむようにすわっているところへ、電話を終えたキアステンが客間からもどってきた。

「シンガポールの警察に話をしてきたわ」彼女はいった。「わたしの名前をいって、わたしとマックスを追いかけてきた男たちのことを話して、わたしのいまいる場所を教えたわ。警察も、あのホテルの外で事件があったことは、もう知っているみたい」

アンナは、あたりまえよという表情を見せた。

「チューインガムが持ちこみ禁止で、道に唾を吐いたら罪になる国で、そんな乱闘が人目を引かないわけないわ」アンナはいった。「警察は、どうしろって?」

「シンガポールにもどって捜査官に会うよう勧められたけど、断わったわ。護衛なしでそっちにもどるのは、危険すぎるって。わたしが譲らないとわかると、ジョホールの警察と調整をして、そのあとわたしのところへ来ることになるだろうって」

アンナは、心配そうにうなずいた。「だいじょうぶ?」

キアステンは、どう答えたものか思案した。自宅に帰らずに、わたしを誘拐しようとした男たちから——ひょっとしたら、もっとひどいことをたくらんでいた男たちから——身を隠して、すでに一週間近くなる。マックスの留守番電話に何度か伝言を入れたが、返事をもらえないまま、いまも連絡を待っている。そのことを考えると、大きな不安と混乱に襲われた。

それに、マックスは、連絡があるまで待てといった。連絡がなかったらこの人に連絡してほしいと、だれかの名前を教えようとした。なのに、警察に電話をしてしまった。彼を裏切ってしまったような気がする。でも彼は、あの名前を最後までいえなかった。彼が最後までいえなかったのか、タクシーのなかにいたわたしがはっきり聞きとれなかったのか。アップリンク社の人なのだろうと見当はついたが、姉とその夫から、あそこに電話するのはやめたほうがいいと忠告されていた。マックスがなにに関わろうとしていたのか、もっとはっきりしたことがわかるまでは、やめたほうがいいと。姉夫妻からは、ことによったら、あなたはアメリカ人によってたちの悪い事件に引きずりこまれたのかもしれないのよと、度重なる説教を受けていた。だから、確たる反証なしにその可能性を否定しても、ただの屁理屈と思われてしまう。

そうだった、まだアンナの質問に答えていなかった。いまのわたしがどんな精神状態にあって、感情がどんな状態にあるかを、どうしたら説明できるだろう？　どうにも表現しがたいこの気持ちを、どう表現したらいいのだろう？

キアステンは、戸口から姉を見て考えていた。

「なんだか」ようやく彼女は口を開いた。「天地が逆さまになって、世界がまちがった場所にあるみたいな気がするの。まちがった場所に。わかる？」

アンナは途方に暮れ、無言の苦悩を伝えるために口元へ手を上げかけたが、寸前ではっと気づいて、手をひざにもどした。

「わたしも、頑張っているのよ、キアスト」彼女は、乾いたおびえた声でいった。「信じてちょうだい。わたしも、精一杯努力しているの」

「まじめな話、おれは、ランの花ってやつは、アジアのたどってきた運命の象徴と思っているんだ」ファットBがいっていた。「粘り強いが繊細で、繁栄できるか、花を咲かせられるかは、一連の過酷な条件に左右される」

「ふーん？」シンガポール警察の管区長、シャン・ポーが生返事をした。

「いや、ほんと、まじめな話だ」ファットBはいった。「ランは、これまでの進化を支えてきた豊かな土壌に育てば、大いに繁栄し、代々おれたちの丘をおおい、荒地や庭を包みこむ。自分たちの自然な状態に必要不可欠なものを、変えようとすると……度を超えた異種交配をしようとすると……時《とき》の恵みを受けてきた系統の純粋さがそこなわれて……ホームシックにかかった心みたいに弱っていく。変なやつだと思うかもしれんが、おれは前々から、ランの華やかな花にはおれたちの祖先の魂が宿っていると、固く信じてるんだ」

「そういえば、ある種類には本当に人の魂を盗む力があると広く信じられていたな。雌の本質からエネルギーを吸い上げているランの高貴な美しさは、男を虜《とりこ》にし、男の精をとらえて、ほかならぬ陰《イン》を奪い去ると」

「おっと、そこまでいくとばかげてる」

「まあ、おれもそう思う。はっきりいえば、大嘘だ。この話は忘れよう。きょうはそっちが呼び出したんだ。話があるなら、いってくれ」

ふたりは、シンガポール島北部のマンダイ・ロードぞいにあるラン園の、鯉の池に架かった橋の欄干から外を見た。そして、すいすい泳ぎまわる魚と、池の近くに植えられているバンブー・オーキッドの銀色がかった紫色の輝きを、ほれぼれとながめた。

「マックス・ブラックバーンか、キアステン・チューという名前に、思い当たるふしはないか?」ファットBがたずねた。

警察管区長は、かぶりを振った。「思い当たらんといかんのか?」

ファットBはためらった。「先週の金曜日の夕方、スコッツ・ロードで騒ぎがあった。もちろんあんたは知ってるはずだ」

管区長は、ランから目を離さなかった。背が低く、でっぷりして、マッシュポテトのような顔をしている。バッジもつけず、制服も着ずに、この密会の場所へやってきた。警察官と気づかれてはまずい。まして、高い階級の人間であることは、絶対に気づかれてはならない。ファットBのようないかがわしい人物といっしょにいるところを見られたら、非常にまずいことになる。彼は心得ていた。

「スコッツは中心部だ……A地区だ」彼はいった。「おれの管轄じゃない」

ファットBは、答えの短さがあやしいと思った。欄干にひじをついて身をのりだし、池の向こうの、そよ風に花が揺れているあたりへ目を向けた。燦々《さんさん》とふりそそぐ日射しを浴びた花たちの輝きには、彼のシャツに手描きされている蝶の輝きをもしのぐ美しさがあった。

「あんたはゲイラン管区の長だから、その指揮権は、あの近辺の十三の警察巡回区域と三百人を超す警官に及ぶはずだ」ファットBはいった。「おれのいっている事件には、大きなホテルの前の路上での乱闘騒ぎも含まれている。あそこは繁華街だ。耳にはいった情報では、目撃者も何人かいたそうだ。そんな報告は来ていないというつもりか？　警察には報告が来てないと？」

管区長は、ファットBのほうに向き直り、冷ややかな表情を見せた。

「来ているとして」彼はいった。「あんた、その事件となにか関係があるのか？」

「なにもない。安心しろ」ファットＢは肩をすくめた。「あんたと同じで、自分の守備範囲の外には迷いこまないようにしているよ。しかし、ときには、人から頼まれることもある。できるかぎり要望にこたえてやろうとすることもある」

「感謝すると、どのくらい気前のいい相手なんだ？」

「すごくいい」

管区長は、息を吸いこんで、ひゅっと口から吐き出した。

「ハイアットの外で妙な出来事があった。たぶん、なかでもだ」彼はいった。「なにがあったか、正確なところはわからん。しかし、ＣＩＤがのりだしている」

「〈刑事捜査課〉が？」

「そうだ。それも、ひとつの線だけじゃない。うわさによると、この事件には、〈特別捜査課〉と〈秘密結社課〉も、鼻をつっこんできているらしい」

「その事件についてわかっていることを、すべて教えてくれ」

「あまり多くはない。というか、たくさんあったとしても、ＣＩＤの腕利きどもが周囲に漏らさないようにしているからな」シャン・ポーは肩をすくめた。「聞いた話では、そばで見ていた人間から匿名で通報があった。もうひとつ、べつの人間からも通報があって、事実と確認されたらしい。タクシー乗り場で、白人ひとりと、女ひとりと、あと何人かを巻きこんだ乱闘があった。女はタクシーに乗って逃げ、白人はその場に残って、ホテルのロビーまで追いかけられていったらしい。そのあとなにがあったかはわからんが、パトカーが到着したときには、もうすべてが終わっていた。関係していた者は、全員姿をくらましたようだ。重大なことを見たという目撃者は、ほとんど名乗り出ていない。しかしまあ、世の中はそういうもんだ」

「だれだって、もめごとには巻きこまれたくない」

管区長はうなずいて、またためいきをついた。

「それでも、もめごとはやってくる」彼はいった。

ふたりは、しばらく沈黙していた。ファットBの目は、池の水面下をすいすい泳ぎまわっている、平らな、色の集合体をとらえた。大きな虹色の鯉だ。鯉は、すばやくスイレンの陰へ向かったと思うと、とつぜん動きを止めて、細長い体を完璧な静止状態に保った。

「白人か女に捜索願いが出たら、それがどこから来たか、教えてくれるとありがたい」ファットBはいった。「おれの詮索好きな友人たちにとって、その女の現在の居場所に関する手がかりは、格別の情報になるだろう」

ふたりの目が合った。

「あんたの友人たちだが」管区長がいった。「女の居場所がわかったら、どうする気だ?」

「知らん」

管区長は、たっぷり一分間、無言のまま相手を見つめ、それからゆっくりとうなずいた。

「できるだけのことをしよう」と、彼はいった。

ファットBは、満足してにやりと笑った。「手間をかけてもらうんだ、それだけのことはさせてもらう」

管区長は、欄干の前にそのままちょっとたたずみ、それからくるりときびすを返した。ファットBは動かなかった。シャン・ポーが、自分といっしょに庭園から出ていきたがるとは思えない。

管区長が、橋を二歩進んだところで立ち止まり、ファットBのシャツをあごでしゃくった。

「その蝶は、じつにみごとだ」彼はいった。「グラフィウム種だな?」

ファットBはうなずいた。

「その蝶は、地面から、自分より高いところにいる動物の小便を吸って生き長らえていると、聞いたことがある」管区長はいった。

ファットBは、自分の反応を抑えこんだ。

「ご教授、感謝するよ」彼はいった。「おれたちは――あんたとおれは――表面的にはまったくちがう人種だが、自然への愛と知識で結ばれている」

管区長は、相手をじっと見て、不愉快そうに歯をむいた。

「金の助けを借りてな」彼はそういって、大股で立ち去った。

17

二〇〇〇年九月二十五日／二十六日　サンノゼ／パロアルト

「まさに驚異の部屋だわ」ノリコ・カズンズがいった。


ナイメクは、ビリヤード台のレストに載っている小さな青いチョークの箱に手を伸ばした。

「みんなそういう」彼はそういって、キューの先に箱を回し、チョークをこすりつけた。

「ここは、肩の力を抜いて、正しく物事を考える場所だ」

ふたりは、ナイメクの住むサンノゼの三層構造アパートの、最上階にあるビリヤード場にいた。彼が青春時代を過ごした南フィラデルフィアにあった、くすんだビリヤード・ホールを念入りに再現したものだ。当時の彼は、そこで、怠け者の警官たちの目をかいくぐりながら、ある専門教育を身につける努力に邁進していた。非行少年というレッテルを改めてもらう役には、あまり立たないたぐいの教育だった。しかし、当時のナイメクは、ひとりの男を除いては、だれに認められなくても気にならなかった。そして、その男に認められるためには、勤勉な努力を惜しまなかった……彼のお気に入りの表現を使えば、学習能力適性テスト（SAT）と成績評価点平均（GPA）がバンクショットの適性を測れるなら、彼はまちがいなく、無条件で大学の奨学金を受け取ることができただろう。

とにかくナイメクは、その昔のビリヤード場を入念に再現した。少なくとも、彼の主観のレンズで濾過された記憶のなかで、そうなっていたのはまちがいない。緑色のラシャの表面についていたタバコの焦げ跡から、ソーダ水の販売容器や、水着のカレンダー、乳白色のプラスチックの照明器具、四十五回転レコードを積み重ねたワーリッツァー一九六八年製という年代物のジュークボックスにいたるまで、念入りに再現されていた。ジュークボックスは、あるアンティークのオークションで二束三文で手に入れたものだ。何度か小さな修理をほどこしたが、いまでも、二五セントで三曲を選ぶことができ、天井の梁までこの部屋を震わせ、揺すぶることができた。

いまそれは、クリーム（米国のロックグループ）がカヴァーした古いブルースのスタンダード・ナンバー、〝クロスロード〟を、力強く奏でていた。クラプトンの即興のリード・ギターがジャック・ブルースのベース・ラインのまわりを熱い水銀のように流れて、ナイメクに昔を思い出させ、昔の友人ミック・カニンガムの思い出を呼びさました。ミックは、彼より二、三歳年上で、ヴェトナムの捕虜収容所からもどってきたばかりだったが、標準サイズの台のあいだをゆっくり歩きながら、サイゴンで大人気だったクラプトンのことを褒めちぎっていたものだ。

ミックは、やはりサイゴンで大人気だった麻薬におぼれてしまい、七五年に強盗未遂で五年の懲役を食らった。初犯だったことを考えれば、公平に見ても重い刑だった。そして、その服役中に、受刑者用の運動場で刺し殺された。

「あそこに、一番を」と、ナイメクは宣言して、フットレールの左のコーナーポケットでスティックを揺すった。ナイメクが先行の権利を得ていた。

ノリコがうなずいた。

ナイメクは、台の上にのりだして、手玉をヘッド・ストリングの後ろ、センタースポットのわずかに手前においた。そのあと右の手のひらをテーブルの表面に押しつけて、キューを親指と人差し指のあいだの溝にすべりこませた。スティックの先を見定め、二度、試し突きをくれてから、反対側のレールのクッションへ、右上撞《づ》きで、つまり左ひねりの押し玉で撞《つ》き出した。玉は、思惑よりわずかに広い角度で跳ね返って、一番を薄めにとらえたが、それでも、きれいにポケットに落とし、三角形のラックをばらばらにして、得点しやすい配列をふたつ残した。

「素人じゃないですね」ノリコがいった。ショットを放ったときの彼の目に、射撃の名手に特有の鋼《はがね》のような精神集中を見たような気がした。

「当然だ」彼はいった。「おれの父親は、フィラデルフィアで最高のハスラーだった。ビリヤードを生業にしていたんだ。親父の夢は、自分が死んだあと、おれがその稼業を継ぐことだったから、おれは必死に身につけた」

「お母様は、なにもいわなかったんですか？」

「母親はいなかった。たぶん生きてもいなかった。おれが三つか四つのころ、家を飛び出したきりでな。おれが手と足の指を全部数えられるようになっても、うれしくなかったのかもしれん」ナイメクは、ふたたび構えにはいった。「三番、センターポケット」

狙いをつけて撞き出し、十一番とのキスショットを決めた。三番は、ポケットに落ちて、ガチャン、ゴツン、ガタンという連続音をたてた。

ノリコは、かるい驚きの表情で彼を見つめ、太いほうの先を床につけて垂直にしたスティックを手のひらと手のひらのあいだでくるくる回しながら、話を待っていた。これまでずっと、ナイメクのことは、実直な警察官の見本のように思っていた——正確には、元警察官だが。そしていま、ノリコは上司の意外な一面を見ていた。

「お訊きしてよければですけど」彼女はいった。「なぜ、警察官のバッジをつけることになったんですか？」

ナイメクは、彼女のほうに顔を向けて肩をすくめた。

「劇的な分岐点があったわけではない。そこが好奇心の対象だとしたら」彼はいった。「当時のあのあたりで、ビリヤード以外に、ひとつだけ、おれたちの好きな娯楽があった。街角をうろついて、酔っ払って、喧嘩を始めるんだ。だれかが、ほかのだれかを、週に七日、殴り飛ばしていた……大人が、ティーンエイジャーを車のフロントグラスにたたきつけ、ティーンエイジャーは、年端もいかない子どもをごみ箱で殴りつけ、ちっちゃな子どもは、路地の野良猫にレンガをぶつけていた」彼は、また肩をすくめた。「しばらくして、そういうのに飽きてきたんだな。警察官になることで得られる組織と給料と恩恵に、興味をそそられた。運命の日、おれは試験を受けて合格した。何カ月かして、辞令がきた。警察学校でどのくらいうまくやれるものか、試してみようと思った」

「うまくやれたんですね」ノリコがいった。

「ああ」彼はいった。「うまくやれた。かくして、新進気鋭のハスラーとしての経歴は、泡と消えた」

彼はテーブルに向き直り、次のショットを予告して、そのとおりに落とした。ジュークボックスでは、〝クロスロード〟が終わって、ヴァニラ・ファッジの〝ユー・キープ・ミー・ハンギン・オン〟の演奏が、盛り上がりはじめたところだった。ノリコは待った。

「マックス・ブラックバーンは、知っているな?」ナイメクは、台の上に視線を動かしながら、ノリコにたずねた。

「うわさには」彼女はいった。「最高の腕を持つ男と、もっぱらのうわさです。タイムズ・スクエアの事件以来、みんなスーパーマン扱いしているわ」

ナイメクは、十一番にコンビネーション・レール・ショットが可能と見て、そこへまっすぐキューを向けた。

「マックスは優秀な男だ。それはまちがいない」彼はいった。「点と点を結んで楽々と問題を解決する男だ。だから、問題解決人《トラブルシューター》の役目をよくおおせつかる。この半年は、マレーシアのジョホール・バルの地上ステーションに送りこまれて、さまざまな問題に取り組んでいたが、そのなかには、なんというか、非公式のものもあった。危険な性質のものが」ナイメクは、肩越しにちらっとノリコを見た。「一週間ほど前、そのマックスがシンガポールで消息を絶った。以来、連絡を受けた者はひとりもいない」

ノリコは、なにもいわずにナイメクを見た。

「なにか大きなまちがいが起こったのでないかぎり、マックスがこんなに長く連絡をしてこないなんてことは考えられない」ナイメクが続けた。「いいかげんな男じゃないからな」

ナイメクはキューをくりだしたが、最後の一瞬に手首がこわばり、思ったより強く撞いてしまった。玉は、穴に入らず、クッションに当たってはね返った。速すぎた。角度も挟すぎた。

「ブラックバーンがしていた危険なことというのは」ノリコが、ゆっくりと思慮深そうな声でいった。「話していただけるたぐいのものですか？」

「もちろん、追って話はする」ナイメクはいった。「だが、まずは、彼のいる場所へ——あるいは、いた場所へ——行ってくれる気があるかどうか、教えてくれ。彼の行方を突き止めるのに、力を貸してくれるか？」

「ひとチーム率いて、ですか？」

「きみのほかには、おれだけだ」ナイメクがいった。「必要となれば、ジョホールのスタッフからチームを編成することはできる」

ノリコはナイメクを見た。

「関わりたくないなら、それはそれでかまわない」彼はいった。「力を貸してくれるとしても、これは、厳密にはボランティアだ」

「そして、公にはできない」彼女はいった。

「そのとおりだ」

しばらく沈黙が降りた。

「ひとつ質問があります」ノリコがいった。「この仕事に声がかかったのは、わたしがアジア人のなかにいても目立たないからですか？　それとも、この分野での経験を認めていただいてのことですか？」

「民族意識が強いのか？」

「それは関係ありません。たしかに、わたしには日本人の血が半分流れていますけど。これは、論理的な質問です。わたしの吊り目が認められたんですか、能力が認められたんですか？」

ナイメクは、小さな堅い笑みを浮かべた。

「両方だ」彼はいった。「きみの生まれもった要素によって、ある種の扉はすこし早く開くかもしれない。ある種の状況で、ある種のことが簡単になるかもしれない。ある種の人びとを相手にする場合もだ。ひとつの強みにはなる。しかし、これだけはわかっていてもらいたい。きみを選んだのは、どんな状況でもおれの命を預けられる人間だからだ」

ノリコは、ナイメクの顔をしばらくじっと見つめ、それからうなずいた。

「やりましょう」彼女はいった。「どういう計画ですか?」

「ステップ1、ビリヤードにケリをつける。ステップ2、ゴーディアンに旅の許可を求める。ステップ3、スーツケースをとりにいく」

「ボスがゴーサインを出してくれなかったら?」

ナイメクは、しばらく考えこんだ。

「マックスはおれの友人だ」彼はいった。きっぱりと。「つまり、そうなったら、ステップ3に飛び移らなければならなくなる」

この日の早い時間に、ロジャー・ゴーディアンは、ワシントンに飛ぶ予定だった。そしていま、パロアルトにある彼の自宅の、ガラスに囲まれたバルコニーに、法律顧問のチャック・カービイとリスク査定部長のヴィンス・スカルを迎えていた。三人は、大きな籐のテーブルのまわりに腰かけ、朝食と、飲み物と、新聞と、開いたスーツケースを前に、真剣な面持ちで話しあっていた。日射しの明るい暖かな朝で、花の香りを乗せたそよ風が、鎧窓のパネルから吹きそよいでいた。テーブルのそばの自立構造のイーゼルに、ゴーディアンがこの会議のために用意した図表が立てかけられていた。彼の娘のジュリアが、立ち寄って、ワシントンDCでの幸運を祈り、グレイハウンド犬たちを連れていった。そしていま、アシュリーといっしょに、彼らを外の芝生の上で駆けまわらせていた。

ゴーディアンは、自分の計画を手短に説明しおえたところだった。チャックの顔には、すでに憂鬱そうな表情が浮かんでいた。ゴーディアンは、弁護士が見ていないすきを見はからって、腕時計で時間を確かめ、三人目の訪問客が現われるまでまだ三十分はあると判断した。それだけあれば、カービイの反対意見にはうまく対処できるだろう。もちろん、簡単にはいくまいが。

ゴーディアンは、気持ちを引き締めながら、外の庭をちらっと見た。放り投げられたプラスチックのウサギを追いかけて勢いよく丘を駆け降りていった犬たちが、不規則に広がる緑の芝生を背景に優美な曲線を描いている。いつものように、まだら模様をした雄のジャックのほうが、濃い青緑色をした雌のジルより速かった。どちらもドッグレース用に育成された犬だったが、ジルのほうが太っていて年下だ。ジルは、激しい気性がわざわいしてレースには出走できなかった。いっぽうジャックのほうは、多くのレースに出走したのちに引退した。

この二頭は、ジュリアが半年ほど前に、グレイハウンド養子縁組プログラムでオレンジ郡から引き取ってきた。救い出され、引き取られていなければ、薬殺されていただろう。年齢的な衰えや、気性の問題や、肉体的な故障といった、コースを駆ける能力を阻害する要因でレースに使えなくなった犬は、レース場の所有者によって安楽死の処分がとられるのがふつうだった。引き取り手のないレース犬は、五歳になると引退して薬殺されるのがふつうだと最初に娘から聞かされたとき、ゴーディアンはびっくりした。五歳といえば、寿命の三分の一ではないか……犬たちの闘志あふれるエネルギッシュな走りを見るたびに、彼のなかには、満足感とともに、あのときの驚きがよみがえってくる。

彼は、人間がほかの人間にする残忍な行為を、いやというほど目にしてきた。戦争とテロの結果、個人的な喪失を積み重ねてきた。どうしてこういう無益な浪費に、これ以上、愕然とさせられなければならないのか、理解に苦しんだ。だが、事実は事実だし、知らないよりはよかったような気はした。

ゴーディアンは、コーヒーを口にしながら、きみは人生最大の失敗を犯そうとしていると反論を開始したカービイの言葉に、じっと耳を傾けた。

「ゴード、話は隅から隅まで聞かせてもらったし、公平な目で見ようと必死に努力もした」チャックはいった。「しかし、いまの提案を実行するのは、もっと極端でない戦略を考えてからでも――」

「健康を保つために、手足の一本を失わざるをえないこともある」ゴーディアンはいった。

「それによって、生き延びられるかどうかが決まることもある」

カービイは頭を振った。「そいつは、大がかりな切断手術の話だ」彼はいった。「いっしょにしないでくれ」

ゴーディアンの澄んだ青い瞳は、見る者の心を騒がすくらいにおだやかだった。十戒を受けたあとのモーゼのようだ、とカービイは思った。

「チャック、これに痛みがともなわないなんて、わたしはいっていない。そして、きみはわたしの友だちだから、その痛みを取り除く努力をしてくれると信じている」ゴーディアンはいった。「しかし、わたしはもう、その痛みを受け入れている。理性のうえでも感情のうえでも、もう手放しているんだ」

「手放すだって？　この十年で築き上げたすべてをか？　しゃかりきに仕事をして築き上げてきた、なにもかもを——」

「すこし冷静に考えれば、自分がしているのは過剰反応だと気がつくはずだ」ゴーディアンの自制は小揺るぎもしなかった。

チャックは、スカルに顔を向けた。「ヴィンス？　きみも同じ考えなのか？　きみの分析でゴードの計画は可能とはじき出されているのはわかっている。しかし、ぼくが訊きたいのは、本当にそんなことをする必要があるのかだ。きみも、この計画に太鼓判を押しているのか？」

スカルはうなずいて、そのとおりだと伝えた。

「おれたちが求めているのは、あんたがチャンスをくれることだけだ」と、スカルはいった。

「監督の言い分を聞いてやれ」

「わたしの用意した図を見て、話を聞いてくれ」ゴーディアンがいった。「お願いだから」

カービイは、口を閉じて、鼻から大きく息を吸いこみ、図に目を向けた。それは、事業内容と子会社の受け持ち分野で分類された、アップリンク社の組織図だった。

「きみからも指摘があったとおり、チャック、わが社は九〇年代前半からすばらしい発展を遂げてきた」カービイに図表をじっくり検分させてから、ゴーディアンはいった。「GAPSFREEミサイル照準システムを提供する契約が軍と結ばれたとき、わが社の未来は約束されたと、わたしは確信した。ずっと到達したいと願っていた場所に、到達したのだと思った。成功を収め、金銭的な心配もなくなった……わたし個人の必要は満たされた……すると、そこから、いろんな選択肢が開けてきた。それまでは検討することもできなかった選択肢が。自分にとって価値あることに、金と活力をどうつぎこむか？　この世の中に確固たる違いを生み出すために、どうそれをつぎこむか？　いろんな選択肢が出てきた」彼は、テーブルから立ち上がり、イーゼルに近づいて図表全体を身ぶりした。「わたしの間違いは、あまりにたくさんの方法で、それをやろうとしたことだった」

「おいおい、それじゃまるでレイノルド・アーミテッジの言い草じゃないか」カービイはい

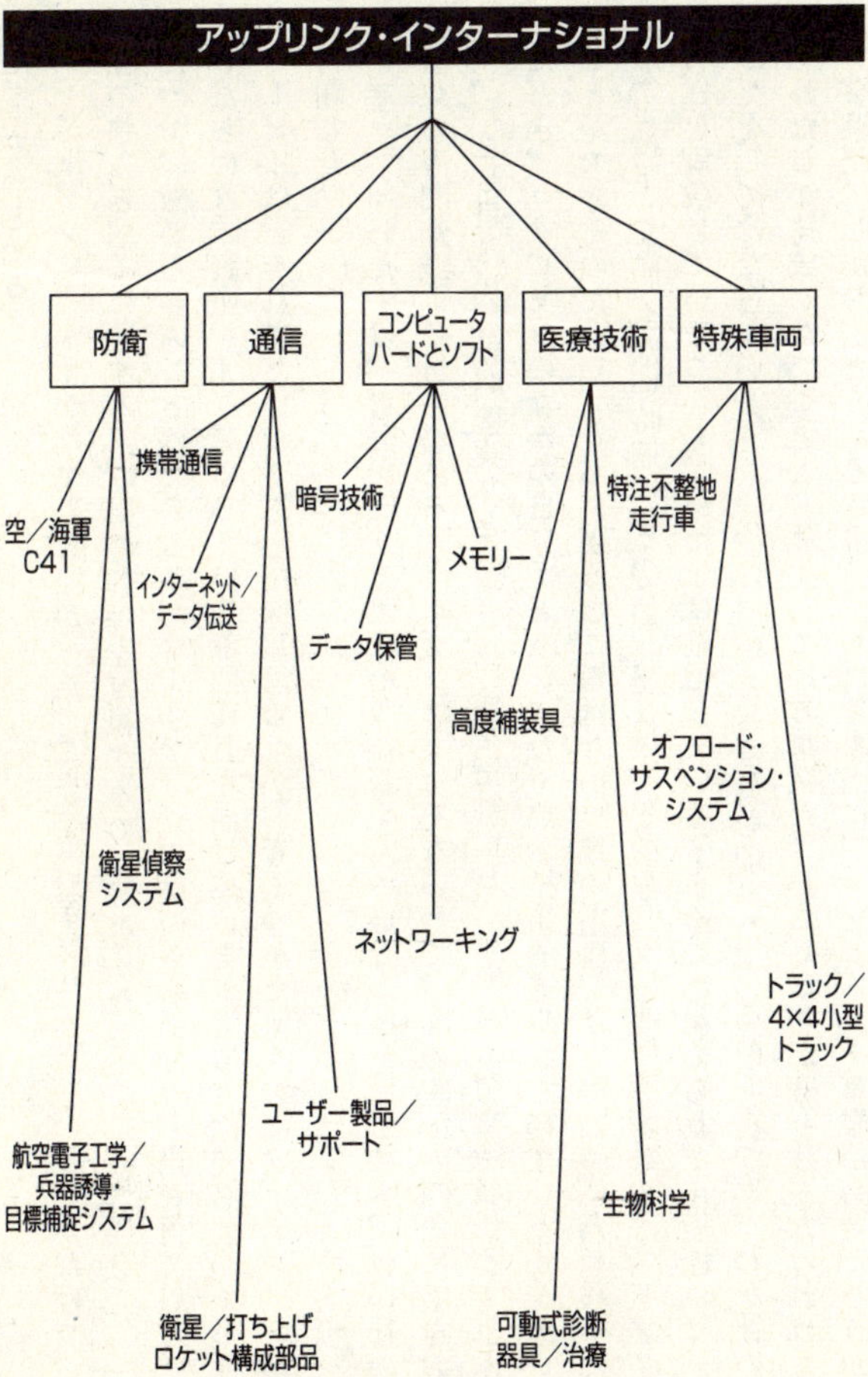
アップリンク・インターナショナル
防衛
通信
コンピュータ
ハードとソフト
医療技術
特殊車両
空／海軍
C41
衛星偵察
システム
航空電子工学／
兵器誘導・
目標捕捉システム
携帯通信
インターネット／
データ伝送
ユーザー製品／
サポート
衛星／打ち上げ
ロケット構成部品
暗号技術
データ保管
メモリー
ネットワーキング
高度補装具
生物科学
可動式診断
器具／治療
特注不整地
走行車
オフロード・
サスペンション・
システム
トラック／
4×4小型
トラック

った。「ぞっとする」

ゴーディアンは、かすかな笑みを浮かべた。「言葉遣いが気に入らないというだけで、わが社の強みと弱みに関するあの男の評価を無視するのは、愚かなことだ」彼はいった。「いつだって、敵から学ぶことはできるし、アーミテッジの話の核心部分は、当を得ている。わたしたちには、資産をすり減らしている部門に目を向けて、それを取り除く必要がある」

カービイは、それにたいする答えを探し求めたが、考えつかないうちにゴーディアンが話を再開した。

「チャック、わたしは、自分を支えるだけの収益を生んでいなかったとしても、わが社の防衛事業の専門知識には自信がある」ゴーディアンはそういって、図の左上の四角に手をおいた。「わたし自身が、戦闘機乗りとしての経験を指針にし、ケサン上空を空襲任務で飛んでいたとき、コクピットのなかの自分がどういうたぐいの技術的進歩を求めていたかを思い出すことができるのだから、うちに勝るところはない」彼の手は、ひとつ右の四角に移った。「資本を投下して間もない時期にどんな利益や損失があろうと、通信事業がアップリンク社の明日を象徴していることも、わたしは確信している……そこに秘められた可能性には、まだふたをしてはならないことも」彼は、いちど言葉を切った。「このふたつは、わが社の核だ。わたしが達成したいことと一体化している事業だ。わたしたちが守り抜かなければならない事業だ。しかし、どうだろう？　うちには本当に、コンピュータ事業が必要だろうか？

医療機器事業が必要だろうか？　特殊車両はどうだ？　あの分野に参入したのは、うちのゲイトウェイがある険しい土地で使われていたメーカー標準の砂丘走行用車両《デューン・ホッパー》に、わたしが改良を加えたかったからにすぎないではないか」

「それは、たしかにそのとおりだ」

「そして、錚々《そうそう》たる車両部隊が手にはいり、うちのほどこした改良を競合他社がそこの製品に組み入れるようになったいま――正直いって、うちより格段にすぐれたものを造り出しているところも出てきたいま――この分野をしっかりリードしていける経営者に道を譲っていけない理由がどこにある？　いずれにせよ、あそこから上がる収益は、アップリンク社にとってはもともと二義的なものだったはずだ」

カービイは、首の後ろをさすった。

「よくわからないな」彼はいった。「車両部門のことは、しばらくわきにおいておくとして、必要不可欠とはいえないかもしれないほかの分野でも、アップリンクはすばらしい業績を残してきた。たとえば、人工器官の子会社は、アップリンク社に必要不可欠だというその基準を、両方とも満たしている。あれは、人びとを救い、利益を生み出す。あそこが製造している人工の手足は、非常にすぐれたものだし、世界市場のかなりのシェアを獲得して――」

「わたしもあれには、大きな誇りを感じている」ゴーディアンはいった。「しかし、わたしが情熱と知識をそそぐ対象は、医療ではない。関心度でいえば、わたしはあの部門にしっかり注意をそそいできたとはいえないし、あの市場で自分が果たすべき使命を実感したこともない。そして、うちの生物工学《バイオテクノロジー》会社は、年間四〇〇〇万ドルほどの研究開発費を食いつぶしている」

「度を過ぎた額じゃない」カービイはいった。「あそこの人たちは、男性の性的不能から癌にいたるまで、ありとあらゆる新しい薬物療法の研究に取り組んでいる。最先端の研究には費用がかかるが、たったひとつの製薬の進歩から得られる金銭的、人道的な見返りは、初期の支出をきっと埋め合わせてくれる」

「これが、〝略奪的〟と反対の意味での〝正常な〟ビジネス環境なら、わたしもきみの意見に賛成するだろう」ゴーディアンはいった。「しかし現実には、わたしたちは攻撃にさらされている。力をそそぐ対象を絞る必要がある。医療部門が赤字を出しているために、アップリンクの株式評価は下がってきた。この現状で医療事業を続けたければ、予算を大幅に削減するか、うちの、たとえば、航空電子工学部門が生み出した利益であそこを支えるかの、どちらかしかない。その必要がなければ、その資金は、より生産性の高い携帯電話ネットワーク用の送受信機部門や、例のロシアの災難で背負った負債を減らすのに振り向けることができるんだ……現実を直視してくれ、チャック。いま挙げたのは、挙げることのできるたくさんの明らかな例のうちの、たったふたつにすぎないんだ」

カービイは、自分のブラッディマリーを飲んで、しばらく黙りこんだ。芝生の上では、グレイハウンドの片方が、プラスチック製のウサギをつかまえて、アルダーベリーの藪の向こうにぱっと移動し、口にくわえた玩具の喉元を締めつけていた。それがたてるキーキーいう音をうらやんだのか、もう一匹は、垣根のまわりを狂ったように跳びはねていた。かたわらに立って見ているアシュリー・ゴーディアンとその娘は、楽しげな表情だった。

現実を直視してほしいのは、ゴードのほうだと、カービイは思った。

「いいかい、ゴード」カービイはいった。「ぼくが正しく理解しているとすれば、きみの対買収戦略は、本源的な事業に立ち返り、収益性の高い事業に資本を投下すれば、アップリンク株の評価は上がり、それとともに株主たちの信頼も高まるという前提にもとづいている。ふつうなら、それが健全な防衛戦術であることには異論のないところだ。会社の評価が上がれば、株の大量売りによる株価の急落を抑えることができるし、敵対的な買収を企《たくら》んでいる人間は、付け値を押し上げられる。そうなれば、自分のもくろみには、それだけの苦労をし、小切手帳の額を大幅に減らしてまで実行する価値があるのだろうかと、考えざるをえなくなる。しかし、今回はふつうの状況ではない。マーカス・ケインは、すでに、かなりのパーセンテージのアップリンク株を取得している。それに、アップリンクが市場で衰退しているのは、経営の多角化がゆきすぎたことよりも、きみの暗号技術問題にたいする姿勢を見て、海外での販売に熱心なライバルたちに後《おく》れをとるのではないかと出資者たちが不安視しているのが原因だ。きみは、暗号技術会社を売却したりはしないから――」

「そうかな?」と、ゴーディアンが割りこんだ。自制のきいた忍耐強い表情が、また顔に浮かんでいた。

カービイは、彼の顔をしばらく見つめ、それからさっとヴィンス・スカルに顔を向けた。

「ふたりとも、まさか、からかっているんじゃあるまいな?」カービイはいった。

スカルは首を横に振った。

面食らったカービイは、しばらく待ってから口を開きはじめた。

「ゴード、ぼくにはわからない」彼は、信じられないといった口調でいった。「きみは、暗号技術の規制を維持するために、あんなに一生懸命戦ってきたんじゃないか……それを、だれかほかの人間に譲り渡すなんて……あれを、海外にばらまくような危険をあえて冒すなんて……」彼は両手を広げた。「きみは、これまでいちどだって戦いから降りたことはなかった。どんな状況であっても、きみがそんなことをするなんて、ぼくには信じられない」

「どんな状況でも、というわけじゃない」ゴーディアンはいった。「チャック、わたしは――」

ゴーディアンが、急にいいやめて、バルコニーの引き戸に目を向けた。戸が開いて、家事手伝い人のアンドルーが、朝食に招かれた三人目の男、リチャード・ソーベルを連れてきた。

「お申しつけどおり、ミスター・ソーベルをご案内いたしました」アンドルーがいった。

「おはよう」と、ソーベルは男たちにかるく手を振った。彼は暗号技術会社、セキュア・ソリューションズのCEOだ。

ゴーディアンは、空いている椅子を身ぶりした。「時間どおりだな、リッチ」彼はいった。「さあ、加わってくれ」

カービイが、まっすぐゴーディアンを見ると、彼の顔には満面の笑みが広がっていた。カービイは、とつぜんすべてをさとった。

「さあ、もう肩の力を抜いてもいい、チャック」といって、ゴーディアンはさらに大きく顔をほころばせた。「わたしたちの白馬の騎士が、土壇場の逆転勝利をもたらすためにやってきてくれた」

18

二〇〇〇年九月二十五日／二十六日　さまざまな場所

その日の朝、シャン・ポーが仕事にやってくると、机の上にファックスが届いていた。マックス・ブラックバーンというアメリカ人の捜索をシンガポール全域の警察にうながす、セントラル本部からの緊急連絡だった。パスポートの写真と、失踪時の状況の概略も添付されていた。全職員は、この人物の行方に関する手がかりに油断なく気を配り、なにかわかったらすみやかに〈刑事捜査課《CID》〉に報告するように、という通達だった。クレメンティ、タングリン、アン・モー・キオ、ベドック、ジュロンの各地区本部のみならず、何百とある指令センターや車両コンピュータ・ステーションにも、〈事件関連情報システム〉で同じ通達が転送されたにちがいないと、シャン・ポーは思った。

　管区長は、しばらくじゃまされずにいたいと考え、すぐ受付に内線した。いまから三十分間、電話をとりつがないよう命じ、緑茶を飲みながらファックスの緊急連絡を読んだ。先週ハイアットの外で起きた謎の事件については、二、三段落ぶんの短い記述しかなく、彼にとって目新しい情報はほとんどなかった。だが、当事者に関する資料には、じつに興味深いものがあった。アメリカ人に近づいていった男たちに関する説明がたっぷりあった……だが、いちばん大事なことは、ブラックバーンの人物紹介が盛りこまれていた点だった。写真の横に、年齢と、大まかな身体的特徴が記されていた。ジョホール地域で操業しているアップリンク・インターナショナルという衛星通信関連会社の社員だという。

シャン・ポーは、お茶を飲みながら、ファットBと公園をぶらついたときのことを思い出した。あのクラブ経営者は、いったいなにに首をつっこんでいるんだ？　大変なことにちがいない。第六感は、そう告げていた。

彼は、茶碗をおいて考えた。この報告を読んで明らかになったことに劣らず、明らかになっていないことへの興味がかき立てられた。そして、疑問もいくつか生まれてきた。マックス・ブラックバーンとそのほかの男たちに関する情報が、どこからもたらされたものかを示す記述がひとつもない。そして、事件に関わっているという女の話は、どこにも出てこなかった。なぜだ？　その女が情報提供者なのか？　ひょっとして、女の居場所は、わかっていて伏せられているのか？　ＣＩＤの捜査官たちは、口が固く、自分たちの〝縄張り〟にしをつけるのが速い。ほかの部局の助けを借りるのを、毛嫌いするのが通例だ。あのいけ好かない連中が、女の居場所を知っているか、身柄を保護していることは充分に考えられる。どこかの警察に保護されている可能性もある。だとしても、やつらは、一介の警察官風情に情報を教えたりはしない。ほかに手の打ちようがなくならないかぎり。

しかし、シャン・ポーには、使える情報提供者が何人かいた。なかでも、情報部の主任をつとめている男は、ファットBから支払われる謝礼のひとかけらと引き換えにならしし、喜んで話をするだろう。それに、ファットBは、謝礼はかなりの額になるとにおわせていた。しかし、慎重を期さねばならない。あまり多くを洩らしすぎず、聞き出す必要のあることを聞き出すのだ。大事なのは、女のことを探り出し、その居場所を突き止めることだ。とりあえずいま回してやるご馳走としては、それで充分だ。あとは、進展を見守ろう。

シャン・ポーは、机の茶碗のそばに報告書をおいて、受話器に手を伸ばした。

ナイメクは、午前十一時十五分に、なんとか本社でゴーディアンをつかまえることに成功した。ボスは気が急《せ》いていた。思ったとおり、気が急いていた。自宅で会議をしてきたせいで、出社が遅れたのだ。いくつか雑用を片づけたらすぐに空港へ向かうつもりでいた。ゴーディアンのリアジェットでいっしょにワシントンDCに飛ぶ予定になっている、ヴィンス・スカル、チャック・カービイ、リチャード・ソーベル、メガン・ブリーンの四名は、社用車ですでに出発しており、急がなければという雰囲気がありありだった。だから、ブラックバーンの話をもちだすのは気がひけた……そのあと、マックスの身になにが起こったのか突き止めるために海を渡らせてほしいとは、なおさら切り出しにくかった。

しかし、そのどちらよりいいづらいことがあった。ひそかにモノリス・シンガポールの帳簿を探ってみたいというマックスの希望を、いくら却下されるのがわかりきっていたとはいえ、ゴーディアンの許可をとりつけずに黙認したことだ。

マックスに関する知らせに――そして、ナイメクの告白に――ゴーディアンが示した反応は、予想どおり、怒りと狼狽と心配のまじったものだった。

「ピート、きみがこんな無謀な話の片棒をかつぐなんて、わたしには信じられない」ゴーディアンはいった。彼は、机の吸取紙の台の上に右ひじをついて、前にのりだし、頭をわずかに下に向けて、目の端を人差し指でこすっていた。「まったく信じられない」

ナイメクは、机の反対側からゴーディアンを見た。

「申し訳ありません」彼はいった。「弁解するつもりもありません。ただ、全体像に目を向けていただけないでしょうか？　マーカス・ケインは、例の暗号技術問題を利用して、マスコミの前であなたを串刺しにしようとしていた。そしてブラックバーンは、モノリスは一連の違法な取引に手を染めていて、その証拠をシンガポールに隠しているとにらんでいた。その違法行為のなかには、アップリンクに打撃を与えるために行なわれたものもあるかもしれないと考えるのは、無理のないところだったし――」

「だから、きみたちふたりは、その疑いをわたしのところへ伝えにくるのをやめて、わが社を蟻地獄に落としこむような軽率な行動に出たわけだ。そして、話を聞くかぎり、どうやらそれは現実になってしまったようだ」

ナイメクは、しばらく沈黙し、それからうなずいた。

「そう、あなたに知らせるべきだったのに、わたしたちはしなかった」彼はいった。「あれは愚かな過ちだった。そして、考えるだに恐ろしいが、マックスはとんでもなく高い代償を支払っているのかもしれない」

沈黙が降りた。

ゴーディアンは、まだ机の端に身をのりだしたまま、指先で目の端をこすっていた。

「すこし前にもどろう」彼はいった。「ブラックバーンは、なんらかの事件に巻きこまれていると、きみは確信しているんだな?」

ナイメクはまたうなずいた。

「それで、そこから彼を救出しにいきたいんだな?」

「できれば」と、ナイメクはいった。「すこし力を借りて」

ゴーディアンは頭を振った。「ケインのところの人びとが、マックスに危害を加えるような過激な行動に出るとは考えにくい。

ナイメクは肩を動かした。「ケインが、どのくらいその件を把握しているか、憶測でものはいえません。あそこの連中がどんな人間かも。そいつらが、どんな種類の連中とつながりがあるかも」

ゴーディアンは、両手を机におき、口を引き結んで考えこんだ。

「このたぐいの判断を下すには、間《ま》が悪すぎる」彼はそういって、ナイメクを見上げた。「すぐにワシントンに飛ばなくてはならないんだ。いまの話のほかにも、考えなければならないことがいろいろある」

「ケインの、敵対的な買い付けの申し出ですね」ナイメクがいった。

「ああ」

ふたたび沈黙の時間が流れた。沈黙が、触れられそうな重みをもって彼らの上にのしかかった。

「わかった」ようやくゴーディアンがいった。「やってみろ。しかし、なにか起こったら、かならずわたしに相談するんだぞ。ただでさえ、今年にはいってロシアでのテロで善良な人びとをたくさん失っている。もうこれ以上、うちの人間を無用の危険にさらすわけにはいかない」

ナイメクは吐息をついた。

「感謝します」といって、彼は椅子から立ち上がった。「いっしょにDCへ行けないのが、残念でなりません。選り抜きの護衛がつくとはいえ、混乱と喧噪の場になるはずですから」

ゴーディアンは、すわったままナイメクを見て、ひょいと肩をすくめた。

「そんなことはいいから、自分の背中に気をつけろ」彼はいった。「わたしが浴びることになるのは、せいぜい、口さがない記者連中のいいたい放題くらいのものだからな」

ナイメクは、かすかな笑みを浮かべた。

「そのとおりかもしれません」彼はいった。「しかし、心配をする人間は必要ですから」

「マーカス、どうしたの？」

「なんでもない」

「なにかあったにちがいないわ」

「時間をやってくれ。緊張をほぐす必要があるらしい」

アーケイディア・フォックスクロフトは、〈ホテル・デアンサ〉の部屋の、アールデコ復古調の調度に囲まれたベッドに、ケインといた。枕に載った彼の顔のそばに顔をおき、彼に裸身を押しつけていた。指先をなめ、手をシーツの下にすべりこませて、彼のお腹に湿った指でゆっくり線を描いていった。

ケインの緊張はほぐれず、横たわった彼の反応は、あいかわらず鈍かった。

「ねえ」枕から頭を起こして、彼女はいった。「ほかにだれかできたの？」

「おまえだけだ」彼はうわの空でいった。

「でも……」

「でも、なんだ？」

「奥さんがいるわ」彼女はいった。「どのみち、わたしは彼女しか知らないけど」

ケインは、考えごとをやめて彼女を見た。

「なにがいいたいんだ？」彼はいった。「オージェルに嫉妬しなければならない理由があるのか？」

「べつに」彼女はいった。「わたしといっしょにいないとき、あなたが彼女になにをしようが関係ないわ。でも、わたしといるときには、ここにいてほしいの。わたしのことを考えていてほしいの」

「アーケイディア」彼はいった。「言い争うのはやめよう」

「言い争いなんかしてないわ」

「だったら、おれたちのしている会話がどういう会話か知らないが、そいつを続けるのはやめよう。ここのところ、重圧にさらされてきた。それだけだ」

彼女は、ケインの顔を見て、マットレスの上をゆっくりと近づいてきた。むきだしの白い乳房が、彼の肩に押しつけられた。

「わかったわ」といって、彼女は、彼を手のひらに包みこみ、シーツの下でぎゅっと指をからませた。「でも、いつもなら、重圧はあなたの原動力なのに」

ケインは、仰向けに寝ころんだまま、彼女の顔を通り越して天井を見つめていた。どういえというんだ？　ガーとの取引が元で、心ならずも一線を越えてしまったと、いえばいいのか？　ロジャー・ゴーディアンの殺害を命じなければならないはめにおちいり——あの飛行機に、ほかにだれが乗っているかは、神のみぞ知るだ――まもなく自分の手を血で汚すことになるのだと、いえばいいのか？　そう答えてやったら、あまりその気になれない理由をわかってもらえるのか？

「やめろ」彼はだしぬけにいった。「むだだ」

「わたしは、あなたといっしょに過ごすために、ニューヨークから二〇〇〇マイルの旅をしてきたのよ」彼女はいった。

「だれも無理強いしたわけじゃない」

彼女は大きく目を見開いた。それを握っていた場所から手をひっこめて、ケインから離れ、シーツをつかんで乳房の上に引き上げた。

「見そこなったわ」彼女はいった。

ケインは、ベッドの端から投げ出すようにして足を床に下ろし、裸のまま部屋を横切って、服をかけておいた椅子に向かった。そして、彼女に背を向けたまま、黙々と服を着た。

「なにかいうことはないの？」アーケイディアがいった。彼女は、ヘッドボードを背に体を起こしていた。

ケインは、服を着おえてから、くるりと向き直って返事をした。

「ある」彼はいった。「おまえのいうとおりだと思う。おれを悩ませているのがなにか、正直に話すべきだと思う。おまえには、正直に話してもらえるだけの値打ちがある」

彼女はケインの顔を見た。

このあと口から出たことを、なぜ自分がいったのか、ケインにはわからなかった。それによって自分の気持ちが軽くなり、鬱積した不安と不満が解放されたことは、べつにして。「おまえは美しい、アーケイディア。一級品だ。しかし、アルゼンチンの路上から歩いてきた道のりは長かったし、おれはもっと若い女がいい」彼はいった。「早い話、もうおまえには刺激を感じなくなったんだ」

彼女のあごが、文字どおり、がくんと落ちた。ほおをぴしゃりとたたかれたような表情が、顔に浮かんでいた。

やりすぎたかもしれない。こんな修羅場を演じた以上、この女はもう、二度とおれの顔を見たいとは思わないだろう。

またしても一線を越えてしまった、とケインは思った。だが不思議なことに、大変なことをした気はしなかった。その理由は、あとで考える必要があるだろうが。

「ホテル代は心配するな、おれが払っておく」と、彼はいった。

そして、呆然としているアーケイディアの顔にくるりと背を向け、ドアを開けて部屋を出ていった。

19

二〇〇〇年九月二十五日／二十六日　さまざまな場所

「地元航空交通、こちらリアジェット二〇九タンゴ・チャーリー、これより東の第二滑走路を離陸します」ゴーディアンは、マイクに向かって、近くの汎用通信機使用者たちに自分の出発を知らせていた。アップリンク社がシリコンヴァレーにあるほかの何社かと共有している小さな民間飛行場には、無線通信施設がなかったが、全国共通の勧告周波数一二二・九は、操縦士たちがよくモニターしているし、ゴーディアンは、彼らにたいする礼儀として、そして不測の空中衝突による惨事を避けるために、毎回、離着陸の旨を放送することにしていた。

順調な飛行を妨害する要因が、きょうはありそうだったからではない。澄みきった青空、高い雲底高度、おだやかな風――ゴーディアンは、申し分のない天候条件のなかへ飛び立とうとしていた。ひとつだけ、ごくわずかながら、不安になった点があった。地上走行《タキシング》をしながら下げ翼《フラップ》を下げたとき、油圧ゲージが、いつもよりほんのすこし早く、低くなったのに気がついたのだ。

注意力の散漫な操縦士だったら、気がつかないくらいのものだった。気がついたとしても、とりたてて気にならない程度のものだった。気にならなくておかしくない程度のものだった。ゴーディアンにも、心配する理由は見当たらなかった。航空機のフラップ、スピードブレーキ、着陸装置は、すべて同一の油圧ラインで稼働しているが、油圧が低くても、反応がすこし遅くなるくらいで、支障が出ることはあるまい。心強い根拠もあった。程度を問わず、回路になにか問題があったら、エンジン航空計器乗組員警報システム――通称EICAS――の警告装置が、すぐに警告をひらめかせることになっているからだ。その装置に、光はともっていなかった。

しかし、前日に飛行機を点検したエディには、失望せずにいられなかった。いつもは、ゴーディアンよりはるかに几帳面で、どんな小さな異常でも決して見逃さないほど完璧な仕事ぶりなのに……。

しかし、そのことはまたあとで考えようと、彼は思った。いつものように、離陸の前になると、空が物理的な力をはたらかせて自分を招き寄せているような気がした。スロットルを前にやり、自分の前にある電子飛行計器システム（EFIS）のパネルに気持ちを集中した。そして目は、旧式のアナログ計器同様〝T字配列〟された基本計器に収まっているフラットスクリーンの初期段階飛行画面と、ターボファンの内部温度を計るITT計器のゲージのあいだを行き来した。始動時にスピードを出しすぎると、エンジン・トラブルを起こしかねない。ITTの表示には、充分に注意の必要があった。

ITTに、気になる点はなかった。ターボは、標準枠内でしっかり機能していた。コンプレッサーがかん高い音をたてて空気を吸いこみ、車輪がタールマカダム舗装の滑走路にごろごろ音をたてて、リアジェットは中央線をまっすぐ矢のように進んでいった。ゴーディアンは加速のひと押しを感じ、そのあと、この三十年のあいだに何百回と空を飛んできても離陸のたびにかならず感じる興奮を、今回も感じた。さっと窓の外に目をやり、滑走路に並んでいる距離標識をすばやく確認した。軍事用の飛行場にはよくあるが、民間の飛行場にはめずらしい。戦闘機乗りだった時代を思い出すためにゴーディアンの指示で設置されたものだ。

EFISに注意をもどすと、飛行継続か中止かを決める目安の一〇四ノットに達したことを、対気速度計が示していた。重要なディスプレイ類に最終チェックをほどこした。すべて順調に作動している。警告灯の列に光はともっておらず、システムの表示は〝万事良好〟だった。よし!

操縦桿を放し、両手で操縦輪をつかんで、離昇のためにジェット機の機首を七・五度上げた。かすかな上下動を感じ、車輪が滑走路を離れると、きょうもいつものように興奮のうずきがわき上がってきた。ゴーディアンは、両手で操縦輪を握って傾斜《ピッチ》を一〇度に上げ、さらに上昇を続けた。

数秒後、高度と体の感覚からすでに伝わってきていた事実を、ふたたび外を見て確認した。

機体がぐんと上昇して、眼下の地面がたちまち小さくなり、風防の外には継ぎ目のない青空が広がっていた。

着陸装置とフラップを上げ、二〇〇KIAS、つまり時速三〇〇マイル以上にまで加速した。高度一〇〇〇フィートまで来たら、巡航高度に達するまで徐々に対気速度を落としていく。

さて、そろそろ乗客にアナウンスを入れてやる頃合だ。

ゴーディアンは、操縦室の機内通話装置《インターコム》のスイッチを入れた。

「ヴィンス、メグ、チャック、リッチ、これよりワシントンに向かう」彼は告げた。「現在、DCは東部標準時間の九時。くつろいで、仕事の話はしないようにつとめてくれ。その時間は、あとでたっぷりある」それから、スイッチを切ろうと手を伸ばしたが、飛行中のスカルの口数が多くなることを思い出して、彼のためにすこし言葉を付け加えた。「よかったら、カウンターにグレンタレットのボトルがある。機長からのサービスだ。ではのちほど、諸君」

ゴーディアンは、小さくほほ笑んで、ここ何週間かで初めて自分に余裕を感じながらインターコムを切り、操縦士の椅子にゆったりともたれて長旅にそなえた。

サウサンプトン（ニューヨーク州の保養地）にあるレオミンスター・カントリークラブの応接室で、レイノルド・アーミテッジは、窓の外に広がる大西洋をながめていた。この日のロングアイランド東部は、鬱蒼として肌寒く、雨模様のせいか、カモメたちも海岸の近くを飛んでいた。カモメたちは不規則に円を描き、浜辺と桟橋にたちこめた薄霧の層にぎざぎざの穴を開けていた。海の遠くのほうにある灯浮標が、明るい赤い光を点滅させているのが見えた。

アーミテッジと向きあうひじ掛け椅子に深々と身を沈めていたウィリアム・ハルパーンが、長々と波打つような吐息をついた。黒いフランネルのズボンをはいて杉綾模様のブレザーに身を包んでいる。歳は五十代半ば、やせ形で髪は白く、下あごが突き出ており、淡い色の肌をしている。

「ひどい天気だな」ニューイングランド訛りの傲慢そうな声で、彼はいった。「予報では、晴れて暖かいといっていたのに」

アーミテッジは、制御用のレバーを操作して車椅子をくるりと回転させ、自分を招いた男に向き直った。湿気のせいか、息切れを感じていた。湿気は、呼吸器の状態を悪化させ、体にこたえる。ただ息をする、それだけで、衰えゆく体の限界を思い知らされる。それにしても、メトロバンクの頭取であり代表取締役であるこの男は、悪天候を自分への侮辱みたいに憤っている。健康に問題のあるのは、この男のほうみたいではないか。

「海辺の天気は、予測がむずかしい」アーミテッジがいった。「そのことは気にしなくていい、ウィリアム。わたしは、浜辺の散歩に出ることはめったにない男だし、きみの銀行のへリコプターでの旅は、じつに楽しかった」
「それはよかった」せっかく高級レストランの予約を入れたのに、食事が期待はずれだったときのような表情を、なおも浮かべたまま、ハルパーンはいった。そして、また窓の外にちらりと目をやり、それからゆったりと椅子にもたれた。天気の責任をとれと文句をいえる相手はどこにもいないことに気がついたかのように、顔には、あきらめの表情とげんなりした表情がまじっていた。「会うのは、人目につかない静かな場所がいいと思ったものでね」

アーミテッジは、なにもいわなかった。マンハッタンには、彼らが会うのにもっと都合のいい静かな場所がいくらでもあるはずだと、彼は思った。しかし、錚々《そうそう》たる地位にある人びとにとっても、レオミンスターの会員資格は輝かしいステータスシンボルだ。ハルパーンは、それを見せつけたかったにちがいない。マーカス・ケインがアップリンクの議決権株式を獲得できるかどうかに世間の注目が集まっていることも、この男はしっかり心得ている。メトロバンクは、アップリンク株のかなりの割合を保有している。その頭取が、ロジャー・ゴーディアン攻撃の先鋒に立っている人物といっしょにいたなどという、つまらないうわさが立つのは好ましくない。

そう、ハルパーンがここで会うことにしたかったのに、不可解な点はない。それより、アーミテッジにとって大事な疑問は、この男が自分に会おうと思った理由のほうだ。丁重な前置きが終わったいま、その答えを待ってむだに時間をつぶすつもりは毛頭ない。

「それで」彼はいった。「金融界のどんな醜聞をお聞かせ願えるのかな？　世間を騒がせている話題はなにか、思い出してみよう。フラッシュがばしゃばしゃ焚かれるたぐいの関心事を思い出そうではないか。どうだね？」

ハルパーンは、相手の顔を見た。

「モノリスとアップリンクの話題もあるぞ」小さく冷ややかな笑みを浮かべて、アーミテッジはいった。「アップリンクとモノリスの話題はいうまでもなく」

ハルパーンは、彼の皮肉に困ったような表情を見せた。「わたしは、メトロバンク取締役会の理事の何人かに会って、うちの所有するアップリンク株を換金すべきかどうかを検討してきた」彼はいった。「もちろん、正式な会議に先立っての話だ」

「で？」

「思惑とちがって、大量売りの話を進めるという合意は得られなかった」

「興味深い話だ」アーミテッジがいった。

「もっと興味深くなる」ハルパーンがいった。「知ってのとおり、わたしはロジャー・ゴーディアンには忠誠心など持ち合わせていないし、すべての庭に無線電話のボックスを植えつけることで世界を救おうというあの男の使命など、たわごとだと思っている」

「すっきりしないたとえだ」アーミテッジはいった。「それに、あの男の目標については、すこしばかり単純化がすぎやしないかな？」

ハルパーンは肩をすくめた。「好きに思えばいいが、メトロバンクとあの男の会社の利害関係で、わたしに関心があるのは、収益性の有無だけだ。ところが、あの男に個人的な忠誠心をいだいていて、われわれの投資にたいする見返りがだんだん小さくなってきているにもかかわらず、アップリンクと手を切りたがらない理事が何人かいる。しかしわたしは、きのうまでは、頑として考えを改めようとしない者たちの大半は、受託者責任を放棄したことになると確信していた」

「なにがその状況を変えたのかね？」

「〝なにが〟ではなく、〝だれが〟だ」ハルパーンはいった。「ゴーディアン本人から、三人の上層幹部に電話があった。マーカス・ケインからどんな申し入れがあっても、自分と会うまでは判断を保留してほしいと、あの男は求めてきた」

アーミテッジは、驚くことを期待されているのだろうかと考えた。

「気のきいた手を打ったものだ」彼はいった。「しかし、その裏には、なにがあるわけでもない。アップリンクの株価が下落を続けるかぎり、おたくの取締役会は、マーカスの申し入れを真剣に検討せざるをえない。最後にものをいうのは、ロジャー・ゴーディアンにたいする忠誠心や見当違いの信仰ではなく、金だ」

「さらにゴーディアンは、明日の記者会見で、アップリンク社の将来に関する株主たちの疑念を払拭すると約束した」ハルパーンはいった。「そして、前向きの重大な発表をすると、理事たちに請け合った。少なくとも、その話を聞けば、再検討したくなるはずだと」

アーミテッジは、こんどは眉をつりあげた。

「あの男がワシントンにおもむくのは、モリソン＝フィオーレ法案に抗議するためだと思っていた」と、彼はいった。

「わたしもだ」ハルパーンがいった。「それと、ほかにも教えておくことがある。あそこの有価証券担当のトップ弁護士が、昨夜、深夜飛行便でサンノゼにおもむいた。土壇場で、ほかの約束をすべて取り消してだ」

「どうして、そんなことを知っているんだね？」

ハルパーンは、相手をじっと見据えた。

「情報提供者がいてな」ハルパーンはまた肩をすくめた。「きみも……マーカスも……わたしの話は、額面どおりに受け取ってもらっていい。かならずなにかが起こる」

アーミテッジは息を吸いこんだ。胸を締めつけられるような感じがする。この感覚が長引くと、ポケットベルで看護婦を部屋に呼び入れ、呼吸器拡張薬を投与してもらわなければならなくなる。彼のなかに、ふと憎しみの感情がひらめいたが、なぜかはよくわからなかった。だれにたいする憎しみなのかさえ、よくわからなかった。

窓の外で、一羽の海鳥が、衣を裂くようなかん高い鳴き声をたてながら、低いところにたちこめた霧のヴェールに飛びこんでいった。

アーミテッジは、ハルパーンの顔を見た。

「情報に感謝する、ウィリアム」彼はいった。「しかし、まだひとつ、教えてもらっていないことがある。あなたがどの段階でこの一件に断を下すかだ」

ハルパーンは、脚を組んでしばらく黙っていた。

「きみとは長い付き合いだし、財務に関する確かな助言も、以前からもらってきた」ようやく彼はいった。「しかし、きみ自身もいったように、この商売で大事なのは、忠誠心や信仰ではなく、金だ……そして、あらゆる銀行家の例に漏れず、わたしも懐疑論者だ」

「つまり、例の申し入れを引き続き支持するかどうか決めるのは、ロジャー・ゴーディアンの声明を聞いてからというわけだ」

ハルパーンはうなずいて、ズボンから小さな糸くずを払い落とした。

「うむ」彼は、ためらわずにいった。「そう思ってもらっていい」

島の秘密基地の海側には、太くて短い指状の岩が突き出ていた。クルシッは、その上から、闇に包まれたサンダカン港の灯りを見つめていた。なにやら落ち着かず、さわやかな潮風にでも吹かれれば憂鬱な気分が吹き飛ぶかもしれないと考えて、ひとりで野営地を出てきたのだが、気分はいっそう重くなってきた。やがてこの原始の海岸線から、どんな暴力行為が始まるか、彼は知っていた。死者が避けられないことも知っていた。憂鬱なのは、だからだろう。何十人も、ひょっとしたら何百人も、死者が出る……もっと出るかもしれない。正当な理由があってのことだ。少なくとも、それは正当な理由であると信じていた。だがこれも、昔からあらゆる戦争行為を推進してきた、独りよがりな狂気なのではなかろうか？

人は戦う。使用する武器が、石であろうと、矢であろうと、銃であろうと、核弾頭を積んだ魚雷であろうと、人はこれまでずっと戦いつづけてきた。そして彼らは、戦いに自分なりの理由をつける。それどころか、クルシッは、英雄も悪玉も同じだけの自信をもって正当な理由という真っ暗なじょうごに飛びこんで、みんないっしょに、サーカスのピエロよろしく跳ねまわっているのではないかと、ときおり思うことがあった。ジャワの王様きどりでインドネシアに君臨し、国の富をお抱えの高級売春婦たちにばらまいているあの男と同じように……その前任者や、スハルトや、彼ら以前の支配者たちと同じように、クルシッも、自分は歴史の正しい側にいると考えていた。チウ・ションも、ガーも、ルアンも、それぞれの観点では正しい人間なのだ。しかし、彼らを一致協力へ導いた力は、絶対不変の基準で定義するにはあまりに複雑すぎた。

クルシッは、げじげじ眉毛の上に広がる額に、しわを寄せた。正邪の判断は、煙が晴れ、死者の流した血が洗い流されたとき、だれが生き残って評決を下すかの問題にすぎないのではないか？　自分は、自国政府への忠誠心を放棄して、いま、ＡＳＥＡＮと日本とアメリカを、現実には全世界を、敵に回そうとしている。すべてがすみ、すべてが語られるまでは、悪党呼ばわりされ、世界じゅうから忌み嫌われるだろう。最後には、自分で自分をどう思っているだろう？　最後の最後には、ふたつの自分に分かれ……自分の半分は、おまえは正しいのだといい、もう半分は、おまえは罪深い人間だといっているのだろうか？

この百五十年間に、ドイツに一度、イギリスに二度、支配され、世界各地の貿易商や武器商人や伐採権所有者に利用されてきた都市の灯りを、クルシッはじっと見つめた。あの都市は、第二次世界大戦中には、日本の侵略を受け、アメリカの爆弾に根こそぎ破壊された……そしていま、文字どおり、皮肉なことに、その両国の運命のカギを握っている。

クルシッは、思いにふけったまま、海の大波の向こうに目をやった。しばらくして、ふと気がついた。後ろのマングローブの茂みを、なにかが急いで走る音がした。

振り向いて、急いで懐中電灯を点け、腰のホルスターのマカロフに右手を伸ばした。大きな危険を感じたわけではない。この島には、タイ人の雇った海賊たちと自分の率いるコマンド部隊しかいないし、どちらのグループも岸に見張りを立てている。しかし彼は、なにより先に軍人だった……優秀な軍人というものは、用心深い習性の持ち主だ。

懐中電灯の光を目の高さに向けたが、マングローブの、なめらかなひょろ長い幹と、支柱根のほかにはなにも見えなかったので、懐中電灯を上に向けた。すると、葉におおわれている部分のすぐ下に、ヒヨケザルが一匹、樹皮にしがみついていた。大きなまんまるの目で、じっとこっちを見つめていた。

クルシッは、一瞬、奇妙な、めまいのするような感情移入を経験した。あの不思議な小動物の目に、自分はどう映っているのだろう? 不気味で、場違いな、文字どおりのよそ者だろうか? 彼は、真っ赤に焼けた物体に触れたみたいに、拳銃の握りから手をひっこめた。強烈な、わけのわからない罪悪感に襲われていた。

ヒヨケザルは、さらに一、二秒、まんまるの目で彼をじっと観察していたが、そのあと、飛膜を広げて凧《たこ》のように密林の闇のなかへ飛び去った。

クルシッは、ぶるっと震えに襲われたが、理由はよくわからなかった。彼は、藪のなかに足を踏み入れて、野営地へもどっていった。

リアジェットの第一号機を操縦した人物が、処女飛行についてゴーディアンに語ったところによれば、飛行は期待していた以上に快適で、これならだいじょうぶだと思ったそうだ。このワシントンへの旅にも、同じことがいえた。

ゴーディアンは、自動操縦を解除して、高度八五〇〇フィート、時速三五〇ノットで、澄みきった月明かりの夜空を風下に向かってダレス国際空港に近づいていた。そして、進路を決定するために、全地球測位システム(GPS)と、水平状況表示装置(HSI)の全方向式無線標識(VOR)の窓を照合確認し、しかるのちに、上空領域への進入許可を求める無線通信を行なった。

「ワシントン、こちらリアジェット二〇九タンゴ・チャーリー、高度八〇〇〇フィートのアレクサンドラVOR上空、ダレスへの着陸許可を願います。一-二-〇-〇を申告します」と告げ、民間航空機が使う数字による標準識別コードで最初の発信を終えた。

すぐに進入誘導管制官から応答があり、レーダービーコン・システムが誘導時にゴーディアンの飛行機と近くにいるほかの航空機を識別するためのコンピュータ・コードを伝えてきた。

「こんばんは、九タンゴ、こちらワシントン進入管制。身元確認には五-〇-八-〇を申告してください。レーダー探知終了。ワシントンBクラス空域への進入路が開きました。下降して、四〇〇〇フィートを維持してください」

「了解。リアジェット九タンゴ、申告します、五-〇-八-〇。進入経路、了解。八〇〇〇から四〇〇〇に移行します」

ゴーディアンは、ダレス空港の建物と、照明された補助滑走路を眼下にとらえると、パワーを調節して徐々に高度を下げ、計器パネルを入念に見守り、下降しながら飛行方向に小さな修正をほどこした。十分たらずで、ふたたび管制官との交信が行なわれた。

「リアジェット九タンゴ、高度四〇〇〇フィートで接近してください」

「リアジェット九タンゴ、了解。慣れているので、できれば滑走路《ランウェイ》14Lをお願いしたい」

「ランウェイ14Lへの進入許可が得られました」すこし間をおいて、進入誘導管制官からふたたび通話があった。そのあと管制官は、電波で進入路の指示を出し、到着する航空機の列のなかにゴーディアンの飛行機を配列した。

特に驚くことではなかったが、通信の最後に、高度四〇〇〇フィートで旋回していてほしいと指示があった。DCを含めた大都市では、接近してくる航空機でターミナルの周囲が渋滞するのは日常茶飯事だ。その場合には、しばらく退屈な待機を覚悟しなければならない。ゴーディアンは、ふたたび自動操縦に切り換えて、到着まで時間がある旨を乗客たちに伝えた。これまた長くて退屈なスカルのジョークを、少なくとも二回は聞けるくらいの時間があると。

それから二十五分後、管制官からまた高度を下げるよう指示があり、そのあとの交信は管制塔に引き渡された。心配したほどの待機時間ではなかったが、それでも、旋回パターンから抜け出せるのはうれしかった。旋回のために何度も機体を傾けるのは、退屈だし、燃料のむだ使いだ。

ゴーディアンは、管制塔の周波数に切り換えて、識別コードを告げた。

「リアジェット二〇九タンゴ・チャーリー、ランウェイ14Lへの着陸を許可します」と、航空交通管制（ATC）から承認が下りた。

ゴーディアンは、管制官から風の方向を受け取って、了解を告げ、そのあとコンピュータで自動化された最終確認表の項目に目を通して、頭のなかで照合ずみのしるしをつけていき、着陸装置とフラップの上までできた。確認表にまつわる各種の作業は、おむつをしているころにおぼえたような気になりがちだが、ゴーディアンは、飛行前と飛行中と飛行直後に、かならず入念なチェックをするようにしていた。それをしないと、自分が失敗する可能性を否定することになる。その手の失敗は絶対におかしたくない。とりわけ、ほかの人びとの命を預かっているときは。

ゴーディアンは、注意を水平状況表示装置（HSI）にもどして、最終的な着陸用のコースにはいったことを確認し、確認表の手順を再開する準備をした。高度六〇〇フィートのすぐ下、ランウェイの西およそ一マイルの地点で、補助滑走路の端へ進入する態勢にはいると、明るく照明されて不規則に広がっている飛行場が、こまかなところまではっきり見えた。

車輪を出すためにレバーを引き下げ、着陸装置が扉から下へ降りるときのドンというおだやかな音を待った。

音はせず、かわりに、赤い主警告灯がぱっと点灯した。

EICASの警告灯が点滅を始め、着陸装置の異常を知らせてきた。

頭上のスピーカーから、電子警告音が鳴った。

ゴーディアンは、目を大きく見開いた。息が喉につかえた。着陸装置のハンドルを引き上げ、それからまた下げた。

赤い光は、なおも点滅を続けていた。

コクピットの静寂のなかに、耳ざわりな警報音がしつこく鳴りつづけていた。

地面がぐんぐん近づき、ランウェイが風防に迫ってきて、ゴーディアンは、心臓をぎゅっとわしづかみにされたような感覚に襲われた。

車輪が！　彼は心のなかで叫んだ。

地上到達まで二分を切ったというのに、着陸装置はまだ降りていなかった。

20

二〇〇〇年九月二十五日　ワシントンDC上空

ヴィンス・スカルは、アップリンク社の職務を果たすために何百時間と空を飛んできたにもかかわらず、くず鉄置き場行きを間近に控えた民間ジェット旅客機のエコノミークラスにぎゅうぎゅう詰めになっているときも、いまみたいに、最先端技術を駆使したゴーディアンの重役専用リアジェットの豪華な革張りの座席にやさしく抱かれているときも、飛行中にぎゅっと握ったこぶしが白くなるほど飛行機が苦手だった。

リスク評価にたずさわる多くの人びと、とりわけ国際的な市場の調査が仕事の人びとは、情報収集を、ニュースの報道、社会学者の研究、統計数字の検討をはじめとする、人づての情報に頼っている。しかし、自分で綿密な分析報告を作成するなんて時間のむだだというのは、怠け者の考えかただとスカルは思っていた。そこに行って、そこの空気を吸い、そこの食べ物を食べ——運がよければ——地元のお嬢様《フロイライン》や奥様《シニョーレ》の何人かとキスをしないうちは、その土地を知ったことにはならないというのが、彼の持論だった。そして、悲しいことに、事情を知りたい外国にたどり着くには、飛行機に乗らなければならなかった。

だから飛行機には乗る。しかし、だからといって、空の旅を好きにならなければならない理由はない。自分みたいに世界をびゅんびゅん駆けまわっている人間は、空飛ぶ翼を手に入れて当然だというふりを、他人の前でしなければならない理由もない。あのギリシャの少年ゾロや、イソップや、太陽に近づきすぎて尾羽を焦がしただれだったかの翼なら、また話はべつかもしれないが。

いちばん大きな不安に襲われるのは、離陸時と着陸時だ。そのときに、航空機の翼は最大の圧力を受けると、だれかから聞いたのが、理由の大半だ……物理や飛行の理論を、きちんと知っているわけではないが、飛行中よりそういう段階のほうが事故が多いような気がした。だから、その話もまんざら嘘ではないはずだ。

それはともかく、電気椅子で電流のスイッチがはいるのを待っている死刑囚のように、スカルがいま、椅子のひじ掛けをぎゅっとつかんでいるのは、死ぬほど怖い空の旅のなかでも、まさしくその段階にさしかかり、ゴーディアンがワシントンへの最終接近にはいろうとしていたからだった。ボスが、空軍お墨つきの名パイロットであろうと関係ない。だから、息を殺して、シナトラのヒット曲をごちゃまぜにしたメドレーをそっと口ずさんでいた。ザ・サマー・ウィンド・ケイム・ブローイン・イン・アクロス・ニューヨーク、リンガディン・アンド・ドゥービードゥー、と。古いスタンダード・ナンバーを頭のなかで奏でるのが、緊張をほぐし、頭から無用の不安を遮断する、スカル流の対処法だった。何度か試してみて、効き目のほどは証明ずみだ。

通路をへだてた右側にすわっている副社長のメガン・ブリーンから、小心者とからかわれる屈辱に耐えなければならなくなってもかまわない。音速とやらのマッハ一に近い速度で対流圏を突き抜けるブリキ缶に閉じこめられた、無力な囚人のかわりに、すぐ後ろの座席でカクテル・パーティ会場のメイクアップ・アーティスト二人組といった風情でメグとばか話をしているリッチ・ソーベルとチャック・カービイに、からかわれようがかまわない。

大事なのは、無事に乾いた大地にたどり着けるかどうかの一点だ。グレンタレットは、たしかに喉に心地よいが、ほかのみんなにくれてやってもかまわない。彼のお気に入りのモルト・ウィスキーは、スコットランドの西端で造られている、ブナハーブンという銘柄だ。この発音不能の名前は、彼の口から発せられると、嘘をついたところをアリスに見つかったラルフ・クラムデン（ともに、米国のテレビ・ドラマ「ハネムーナーズ」の登場人物）のような発音になってしまう。

スカルが座席のひじ掛けをしっかりつかみ、目を閉じて、調子っぱずれの歌を小さく口ずさみながら、飛行機の下降のことなど忘れようと最大の努力をしていたとき、コクピットから、ひとつの音が、ドリルの先端のように彼の意識へ切りこんできた。飛びはじめた当初に、ゴードがチャックとなにか話をしていたせいで、スライド式のドアがすこし開いていた。

スカルは、ぱっと目を見開き、コクピットのなかをのぞきこんだ。スカルの座席から、ゴードィアンの背中の半分くらいが見えた。操縦士のコンソールの、やはり半分くらいが見えていた。ゴーディアンは、パニックを起こしているようには見えなかったが、だからなにも起こっていないとはいいきれない。なにしろこのボスは、冷静な頭と爆撃手の目を併《あわ》せ持つ男だ。数々の拷問を詰め合わせたハノイ・ヒルトンの特別パック旅行で、勇気を失わず、胸を張って、強制的にチェックインさせられた日と同じように固く口を閉ざしたまま、五年の月日を耐え抜いて解放された男だ。あの悪名高いたこつぼ壕に自分がいるとしたら、ぜひともそばにいてほしい男だ。なにかまずい事態が起こっていても、決して顔からは推し量れないたぐいの男なのだ。

しかし、コクピットから聞こえてくるあの騒がしい音……車の警報装置の電子版といった感じの、ビー・ビー・ビーという耳ざわりな反復音……あれは、警報音としか思えない。

スカルは、メガンの顔を見て、リチャードとチャックにもさっと視線を向けた。三人とも、やはり操縦室をのぞきこもうとしていた。そして、スカルほどの不安はいだいていなかったとしても、彼らの顔は、ニールセン調査の不安版で高い数字を獲得していることを示していた。

ビー・ビー・ビー……。

「いったいどうなってるんだ、だれか知らないのか？」スカルは大声でたずねた。「いったいぜんたい、あの騒々しい音は、なんなんだ？」

ほかの人びとは黙っていた。

スカルは唾をのみこんだ。手のひらが急にじっとり汗ばんだ。無理もない。おしゃべり好きの人びとが詰まった機内にいただけに、この静寂は、想像できるどんな状況より恐ろしかった。

ゴーディアンは、息を吸いこんで肺に酸素を満たし、めまぐるしく頭を働かせていた。車輪の出ないまま、秒速一〇〇フィート以上の速度でランウェイに近づいていた。これを修正する行動を起こさなければ、凄惨な結果が待っている。ためらいの余地はない。論理的に考えろ、と自分にいいきかせた。問題の箇所はわかっているんだ、原因を突き止めろ。

離陸時にフラップを伸ばしたとき、いつもとちがって油圧がすとんと低くなったことを、彼は思い出した。しかし、ポンプ・モーターが作動しなくなったのなら、警告システムが探知しているはずだ。燃料貯蔵器の液圧レベルが下がっていることを示す目盛りをセンサーが読みとった場合にも、同じことが起こる。それに、万一、漏れ出ていたとしても、蓄圧器内の圧縮窒素からシステム構成部分へ、補助圧力が提供されるはずだ……漏れが一定の許容範囲内ならば。特定の構成部分からの漏れが大きすぎたり、ラインに空気がはいりすぎた場合には、必要量を維持して、しかるべき圧力を回復させることはできなくなる。

つまり……？　ゴーディアンは下唇を嚙んだ。つまり、こういうことだ。システムのなかの特定区域で、おそらくは着陸装置作動機のシリンダーで、油圧がいちじるしく低下した。そのせいで、とつぜん、差し迫った事態に見舞われたのだ。着陸装置は、レバーを〝下げる〟の位置に入れても、油圧の力がないと脚の固定装置《アップロック》を外すことができない……そして、手動の補助装置はない。

よし、次だ。選択肢だ。

着陸装置を降ろせないまま着陸する必要が出てきた場合、地上施設に遭難救助信号《メーデー》を送り、彼らがランウェイに緊急着陸用の泡をまいて、現場に火災チームと救急チームを呼び入れるのを待つ手はある。しかし、空港周辺を旋回するはめになったせいで、予備の燃料が底をついてきているし、泡をまくには時間がかかる。もうひとめぐり旋回するだけのジェットAはエンジン室にあるが、泡をまきおわるまで空中にとどまれるかどうかは、わからない。とどまれなかったら、泡なしで滑走路に胴体着陸しなければならない。エンジン火災が起これば、爆発につながる可能性が高い。そうなったら、あとは、地上要員が掃除する灰のほか、ほとんどなにも残らない。

あきらめるな、しっかりしろ。悲惨な結果をまぬがれたいなら、根本部分に目を向けろ。油圧装置に問題が生じたのだ。歯車のかたまりが、〝上げる〟の位置に入ったまま動かないのだ。それをただちに〝下げる〟にもってくる必要がある。

いや待て。〝下げる〟じゃない。〝外す〟だ。

思考は正確を要する。油圧の仕事は、歯車のかたまりにアップロックをかけることで、車輪をひっこめておくことだ。歯車のかたまりをアップロックのブラケットから外すことさえできれば、あれは自重で車輪収納室の扉から落ちていく。換言すれば、自然に降りていく。

重力。

重力は、問題の種だったが、解決法でもあった。

ゴーディアンは、汎用ディスプレイの下にある選別器のボタンに手を伸ばし、Gメーターの画面を出した。バーは、1Gのところにあった。この航空機にかかっている重力は〝正常〟つまり、地上にある物体にかかっているそれと同等であるという意味だ。

ゴーディアンは、ディスプレイをちらっと見て、フラップを下げ、両手で操縦輪をぎゅっと握りしめると、いきなりそれを引きもどし、機首を上げて飛行機を急上昇させた。間髪を入れずに操縦輪を前へ押しやり、飛行機をふたたびランウェイに向かって降下させた。

胃が、ぐんと傾いた。機体が激しく揺れた。高空のジェットコースターが起こした急激な動きで、座席の後ろと下へぎゅっと押しつけられ、そのあと前と上に激しく突きもどされた。シートベルトをしていなかったら、風防に激突していただろう。

ここまでは上出来だ。

汎用ディスプレイをチェックする手順は省いて、着陸装置のレバーに手を伸ばした。目に見えない手で投げ上げられているみたいに座席から尻が浮き上がって、ゴーディアンは、自分が無重力状態にあるのを知った。そして、彼の判断が正しければ、浮いているのは彼だけではない。

着陸装置もだ。

あれは、アップロックを外れているはずだ。

神の御心とアイザック・ニュートン卿と自分の常識が一致していることを祈りつつ、彼はレバーを引き下げた——三度目にして最後の試みだった。

幅の広いシートベルトが、たるんだ腹に食いこみ、鼻柱を締めつけていたはずの眼鏡が顔から吹き飛び、薄い髪の房がぱらりとこぼれてまっすぐ伸びた。スカルは、卓球の熱戦で飛び交う球になったような気がした。

客室は、激しく変化する重力（G）に打ちのめされて、縦揺れを起こし、振動を起こしていた。雑誌が、ばたばた狂ったようにはばたいて、彼のそばをかすめていった。メガンのブリーフケースが、水面を切り進む石のようにじゅうたん敷きの通路を飛んだ。彼女の後ろでチャック・カービイが目を通していたファイル・フォルダーが、そのあとに続き、フォルダーのなかから書類がどっと吐き出された。次に、だれかが食べていたバナナが飛んできた。そのあと、一本のペンが、小さなミサイルさながらにびゅんと通り過ぎた。酒とソーダとミネラルウォーターの瓶が、カウンターのなかでガチャン、ガラン、パリンと音をたて、めずらしくリチャード・ソーベルが、ののしりの言葉を叫んでいた。機内に持ちこんだ手荷物類が、頭上の荷物入れのなかでぶつかって、みしみし音をたてていた。

「ちきしょう!」スカルが金切り声をあげて、ソーベルの悪口雑言に加わった。

とつぜん、足元にドンと音がした。

何度もした。

まじりけのない恐怖が喉元に突き上がり、氷のように冷たいものが背中をひゅっと駆け抜けた。

スカルは、叫ぶのをやめた。

死を覚悟しながら、ふいに、自分はひとりでないことを思い出した。自分のほかに四人の人間がいるのを思い出した。野蛮な性差別主義者と、呼ぶなら呼べ。この状況で、どんな違いがある? 乗客のなかに、慰めを必要としているかもしれない女性がひとりいることに、スカルは気がついたのだ。

精一杯のことをしようと考えて、メガンのほうに顔を向け、彼女の手をつかむために手を伸ばした――。

そして、彼女の顔に安堵の笑みが浮かんでいるのを見て、呆気にとられた。

「だいじょうぶよ、ヴィンス、落ち着いて」彼女は、そういって彼のほうに身をのりだした。彼女の手が、彼の手首にそっとかぶさった。「耳をすませてみて、コクピットの警報音は止まったわ」

「ええ?」

「警報音よ」彼女は、ゆっくりくりかえした。「止まったわ。着陸できるのよ」

スカルはぴんと聞き耳を立てた。たしかに音は止まっていた。揺れもおさまっている。しかし、あのドンという音はなんだったんだ?

とつぜんパチパチッと音がして、インターコムに命が吹きこまれた。

「みんな、揺らしてすまなかった。着陸装置を出すのにちょっと手こずったんだが、もう車輪は降りた、心配ない」スカルの、声にならない質問に答えるかのように、ゴーディアンがそう告げていた。

「着陸装置か」スカルはつぶやいた。

「なんですって?」メガンがいった。「聞こえなかったわ」

スカルは、彼女がつかんだままの手首を見下ろして、にやりとした。

「おれも愛しているよ、ハニーって、いってただけだ」彼はいった。

21

二〇〇〇年九月二十五日／二十六日　ワシントンDC／東南アジア

AP通信より。

ワシントンDC発――アップリンク・インターナショナルの会長、ロジャー・ゴーディアンと、その補佐団が、記者会見のために到着した。会見は、明日、ホワイトハウスでモリソン＝フィオーレ暗号技術規制撤廃法案が成立するのと時を同じくして、ワシントンの記者クラブで行なわれる予定だ。ゴーディアンは、広く知られた彼の法案への反対姿勢を、つまり政府やハイテク産業の多方面から批判を招いてきた姿勢を、ふたたび声明するものとみられている。

株主たちの不満が増大、蔓延しているところへ、同社の議決権株式を大量に取得したいとモノリス・テクノロジーズから公開買い付けの申し入れがあり、ゴーディアン氏は絶体絶命のピンチに立たされている。孤立無援となった防衛・通信分野の巨人は、自身の操縦するリアジェット機で、ダレス国際空港に着陸後、すぐに記者たちから質問を浴びせられたが、予定されている記者会見中に、アップリンク社最高経営責任者（CEO）辞任の発表があるのではといううわさには、ノーコメントを通した。

いっぽう、バラード大統領は、このあとアジアを訪れ、シンガポール沿岸で最新鋭の原子力潜水艦に乗りこんで、SEAPAC海上防衛条約の調印に臨むことになる。こちらのほうの重要性を強調したい大統領と報道補佐官たちは、暗号技術法案を軽視することに決め……


ストレイツ・タイムズ紙より。

沿岸の村民が死体発見

インドネシア、ボンダ・アチェ発――同国の最北端にあたるランプーク村は、マラッカ海峡がインド洋につながり頻繁に船が行き交う海上交通路に近いが、その沖で漁に出ていた漁民たちが人の死体を発見したと、地元警察から発表があった。

死体の状態については公式のコメントが出されておらず、身元が確認されたかどうかについての指摘もいっさいない。しかし、死体が発見されたときその場に居合わせた目撃者たちの話によれば、死体は男性のもので、数日のあいだ海をただよっていたらしい。死因を特定するために検死解剖が行なわれるかどうかは、まだ決まっていないようだ。

事件について判明していることは、ほかにほとんどないが、国際海事局（ＩＭＢ）をはじめとするこの地域の捜査機関には連絡がいったという。この種の事件では、緊密な協力関係を維持して海上行方不明者のデータベースを共有している、ＩＭＢとＡＳＥＡＮの複数の法執行集団が、協議のうえで捜査にあたるのが通常の手続きである。

ほかの人びとがホテルの部屋に向かったあとも、ゴーディアンは、保安部長のピート・ナイメクが選りすぐった護衛に付き添われて飛行場に残った。そして、アップリンク社のレンタル格納庫で、機体と推進動力部を担当する整備士と落ち合った。

着陸装置に起こったことを聞いて衝撃を受けたＡ＆Ｐの整備士は、いま、寝板に乗ってリアジェットの翼の下にもぐっていた。

「外に漏れた痕跡はないし、取り付け部品にも損傷はないようですね」彼はいった。「あ、ちょっと待ってください、もうすこし調べてみたいところがあります」

整備士は、人差し指と中指の先を胴体の底のある箇所に走らせ、もう片方の手でそこに懐中電灯の光を当てた。そのあと、二本の指を親指にこすりつけて、匂いを嗅いだ。

「スカイドルの匂いがしますね。作動装置のシリンダーの外から指についたものですが」彼は、飛行機の下から頭を出してゴーディアンを見上げた。「しかし、小さな漏れはかならずあるものですから、これだけで断言はできません。なかに入って、回路全体を調べてみる必要があります。シーケンス・バルブからメイン・システム・ラインまで」

ゴーディアンは、整備士のそばにしゃがみこんだ。

「わたしは、なにがあったのか知りたい、マイク」と、彼はいった。そのあと、マックス・ブラックバーンのことを思い出し、虫の知らせにしたがうことにした。「すまんが、なにか細工をされた形跡がないか、調べてくれないか？　わたしのせいで、きょう、四人の命が危うく失われるところだった。わたしにとってかけがえのない、大事な四人の命が」

整備士は懐中電灯を切り、飛行機の下から出てきて、雑巾で手から液の汚れを拭き取った。

「地上作業員の見方にすぎないかもしれませんが」彼はいった。「お話をうかがったところでは、彼らの命を救ったのは、たぶんあなたです」

ゴーディアンは、かぶりを振った。

「物の見方の問題ではない」彼はそっけない口調で答えた。「連邦航空局の規則には、航空機に最終的な責任を負うのは、その航空機の操縦士であると書かれている。乗客の安全に最終的な責任を負うのは、操縦士なんだ。彼らが危険にさらされたのが、サンノゼでのずさんな飛行前点検のせいだとしても、空中で機械に故障が生じたためだとしても、わたし自身の判断ミスのせいだとしても、いろんな要因の組み合わせによるものだとしても、同じことだ。空中で起こったことは、すべてわたしの責任なんだ」

マイクは、なにもいわずに彼の顔を見た。

「運がよかったんだ、マイク」ゴーディアンはきびしい表情でいった。「わかるか？　わたしは運がよかっただけのことなんだ」

マイクは、唾をのみこんで、ゆっくりとうなずいた。「飛行機を隅から隅まで徹底的に調べつくすまで、この格納庫は出ていきません」と、彼はいった。

ゴーディアンは、彼の腕をかるくたたいた。「ありがとう。感謝する」

彼は、〈剣《ソード》〉のふたりの護衛に顔を向けた。

「きみたちは、ここでマイクのそばについていてくれ。必要なら彼に手を貸してやってほしい」

ふたりの護衛は、視線を交わしあった。

自分の指示にふたりが困っているのが、ゴーディアンにはわかった。無理もない。彼らは、仕事熱心で、決してむだをせず、命令に忠実な、この道の専門家だ。その有能さは、きびしい規律を土台にしている。彼らの受けた命令は、ゴーディアンの身を守ることであり、仕事の手をゆるめるのは、受けてきた訓練と習性に反する行為だった。

「だいじょうぶ、わたしなら心配ない」ゴーディアンはふたりに請け合った。「まっすぐホテルの部屋に向かって、今夜はずっとそこにいるつもりだ」

「わたしたちは、あなたのそばを離れるなと、ミスター・ナイメクじきじきの命令を受けています」と、片方がいった。

ゴーディアンはうなずいた。「わかっている、トム」彼はいった。「しかし、わたしのそばを何時間か離れたことは、きみたちが話さなければ、わたしも話さない」

護衛は、思案の表情を浮かべていた。

「今夜、電話でお部屋に確認を入れさせていただけると、ありがたいのですが」と、護衛はいった。

「もちろんかまわないが、わたしが出なくても、くれぐれも早合点しないようにな」ゴーディアンはいった。「ひどい一日だったから、ゆったりとシャワーを浴びて、すこし睡眠をとる必要があるんだ」

護衛はしばらくためらっていた。ゴーディアンは笑いを噛み殺した。十代のジュリアがデートに出かけるときに感じた父親ならではの不安を、ふいに思い出して、緊張と疲労にさいなまれていたにもかかわらず、おかしくてたまらなくなった。

「きみたち、車が待っているし、運転手がいらいらしているにちがいない」ゴーディアンはいった。「またあとで会おう」

トムは、さらにすこし沈黙してから、うなずいた。無念と、不安と、漠然とした非難の気持ちが、表情には入りまじっていた。

「ゆっくりお休みください」トムはいった。

「努力する」ゴーディアンはいった。

そして、笑いを押しもどす努力をなおも続けながら、きびすを返し、肩の上にひょいと上げた手を弱々しく振って、大股で格納庫を出ていった。

「ですから、アレックス、アメリカ合衆国大統領をはじめとする国の代表が集まって、士官室で催される会食の場に、あなたをお招きしたい。そう申し上げているんです」

「そうなのか」ノードストラムがいった。

「いま申し上げたとおりです」ステュ・エンカーディがいった。「わたしたちがシーウルフと呼ぶ、あの猛獣の腹のなかでです」

ふたりは、ケネディ・センターとホワイトハウスのあいだのノースウェスト十四丁目にある〈レッド・セイジ〉で、ケサディーヤとサボテン・サラダとチリの昼食をしながら、話をしていた。

「セッティングをするのは？」

「タースコフです」

「大統領報道官だ」

「大統領報道官みずからです」エンカーディは強調した。

ノードストラムは、すこしケサディーヤを食べた。「どんな落とし穴があるんだ?」彼はいった。

「なんですって?」

「落とし穴、罠、ひっかけ針」ノードストラムはいった。「なんでもいいが、餌を手にとったら、それはわたしの肉に食いこむだろう」

エンカーディは、ふさふさの黒髪を指で後ろにかきあげた。

「ああ」彼はいった。「引き換えに、バラード大統領はなにを要求するのか、という意味ですね」

ノードストラムは相手の顔を見た。「ステュ、きみのことは、なかなかの人物だと思っている」彼はいった。「しかし、とぼけたふりをやめて、早く話の要点にはいらないと、わたしはこの席を立って、厨房に行って、とげを取り除く前のサラダ用のサボテンを見つけてから、ここにもどってきて、きみのケツにそいつを押しつけることになる」

エンカーディは眉をひそめた。「痛そうだ」と、彼はいった。

「そのとおり」と、ノードストラムはいって、くさび形のケサディーヤをまたひとつフォークで広げた。「絶対に痛い」

エンカーディは、内密の話をするみたいに前に身をのりだした。「いいでしょう」彼はいった。「大統領が求めているのは、明日開かれるロジャー・ゴーディアンの記者会見を、あなたが欠席することです。もちろん、あなたが出席なさろうとお考えだった場合の話ですが」

「ふうん」ノードストラムは、もぐもぐやりながらいった。

「あなたが意見を表明できないように、ホワイトハウスが横やりを入れようとしているとは、お考えにならないでください」エンカーディは続けた。「バラード大統領の予定表のなかでは——彼が自分の遺産として後世に残したいと思っている仕事のなかでは——暗号技術法案の法制化承認よりもSEAPACのほうが、ずっと重要なんです。なのに、ゴーディアンとケインの対決のほうがニュースの見出しになりやすそうなものだから、こっちの問題に世間の注目が集まらなくなると、大統領は心配しているんです」

「ふうん」ノードストラムはいった。

エンカーディは両手を広げた。

「考えてもみてください」彼はいった。「あなたは、折衝の第一段階から現在にいたるまで、ずっとSEAPACに関する意見表明を続けてきた、言論界の重鎮です。あれが東南アジア地域におけるわが国の利害にどれほど重要かを、一貫して強調していらしたかたです。あなたがゴーディアンといっしょに演壇にいるところを一般大衆が見たら、彼らの視線はいっそうSEAPACからそれていくと思いませんか？　それでなくても、世間の注意をそらすものは充分にあるんですから」

「ふうん」ノードストラムは、静かに食事を噛みしめながらいった。

エンカーディは、いらだって眉をひそめた。「ちょっと、アレク、話をはぐらかしているのはどっちです？　あなたが率直に話してくれというから、そうしているんですよ。ちゃんと答えてくださいよ」

「いいとも」ノードストラムはいった。

彼は、ナイフとフォークをていねいに皿において、居ずまいを正した。

「わたしは、明日、ロジャー・ゴーディアンのそばに立つつもりでいたし、どんな障害が立ちふさがろうと、政府の上層部の人間からやんわり圧力をかけられようと、そうするつもりだ」と、彼はいった。

エンカーディは、豊かな巻き毛をまたかきあげた。

「アレク、下士官兵たちと小汚い物置部屋で食事するわけじゃないんです、キャヴィアとシャンパンを楽しみながら山本《ヤマモト》首相にインタビューできるんですよ。一生に一度あるかないかのチャンスだ、逃しちゃいけない」

ノードストラムは腕組みをした。「くどい」

「アレク――」

「情けない声を出すな、小学生じゃあるまいし」

エンカーディは、眉間にしわを寄せてナプキンをつかみ、猛烈な勢いで口元をぬぐって、テーブルの上に投げ出した。

「わかりました、あきらめますよ」彼はいった。

「よろしい」ノードストラムはいった。「わたしが食べおえるあいだに、ほかに訊きたいことは？」

エンカーディは相手の顔を見て、ためいきをついた。

「ありました」すこし間をおいてから、彼はいった。「ダイヴァー・ダンとバロン・バラクーダというのを、ご存じですか？」

ノードストラムは、そっけなく首を横に振った。

「まったく、役に立つ人だ」エンカーディはいった。

ナイメクとノリコ・カズンズは、サンフランシスコからマレーシアのジョホール・バル（JB）への大陸間輸送でくたくただった。永遠に終わりが来ないみたいな気がしていた。深夜に、クアラルンプールでボーイング747からおんぼろプロペラ機に乗り換えてJBに飛び、そのあとは、ナイメクが空港に予約しておいたレンタカーで、まともに地図にも出ていないような暗いくねくねした道を、四十五分ばかり運転してきた。

ナイメクは、ジョホールの地上ステーションには一度しか行ったことがない。現地の

〈剣《ソード》〉分遣隊のだれかに、飛行場へ迎えにきてもらうのが賢明かもしれないという考えは、出発前に浮かんだものの、結局、最終目的地まで自分でハンドルを握っていくことにした。ひとつは、偽装を心掛ける習性によるものだろう。あの調査でマックスになにがあったのか……どんなまちがいが起こったのか、もっとはっきりしてくるまでは目立たずにいたいと、その習性は告げていた。だが、もうひとつ、べつの理由もあった。ナイメクのなかには、無謀なドライブを好む一面がひそんでいた。通常の環境から切り離されて、長いあいだ眠っていた人格の一面が、頭をもたげたのだ。自分自身を含め、だれにもその事実を認めはしなかっただろうが。

いずれにしても、アップリンクの社章がある看板を見つけたのは、午前五時になる直前のことだった。未舗装の側道を示す看板だった。右側の並木の向こうに目をやると、近くに、地上ステーションのコンクリートとアルミニウムの建物がちらりと見えた。

ナイメクは、低木のかたまりを越えて、ステーションの周囲にあるゲートに向かい、警備ボックスの二〇フィートほど手前でブレーキをかけた。左側のコンクリートの島に、ATMくらいの大きさの生体測定器があった。マックスが近ごろ保安網に加えた改良のひとつだ。アップリンク社は、施設の大半で、さまざまな出入口に虹彩か指紋による走査方法を採用していたが、ブラックバーンは、生体測定法《バイオメトリックス》による複合的な認証システムを用いることで立入制限地点における身元確認の精度を上げたいと考え、自分のつくった仕様書に沿ってこの走査台を設計させた。

ナイメクは、自分の側の窓を下ろして、走査台の熱映像スリットに親指を走らせ、同時に、虹彩走査機が目をデジタル撮影するのを待った。二台のカメラが、その目を、コンピュータ処理された顔のひな型と照合し、もう一台が、虹彩を高解像度で速写していた。このあと、三つの像は、さまざまな特性のチェックを受け、保安用大型汎用コンピュータのデータベースに登録されている情報と比較対照される。

複合走査機の前に停止してしばらくすると、ナイメクの前にある動力付きゲートの上の〝通行ランプ〟が赤から緑に変わり、走査台のスピーカーからコンピュータで合成された女性の声が出てきた。

「識別を終了しました、ピーター・ナイメク」英語のアナウンスが告げた。「どうぞお通りください」

ナイメクは、複合施設に続くゲートを車で通り抜け、通過するとき警備ボックスのなかにいた制服の男にうなずいた。

「わたしの思っていたのとは、ちがう場所みたい」夜明けの光のなかで、ノリコが窓の外を見ながら後部座席からいった。「すごく……なんていうか……地味なのね」

ナイメクは、両手をハンドルにおいたまま肩をすくめた。

「おれなら、実用的という言葉を使うな」彼はいった。「きみがうちの地上ステーションにいちども来たことがなかったとは知らなかった。ステーションは、どれも同じクッキーの抜き型からできている。しばらくしたら、実用本位の装飾にも慣れるさ」

「でしょうね」彼女は座席に背をもたせて欠伸《あくび》をした。

ナイメクは、ルームミラーをちらりと見た。

「東洋への旅は、疲《タイヤード》れたか？」彼はたずねた。

「興奮《ワイヤード》してもいます」彼女はいった。

「睡眠をとるつもりなら、いい組み合わせじゃない」彼は、助手席から折り畳んだ新聞をとって、肩越しに彼女のほうへさしだした。「クアラルンプールの空港でつかみとってきたストレイツ・タイムズだ。興奮を静めるのに役立つかもしれない」

「あなたが読んでいた記憶がありませんけど」

「それは、まだ読んでないからだ」彼はいった。「それに、そいつを読むあいだ目を開けていられるとは思えない」

ノリコは、彼の手から新聞を受け取って、わきにおき、また欠伸をした。

「ありがとう」彼女はいった。「朝食のとき、地元でなにがあったか教えてさしあげます」

ナイメクはうなずいた。

「おれの星座の運勢も、忘れないでくれ」ナイメクは、本気とも冗談ともつかない口調でいった。

分署での夜勤を終えて帰宅したシャン・ポーは、ベッドに入ると同時に目を閉じて、ファットBの経営する賭博場にいる夢を見ていた。女がいて、ミラーボールが回っていた。彼は、とにかく天文学的な勝利を収めて、札束の山にぐるりと囲まれていた。

ドアをノックする音で目がさめる直前には、極上のブロンド娘が柱のそばからするりと近づいてきて、あなたとお知りあいになるために、はるばるデンマークから来たのよといい、その女と踊りはじめたところだった。

目を開けると、華やかな幻想の世界から、地味な、カーテンの閉まった薄暗いワンルーム・アパートの現実に引きもどされた。あのセクシーなダンサーは、どこに行ったんだ？

そんな女は実在しないと気がついて、顔をしかめ、アラーム時計をちらりと見た。午前五時。なにか聞こえたような気がしたが？

ふたたび、ドアをコツコツたたく音がした。

まだすこし足元がおぼつかないまま、ベッドを出て、パジャマのままドアの前に行った。

「だれだ？」彼は、目をこすりながら不機嫌そうな声でいった。

「ガッフォーから届けものです」押し殺した男の声が、外の廊下からいった。

CIDの内部情報提供者の名前を聞いた瞬間、ぼんやりした感覚は吹き飛んだ。錠のボルトを外し、ドアを引き開けた。

男は、三十歳くらいで、軽いコットンのシャツにスポーツジャケットという民間人の服装だった。しかし捜査官だ。少なくとも、シャン・ポーはそう思った。

「ガッフォーの部下か？」シャン・ポーはたずねた。

男は、どちらともつかない感じで肩をすくめ、白い法務用の封筒を上着の内ポケットから抜き出し、シャン・ポーにさしだした。

「納めてください」男はいった。

シャン・ポーは、男の手からぱっとそれをつかみとった。

男は、そこに立ったまま、無表情な目で彼を見た。「たしかにお渡ししたと、ガッフォーに伝えます」男はそういって、廊下を引き返した。

シャン・ポーは、ドアを閉めてなかにもどり、もどかしそうに封筒の口を引き破った。なかには、折り畳んだ一枚の紙がはいっていた。それを抜き出し、紙に書かれたメモを読んだ。

じゃがいもをつぶしたような顔に、どっと興奮が押し寄せてきた。

信じられん、と彼は心のなかでつぶやいた。まったく信じられん。

シャン・ポーは、時間も顧みず、ベッドわきのスタンドに急いで駆け寄り、住所録に記されたファットBの電話番号をダイヤルした。

大当たり《ジャックポット》がやってきた。さきほどの夢が、すばらしい現実を予告する前兆だったかのように。

22

二〇〇〇年九月二十七日／二十八日　ワシントンDC／シンガポール

ホワイトハウスのイースト・ルームは、マスコミの取材陣や、連邦議会の著名な議員をはじめとする、モリソン＝フィオーレ法案署名式典に招かれた正式な招待客でざわついていた。大統領は、その部屋の外にある廊下で、ペンを取るときを待ちながら、腹立ちともどかしさの両方をおぼえていた。

腹立ちは、本当なら、頑丈で丈夫な〈揺るぎなき机〉の前にすわって、安全で信頼のおけるホワイトハウス事務局の快適さに包まれながら、法案に署名したかったからだ。真夜中のうちに署名してしまいたかった。いま周囲にいる人びとが、自宅のベッドにいるうちに。もしくは、べつのどこかのベッドにいるうちに。場合によっては、ファスナーを閉めたり開けたり、ファスナーのなかで絡みあったりしながら、ベッドとベッドのあいだをこそこそしているかもしれないし、日が沈んで灯りが消えたキャピトル・ヒルの黄金の街でなにをするのもその人の勝手だが、とにかくバラードは、真夜中のうちに署名してしまいたかった。

もどかしさは、仰々しい署名の式典を行なわざるをえなくなったいま――ドリーに載った

C‐SPANのカメラが、全部で九つある庭を動きまわっており、彼は撮影用のライトを顔に浴びていた――一刻も早くこの署名を終わらせて、自分にとって真に重要なことに、つまりSEAPACに、世間の目を向けさせたかったからだ。SEAPACは、バラードが幼年期から指導をしてきた、わが子同然の条約だ。磨きがかかり、改良され、洗練されていくところを、経験豊富な政治家の目で見守ってきた条約だ。ホワイトハウス在任期間中でいちばん大事な政策と考えている条約だ。環太平洋地域に、戦略と兵站業務の新しい協力態勢を築くための青写真になると信じている条約だ。アジアの同盟国との結びつきを強化し、あの地域におけるアメリカの将来的な安全を左右する条約だ。それにくらべて、モリソン＝フィオーレ法案はどうだ？　すでに無数の抜け道ができている商業上の規制を緩和する、たいした意味もない一片の法律にすぎないではないか？

署名の行なわれる机は、決して堅固なものではないし、勇猛果敢な遠征隊の船の木材からできた丈夫で長持ちの家具でもない。どちらかといえば軽くて特徴のない代物だ。けさのにぎやかな大騒ぎのために、特別にジョージ・ワシントンの肖像画の下からひっぱり出されてきた、大きな木のかたまりではある。しかし大統領は、早くその机に着きたくてならなかった。この仕事の首謀者であるブライアン・タースコフ大統領報道官が、入口の右側に立って若い女性と話をしている部屋を、バラードはちらりとのぞき見た。あの女は、たしか、テレビのメジャー・ネットのひとつで報道局の幹部をつとめている人物だ。タースコフのことは、ずっと前から懲《こ》らしめてやらねばと思っていたが、その罰を受けたら、あの頑固な役立たずのろくでなしは、あそこに職を求めるのかもしれない。

その罰を実行するのに、いま以上の機会があるだろうか？　バラードは、急に思った。

彼は、タースコフと目が合うと、指を曲げて注意を引き、報道官が招待客の海を押し分けて廊下へ来るのを待った。

「ご用ですか、大統領閣下？」タースコフが、そばに来てたずねた。

「どうして遅れているんだ？」

「衛星中継用のシステムから、ひとつふたつバグを取り除いているところでして。技術的な問題です」タースコフはいった。「五分後には始められます」

大統領は相手の顔を見た。

「五分後には始められる、か」彼はおうむ返しにいった。

タースコフはうなずいた。「もっと早くいけるかもしれません」

大統領は相手を見つづけた。

「まるでトーク番組の舞台監督助手《ステージ・マネジャー》みたいだな」

タースコフは、うれしげだった。

「それが、きょうのわたしの役割ともいえます」彼はいった。

大統領は顔を近づけた。「ブライアン、わたしだったら、この署名は、日常業務のひとつとして、夜のあいだに静かに処理していただろう」彼はいった。「ところが、きみのおかげで、大々的なショーになった」

「はい、閣下、おっしゃるとおりです」タースコフは誇らしげにいい、ちらりと部屋のなかに視線を向けた。「おごそかで、かつ壮観なショー。それが、この種の行事にたいする、わたし好みのアプローチです」

「きみ好みのアプローチか」

「はい、大統領閣下」

バラードは、眉間にしわを寄せて、ほおの内側を噛んだ。「そのアプローチを使ったら、例の、わたしが小さな努力を重ねてきたもうひとつの目標を、うまく売りこめたのではないかと思ってな。期待していたほど注目を集めていないような気がする、例のもうひとつの目標だ」

タースコフは、急に自信がなくなったのか、耳の後ろを掻いた。

「SEAPACのことですね」彼はいった。

「そう」大統領は、さっと人差し指をタースコフの胸に突きつけた。「ご明察だ。そして、わたしがいま考えているのは、ブライアン、いまでも、状況を変えるのに遅くはないということだ。たとえば、わたしが明日シンガポールに出発するさい、大統領専用機《エアフォース・ワン》までフットボールのチアリーダーを同行させてもいい。彼女たちに、飛行場でポンポンを振りながら、あの条約の名前を一語一語、綴らせてもいい。『Sをちょうだい、Eをちょうだい』といったぐあいに。ひとり一文字ずつ、ビキニのトップにスパンコールをあしらわせ、SEAPACと綴らせてもいい。きみのいうおごそかで壮観なショーに、そういうのはどうだ?」

タースコフは顔をしかめた。「大統領閣下、モリソン＝フィオーレ法案のせいであの条約が世間から顧みられずにきたようにお感じになっていることは、存じています。しかしマスコミというのは、センセーショナルな話を餌に生きる代物でして、どうぞご理解ください。人にできる最善のことは、彼らに望みのものを与えてやることで、わたしはそれを大盤ぶるまいしてやることに――」

「その能書きは、これまでに百回も聞かせてもらった。もう充分だ」彼はいった。「ひとことといわせてくれ、ブライアン。きみは、大へまをやらかした。きみと、きみがスタッフと呼ぶプロペラ頭の集団は。そして、その結果、わたしが率先して莫大な努力を捧げてきた問題は、主役を干されてきた」

「閣下――」

バラードは交通巡査のように手を上げた。

「話は、まだすんでいない」彼はいった。「暗号技術問題は、わたしが戦う対象ではない。これまでにも、戦いの対象だったことはいちどもなかった。あの問題をめぐってロジャー・ゴーディアンと公の場でこぶしを交えたいと思ったことなど、いちどもない。なのに、きょう起ころうとしているのは、まさしくそれだ。いま、この瞬間、あの男は、この街の反対側で大きなエヴァーラスト（スポーツ用品会社）のグローブをはめようとしている。そして、それを知っても、わたしはちっともうれしくない」

言葉がとぎれた。

「大統領閣下、わたしにできるとお考えのことがありましたら……」

「じつは、ある」バラードはいった。「まず初めに、あのテレビの連中に、準備ができていようがいまいが、わたしは三十秒後に入場すると知らせてくることだ。そのあと、きみとおしゃべりしていたあの美しい報道局の幹部を、昼飯に連れていけ。〈フォース・エステイト〉あたりが適当ではないかな。そして、彼女の職場にきみの居場所を見つけてくれるかどうか確かめろ。なぜなら、来週アジアからもどったとき、きみの辞表が机の上にあることを、わたしは期待しているからだ。わかったか？」

タースコフは青ざめていた。「閣下……」

大統領は、自分の腕時計を指差した。

「あと二十秒」彼はいった。

タースコフは、下唇をふるわせながら、残された時間のうち、さらに一、二秒ほどためらったが、そのあとぱっときびすを返し、イースト・ルームに駆けこんでいった。

きっかり十八秒後、大統領は、自分の名前がアナウンスされるのを聞いて、入場を果たした。

全米記者クラブの〈マローの部屋〉(米国の放送ジャーナリズムの先駆者にちなむ)は、報道陣で埋めつくされていた。ワシントンのマスコミ軍団は、自己増殖する巨大な有機体かなにかのように、ふたつの前線に分裂していた。大統領とロジャー・ゴーディアンがペンシルヴェニア通りをはさんで口から稲妻の矢を投げあっていた。世間の注目を集めて盛り上がっているこの対決は——マスコミの希望によれば——ついにクライマックスを迎えようとしていた。新聞は、トップ全段抜きの見出しを求めていた。テレビは、劇的な音と映像のフラッシュを求めていた。次の視聴率調査期間中ずっと、テレビ・コメンテーターに生まれ変わった法律家と元政治家の軍団が、くりかえし激論を戦わせてくれることを願っていた。彼らは、空中で爆弾が炸裂すればいいと思っていた。そしてゴーディアンは、その期待にいささか辟易《へきえき》していた。たぶん、彼らの上げたバーに届く可能性はあまりないことを知っていたからだろう。慎みをもってまじめに仕事に取り組んできた人間に、口から地獄の業火を吐き出せといわれても、そうそうできるものではない。

いずれにしても、マスコミが失望するかどうかの問題ではない。記者がひとりも現われず、電気的に増幅された自分の言葉が、だれひとり聞く者もないまま、部屋を埋め尽くした空っぽの椅子の上をただよっていくことになったとしても、打ちひしがれることはないだろう。

ここに来たのは、勝つとか負けるとかではなく、自分の姿勢を表明するためだ。結局、それ以上のことはできはしないのだから。

ゴーディアンは、演壇に上がってしばらく待った。チャック・カービイ、メガン・ブリーン、ヴィンス・スカル、アレックス・ノードストラムが右後ろに控え、リチャード・ソーベル、下院議員のダン・パーカー、そしてFBI長官のロバート・ラングが、左に控えた。

「マスコミ報道関係の紳士淑女のみなさん、本日お集まりいただいたことに感謝いたします」彼は、ようやく口を開いた。「いま、ここからほんの数ブロックのところで、モリソン＝フィオーレ暗号技術規制撤廃法案が、署名を受けて成立しようとしています。みなさんがあれについて個人的にどのようなお考えをおもちかは存じませんが、この数カ月、わたしは、自分の考えを明確にしようと努力してまいりました。暗号技術のソフトとハードの規制を解除することにたいするわたしの反対姿勢は、いまも揺るぎなく、妥協の余地もありません。しかし、わたしの見解には、いささか不明瞭な点があったような気がします。本日みなさんに話をさせていただいている理由の半分以上は、その点を解消するためであります」

ゴーディアンは、いちど話を切って、マイクを調節した。

「わたしは、科学技術のことと、全世界を結びつけ、ひとつにする力としての科学技術の重要性については、多少なりと知っているつもりです」彼は引き続いて述べた。「知識は自由であり、情報は、知識の核であり礎であると信じています。世界のあちこちで人びとを暗闇と暴政に押しこめている障壁を、わたしは自分の通信網を使って打ち破る努力をしてまいりました。そして、自分の成功に大きな誇りを感じています。

しかし、現実問題として、アメリカには敵が存在します。先進技術を全世界に広めることと、主権国家としてのわが国の権利や必要を放棄することを混同するのは誤りです。そして、モリソン＝フィオーレ法案は、その誤った道にそって不穏な一歩を踏み出すものであると、わたしは信じています。これにたいし、わたしに批判的なかたがたは、こう主張します。ロジャー・ゴーディアンは、大きな力を秘めたほかの道具を扱う場合と同様に、暗号技術にも規制をすべきだと唱えることで、いったん飛び出したランプの精を元にもどそうという虚《むな》しい努力をしているのだと。暗号ソフトは、電脳空間《サイバースペース》の透明な境界を行き来して比較的容易に密輸できるものなのだから、その境界を、より明確に定義して規制をするよりも、そんなものは存在しないふりをすべきなのだと。現行法に不備な点や矛盾が存在すること、領土の境界を越えて現行法を適用するのに大きな障害が存在することは、現実問題として明らかなのだから、それをより大きな融和へ導く努力をするよりも、完全に放棄してしまったほうがいいのだと。

率直に申し上げて、こういう考えかたには愕然としてしまいます。電子の海賊を食い止めるのはむずかしいかもしれないという、ただそれだけの理由で、努力を放棄していいのでしょうか？　気が遠くなるくらい大変だからというだけで、問題に取り組もうとしなくていいのでしょうか？　いいのだとしたら、どこを限度にすればいいのでしょう？　その次には、武器と麻薬がなんの歯止めもかけられずに国家間を移動していくのも、容認してかまわないというのでしょうか？　これは、こじつけのたとえではありません。世界各地で犯罪と暴力を生業《なりわい》にしている人びとは、すでに知っています。暗号技術を手にすることで、自分たちは法執行者よりずっと優位に立つことができ、自分たちの活動を隠蔽する新しい複雑精巧な秘密の場所を手に入れられることを。その知識にもとづいて、彼らはさっそく、資本を蓄える方法を学んでいます。

犯罪と犯罪者に優位を明け渡してしまったときには、かならず、法の境界線が崩壊するどころではすまなくなります。文明国家としてのわが国の意志は、かならず崩壊の危機にさらされます。紳士淑女のみなさん、それは、一個人としてのわたくしにとって、なにより恐ろしい事態であり……」

ノードストラムは、報道陣をざっと見渡した。ゴードは、じつにうまくやっている。ひねくれ者の多いことで悪名高いマスコミの人びとは、表情が読みづらいし、うなずいている者はほとんどいなかったが、少なくとも耳を傾けようとはしているようだ……これは、きょうの会見のきわめて重大なポイントだ。ゴーディアンにとっては、同意より関心のほうがずっと大切だ。関心は、報道の規模に直結する。逆に、彼らを退屈させれば、記事は後ろのページに埋もれていく。

ひとつだけ気がかりがあった。クレイグ・ウェストンのメッセージをゴーディアンに伝えるのを、忘れていたのだ。錠《ロック》ではない、鍵《キー》だと、あの男はいった。暗号化されたデータにアクセスするさいに——専門的な言い方を避けるなら、データを〝解読〟するさいに——使用されるコードのことを、ほのめかしていたのはまちがいない。たしかに、そのコードの安全保管という側面は、この論争におけるゴーディアンの主張を、多少なりとあと押ししてくれる可能性がある。だから、ノードストラムは、きちんと勧めるつもりでいた。ところが、ゴードと残りの人びとに彼らのホテルで会って、ダレスへの着陸時に危機一髪に見舞われた話を聞いているうちに、するりと頭から抜け落ちてしまったのだ。

しかしまあ、あらかじめ準備してきた声明に続いて、質疑応答というおだやかな表現で知られるマスコミの容赦ない尋問が行なわれている合間に、この話を持ち出すようゴードをうながすことはできるだろう。いや、それどころか、その話を持ち出すのは、そのときが最適かもしれない。例のモノリスによる株式買い付けの申し出と、このあと行なわれる電撃発表について、ゴーディアンが激しい質問攻めにあうのはまず避けられないし、そこからひと息つく必要が出てくるはずだ。

元海軍司令官との約束を守れなかったら、あのジムでどんな目にあうことか。ノードストラムは、その点をもういちど自分にいいきかせてから、全神経を記者会見にそそぎなおした。

大森政高《オオモリマサタカ》は、モノレールに乗って、ハイテク・テーマパークや人工のビーチをはじめとする、セントーサ島のにぎやかなアトラクションを快適にめぐっていた。そして、双眼鏡を手に、シンガポール沖で作戦行動中の、海軍哨戒艇艦隊の様子を観察していた。船の数が増えている。シーウルフの出航を前に全小艦隊が集結してきて、彼らの存在は、ここ数日でひときわ目を引くようになっていた。都市の警備も、同様に、かつて見たことがないくらい厳重になっていた。鉄道駅からフェリー・ターミナルまで歩いていくのに、何度か迂回しなければならなかった。これからやってくる各国首脳が車を連ねて通る幹線道路の周囲に、警察がバリケードを築いていたせいだ。実際、マレーシアの首相は、個人的に親交のあるウビン島の総督を訪ねるために、インドネシアやアメリカの代表より一日早く到着して、すでにシンガポールにいた。

大森を東京から呼び寄せた任務も、長年にわたる親交の賜物だ……彼は、黒幕《クロマク》と呼ばれる日本の裏世界の大物で、大鷹会《オオタカカイ》とつながりがあった。ガー・チャンブラとも、つながりがあった。SEAPACへの反感という点で国内外のそのスジの集団と利害が一致した日本の国会議員とも、つながりがあった。みんな、あの条約の締結を失敗に終わらせ、国際協調主義を掲げる条約の支援者たちに屈辱と転落をもたらしてみせると、固く誓っていた。

だれかが右腕を押した。大森は、双眼鏡を下ろして、隣の座席にいる小さな男の子に目を向けた。少年は、ひっきりなしに体の位置を変え、まだエンターテインメント・モールに着かないのと、たびたび母親にたずねていた。大森は、顔をしかめ、子どもの肩をかるくたたいて注意を引いた。「がまんして、お行儀よくしているんだ、お母さんが困っているぞ」彼はいった。「こんなところへ連れてきてくれるなんて、いいお母さんじゃないか。モノレールはな、これ以上速く走れないんだよ」

男の子は、ぴたりと動きやみ、知らない人に叱られた子どもらしく、不安げに、大きく開いた目で大森を見て、それから母親を見上げた。

大森は、母親をちらりと見て、同情の笑みを浮かべた。同じ年ごろの大森の息子と似て、この少年も、かわいらしく、こましゃくれた感じがした。大森は、生きてふたたび妻と家族に会えますようにと祈った。子どもたちは、文字どおり、彼の喜びの源泉だった。

窓に向き直り、ゴーグルを目に当てて、ふたたび港の観察にかかった。哨戒艇の数は、どうということはない。お望みなら、海軍全艦で来てもらってもかまわない。しかるべき装備と正確な腕をもった小さな精鋭部隊がひとつあれば、どんな大規模な防衛線であろうと突破はできる。

今夜、偵察を終えてひと息入れたら、投入部隊の面々に会って、彼らの最終準備がととのっているか再点検しよう。あとは、開始の指令を待ち、ガーから重要なファイルが来ていないか、電子メールをチェックするだけだ。

しかし、とりあえずいまは、肩の力を抜いてモノレールの旅を楽しもう。シーウルフに乗った世界の指導者たちも、潜水艦の旅を楽しめればいいがと、彼は心のなかでつぶやいた。

「結びにあたって、ランプの精のたとえ話にすこしだけ話をもどしたいと思います。わたしは、あれを魔法のランプにもどし、人類の目の前から、いわゆる意識から、ランプそのものを封印したいと考えているのでしょうか？　わたしの生涯をかけた仕事は、逆であることの証明です。あの物語をひもといてみれば、かわいそうなアラジンに多大な痛みと苦しみをもたらしたのは、奇跡を起こす精の力ではありませんでした。アラジンがああなったのは、手にした贈り物をどう使えばいいかの判断を誤り、その取り扱いに並々ならぬ用心と自制が必要になることを理解していなかったせいだと、わたしは考えます。力それ自体は、決して恐ろしいものではありません。その使いかたは、だれがそれを握るかによって決まるのです。情熱と知性で、どんなことでも可能になります。

しかし、進歩する科学技術が新しい可能性を生み出し、人類が、ある意味において、科学を使って魔法を働かせているいま、わたしたちに課せられた永遠の責任は、破壊ではなく建設をし、閉じこめるのではなく解放し、種としての人類に、損失ではなく利益をもたらすような使いかたを選択することです。道具は複雑になり、わたしたちの選択も複雑になりましたが、火や車輪の発見以来、その責任の本質はなにひとつ変わっておりません。失敗やまちがいは避けられないものですが、わたしたちには、そこから学び、それを修正できるだけの知恵があると、わたしは信じています。だとしたら、わたしの言葉を信じてください……あの精は、わたしたちの手にあります。もっとも望ましい手のなかにあるのです」

ゴーディアンは、メモをわきに押しやり、演壇の上のグラスから水をすこし口にした。まずまずか、と思った。拍手は儀礼的なものにすぎなかったが、がっかりはしなかった。それどころか、気持ちは奮い立った。大事なのは、自分の考えが充分に伝わることだ。自分の話がマスコミのふるいを通って一般大衆に伝わるチャンスは充分あると、信じることだ。

ひとつ深呼吸をして、またすこし水を飲み、ふたたびマイクのほうへ身をのりだした。

「ここで、みなさんからの質問をお受けしたいと思います」彼はいった。

部屋にいた記者の四分の三が、はじかれたように立ち上がり、がたがたと騒がしい音が起こった。

ゴーディアンは、有名なホームページをもつ最前列の男性を指差した。

「ミスター・ゴーディアン、きょうは御社の活動領域に関する重大な発表があると聞き及んでいます」彼はいった。「いまのスピーチは、その点にはなにも触れていませんでしたが、アップリンク・インターナショナル会長としてのあなたの将来について、なにか明らかにしていただけることがあるのではないでしょうか？」

ゴーディアンは、心から驚いたみたいに彼を見た。

どんなに興奮していても、忘れてしまったといえば嘘になる。

「おお、そうでした」彼はいった。「おかげで思い出しましたので、発表させていただきましょう」


大統領が、モリソン＝フィオーレ法案の最後のページに、事務的にそそくさと署名をして、法案がもう法案ではなくなり、この国の法律となった瞬間、イースト・ルームには熱狂的な拍手がわき起こった。おめでとうの言葉が飛び交った。上院の院内幹事たちが握手をした。下院議長と少数党の党首が、党派を超えた勝利をたたえて抱きあった。副大統領は、最高司令官、つまり大統領が照り返す光に浴しながら、カメラの前でポーズをとっていた。二年ほどして、自分の大統領就任にたいする賛同を自覚にとりつける番が来たとき、この光が自分の小さな光の足しになることを願いながら。

バラード大統領は、うんざりしていた。早く眠りにいきたかった。

朝には、シンガポールへの長旅が待ち受けている。そのあとには、この惑星で気がついている者はだれもいないような気がするが、歴史的な潜水艦への乗船が待っている。

「……そして、暗号技術のソフトとハードを製造する子会社ストロングホールド・セキュリティ・システムズを含めた、アップリンクのコンピュータ製品分野の会社をすべて、ミスター・ソーベルの手にゆだねます。リチャードの人となりを知り、ともに仕事をしたことがある人間として、わたしの子会社たちが華々しい空前の成功を収めることを、わたしは信じて疑いません」

ゴーディアンは、前方で上がった手のなかから、ひとつを指差した。

「ウォールストリート・ジャーナルからお越しのお嬢さん」彼はいった。「ミス・シェフィールドでしたね？」

彼女はうなずいて立ち上がった。「失礼ながら、暗号技術の輸出を制限するというあなたの姿勢をミスター・ソーベルが守っていくとしたら、どうしてそんな成長が可能なのでしょう？　暗号技術会社は、もっぱら国内の市場に力をそそいでも、利益を上げることができるというあなたの主張には、多くの産業アナリストが異を唱えています。それとも、売却後、あの方針は緩和されるのでしょうか？」

とつぜんリチャード・ソーベルが、演壇のゴーディアンのところに歩み寄った。

「よろしければ、その質問にはわたしからお答えしましょう」ソーベルはいった。「例の暗号技術の問題に関しては、ロジャー・ゴーディアンを支持し、彼の現在の方針を忠実に守っていくことを、ここに明言させていただきます。成功は、市場にどう取り組むか次第であり、わたしのエレクトロニクス会社は、あなたのおっしゃるアナリストたちがまちがっていることの生きた証《あかし》です。小社の純益は、この五年間、年々上昇しています。わたしたちは、意識してゆるやかな成長をし、依頼をいただいた企業のために、ロジャー・ゴーディアンの暗号製品の多くを用いて合い鍵のシステムを設計することにより、絶大な信頼を築いてまいりました。ロジャー・ゴーディアンの優秀なデータ暗号化システムは、新しい顧客を引き寄せると同時に、サービスとサポート追求型の会社であるわが社の現存の強みに、無限の強みを加えてくれるものと信じています」

シェフィールドからリチャードに、前期収益の詳細についての短い追加質問があり、そのあとはまたゴーディアンが質問を受けることになった。だが彼は、そろそろ最後の爆弾を落とす機会が得られそうだと判断し、マイクを手にとる前にリチャードのひじにそっと触れて、体をかがめ、このまま残ってほしいと耳打ちした。

「解体の提案を、おたくの取締役会はどう受け止めているのでしょう?」ひとりの記者がたずねた。

「この話はあらかじめ全員に電話で伝えてありましたし、ほぼ全会一致で歓迎されたと申し上げていいでしょう」ゴーディアンはいった。「来週の取締役会で、支持を得るのに問題があるとは思えません」

べつの記者がいった。「コンピュータ部門のことはひとまずわきにおくとして、アップリンクの医療と車両部門には、さきほどのお話でやはり売りに出すとおっしゃった子会社が……そして、まだ買い手の見つかっていない子会社が……たくさんあります。この、ええと、強制的な解体に、株主たちはどういう反応を見せるとお考えですか?」

「非常に前向きに、と願っております」ゴーディアンはいった。「分離新設《スピンオフ》された企業体には、これまで同様、創意工夫に富んだ熟練の経営陣が、つまり大企業特有のお役所的な煩雑な手続きの圧迫から解放され、かつてなかったくらい自由闊達に着想を実行に移す人びとがいるわけです。株主のかたがたに、最初から全幅の信頼を期待するのは現実的な話でないと思いますが、大半のかたには、わたしたちが用意する金銭的な特別手当で総体的な利益についてまず安心をしていただき、最終的には、心から信頼していただけるものと考えます。わたしたちは、出資者のために全力を尽くしております。彼らの不安は、かならず取り除いてみせるつもりです」

あと六つ、退屈な質問が行なわれた。ほとんどは、解体の詳細を問うものだった。金銭的な特別手当とは、どういうたぐいのものでしょう? 売却した会社の株は、保有なさるのでしょうか? だとしたら、その何パーセントが株主に発行されるのでしょう?

七つめの質問が、魔法を解き放つ呪文となった。それを投げかけてくれたのは、ビジネス・ウィーク誌の記者だった。

「ミスター・ゴーディアン、スパルタス・コンソーシアムが、あそこの保有する少なくともアップリンク社の五分の一にのぼる株式を――半数以下とはいえ、非常に大きな割合の株式を——マーカス・ケインに、つまり、最近あなたのご自宅へ夕食に招かれていないことはわたしたち全員が承知しているあの人物に、売却することになった場合、あなたの計画にはどんな影響が出ることになるでしょう？」

リチャードが、こらえきれないとばかりに進み出た。

「その場合、今回の総合的な取り決めのひとつとして、アップリンクは、同量の株式をわたしの手にゆだねます」彼は、すっと前に出て告げた。「マーカス・ケインが、招かれざる客としてテーブルに着きたいと望むなら、彼はこの先、ロジャー・ゴーディアンとこのわたしの向かいにすわり、わたしたちふたりを真正面に見て、そこが食べ放題の店ではないことを学ばなければならないでしょう。そして、みなさん、ここが肝心なところです。わたしの皿からなにかをひっつかもうとするつもりなら、ケインは、わたしのフォークにせいぜい用心することだ」

聴衆は、驚いて一瞬しんと静まり返り、そのあとリチャードの当意即妙の警句に笑い声があがった。

笑い声は、大きな渦となって膨れ上がった。

ゴーディアンは、部屋を見渡しながら、自分もにやりと口元をほころばせてしまったのに気がついて、ばつの悪い思いをした。

といっても、さほどの悪さではなかった。

ヒューン、と彼は心のなかでつぶやいた。爆弾投下!
十字線の中央に、どんぴしゃだ。

自分のオフィスでC-SPANを見ていたケインは、食べていたクロワッサンを机におい
て、用心深くちらりと秘書を見た。デボラには、コーヒーと焼き菓子を持ってはいってきたときに、ここで記者会見のメモをとってくれと頼んであった。いま彼女は、ラップトップをひざに、ソファに腰かけ、画面に目を釘づけにしてキーをたたいていた。ちょっと凝視しすぎの感がある。この女は、いましがた、口に手を当てて、すこしのあいだ表情を隠していた。ソーベルのセリフが面白かったのか? そう疑っただけで、喉を引き裂いてやりたい気分になった。この疑いが確信に変わったら、解雇通知を覚悟してもらうからな。二度と会社に――社員としては――足を踏み入れられなくしてやる。
ケインの胃は、ひりりと焼けつくような感覚に見舞われた。まるで、体のなかが火事になったみたいに。
あの畜生ども。ケインは信じられない気持ちだった。あの畜生ども。本当なら死んでいたはずなのに。ゴーディアンがあの飛行機で着陸を試みたときに、死んでいたはずなのに。おれがあの細工のために送りこんだ連中は、だいじょうぶだと請け合った。それなのに、どうしたことか……どういうわけか、あいつらの身にはなにも起きなかった。それどころか……。

それどころか……。

ゴーディアンの臨機応変の問題処理能力は、敵ながらみごとの一語に尽きた。アップリンク社を全面的に解体することで、未払いの負債を片づけられるだけの資本は、まちがいなく手にはいるだろう。あの男は、暗号技術会社を手放すことで、株主たちの不満の最大の要因を解消し、アップリンク株の価格を、おそらく、ここ数年で最高のレベルにまで引き上げた。そして、あの会社の支配権がケインの手の届くところまで来た、まさにそのときに、中核会社の相当部分をソーベルに手渡すことによって――あの男に、白馬の騎士とその従者を兼ねさせることによって――自分の支配権を守ることのできる同盟を築き上げた。こうなると、ケインが、いや、どんな人間が議決権株式を取得したとしても、この同盟を打ち破るには、いや、支配権を弱めるだけにでも、ふたたび高価になった気の遠くなるような数の株式を、獲得しなければならなくなる。

はらわたを引き裂かれるような痛みに、恐ろしい、吐き気をもよおすような崩壊の感覚が加わった。ケインはふと、倒れてしまうのではないかという不安に襲われた。今夜、ゴーディアンのデータ保管施設に自分がなにを仕掛けたかはわかっていても、救いにはならなかった。ガーとその共謀者たちは、彼らの望みのものを手に入れるだろう。しかし、おれは……。

考えろ！　内なる声が主張した。せめて、考える勇気をもて！

ちくしょう。ちくしょう。ちくしょう。

震える手でクロワッサンの皿を机から持ち上げて、ごみ箱に投げ入れ、自身の憎悪が生み出した苦悩に身をあぶられながら、彼はテレビ画面を凝視した。

いやだ。

いやだ。負けを認めるなんて、できるものか。

23

二〇〇〇年九月二十九日／三十日　東南アジア

「もしもし、マックス？　マックス、キアステンよ。わたしの携帯に、できるだけ早く電話して」

「マックス、またキアステンよ。いまも、あなたからの連絡を待っています」

「もしもし、マックス？　前と同じ伝言よ」

「マックス、どこにいるの？　もう四日になるわ、わたし、心配でたまらない。姉夫婦から、警察に電話するようにいわれてるの。あの人たちのいうとおりかもしれない。わたし、頭が混乱してしまって。だからお願い、これを聞いたら連絡をして」

「マックス、アンナのいうとおり、警察に連絡することにしたわ――」

ナイメクは、留守番電話のテープのスイッチを切って、無言でノリコを見上げた。

ジョホールは、まだ夜が明けたばかりで、ふたりともエネルギーが尽きかけていた。しかし、ベッドへ睡眠をとりにいく前に、ブラックバーンの居場所を知る手がかりがないか調べることにした。そしていま、地上ステーションで彼が使っていたワンルームの客間にいた。

その手がかりは得られなかったが、キアステン・チューが、心配の度を強めながら、何度も留守番電話にメッセージを入れていた。最後のメッセージは、留守電の日時刻印によれば、二日前のものだ。これを聞いて、少なくとも、彼女が地上から消えてなくなったのでないことは明らかになった。マックスが深刻なたぐいの窮地におちいっているというナイメクの感触が、これで裏づけられたような気もしたが、いずれにせよ、わかったことより多くの疑問がわき出てきた。

「彼女は、お姉さんのところにいるようですね」しばらくして、ノリコがいった。

「潜伏している、といったほうが近そうだ」ナイメクがいった。「お姉さんの名前は聞きとれたか？　もういちど再生しないとだめか？」

「アンナです」ノリコはいった。「でも、名字はありませんでした。キアステンは、お姉さんには夫がいるといってましたから、名字は変わっているでしょうね。足どりが追いづらくなったわ」

「最近は、既婚女性でも、自分の名字をそのまま名乗っているのは多い」

ノリコはかぶりを振った。

「それはアメリカ人的な考えかたです」彼女はいった。「アジアの社会は、まだそんなに自由じゃありません」

ナイメクはためいきをついた。

「いったいどうして彼女は、携帯電話に連絡してくれなんてマックスにいったんだ？」彼はいった。「アンナのところの番号を入れておくほうが、簡単じゃなかったのか？」

ノリコは、しばらくそれについて考えた。

「たしかに、わたしたちにとってはそのほうが簡単ですけど、彼女には彼女の事情がありますから」ノリコはいった。「キアステンの身になって考えてみてください。彼女がブラックバーンといっしょに、どんなトラブルに巻きこまれたのかはわかりませんが、おそらく、彼女の家族は知らないほうがいいんです」

「彼らの身の安全のために、ということだな」

「はい」ノリコはいった。「知ってることが少ないほどいいんです。わたし、キアステンが当局に事情を通報することに、マックスだったら反対したと思います」

「少なくとも、彼女はそう思っているようだ」ナイメクがいった。「その理由はあとで考えるとして、話の先を続けてくれ、腰を折るつもりはなかったんだ」

「彼女は、姉夫婦から警察に通報するよう迫られているようだったし、現実問題として、ふたつの方向のどちらを選ぶか悩んでいたことでしょう。もしかすると、姉夫妻は、ブラックバーンに疑念をいだいていたのかもしれません……状況全般を考えれば、無理もないことです。キアステンとしては、姉夫婦の自宅の電話に連絡してくれとはいいづらいでしょう。姉から、むずかしい質問をひとしきり浴びせられるかもしれませんし。となると、当事者にしかわからない方法をとるしかありません」

「ただし、すでにきみからも指摘があったように、おれたちには都合の悪い話だ」ナイメクがいった。「ジョイスは、キアステンの自宅の番号と職場の番号は知っていたが、携帯のは知らなかった」

「住所も？」

「モノリスの職場以外は、わからない」

「調査に関するマックスのメモは、どうなんでしょう？　ジョイスに預けたメモはないんですか？」

「きのう、ジョホールへ行くとジョイスに電話をするまで、そんなものが存在することすら知らなかった。そいつは、彼の個人情報管理ソフト（ＰＩＭ）に暗号化されている。解読して、しっかり調べつくすには、そこそこ時間がかかるだろう」

彼女は、考えながらうなずいた。「現地当局の目は、避けて行動したほうがいいですね」

「たしかに、当座のあいだはな。彼女が通報したとはかぎらないし。というか、通報していたとしても、自分の居場所を教えたかどうかはわからない」

「どっちの警察に電話したかさえ、はっきりはわかりません」ノリコが付け加えた。「彼女のお姉さんは、コーズウェイのどちら側に住んでいてもおかしくないわ。ほかの国ということも考えられます。このあたりには、いくつも国境がありますから」

「たしかにそのとおりだが、キアステンの住まいがシンガポールにあるのはわかっている。運がよければ、彼女の番号は電話帳に載っている。載っていたら、そこから必要な情報がつかめるかもしれない」

「それはどうでしょう」ノリコはいった。「若い独身女性のほとんどは、電話帳に番号を載せません。それが変質者から身を守る標準的な方法です」

「こんどは、きみのほうだな、アメリカ人的な考えかたをしているのは……しかもニューヨーカー的な考えだ」ナイメクは、かすかな笑みを浮かべた。「シンガポールは、いたずら電話の問題が起こるたぐいの国ではない。電話番号が電話帳に載っていれば、たぶん住所がわかるだろうし……」

「その次の一歩は、そこへ行って、お姉さんの住所が書かれているものがないか探してみることですね」と、ノリコが彼の考えの仕上げをした。

ナイメクは、うなずいて同意を示した。

「不法侵入の危険は、おかしたくない」彼はいった。「しかし、ほかにいい選択肢がなければ……」

ノリコは、手を振ってその先をさえぎった。それから、ナイメクの持っている鍵を——ブラックバーンの部屋にはいるのにステーションの警備部からもらってきたスペアキーを——身ぶりした。

「それは、わたしにお任せを」と、彼女はいった。

オールズモービル・カトラスに乗ったふたりの男が、サクラメントにあるアップリンク暗号施設の入口ゲートに車でたどり着いたときには、午後四時をすこし回っていた。彼らは、守衛所まで来ると、速度を落として停止した。

「スティーヴ・ロンバルディ刑事だ」運転手が開いた窓から守衛に告げた。彼は助手席の男のほうに頭を傾けた。「こっちの相棒は、クレイグ・サンフォード刑事」

守衛は、ミラーつきサングラスの奥から彼らを見た。

「ご用件は？」彼はたずねた。

「責任者のかたとお話しする必要がある」ロンバルディがいった。「暗号の鍵に召喚状が出ているんだ、例によって」

守衛はうなずいた。捜査や法的な手続きで、アップリンク社のソフト用のデータ回復鍵《リカバリー・キー》を引き渡してもらう必要が出てきたときには、かならず裁判所命令を届けるのが、法執行者の管理運用規定（SOP）だった。今日《こんにち》では、銀行から、スーパーマーケット、マフィアの組織員にいたるまで、ありとあらゆる人びとが、日常的に暗号を利用している。何千何万もの鍵が、データ・リカバリー用の金庫室に保管されており、それこそありとあらゆる種類の、民事、刑事事件で、コンピュータ処理されたファイルが証拠として要求されている。召喚状をたずさえた警察官が、週に四、五回、訪ねてくることも、めずらしくはない。

「IDと書類を見せていただく必要があります」守衛はいった。

運転手は、求められたものをスポーツジャケットからとりだして、守衛に渡した。わずかに遅れて、助手席の男が手を伸ばし、バッジと身分証が入っている革のケースを、窓から手渡した。

守衛は、ミラーつきレンズを下に向けて警察のバッジを一瞥し、裁判所の書類を開いた。

「みんな、きちんとしてるかな？」運転手のほうがたずねた。

守衛は、IDと書類をじっくり調べ、それからうなずいて、渡されたものを守衛所の窓から返した。

「どうぞ、お進みください」彼はいった。

シンガポール島のホランド・ロードに近い高級マンションで、そこのドアマンが朝の勤務に就《つ》くか就かないかのうちに、薄青色のタクシーが入口付近に近づいてきて、客を降ろした。降りてきたのは、大きく膨れ上がった旅行かばんをふたつ提げた、華奢で身なりのいい若い女性だった。彼女は、荷物をかたわらにおいた。長旅を終えてようやく到着したかのように、わずかに髪を乱し、どこか神経のすり減ったような表情を浮かべていた。

彼女が、かばんを手に苦労しながらマンションに向かってきたのを見て、ドアマンはお茶をおき、デスクから立ち上がってドアに向かった。

「手伝うかい？」彼は、英語の単語と中国語の文章構造が混ざりあった典型的なシングリッシュの語法でたずねた。

彼女は、じゅうたんの敷かれた玄関の床にかばんをおき、あわてて髪をととのえなおした。「はい。というか、できれば、なんですけど」彼女はいった。「キアステン・チューのところに来たんです」

ドアマンは、一瞬、彼女を見つめた。アメリカ風の発音を聞いて、この高層マンションの住人と思い当たらなかった理由がわかった。しかし、彼女の告げた名前の女性はよく知っていた。

「十五号室だ、連絡してあげよう、ラー」ドアマンは、インターコムの受話器に手を伸ばした。「名前は？」

「いいえ、そうじゃなくて」彼女はいった。「キアステンは夜までもどらないから、自分ではいることになっていたの。でも、それが……」

彼女は言葉をにごした。

「うん？」彼はいった。

「出直したほうがいいのかも」彼女は動揺しているようだった。「わたし、彼女の妹で、チャーリーンといいます。アメリカから訪ねてきたの。ひょっとして、姉からわたしの名前を聞いていたりは?」

　ドアマンは、首を横に振った。

「やっぱりね、そんな必要はなかったでしょうし……」彼女は、ひとりつぶやいて額をこすった。

「うん?」ドアマンは、ふたたびいった。ますますわけがわからなくなってきた。

　彼を見上げたとき、彼女の大きな褐色の瞳は濡れていた。

「あの、姉の部屋の鍵は持っているんです……というか、部屋の鍵は持っていたの……なのに……空港でなくしてしまったのかも……」

「うん?」彼は、また同じことをいった。わっと泣きだされるのではないかと、急に不安になった。

「あの」彼女は、動揺もあらわにいった。「こんなことお願いしていいのか、よくわからないんですが……ばかなことは承知していますけど……姉の部屋に入れてもらえませんか?　ほかにどこで姉を待てばいいか、見当もつかないし……姉は、もうひとりの姉のアンナを迎えにいってて……夜遅い時間まで部屋にはもどってこないでしょうから……それに、わたし、こんな荷物があるし……」

　ドアマンは、困った表情になった。「それは、規則でできんなあ、お嬢さん。荷物を預かるのはかまわんが、入れるわけにゃ――」

「お願い、身分証が必要なら、パスポートをお見せします」彼女は、間髪を入れずに震える声でいった。玄関のじゅうたんの上に降ろしたバッグの上にしゃがみこみ、片方のジッパーを開けて、なかを探りはじめた。

「お嬢さん――」

ドアマンは急に言葉をとぎらせた。恐れていたとおり、彼女は泣きだしていた。涙が顔をこぼれ落ちている。彼の前でしゃがみこみ、バッグからあれこれひっぱりだして、焦っているつか落としてしまい、それを急いでバッグにもどして、べつのをとりだし……。

「待って、ちょっと待って、書類はこっちのどこかに……ほんとにごめんなさい……とにかく見つけないと……」

ドアマンは、彼女の様子を見て気の毒になり、ここにただ突っ立って彼女が泣くのを見ているわけにはいかないと思った。

「いい、お嬢さん、もういいよ」ドアマンは、とうとうそういって、インターコムのボタンに手を伸ばした。「管理人を呼んで、入れてもらえるよう頼んでやろう。だいじょうぶだよ」

ノリコは、立ち上がって手で涙をぬぐった。

「ありがとう、助かります」彼女は、鼻をすすりながらいった。「ほんとに、あなたがいなかったら、どうなっていたことか」

暗号施設に通じる車道は、中央入口の外にある駐車区画で終わっていた。左側が従業員専用、右側が来客用だ。カトラスに乗った男たちは、すばやく来客用の区画に入り、空きを見つけて車を駐めると、駐車場を横切って、シンダーブロック造りの平らな建物に向かい、玄関に配置されている武装した警備員に近づいていった。

「ロンバルディ刑事とサンフォード刑事ですね？」警備員が、にこやかな笑みを浮かべて、声をかけてきた。

ふたりともうなずいた。

「おふたりがいらっしゃると、ゲートから連絡がありました」彼はそういって、自分の持ち場のそばにある通り抜け式の武器探知機を身ぶりした。「お仕事用の武器を預けていただいて、ほかにお持ちの金属があれば、右にあるトレーにおいてください。そうしたら、スキャナーを通って、なかにおはいりいただけます」

「われわれは警官だ、警官は銃を所持していなければならない」ロンバルディと名乗った男がいった。「規定でそうなっているんだ」

「はい、ご不自由をおかけして申し訳ありません。しかし、こういう性質の施設ですから、ふつう以上の警戒が必要でして、警察のかたは、ほとんどみなさん協力してくださいます」警備員はいった。「そのほうがよろしければ、あらかじめミスター・ターナーに……いずれお会いいただく管理責任者ですが……彼に連絡して、その条件を割愛してほしいと要請することはできます。さほどもめることはないと思いますよ」

ロンバルディは肩をすくめた。「必要ない」彼はいった。「それが方針なら、しかたがない」

ふたりの男は、ホルスターから火器を外して――ふたりとも、標準的なグロックの九ミリ拳銃を所持していた――それを警備員に手渡し、そのあと硬貨と鍵輪をトレーにおいて、アーチをくぐった。

「ご協力に感謝します」警備員はいった。彼は自分の液晶デジタル画面を見て、トレーの上の品々をざっと一瞥してから、トレーをさしだして刑事たちの所持品を返却した。「入口の廊下をまっすぐ奥へお進みになって、右に曲がり、そのあと廊下の最後をまた右に曲がってください。管理責任者の部屋は、四つめです。お帰りになるときまで、武器はお預かりします」

ロンバルディは、鍵輪をポケットにねじこんだ。

「ここにいるあいだに、武装強盗を追いかける必要がないことを祈るしかない」彼はそういって、小さな笑みを浮かべた。

警備員は声をあげて笑った。「ご心配には及びません」彼はいった。「ここは、とびきり安全な場所ですから」

キアステン・チューの住まいから三ブロック離れたホランド・ロードわきのショッピングモールに、社用の白いランドローヴァーが駐まっていた。その後部座席に、ノリコはするりと乗りこんだ。

「目当てのものが見つかりました」彼女はいった。「ほかにもいろいろと」

「出入りに問題はなかったのか？」ナイメクが、前の助手席からたずねた。

「なんにも。ドアマンは、わたしにめろめろで。鍵を渡してあげてくれって、管理人を説得してくれたわ」彼女はいった。「いずれにしても、個人電話帳は手にはいりました。リン・ルングとアンナ夫妻の、電話番号と住所が載っていました。住まいは、プタリン・ジャヤです」

「いったいどこなんだ、そこは？」

「コーズウェイを引き返す、ラー。クアラルンプールの近くです」地上ステーションの〈剣《ソード》〉分遣隊にいる、オスマー・アリというマレー人の運転手がいった。

ナイメクはうなずいた。

「彼女の姉夫婦に、まちがいないんだな？」彼はノリコにたずねた。

「だいじょうぶ」彼女はいった。「電話帳のと同じ差出人住所のある、封の開いた郵便用封筒も見つけましたから。そのなかには、ひと組の夫婦と子どもふたりが写った写真が、何枚かありました。手紙は、〝親愛なる妹へ〟で始まっていましたし」

「わかった」ナイメクはオスマーを振り返った。「プタリン・ジャヤ……そこは、車で行ける範囲内か？」

オスマーは肩をすくめた。「そりゃま、行けるけど、そこまで、二〜三〇〇キロあるね」彼は、がさつな英語でいった。「地上ステーションもどって、ヘリコプター使ったほうが早い」

ナイメクは、黙ってしばらく考えた。それから、自分の横のプラスチックのカップホルダーにおいてあった携帯電話に手を伸ばした。

「その番号を教えてくれ、ノリ」彼はいった。「彼らの玄関のドアをノックする前に、留守じゃないのを確かめておきたい」


二人組の男は、検問所に銃をおいてから、廊下を大股に歩いていった。天井の近くに、ボタンくらいの大きさの監視カメラのレンズがあることに、彼らは目ざとく気がついた。商業用に製造されたカメラとちがって、この小型カメラは、目に見えるブラケットにとりつけられてはおらず、壁の奥のくぼみにひっこんでいた。ふつうの人間なら、気がつかずに通り過ぎていただろう。

彼らは、廊下の最後のT字路にたどり着いたが、すぐに右には曲がらずに、立ち止まって両方向の戸口を念入りに見渡した。

左へ伸びている廊下のなかほどに、〈警備室〉と記されたドアがあった。ロンバルディと名乗ったほうの男が、もうひとりに、目には見えないくらいのかすかな一瞥を送り、ふたりは横に並んで、ゆったりした足どりでその部屋へ向かった。反対方向から歩いてきた女性とすれちがうときには、にこやかに会釈をした。

警備室のドアが廊下から部屋のなかへ開いたとき、モニターの列の前には、ふたりの私服警備員がすわっていた。彼らは、画面で刑事たちが近づいてくるのを見て、資料をとりにきたのだと判断していたので、驚きはしなかった。

「ご用ですか?」警備員のひとりが、くるりと椅子を回して入口と向きあった。

ロンバルディという名の男が、なかにはいり、そのあとに相棒が続いた。彼らが手を放すと、ドアはひとりでに閉まった。

「管理責任者の部屋を探してまして」片方の手をさりげなくズボンのポケットに入れたまま、ロンバルディはいった。「このあたりだと思ったんだが」

「曲がる方向をまちがえましたね」警備員がいった。「この部屋を出たら、右に行って——」

ロンバルディの手が、鍵輪を握ってポケットから出てきた。なにが起ころうとしているのか警備員たちが把握できないうちに、ロンバルディは、輪についている長方形の時計隠し《フォッブ》を上げて、そこの鎖を、自由なほうの手ですばやく力いっぱい引いた。これによって、三二口径の弾が二発入った全長三インチしかない銃の、撃鉄が起きた。ロンバルディは、銃口を正面の男に向け、横についているボタンを押した。

ちっぽけな銃口から咳きこむような音をたてて吐き出された弾は、二〇ヤード離れていても致命傷を与えていただろうが、銃を撃った男から標的までは、その何分の一かの距離しかなかった。弾が額のまんなかに命中し、警備員は、モニターの並んだ後ろのパネルに激突して即死した。

銃を撃った男は、片足を軸に、もうひとりの警備員のほうへ体を回転させた。ショックで青ざめたもうひとりの警備員は、上着の内側のホルスターに収めた武器に手を伸ばしていた。銃を撃った男が、ボタンを押して二発目を発射すると、弾は警備員の顔のまんなかをとらえた。次の瞬間、顔はなくなっていた。死体は、だらんと手足を後ろに投げ出し、血と骨片と組織が後ろの画面と壁に飛び散っていた。

銃を撃った男が、相棒を見て、死んだ男たちを身ぶりした。

「肝を冷やしたぜ」彼はいった。「ひとりしかいないと思っていたからな」

ドアの近くにいた男がうなずいた。

「こいつらの銃をいただいて、それで間に合わせよう」銃を撃った男がいった。

九時半に電話のベルが鳴ったときには、アンナだろうか、ひょっとして、朝、大あわてで出かけていったから、なにか忘れていったのだろうかと、キアステンは思った。子どもたちがいうことを聞かず、学校に出かける準備が遅れたのだ。毎朝、車で仕事に行く途中に子どもたちを落としていくアンナは、大騒ぎしながら出かけていった。

「もしもし?」受話器をとって、彼女はいった。

聞きおぼえのない男の声だった。「キアステン・チューさんはいらっしゃいますか?」

いきなり胸がどきんと鳴って、彼女はためらった。警察から電話が来るのは予期していた。だから、姉のかわりにミリとブライアンを車で教室へ送っていくのは、やめておいたのだ。警察よ、警察にちがいないわ。警察のほかには、アンナとリンしか……もちろんマックスはべつだけど……わたしがここにいるのを知っている人間はいないはずだもの。受話器の向こうの人物は、後者のだれでもないわ。

「どなたですか?」彼女は用心深い声でいった。わざと、自分が本人であることは認めなかった。

「ピート・ナイメクといいます。わたしは——」

キアステンは、相手がいいおわるまで待たなかった。その名前にたいする聞きおぼえは、それほどすさまじい勢いで、彼女の記憶を駆け抜けた。鼓動が、さらに強く、速くなった。ショックで肺のなかが空っぽになってしまったような気がして、彼女は息を吸いこんだ。

「ああ神様、その名前よ」彼女はいった。言葉がひとりでに口から飛び出していた。「マックスのお友だちね? 彼がわたしに連絡してほしかった人ですね?」

一瞬、沈黙が降りた。「そうです。わたしは――」

「あの人は無事なの？」彼女は途中でさえぎった。キアステンが最初に感じた興奮は、冷たい不安によって吹き飛ばされていた。マックスが無事なら、なぜこの人が電話してきているの？

「キアステン、あなたにお会いする必要がある。あなたと直接お話をして、彼の身に――あなたたちふたりの身に――なにが起こったのか、把握する必要がある」

「それじゃ、あなたは、彼が無事かどうかは……」

「わかっていない、キアステン。わたしにはわかっていない。彼からは、だれのところにも連絡が来ていない」

彼女は、震える手で受話器を握りしめた。腕全体が震えていた。

「なら、どうして……どうして、ここの電話番号がわかったの？」

「すべては、のちほど説明しよう。約束する。いまはとにかく、一刻も早くお会いしなければならない。わたしがそちらへ行こう。たぶん、あなたは、そこにいてもらうのがいちばんいい」

キアステンは息を吸いこんだ。

この男の人を信用できる、どんな理由があるの？　マックスが危急のさいにいちどだけ口にした、この名前を？　この声を？　それどころか、わたしは、マックスが思ったとおりの人なのかどうかすら、はっきりとは知らない……。

ううん、ちがう。わたしは知っている。あの人のすべてではないかもしれない。知っているべきことを、充分に知ってはいないかもしれない。だけど、何日か前にアンナにもいったように、わたしは彼を愛している……。

彼は、命の危険も顧みずに、わたしを救ってくれた。ずっと前から、わたしは彼を愛していた……。

それに、愛とは、いつでも、どんなときでも、相手を盲信することではないの？

「わかりました」彼女はいった。「お待ちしています」

暗号施設の管理責任者は——ドアのプレートには、チャールズ・ターナーという名前が記されていた——裁判所の出した書類をじっくり読みながら、頭を振っていた。

「率直に申し上げて、これはかなり異例の状況です」彼はそういって、机の前に立っているふたりの刑事を一瞥した。

「なぜでしょう？　問題がないことを確かめるために、自分でもこの召喚状の中身は確認したつもりですが」

「いや、どうか誤解しないでいただきたい」ターナーはいった。「書類はりっぱなものです。しかし、コードを受け取りにいらっしゃる警察のかたからは、事前に連絡をいただくのがふつうなんです。コードは、うちの金庫のなかのコンパクト・ディスクに保管されていて、取り出しには、かなり厳重な手続きが必要になることを、ご理解いただきたい。いきなりやってきて、探してくれでは、わたしは仕事をすべて中断しなければならなくなるんです、ロンバルディ刑事……」

「ご迷惑をかけて、本当に申し訳ありません」彼の前に立っている男はいった。「しかし、なにぶん、このたぐいのことを警察官として処理するのは初めてなものですから」

ターナーはためいきをつき、いらだちと軽い興奮のまじった面持ちで、机から立ち上がった。

「データ保管用のウイングまでは同行していただけますが、金庫のなかには権限のある職員しかはいれません。お求めのディスクをわたしが探し出すあいだ、あなたがたには、外の待合区域のひとつでお待ちいただかねばなりません」

「長くかかりますか？」

「いや」ターナーはいった。「キー・コードをお求めの企業を、わたしは存じませんが、ディスクは、うちの電子データベースで一覧になっています。急げば、三十分で、ひょっとしたら、もうすこし短い時間ですむかもしれません」

「たいへん助かります」

ターナーは咳ばらいをし、机を回りこんでドアに向かった。

「お先に願います」と刑事はいって、ターナーの後ろについた。

男たちは、カオ・ルアンから連絡を受けるとすぐに、マレーシアとタイ国境の南西にあるペナン州を出発した。数時間前の、夜明けのことだった。彼らはそれ以来、自分たちのヴァンで、スランゴール州へつながる海岸の主要道路をずっと走ってきた。道路が空《す》いていても長旅になるところだが、きょうは、ジョージタウンに続く橋とフェリー・ターミナルに近い何本かの道路が、ビーチに向かう旅行者の群れにふさがれていたために、灼けつくような日射しの下で、ひどい渋滞に見舞われた。そのうえ、道路のわきに車を寄せるよう警察に命じられないように、無謀な運転は避ける必要があった。彼らの手の短剣《クリス》の刺青に気づかれたら、たちまち調べを受けることになるし、それは厄介な問題の始まりにすぎないだろう。武器が見つかったら、警官から何時間にもわたってきびしい尋問を受けることになりかねない。そのあと、何年も獄房に閉じこめられることすら考えられる。その状況と、請け負った仕事を首尾よく終わらせた場合に見込める報酬とでは、天地の開きがある。

タイ人は、彼らにひと財産を約束していた。

ひとりの女を捕獲し、カリマンタンにいるタイ人のところへ送り届ければ、ひと財産だ。

電話連絡を受けたとき、彼らは、女の身体的特徴について野卑な冗談を飛ばしているところだった。車の進みぐあいは、神経がすり切れるくらい遅々としたものだったが、ルアンの望みの獲物には、まもなくお目にかかれるはずだ。プラッ州も半分以上来たし、スランゴール州まで二時間もかかるまい。キアステン・チューは、運がよければカオ・ルアンから連絡のあった住所にいるだろう。いなくても、もどってくるのを待てばすむことだ。とにかく、あの女には、それだけの価値がある。

24

二〇〇〇年九月二十九日／三十日　さまざまな場所

「どうかしたんですか、ミスター・ターナー?」ロンバルディと名乗っている男が、待合区画の椅子からたずねた。

ターナーは、裁判所の書類を手に困惑の表情を浮かべ、さきほどはいっていった入口からもどってきて、相手の顔をちらりと見た。

「この企業の名前は、うちのデータベースにはまったく出てこない」彼は、椅子に近づきながらいった。「どう理解したらいいのか、わからない」

ロンバルディが立ち上がって、ターナーのそばへにじり寄り、彼の肩越しにじっと書類を見た。

「こういうハイテクのことは専門じゃないが、たんなる綴りの間違いではないのかな」

ターナーは、頭を横に振った。「コンピュータには、よく似た綴りを探して誤りを正す機能がそなわっている。今回は、ひとつも出てこない」

ロンバルディがにやりと笑った。

「だったら、その書類が偽物で、その会社は実在しないのかもしれない」彼はいった。

ターナーは相手の顔を見た。「どういうことか、わたしには……」

ロンバルディは、上着の内側に手を差し入れ、殺した警備員から奪ってきたベレッタを引き抜いた。

「いや、わかるはずだ」ロンバルディは、武器の握りをターナーの鼻に押しつけた。鼻中隔が粉々になり、細長い骨片が脳に突き刺さった。眼球が眼窩のなかでぐるりと回って、鼻柱からどす黒い血が噴き出し、ターナーは一瞬にして床にくずれ落ちた。そして、二度痙攣し、苦しげにごぼごぼと喉を鳴らして息絶えた。

ロンバルディが相棒に身ぶりをすると、男は椅子から立ち上がった。そしてふたりで、死体を回りこみ、金庫室区画の入口を通り抜けた。


玄関のベルの鳴る音がして、キアステンは、はっとわれに返った、すこし前に、ソファの上でまどろみに落ちていた。朝食に使った皿を洗い、居間の整頓をし、子どもたちのおもちゃを部屋や庭のあちこちから集めて彼らの寝室のクロゼットに放りこむといった、日常的な雑用を終えて、お昼近い時間になると、シロップのように粘っこい心身の消耗が襲ってきて、そのまま居すわった。

そのあと、心が静まればと考えて、腰をおろし、ステレオで軽いジャズをかけてみたが、驚いたことに、たちまちまぶたが重くなってきた。どうしたことか、必死に気力をかき集めても、どろどろした生ぬるい糊のプールに脳が沈みこんでしまったような精神の疲労が感じられた。大学生のころ、最終試験の勉強をしていて、コーヒーとチョコレートだけで何日か暮らしたときの感覚に、すこし似たところがあった……こんどのほうが何倍も強烈だったが。そしていま、ブザーの音でカウチから跳ね起きはしたが、まだその感覚から抜けきっていなかった。しかし、気力のエンジン回転数がふたたび上がりはじめる感じはあった。

向かいの壁にかかっている時計を、ちらりと見た。ナイメクがこんなに早く着くなんて、ありうるだろうか？ ふつうの状況なら、こんな短時間でやってこられる可能性は、まずない……だが彼は、ジョホールにあるアップリンク社の地上ステーションに引き返し、たぶんそこからヘリコプターでクアラルンプールへ飛ぶといっていた。それを聞いて彼女は、彼が急いでいるという明白な事実のほかに、彼に関することがふたつわかった。ひとつ、彼は少なくとも、わたしと同じくらいマックスのことを心配している。そして、ふたつめ、彼はマックスのボスに大きな影響力のある人物だ。アップリンク社のために働いている人かも――。

ビー――――！

彼女は、ブラウスをまっすぐ直し、スカートのしわを両手で伸ばしながら、部屋を横切って玄関に向かった。外にいるのがだれかは知らないが、相手はまるでベルに寄りかかっているみたいにしつこく鳴らしつづけていた。

「はい？」といって、彼女はドアノブに手を伸ばした。「どなた？」

「ジョホール警察だ」外から男の声がいった。男はマレーシア語を話していた。「キアステン・チューに会いたい」

「どういうことですか？」彼女は、相手と同じ言語で答えた。男の品のないどら声は、彼の返答と同じくらい彼女を驚かせた。

「彼女の通報のことだ」男はいった。「すこし質問がある」

キアステンは、身動きせず、ほとんど呼吸すらしなかった。ノブを握ったまま、急に指がじっとり汗ばんできた。

たしかに、わたしが話をしたシンガポールの警察官は、ジョホール警察が接触することになるといっていた……でも、いきなり玄関に現われるなんて思いもしなかった。わたしが家にいなかったら、徒労に終わるかもしれないのに、電話で約束をとりつけたうえで来ようとは思わなかったの？

それに、この人のしゃべりかたは、どうも警察官らしくない。

こめかみがどきどき脈打つのを感じながら、のぞき穴のカバーを上げて外をのぞいてみた……。

胃のあたりが凍りついた。

話しぶりはもちろん、外の歩道に立っている男たちの外見は――小さなマジックミラーから四、五人の姿が見えていたが——警察の捜査官とはかけ離れていた。髪は長く、服装はだらしなく、目は……。

たとえ彼らが、明るい銀色のバッジをつけ、糊のきいた青い制服を着ていたとしても、この目を見れば、すぐに警察の人間でないことがわかっただろう。

「おい」ドアのいちばん近くにいた男がいった。「開けろ」

彼女は、のぞき穴から体を引き離し、震えながら息を吸いこんだ。

「ちょっと待って」彼女はいった。「なにか着てこないと」

男は、前腕を激しくドアにたたきつけた。

「つまらん引き延ばしをするんじゃない」彼はいった。「開けろ」

キアステンは、顔を両手でおおって、一歩後ろへ下がった。

「開けろ！」男はどなって、またドアをたたいた。キアステンは、あまりの激しさに蝶番が吹き飛んでしまうのではないかと恐ろしくなった。

ぞっとして、激しく息を吸いこみ、回れ右をして、部屋のほうへ走りだした。

次の瞬間、背後にすさまじい音がして、ドアが開いた。


ふたりの侵入者が待合室から通り抜けた入口は、短い通路につながっていて、その通路がまたべつの小さな箱形の部屋に続いていた。そこは、右側にコンピュータのワークステーシヨンがあり、その向かいにある鋼鉄の強化扉のそばの壁に、生体測定走査機《バイオメトリック・スキャナー》がとりつけられているだけで、あとはがらんとしていた。

〝ロンバルディ〟は、まっすぐスキャナーのところへ向かった。仕事のなかでもこの部分には、緊張を感じずにいられなかった。技術方面の専門家ではないとターナーにいったのは本当だったし、あの管理責任者を銃で脅して部屋にもどらせ、彼の記録を読みとらせて金庫室にはいりこめば楽だっただろうとは思った。だが、そのやりかたでは、目につかない警報装置をターナーに作動させられる懸念があった。ケインの指示は明快だった。なにがあっても、その指示から逸脱した行動をとってはならないと、警告を受けていた。

ロンバルディは、スキャナーの前に立った。顔と虹彩の特徴を撮るよう設計されたカメラの高さに、左手を上げて、薬指にはめた人造スターサファイアの指輪がそのレンズに写るように手を回した。そのあと、手をぴたりと止め、右手を機械のガラスの窓に当てた。通常は、これで装置が作動し、同時に、指紋と手のひらの幾何学模様が読みこまれ、そのあと電子データに転換されて、蓄えられている従業員識別用データと照合される。ところが、彼にはさっぱり理解できない神秘の手順によって、指輪特有の星のパターンが、ホスト・コンピュータのハードディスクに隠されている単純なデータ列を作動させるのだ。これによって、通常の画像認識を行なう一連の処理は——ケインによれば——回避されるという。

ロンバルディは、片手を上げ、もう片方を装置の透明なガラス画面において、目の高さのディスプレイ装置を凝視し、息を殺して待った。赤い光がガラスの下で輝きはじめ、彼の接触でスキャナーが作動したことを示した……しかし、すべて予定どおりに進行すれば、熱センサーの読み取りはコンピュータに無視される。

五秒が過ぎた。

十秒。

彼は待った。

そして、〈入場許可〉の文字が画面中央に現われた。

ロンバルディは、息を吐き出した。そして、金庫室のロック機構がひっこむカチリという音が聞こえると、相棒のほうに顔を向けた。すでに相棒は、鋼鉄の重い扉を開ける作業にかかっていた。

キアステンは、後ろで玄関のドアが開いた音を、そして、外にいた男たちが自分を追って居間になだれこんでくる音を聞きながら、アパートの裏をめざして走っていた。どうしたらいいのか、漠然とした考えしかなかったが、できるのはそれだけだったし、それでいくしかなかった。追いつかれる前に裏口にたどり着くことができたら、この建物の中央駐車場にはいりこんで、たぶんそのあとは——。

とつぜん後ろから手が伸びて、彼女のブラウスの袖をつかんだ。後ろへぐいと引きもどされた。よろけて、バランスを失いそうになったが、なんとか転倒はまぬがれた。前方へ勢いがついていたおかげで、動きも止まらずにすんだ。追っ手が、もう片方の手を巻きつけてこようとしたが、彼女は激しく身をよじった。びりりっと生地の裂ける派手な音がして、服をつかんだ男の手から解放された。ぎざぎざになったコットンの切れ端を腕から垂らしながら、彼女は、部屋を全力疾走して、ふたたび裏口に突進した。

「ちきしょう！」男は叫んだ。「止まれ、この女《あま》！」

キアステンはいま、裏口の数フィート手前にいた。すぐ右に台所、左には寝室に続く廊下があった。まっすぐ突進して、手をさっとドアノブに伸ばした。いけるかもしれない、振り切れるかもしれない、と思ったそのとき、さきほど振り切った男が、タックルの形で身を躍らせてきた。全体重がどーんとぶつかり、腰に腕が巻きついた。

男は、さらにしっかりつかまえようと、キアステンをくるりと回転させて、自分のほうに引き寄せた。キアステンが、気も狂わんばかりになって、男の肩の向こうに目を向けると、男の仲間がすごい勢いで居間を駆け抜けてくるのが見えた。彼女は、両手を男の顔に突き出し、手を鉤爪の形にして、指で目を突いた。

これで、つかのまの執行猶予がもたらされた。彼女に襲いかかった男は、獣のような苦痛の叫びをあげ、彼女を激しく突いて体を離すと、両手で顔をおおい、やみくもに体を反転させて、後ろにいた男たちにぶつかった。キアステンは、間髪を入れずに、裏口へ身を躍らせた。ノブをつかんで、ドアを引き開けた。

恐怖と絶望の疾風が頭を荒れ狂うなか、キアステンは、ぜいぜい息を切らしながら駐車場へ全力疾走した。

白衣の女性技師は、毎日同じ時間に、カフェテリアのトレーを片腕に載せて、警備員たちにコーヒーを運んできていた。最初、警備室のドアを開けたとき、彼女は自分の目を疑った。戸口に立ったまま、彼らの死体と、だれのものか区別のつかなくなった頭部から流れている血を、まじまじと見た。部屋じゅうに血が飛び散っている。血と軟骨のすじが、べっとりモニターをおおっていた。モニターは、前もってセットされた順序にしたがって、いまなお映像をひらめかせていた。まるで、毎日のお決まりの仕事を妨げる重大な事件など、なにひとつ起こっていないかのように。次の瞬間、とつぜん世界が狂ったように傾いた。ふたつのコーヒー・カップがトレーからこぼれ落ち、血と血糊にまみれた床に激突した。彼女は、口を大きく開いて悲鳴をあげた。声をかぎりに叫んだ……。

建物のなかにいる人びとの半分が、いったいなにがあったのかと、部屋に駆けつけてきたあとも、彼女はしばらくのあいだ叫びつづけていた。

キアステンは、恐怖におののきながら、駐車場の二台の車のあいだにうずくまっていた。

すこしでも音をたてたら、場所を知られてしまう。だから、じっと動かないよう努力していた。アスファルトを踏みしめる足音が聞こえていた。男たちが、通路を行き来しているのだ。車の列のなかにいる彼女を探しながら。駐車場には、公団アパートの住民が仕事からもどっている夜ほどは、車の数はなかったが、どんな小さな天の恵みでも、いまはありがたい……そして彼女は、国が伝統的な建築物をほとんど一掃してつくり上げた、大きな公団アパート群に、生まれて初めて感謝の気持ちをいだいた。

また足音がしてきた。近づいてくる。彼女は、自分の体を腕でかかえ、恐怖に負けずにしっかり考えようと努力した。だれかが車から降りてくるか、車に乗りにやってくるまで、なんとか隠れていることができたら……あるいは、街路に出る車道のほうへ、すこしずつ回りこむことができたら、だれかの助けを借りられるかもしれない……。

キアステンの耳に、またアスファルトを踏みしめる音が聞こえた。こんどは、ほんの二列左からだ。そのあと、右側の、二列目よりはすこし遠いところから、べつの足音がした。

男たちは、両側から彼女を包囲しようとしていた。

キアステンは、体をこわばらせ、手の肉づきのいい部分を嚙んで、こみあげてくる悲鳴を押さえこんだ。彼女のなかには、その衝動に降参しろと主張しつづける自分がいたが、そのいっぽうで、それ以上の失敗はないことを理解している、もっと理性的な自分もいた。叫び声をあげたら、居場所を知られる。男たちは、じゃまがはいらないうちに、たちまち襲いかかってくるだろう。

だめ、だめよ。音をたててはだめ。筋肉ひとつ動かしちゃだめ。

それをした瞬間に、彼らの手に落ちてしまう。キアステンはそう確信した。

ミニ・ディスクは、金庫室の壁に並んでいる特別設計の電子〝書架〟に、文字と数字を組み合わせたラベル付きで保管されていた。二人組の侵入者は、なかにはいると、たちまち獲物の場所を突き止めることに成功した。ひとつのボタンを押すと、ディスクが走査されて、表面に埋めこまれたバーコードで識別され、ディスクは、収納庫から、きらめくステンレススチールのトレーに打ち出された。

ロンバルディは、壁のディスペンサーからとりだした保護用のプラスチック容器にディスクをすべりこませ、それを上着の胸ポケットに入れて、相棒に準備完了の合図を送った。

ふたりの男は、金庫室にはいってから三分とたたないうちに、そこから出てきた。死んだ管理責任者には一瞥もくれずに、待合区画を通り抜け、何食わぬ顔で、ふたたび外の廊下に足を踏み入れた。

ふたりが、中央口のホールへ軽やかな足どりでもどっていこうとしていた、そのとき、実験技師の悲鳴が空気を切り裂いて、周囲で大騒ぎが始まった。

キアステンは、これ以上、追っ手から隠れているのは不可能と判断した。左側に足音をさせていた男が、探していた通路の端にたどり着いた。彼女がしゃがみこんでいる通路の、隣の通路に入り、そのあとまた彼女のいるほうへ近づいてきた。ひと足ごとに立ち止まり、頭を左右に突き出しては車と車のあいだを確かめている。男はいま、わずか一列の車をへだてて、彼女の真向かいに立っていた。そして、ほかの男たちも、駐車場のあちこちから彼女に迫っていた。

左側の男が、通路を一歩近づき、また一歩近づいてきた。キアステンは息をのんだ。寄りかかっている車のシャシーの下に、男のブーツとジーンズの裾が見えた。耳のなかで、心臓の音がティンパニのように鳴り響いていた。恐怖にうろたえ、半狂乱になりかけ、自制をとりもどす直前には、あの男にもこの心臓の音が聞こえるのではないかと恐怖に駆られた。一分もすれば、あの男は、わたしのいる通路にやってくる。そうなったら、もうおしまいだ。

かつてない無力感と孤独感に襲われていた。

神様、神様、どうしたらいいの？

なんの突破口も思いつかなかった。駐車場を出入りする者はおらず、手遅れになる前にだれかが出入りすると思える理由もなかった。

とつぜん、彼女はさとった。急いでここを離れ、車道へ飛び出して、奇跡的に、男たちより早く街路へたどり着けることを願うしかないと。街路に出たからといって、無事に逃げきれるとはかぎらないのも、わかっていた。なにしろ、彼女を追ってきているのは、シンガポールのスコッツ・ロードのようなにぎやかな大通りで、周囲に何百人も通行人がいても、かまわず襲いかかってきた男たちなのだ。あのときの何分の一かの大胆さがあれば、だれに見られようが委細かまわず追ってくるだろう。

しかし、ほかに方法はない。

彼女は、あとほんのすこしだけ待って、大きく息を吸いこむと、心に鞭を入れてぱっと立ち上がった。

たちまち、左側の男に見つかった。一瞬、ふたりの目が合った。彼女の目には、狩られる者の恐怖が満ちていた。男の目には、同情や憐れみの色はこれっぽっちも浮かんでいなかった。

次の瞬間、男は、がらがら声で仲間たちに指示をした。それから、勢いよく通路を越えて、彼女に向かってきた。

キアステンは、くるりと体の向きを変えて、逃げ出した。

おかしい。最初にそのしるしに気がついたのは、ナイメクたちがレンタカーを縁石に寄せた瞬間だった。そのしるしだけで充分だった。人家に到着してドアが蹴り開けられているのを見て、なんの異状もないと考えられるわけはない。

ナイメクは、フロントグラス越しに、さっと街路へ目を向けた。外の階段と、建物の上の階に並んでいる戸口の前の歩行路にも、目をやった。だれもいない。

「武器の準備だ」ナイメクは、ノリコとオスマーに告げた。そして、自分のベレッタ8040を隠しホルスターから抜き出し、標準的な十発入りの挿弾子《クリップ》をぽんと外して、弾倉とグリップを兼ねる十二発入りの拡張機構をがしっとはめこんだ。「まわりに人の目はないようだが、だれかからこっちの警察に通報があったら、あとでありのままを話そう」

ほかのふたりも、ナイメクのあとから車を出ると、かるく駆け出し、一階部分の前庭を横切って、半開きのドアに向かった。

ナイメクは、本能的にドアフレームの右側へ進み、あとのふたりには左を身ぶりして、なかにいるかもしれない危険な存在と自分たちとのあいだに壁をつくるようにした。

「キアステン、ピート・ナイメクだ！」彼は、ドアのすきまから呼びかけて、裂けたわき柱のあたりまで首を伸ばした。「無事か？」

返事がない。

壁に体を引きもどし、ピストルの撃鉄を起こして、戸口の反対側にいる仲間に目をやった。

「行くぞ！」と、ナイメクは叫んだ。

彼らは、部屋のなかに飛びこむと、扇形に広がり、訓練を積んだ交互躍進法を使った。ナイメクは、銃をいつでも撃てるように握って入口の左に移動し、ノリコとオスマーは、彼に続いて右に、アメフトでいうフックの動きをとった。三人は、片足を軸に回転して、部屋の中央部に銃の狙いをつけ、腰を落として、射撃可能な範囲に銃口をすばやくめぐらせた。

ここにいるのは、自分たちだけらしい。

「キアステン、いないのか？」ナイメクが、ふたたび呼びかけた。

それでも答えはなかった。

ノリコが、彼の腕をたたいた。「見て」彼女は、居間のまっすぐ奥を指差した。

裏手のドアが、大きく開いていた。

ナイメクの目が、ノリコとオスマーのあいだをさっと行き交った。

「行くぞ」彼は、そのドアに飛びこんだ。

ふたりの侵入者は、廊下に立ち止まり、さっと視線を交わした。両側に並んだいくつもの部屋から、とまどいおびえた様子の職員が、どっと吐き出されてきた。ふたりは黙っていた。騒ぎの源は、廊下の左を曲がったところのようだ。警備員たちの死体が見つかったらしい。ふたりは、中央口から歩いて出ていくつもりでいたし、大騒ぎになったが、一か八か試してみるしかなさそうだった。危険は危険だが、非常口から出ようとしても、センサーにひっかかる。どこを開けようとしているかは、すぐに知れる。それに、警備員の脅威を一掃してのけたなどという思いちがいも、してはいなかった。この施設にいる私服警備員は、あの監視モニターの前にいた連中だけではないはずだ。そして、中央玄関にはあの制服警備員がいる。あの警備員が、自分たちをあっさり通してくれるくらい注意散漫な男であることを、祈るしかない。そうでなければ、あの男も殺さなくてはならなくなる。

廊下でおびえてざわついている人びとのあいだを、ふたりはまっすぐ通り抜け、銃をおいてきたあの検問所のすぐ近くまできたとき、警報が鳴った。大きい耳ざわりな断続音だ。中央玄関の警備員は、ふたりが近づいてくるのを目で追っているようだった。

「外に出て、無線で応援を呼んでくる」ロンバルディと名乗ったほうの男がいった。彼の手は、上着のポケットのなかにあった。

警備員は、相手を見た。

「申し訳ない」警備員はいった。「この建物は封鎖されました」

「人を見てものをいえ」ロンバルディはいった。「おれたちには、仕事があるんだ」

ロンバルディは前に歩きだし、サンフォードもそのかたわらに続いた。警報装置の耳ざわりな音が続いていた。

警備員が、ロンバルディの腕をつかんだ。

「だれかに連絡しなければならないのなら、ここに電話がある」彼はいった。「しかし、だれも出ていくことはできない」

ロンバルディは、にやりと笑った。彼の手は、まだ上着のなかにあった。

「そうかな？」といいざま、彼は、モニター室の警備員たちから奪ってきたピストルの引き金を引いた。

至近距離から撃たれた警備員は、ものすごい勢いで後ろへはじき飛ばされ、胸から血のかたまりが爆発した。ロンバルディは、倒れた相手にさらに二発を撃ちこんで、とどめを刺した。

彼は、相棒に向き直り、ついてくるよう手を振って合図した。何フィートか後ろで叫び声がしており、コンクリートの床を急いで駆けつけてくる足音にも気づいていた。

ふたりは、急いで入口に向かい、武器探知機のアーチまでたどり着いたとき、後ろから止まれの命令が叫ばれた。ふたりは進みつづけた。

「動くな！」声がくりかえした。「これが最後の警告だ！」

ふたりは、振り返らずに足を速めた。

背後から銃弾が放たれた。ロンバルディが振り向くと、私服警備員がひとり、廊下のまんなかに見えた。ひざを折って発砲姿勢をとり、両手で銃をかまえていた。ロンバルディは撃ち返したが、的を外した。スーツ姿の警備員の銃から、ガン・ガン・ガンと三度銃声がして、目に見えない衝撃が全身に走った。ショックに目を大きく見開いて、自分の体を見ると、腹部のあったはずのところが、血まみれのミンチと化し、服がびりびりに裂けているのが一瞬だけ見えた。次の瞬間、ロンバルディは、どさりとくずれ落ち、骸《むくろ》と化した。

もうひとりの侵入者は、自分の銃に手を伸ばしたが、ポケットから抜き出す前に、私服警備員があとふたり、後ろの枝分かれしている廊下から姿を現わしたのが見えた。三人とも武器を抜いており、彼に一分の隙もない一斉射撃を浴びせるために、三方から狙いをつけていた。

「待て！」と、男は叫んだ。床に銃を捨て、それを蹴って自分から遠ざけ、頭の上に両手をゆっくり上げた。「撃つな。いいか？　いいな？」

〈剣《ソード》〉の隊員たちは、銃を突きつけたまま近づいて、男を捕獲した。


キアステンは、車のフロントグリルをすばやく回りこんで、通路に駆け出し、必死に走った。わき目もふらずに、まっすぐ車道をめざして駆けていった。

背後に、近くに、すぐそばに、重なりあう足音を聞きながら、もっと速くと必死に自分を駆り立てた。足は、ポンプのように激しく上下に動いていた。腕は、体のわきでピストンのように動いていた――。

そのとき、追っ手のひとりが、彼女の数ヤード前に駐まっていた車の陰からぱっと飛び出した。

彼女と車道のあいだに。

男の右目は、出血して腫れ上がり、細いひとすじの血が下まぶたからほおを伝い落ちていた。

部屋で取っ組みあいをした男だ。手に、銃が握られている。銃に詳しいわけではなかったが、軽機関銃《サブマシンガン》だとキアステンは思った。男はその銃口を、彼女のほうに上げはじめていた。

「もう茶番は終わりだ」男がマレーシア語でいった。

キアステンは、立ち止まって、肩越しにちらりと見た。

さらにふたりの追っ手が、銃口を下に向けたまま、通路を足早に近づいていた。そして、彼女がさきほどまで隠れていたあたりから、もうひとりやってきた。

「いいからこっちに来い、乱暴しやしねえ」車道への道をさえぎっている男がいった。そして、銃で身ぶりをした。「さあ」

キアステンは、動かなかった。そして気がつくと、驚いたことに、いやよと首を振っていた。

男は、武器を構えたまま肩をすくめた。あとの三人が迫ってくる足音が聞こえた。

「また取っ組みあいをしたいんなら、望むところだぜ」男が一歩前に出た。

「動くな！」

駐車場に響きわたった声で、四人ともぴたりと足を止めた。キアステンの前にいた男が、仰天の表情を浮かべながら、すばやく首をめぐらせて声の出所を探した。

「銃を捨てろ！」マレーシア語で同じ声がいった。

車道をさえぎっていた男は、まだきょろきょろしていた。キアステンから銃口はそらしたものの、銃を下ろしてはいなかった。

キアステンは、爆竹が炸裂したみたいな乾いた音を聞いた。そのあと、男の胸郭のまんなかに深紅の花が咲き、男はアスファルトに前のめりに倒れた。手を離れたサブマシンガンが、かたんと音をたてた。

「ほかのやつは、もっと利口に立ち回ったほうがいいぞ」声がいった。「もう終わったんだ」

頭をめぐらせたキアステンの目に、追っ手のひとりが武器を上げはじめるところが映ったが、その瞬間に、またふたつ乾いた音がした。ただし、こんどは、さきほどとはべつのところからだった。男は、金切り声をあげて倒れ、ひざをつかんだ。指のあいだから血が噴き出していた。

残りのふたりは、武器を放り出して駆け出した。あわてて通路を離れ、ほうほうの体《てい》で車道の出口へ逃げ出していった。彼らを止めようとする者はいなかった。

キアステンが、見開いた目を凝らし、わけがわからないといった様子で庭を見回していると、何列か離れた通路にある一台の車の陰から、褐色の肌をしたマレー人が飛び出してきた。最初の追っ手が倒れて死んだ場所の、真向かいあたりだ。次の瞬間、ひざを撃たれた男の近くに、またべつの人間が、ふたり現われた。髪を短く刈りこんだ男と、東洋人の女だ。

髪の短い男は、上着のホルスターに銃をしまい、キアステンに近づいてきた。

「キアステン、もうだいじょうぶだ、危険は去った」男は、抑揚を抑えたおだやかな声でいった。「わたしはピート・ナイメクだ」

キアステンは、なにか返事しようとしたが、喉がふさがり、歯ががちがち鳴っていた。返事をするかわりに、彼女はナイメクのところへ歩み寄り、肩に顔を埋め、腕を巻きつけ、声をあげて泣きだした。


ノリコとキアステンが部屋で待っているあいだに、ナイメクとオスマーは、庭の駐車場のあと始末をしていた。

「ミスター・ナイメク」オスマーが呼びかけた。「見ていただきたいものが」

「すぐ行く」

ナイメクは、傷を負った男に可撓性《たわみ》のある手錠をかけおえると、アパートの部屋から持ってきた毛布を自分の顔の下で折り畳み、それからオスマーのところへ行った。

マレー人は、自分が倒した男の上にしゃがみこんで、男の動かない手をアスファルトから持ち上げた。

「短剣《クリス》の刺青、見えますか?」といって、オスマーはちょっとナイメクを見上げた。

ナイメクはうなずいた。「おれが手錠をかけたやつにも、そっくり同じマークがあった。

いったいなんなんだ、これは？　どこかのカルト集団のしるしか？」

オスマーはかぶりを振った。

「アメリカ人の言葉で、近いのは……」彼は、言葉を探しあぐねているみたいに、喉にじっと考えこむような低い音をたてた。そのあと彼は、ぱちんと指を鳴らした。「あれだ」彼はいった。「色バッジだ」

「特定のギャングの一員であることを示す、紋章のことだな」ナイメクがいった。「クリップス&ブラッズみたいな」

オスマーはうなずいて、刺青をした肌に指をおいた。「この短剣《クリス》、海賊の多くがこういうマークつけてます。刃のデザイン、見えますか？」

ナイメクは、男のそばにしゃがみこんで目を近づけた。なるほど。醜悪な擬人化された姿には、エジプト人の墓に描かれた絵を連想させるものがあった。

「それは、ラカサ」オスマーがいった。「悪魔です。集団ごとにちがう」

ナイメクの顔に、にわかに理解したという表情が広がった。

「このふたりのチンピラだが……この地域の組織犯罪に詳しい人間なら、このマークからどこの所属か判別できるだろうな」

オスマーは、ふたたびうなずいた。「このマーク、警察にいたころからよく知ってます」彼はいった。「カオ・ルアンのところの連中ね。ルアンというのは、〝国民党《クオミンタン》〟ですよ」

その名称には、なにやら聞きおぼえがあった。ナイメクは、しばらく記憶の糸をたぐった。

「ヘロイン商人か?」ようやく彼はいった。

またうなずきが返ってきた。「最大勢力ね。鎮圧計画のあいだに、タイ陸軍、あそこが、あの男を逃がした。十年か、ひょっとしたらもっと前。それ以来、あの男はインドネシアにいる」

ナイメクは、黙ってその情報を頭にしみこませた。そんな男とモノリスに、なんのつながりがあるというのだ? マックスは、いったいなにを見つけだしたのだ?

しばらくして、彼はオスマーの腕をぽんとたたき、力強くうなずいた。

「またすこし、島を飛びまわることになる」彼はいった。「そして、マックスが姿を消したことに、その男が絡んでいるのなら、おれが、かならずこの手で、そいつの腕を切り落としてやる」

25

二〇〇〇年十月一日　さまざまな場所

サクラメントのデータ保管庫に侵入した二人組のうちの、生き残ったほうは、彼を捕らえた〈剣《ソード》〉の分遣隊に口を割らなかった。身柄がFBIに引き渡されたあとは、連邦捜査官たちにも口をつぐんでいた。この男が話をするかどうかは、だれにもわからなかった。だが、裏で糸を引いていた人物を突き止めるのがどうしても必要とは、ゴーディアンは思わなかった。

彼にとって一番の問題は、動機だ。

ゴーディアンは、A&Pの整備士たちがワシントンでリアジェットの調べを続けているあいだに、近距離輸送航空路線の航空券を手配して、いまはサンノゼにもどっていた。そして、法律顧問のチャック・カービイと机をはさんで、複雑で難解なパズルに取り組み、断片を正しくはめこもうとしていた。状況は、すでに二度おさらいしていたが、ふたりとも、検討を重ねるにやぶさかではなかった。

「こんどは逆に時間をさかのぼってみよう」ゴーディアンがいった。「サクラメントの施設への侵入から」

「いいとも」カービイがいった。「逆からでは、確信がもてなかった」

「確信がもてるかどうかは、わからない。断片的な情報しかつかめていない現状では」ゴーディアンはいった。「しかし、真相に迫り、重要なつながりをもうすこし見つけることはできるはずだ」

カービイがうなずいた。「それじゃ、殺された男からやつらが奪い取ったあのディスクだな」

「あのディスクだ」ゴーディアンは、おうむ返しにそういって、ためいきをついた。「あのキー・コードは、アップリンクが海軍の各種艦船用に設計した通信システムに、使用されているものだ。どうやらあれは、国内外の多くの関係者にとって、とてつもなく重要なものらしい」

「さらにいえば、味方にとっても敵にとっても」カービイがいった。「スパイはどこにいてもおかしくない。泥棒たちがどうやって保管庫に侵入したのか、はっきりするまでは、どんな可能性もある」

「そのとおりだ」ゴーディアンの表情はおだやかだった。「そして、やつらが気の毒なターナーを殺したあと、なにをしたのか、一部始終を撮影していた監視ビデオがなかったら、技術者たちが真相を突き止めるには、何週間、いや何カ月もかかっていたかもしれない。あれの恐ろしいところは、システムが自滅した点だ」

「そこなんだ、まだよく理解できないのは」カービイがいった。

「理解できたからどうなるというわけではないだろうが……その概念は、さほどむずかしいものではない」ゴーディアンはいった。「これは、コンピュータ・ファイルの基本構成、つまりハードディスクがどういう構成になっているかに絡んだ問題だ。ハードディスクのどのファイルにも、最小限の領域が割り当てられている……ディスクが大きければ大きいほど、その割り当ても大きくなる。ひとつのファイルにデータがどれだけはいっているかに関係なく、その最小限の領域は確保される」彼は、すこしのあいだ考えこんだ。「こんなデパートを想像してみてくれ。テンガロンハットを買った場合にも、奥さんのネックレスにつける金《きん》の忘れな草を買った場合にも、そのデパートには、ギフトボックスのサイズがひとつしかない。帽子がはいるには、かなり大きい必要がある。だから、ちっぽけな装身具を入れると、あまりめだたない。それどころか、どこにあるかわからなくなる可能性すらある」

カービイはうなずいた。「あの泥棒たちがシステムの裏口を通り抜けるために使った、データ列……あれは、気がつかないくらい小さかったというわけだ。いまのたとえ話の装身具のように。だから、インストールに先立ってバイオメトリック・スキャナー・システムの使用ソフトに秘密の裏口がないか調べたさい、それは、おたくの天才少年たちの目をすり抜けた」

「しかし、技術者を責めるのは酷だ」ゴーディアンは、うなずきながらいった。「どんなハードディスクでも、注意深く診断すれば、実際に記録されているバイト数とファイルの占めている容量は食いちがう。あるワープロ・ファイルにふたつの言葉を蓄え、べつのファイルに数ページぶんのテキストを蓄えたとき、両者の占める容量は、たぶん同じになる。技術者たちがトロイの木馬（本来の目的から外れる命令が隠されたプログラム）を探しているときには、たとえば、指紋や声の特徴を照合するのに必要になるもののような、長くて複雑なアルゴリズムを探すのがふつうだ。こんどの場合、裏口の鍵はごく短いものだった……基本的な幾何学的パターン……大きな箱のなかの小さな商品……」

「サファイアの星か」カービイがいった。「信じられん」

「もっと信じられないのは、うちの保安システムの重要なバイオメトリック・ソフトが、この地上に数ある会社のなかで、よりによってモノリス・テクノロジーズによって製造され、あそこから入手されたものであった点だ」ゴーディアンはいった。そして信じられないとばかりに頭を振った。「こんな見落としをするなんて、わけがわからない……」

「そのことで、必要以上に自分を責めちゃいけないよ、ゴード」カービイはいった。「あそこのは、いま製造されているなかでも最高のものだ。それに、あのシステムは、きみとケインの確執が始まるすこし前に導入されたんだ。単発の事件として見れば、あの侵入事件でケインに疑いの目を向ける道理すらなかっただろう。ひょっとしたら、あの男の会社に、たちの悪いハッカーがいるのかもしれないし——」

ゴーディアンの顔がこわばった。

「アップリンクをわたしの元から盗み出そうとしたのは、ハッカーではない。襲撃に先立ってレイノルド・アーミテッジを先鋒に使ったのも、わたしの飛行機の着陸装置のシステムを破壊したのも、マックス・ブラックバーンを虚空へ消したのも、ハッカーの仕業ではない」

カービイは吐息をついた。「そのどれかにケインが直接関与していたことを証明するのは、ぼくたちには……」

「ここだけの話だが、チャック。これは、わたしがなにを証明できるかの問題ではなく、わたしがなにを知っているかの問題だ」ゴーディアンはいった。「この七十二時間のうちに、ワシントンDCのA&Pチームは、飛行機の油圧回路に漏れがなかったか、すべての回路を六回調べた。そして、なにひとつ見つからなかった。また、こっちの技術者たちにも、わたしたちが出かける前の日に、システムのゲージや接続部のアイボール検査を含めた飛行前検査が漏れなく行なわれたことを証明する、紙のチェックリストがあった」彼は、いちど言葉を切った。「整備点検が終わったあと、だれかがあの飛行機に悪質な細工をしたんだ。そして、ジャック・マクレーという飛行場の警備員が、おとといの夜、何時間か自分の持ち場を離れたことを白状した」

「そのあと、そいつは解雇されたんだろうな」カービイがいった。

ゴーディアンはうなずいた。「その男は、すなおに認めた。長い脚をしたミニスカートの女にモーテルへ誘い出されたのだと。甘い言葉に誘われて、格納庫を開けたまま持ち場を離れたんだ」

しばらく、部屋に沈黙が降りた。

「まだ、その論理の飛躍は気になるな」カービイはいった。「なにしろ、証拠もなしにケインと殺人未遂事件を結びつけようというんだから」

「殺されかかったのは、ひとりじゃない」ゴーディアンはいった。「あの飛行機には、きみも乗っていたんだ、チャック。メガンとスカルも」

「ゴード、ぼくがいいたいのは――」

「わかってる。しかし、もういちどいうが、わたしは特定の証拠のことを話しているのではない。わたしの頭をぐるぐるめぐってきた出来事の全体像を、つかもうとしているんだ。マックスは、アジアでケインの事業内容に探りを入れていた。そのマックスが、忽然と姿を消した。わたしがモリソン＝フィオーレ法案に異を唱えているところへ、ケインが、挑戦者として、のちにはわたしの会社をむさぼり食おうとする人物として、リングに飛びこんできた。だれかが、うちの暗号施設に侵入した、その連中は、ケインが設計したソフトの裏口を利用して侵入を果たした、などなど。偶然の一致が多すぎる。そして、ここにきて状況は、加速の様相を帯びてきた気がする……せっぱ詰まったというか……」

「焦眉の急って感じだな」カービイがいった。「きみのいう方向で考えるとしたら、やつらが強奪しようとしたディスクのキーこそ、今回の事件の核心ということになる」

ゴーディアンは、尖塔の形に組んだ手にあごをのせたまま、うなずいた。

しばらくふたりは、無言のまま、あらゆることに考えをめぐらした。

五分が過ぎ、さらに数分が過ぎた。

さらに考え、さらに時間が過ぎた。

とつぜんゴーディアンが、目を大きく見開いて前に身をのりだした。

チャックは彼を見た。「どうした？」

「きみの使った言葉だ」ゴーディアンはいった。「焦眉の急だ。まさしく、いま……」

声が尻すぼみになって、彼は唇をなめた。

チャックは、引き続きゴーディアンの顔を見つめていた。

「おお、なんということだ、どうしていままでわからなかったんだ？　だから、いま思いついたんだが……。なんということだ、あのセレモニーは……処女航海は、きょうだ！」

「ゴード、いったいどうしたというんだ？」

ゴーディアンは、机の向こうから手をぱっと伸ばし、カービイの手首をつかんだ。

「シーウルフだ」彼は、間髪を入れずに答えた。「あれの指令制御システム……あの潜水艦を動かすシステムは……あれには、アップリンクの暗号ソフトが使われている。そして、そのスペア・キーは、あのキーは、あのディスクにはいっているんだ」

カービイは、信じられないといった面持ちでゴーディアンを見つめていた。「ゴード、きみの考えをきちんと読めているかどうか自信がないし、正解であってほしいかどうかもよくわからない。しかし、ぼくの読みが当たっているとしても、思い出してくれ。あのキーは、だれの手に渡ったわけでもないし――」

ゴーディアンは、左手の指をカービイの手首に食いこませたまま、右手で宙を払って相手を黙らせた。

「キーは、あれだけじゃないんだ、チャック」彼はいきなりいった。顔面蒼白だった。「わかるか？ いま話しているのは、原子力潜水艦のことだ、大統領が乗りこむ船のことだ。そして、キーはあれだけじゃないんだ」

大森《オオモリ》は、可搬式のドックの上で自分の隊が準備を進めている様子を見守っていた。潜水夫の選択も、戦略配備に適当な発進地域の発見も、うまくやれたという自信があった。セントーサ島の南、五キロたらずのところにあるリンギット島沿岸にぎざぎざをつけている塩水の入江は、泥と沼の一帯に守られている。このぬかるみのなかをさまよい歩きたい人間がいるとは、とうてい考えられない。

大森は、腕時計で時間を確かめた。あとすこしだ。あともうすこしで、配下の者たちが水中輸送艇に乗りこむ。ついに準備が完了する。

その瞬間が待ち遠しかった。

カモフラージュ用のネットをかぶった輸送艇は、岸の近くに密生しているイグサにかこまれて、浮きドックの上にいた。銃弾のような形をしたファイバーグラスの船殻《ハル》には、窓がない。おかげで探知される痕跡は少なくなるが、いちど天蓋を下ろしたら、計器だけを頼りに航行しなければならない。

大森は、二十四時間前にドックを牽引してきた快速艇の船尾から、自分の隊を見守っていた。すぐに、またこの船で、あれを海中へ導かなければならない。四人の潜水夫は、すでにウェットスーツを着て、オキシ57呼吸装置をつけていた。彼らの行動する水深用に設計されたものではないが、この閉回路装置は、必要な限られた時間だけは、呼吸可能な空気を提供してくれるはずだった。

大森は、また腕時計をちらりと見た。時計盤をたびたび見るのは、心理的な圧迫を受けていることの、ただひとつの表われだった。大森がここまで全身全霊を傾けてきた行動は、大《オオ》鷹会《タカカイ》に、競争相手の暴力団を問題にしないくらいの大きな優位を与え、大森自身にも、ヤクザの親分《オヤブン》や帝王たちをしのぐ身分を約束するはずだ。だが、それだけでは、この行動の意味を説明することはできそうになかった。いまだかつて、これに類する事件は、起きたためしがない。いちども起きたためしがない。これは、人びとの記憶に永遠に残るだろう。

大森は、輝かしい未来への期待で不安を振り払い、小型コンピュータのスイッチを入れて、クルシッ将軍からの電子メールが現われるのを待った。

ショーは、アレックス・ノードストラムの思い描いていたものとは、いささかちがうものになりそうだった。

いや、もとい。物書きたるもの、言葉づかいは正確にしなくては。そして、マスコミの一員としての彼には、公平を期す倫理的な義務があった。

ショーは、りっぱなものだった。ケッペル港地域をひとめぐり。バラード大統領と友好国の首脳たちとの、大いなる男の友情。みごとに組織され実行された、米軍、ASEAN部隊、日本海上自衛隊（JMSDF）の混成軍による軍事パレード。そしていまセレモニーは、シーウルフのつややかな黒い姿を背景に、埠頭でのスピーチに移っていた。やがて、アレックスは、招待を受けたジャーナリストの小さな一団といっしょに潜水艦のなかへ招かれ、SEAPACの調印が行なわれるタコ足状のホールへ入っていく……たぶん、そこでまた、つまらない話を拝聴せざるをえなくなる。

彼の不満は、そこで頂点に達するだろう。

ショーはりっぱなものだったが、彼の座席はみじめなものだった。楽屋裏の通行証をもらえるものと思っていたし、翼《ウイング》から一連の出来事を見物できるものと思っていたのに、これまでにもらえたのは、せいぜいロック・コンサートの自由席くらいのものだった。

混雑した海岸のマスコミ用区画で、国籍もさまざまな行儀の悪い乱暴な数十名の同業者に、ぶつかられ、突き飛ばされ、ひじで押しやられながら、日本の首相のコメントに耳を傾けてきた。これは、エンカーディが仕返しによこした不愉快な体験の第一弾にすぎない。いずれ、苦い水をたっぷり飲まされることだろう。大統領には相手にされなかった。大統領の顧問団にも、知らんぷりを決めこまれていた。考えすぎかもしれないが、一、二度、大統領の護衛をつとめるシークレットサービスの何人かが——ノードストラムが名前を知っており、何度かあのジムでいっしょに運動をしたこともある男たちが——自分のほうに悪意のこもったまなざしを投げているような気さえした。

彼は、あえて良心に忠実であることを選び、ロジャー・ゴーディアンの横に立つことを選択した。そのせいで、目をつけられ、恩恵を剝奪され、無秩序な群衆のなかに投げこまれていた。

これが政治だ。ノードストラムはつくづく思った。昔から変わらない。

彼は、ためいきをついて、山本《ヤマモト》首相の話を追うことに全力を尽くした。それすら、イタリアの報道会社からやってきた記者が、フランスのテレビ番組から来た女性キャスターへ、ノードストラムの顔の前を横切るようにキッスを投げて、「今夜、ぼくとどう?」などと大声で叫んでいたため、なかなか容易なことではなかったが。

まったく、この世界で信念を守るために支払わなければならない代価ときたら。

彼は、鬱々とした気持ちで腕時計をちらりと見た。あと四十分ほどで、ほかの人びとといっしょに傾斜路《ランプ》への道を進み、原子力攻撃潜水艦に乗りこむことができるだろう。廃棄物処理施設への立ち入りを制限されたとしても、乗りこめるだけで感謝しよう。まったくありがたいことだ。

ノードストラムに判断できるかぎり、これ以上ひどい状況にはなりようがなかった。


中国製のホバークラフトは、闇にまぎれて環礁に到着し、軍事用に再装備された二隻の民間タンカーの凹甲板に運びこまれていた。この水陸両用上陸艇は、長さが九〇フィートほど、幅はその半分くらいだった。六万馬力のタービン四つが動力源だ。ふたつが、五〇ノット以上の速度で艇を進めるスクリューに、残りのふたつが、垂直上昇を可能にする遠心ファンに、動力を与える。艇は、これを使ってなめらかな空気のクッションに乗り、海面に浮かんだり、岸に上がったりできる。その甲板には、旋回支持棒《ピントル》をとりつけた一二・七ミリの77式機関銃と、四〇ミリの擲弾発射機《グレネード・ランチャー》が林立していた。

礁湖《ラグーン》の浜辺に立ったクルシッ・イマン将軍は、ボルネオ島のサンダカンにある施設を襲撃するために船に乗りこんでいく部下たちの様子を見守っていた。彼らの大半は、水際に集まった菱形の四隻の浮揚艇へ、列をつくって傾斜路を上がっていき、残りの者は、ほっそりしたアルミ船殻のシガレット・ボートの群れに乗りこんでいった。みな、クルシッと同じように森林地用野戦服に身を包んでいた。彼らの顔は、カモフラージュ・ネットにおおわれ、リュックサックと荷物運搬用ハーネスで戦闘用装備を運んでいた。肩に吊り下げられている軽アサルト・ライフルは、クルシッの要求どおりまったくの新品だった。個人用の武器として満足できるものだ。チウ・ションは、約束どおりに運びこんできた。クルシッがあの男に一目も二目もおいているのは、だからこそだ――ほかにも美点は多々あったが。

たぶん、またいつの日か、ふたりは再会を果たすだろう。どこか文明の地で。とめどなく腹に詰めこむ血で葡萄ほどにも太った蚊のいる、このちっぽけな島からは、遠く離れた場所で。尻に窮屈な思いをさせる硬い藁《わら》マットではなく、テーブルの前の椅子にすわることのできる場所で。ふたりが初めて出会ったときから、どんなことを見て、どんなことをしてきたか、心地よく追憶にふけることのできる場所で。初めて出会ったとき、ふたりは、いまよりずっと若かった。片や、自尊心と大きな野望に満ちたインドネシアの将軍。片や、理想郷に具体的な形を与えようと努力していた、意気盛んな共産主義体制の建設者。ふたりの夢は、アジアの団結と卓越にあった。

たぶん、いつの日か、ふたりは本当に再会を果たすだろう。そして、ふたりは、おおかたの人間が満足という柔らかな毛布にくるまってぬくぬくと過ごしているあいだに、自分たちの大きな夢が、人生のさまざまな段階でいかに達成されたかを、語りあうだろう。そして、この地域の支配をもくろんだ日本とアメリカが――そして、この二国が共同して演じている複雑な影絵芝居で踊る、ASEANというワヤン・クリッの操り人形たちが――彼ら自身の創造した水中の巨獣に呑みこまれた記念日を、ふたりで回想するだろう。

だが、いまあるのは、これから始まる攻撃の展望と、気の重さだけだった。老戦士は、知っていた。戦争で、損失に価するだけのものを得られることはまずないこと、暴力に暴力が積み重なるのを止めることはできず、おびただしい数のかけがえのない人間の血と引き換えに微々たる利益が獲得されるのがつねであることを、くたびれた心の底で知っていた。

クルシッは、肩のリュックの位置を調節すると、大股で砂を横切って、自分を戦いの場へ運んでいく船に乗りこんだ。

カオ・ルアンは、揚げて砂糖をまぶしたテンペ・ゴレンを、何個か口に放りこんで、さっきの丸木舟の行商人にもうひと箱詰めこませておけばよかったと思いながら、運河ぞいにある住居に向かって、板張りの遊歩道を歩いていた。このぶんでは、テーブルに着くまでに、大豆の菓子はなくなりそうだ。

ストレスを受けると、かならず腹が空《す》く。けさは、空腹のあまり目がさめた。無理もない。おれの請け負ったこの仕事は……サンダカンは……原子力潜水艦の乗っ取りは……アメリカの大統領を人質にとることに……。

なにもかも、商売用の海路を守り抜くためだった。SEAPACは、あの商売の大きな脅威になる。この地域の複数の政府が、一致団結してあの水域の巡視に取り組むことになれば、タイをはじめとするさまざまな土地からの密売品の流れは、いちじるしい妨害を受ける。条約調印を妨害することは、筋の通った現実的な目標に思えた。ひょっとしたら、無期限に延期させることすら可能かもしれない。この商売のトップの座は譲らないと心に決めている人間にとっては、論理的に正しい事業戦略のような気がした。

それにしても、なんと話が大きくなったことか。

ルアンは、歩きながら、またテンペをひとつ口に放りこんだ。けさまでは、計画全体ではなく、細部に神経を集中して、自分の役割を果たし、いちどに一歩ずつ進むことができた。ところが、実行間近になって——信じられないことに、あと一時間を切っている——自分と仲間たちの請け負った仕事の重圧が、ずしりとのしかかってきた。その重圧をはねのける最善の方法は、きょうもふだんどおりの一日であるようなふりをすることだとは思ったが……なかなか、うまくはいかないものだ。いや、もういうまい。

ルアンは、部屋に上がる梯子にたどり着くと、足を止めて、テンペの箱をのぞきこんだ。ふたつしか残っていない。やれやれ、手下を遣《や》って、買ってこさせなくては。

残りふたつを、両方とも口に放りこんだ。気もそぞろに、右の運河へ、肩ごしに箱を投げ捨て、梯子の枠をつかんで体を引き上げた。

運河をただようほかのゴミに、厚紙の箱が加わった。そこからわずかに離れた水面に、ゆったりとしたサロンをまとった若い女の物売りが、丸木舟の上で前に体をかがめていた。果物の小山の陰で頭をかがめ、束になった小ぎれいな布の下に片手をすべりこませていた。すぐに姿を現わしたその手には、平らな手のひらサイズの無線機が握られていた。

「エンパイアステートより南フィラデルフィア、聞こえますか?」行商人の女は、小声でそういって、デジタル・チャンネルで発信した。

「はっきり聞こえる、エンパイアステート。雄鶏は小屋にもどったか?」

「もったいぶった歩きかたで、いま、はいっていきました。写真で見たとおり、大きくて汚いわ」女はいった。

短いとぎれがあった。

女は、さらに低く身をかがめ、無線を見えないように握ったまま待った。

「そこで待機していろ、エンパイアステート」しばらくして返答がきた。「おれたちは、やつの羽をむしりにいく」

ボルネオ島サンダカンにある暗号キー保管施設は、青写真の段階から資金調達と最終的な建設の段階にいたるまで、ASEAN諸国が共同で出資をしていた。この手の施設としてはアジア最大で、これに遅れてヨーロッパに建設された同様の施設に次ぐ世界第二位の規模を誇っていた。比較の話をすれば、サンダカンと世界のほかのキーリカバリー施設には、シティバンクと小さな町の貯蓄貸付組合（S&L）くらいの差があった。海岸線からの広大な土地に不規則に広がる、このコンクリートと鋼鉄の建物は、一見、要塞のようで、おびただしい数の最新鋭警戒システムと、マレーシアとインドネシアが主力の混成警備隊に守られていた。これだけの保安態勢が敷かれている理由は、単純明快だ。ここの金庫室には、この地域の有力な政府と軍と金融機関の、スペア・キーコードが保管されているからだ。

シーウルフ級には、最新海軍特殊部隊《シール》輸送システム（ASDS）のドッキング・ハッチをはじめ、さまざまな制御システムがある。そしてサンダカンは、その多くに使用されているスペア・キーを日米両政府が保管するのに、理にかなった便利で安全な場所と考えられたのだ。しっかり与圧をして八名から十二名の特殊部隊潜水夫を乗せた小型潜水艦は、潜航による長距離輸送が必要な戦術的拠点へ部隊投入するさいには、このキーで、兵員を送り出したり回収したりするのが可能になる。予定どおり、海軍特殊部隊《シール》が、長さ六五フィートのASDSの船で帰還したときには、彼らの船に搭載されているコンピュータが、シーウルフの制御システムに信号を送って、ASDSのハッチを開く。乗組員と乗客、そして装備が、ドッキング区画からふたたび潜水艦にはいりこみ、そこから主甲板に移動する、というわけだ。ガー・チャンブラは、大森《オオモリ》経由でもたらされたこの情報を、日本政府のどの官僚が大鷹会《オオタカカイ》に回したのか、正確には知らなかった。この先も、知ることはないだろう。

だれだろうが、関係ない。書斎に腰をおろして、テレビでSEAPACのテープカット・セレモニーを見守りながら、チャンブラは思った。彼は、この光景を心ゆくまで楽しむために、会社からもどって、ずっと自宅にいた。このときのために用意したいちばん上等なシルクのローブに身を包んでいた。いまのところは、たっぷり楽しませてくれそうな展開だ。首脳たちが航行にはいったら、なにが起こるか、ガーは知っていた。

ゲームにつきものの困難は、ガーには大切な要素だった。このところ、自分なりの心配はしてきたものの、危険の香りなくしてこの娯楽に意味はないと思っていた。きょうは、心配をわきにおいて楽しもう。シーウルフを罠に陥れ、毒薬を飲ませることはできるのか？　理論的には、正しい鍵を誤った手に握らせられるかどうかに尽きる。誤りといっても、アメリカと日本から見ての話だが。マーカス・ケインが指令制御キーの引き渡しに失敗したのは、たしかに誤算だった。だがそれも、少々刺激を付け足してくれたにすぎない。クルシッ将軍がサンダカンのキーを手に入れれば、大森のところの潜水夫たちは、まだASDSのハッチを開けることができる。ハッチが開けば、技術ではなく力に訴え、キーやパスワードではなく銃と弾を使って、潜水艦を奪い取ればいい。それだけのことだ。運がよければ、少々血が流れ、さらに面白くなる可能性すらあった。

アメリカ合衆国のコンラッド・ホールデン国防長官は、信じられないとばかりに目を大きく見開き、ポルターガイストの侵入を受けたかのように、手のなかの受話器をまじまじと見つめていた……受話器を伝ってきているのは、昔からの知り合いであるロジャー・ゴーディアンの、聞きなれた声だったにもかかわらず。

「ロジャー、確かな話なのか?」

「嘘じゃない、サンダカンだ、コンラッド。そしてそれは、潜水艦の出航とほぼ同時に起こるだろう。やつらは、こっちに時間を与えて、キー・コードを無効にされたくないだろうからな」

「しかし、あの潜水艦は、三十分後には出発することに——」

「だったら、すぐにこの電話を切って、それを止められる人間に連絡するんだ!」

やけに暑い、汗ばむな。ルアンがそう思って、シャツを替えようとしたときだった、その音が聞こえたのは。ローターが空気を打つ、ヒュンヒュンヒュンという規則正しい音が、大きさを増しながら近づいていた。

彼の視線は、部屋を横切って、シアンと用心棒たちが二個のサイコロを転がしているところへ向かった。

「あの音はなんだ?」といったものの、ルアンはすでに答えを知っていた。彼がタイ北部の丘陵地から運ばれてきたときには、軍用ヘリがいたるところにいた。

海賊は、サイコロを放り出して、さっと仲間に顔を向けた。

「武器をとれ」シアンはうなるようにいった。「攻撃がくる」

ベル・ジェットレンジャー・ヘリの扉から外に身をのりだしたナイメクは、万能腹帯から薬包をとりだして、一二番径《ゲージ》にぴしゃりと押しこめ、ポンプの取っ手のように前銃床を動かして、最初の弾を薬室に込めた。配下の隊の、オスマーをはじめとする四人の〈剣《ソード》〉特殊工作員と同様に、彼も、プルオーヴァーの頭巾つき外套、防毒マスク、そして黒いノーメックスのステルススーツを身につけていた。シャツの下のザイロンのボディ・アーマーは、ケヴラーのより軽くて強い。

ナイメクは、ヘリの高度を下げて空中で静止するよう操縦士に合図を送り、眼下の木造建築物を凝視した。どの面にもたくさんの窓があった。そのなかのひとつを目標に選び、ポンプ式の銃の引き金を引いた。

推進剤の蒸気をたなびかせて銃口から吐き出された、ひれ《フィン》つきのCS小型爆弾《ボムレット》は、窓を打ち抜き、炸裂して催涙ガスの雲を解き放った。

ナイメクは、次の弾を薬室に込めて発射し、三発目は、タイ人の隠れている部屋へ撃ちこんだ。白煙が、窓から渦を巻いてどっと吐き出された。

彼は、肩に武器を吊り下げ——体の横にはMP5Kも携行していた——手袋をはめて、隊員たちに扉に向かえと合図をした。

すぐに、巻き上げ装置からロープが下りていった。男たちは、ひとり、またひとりと、ポールをすべり降りる消防署員のように次々とロープにつかまって、するすると板張りの遊歩道へ降りていった。

彼らが降り立つとほとんど同時に、軽機関銃《サブマシンガン》の一斉射撃が始まった。家屋の内側から、その周囲の住居から、運河ぞいに走っている遊歩道から、断続的な銃撃音が炸裂していた。とぎれのない掩護射撃を受けながら、ナイメクは、頭を低くかがめて、隠れ家の正面にすばやく回りこんだ。

建物からもくもくわき出している煙のなかから、男がひとり、ナイメクのいる通路へ、だっと飛び出してきた。FN社製P90の銃口を、ナイメクのほうへ上げていた。しかし男は、催涙ガスでよく目が見えておらず、ナイメクの反応のほうが速かった。海賊がひとしきり発射した九ミリ弾を、ナイメクはかるくかわした。そしてMP5Kを連射し、男の胴体を薙《な》ぎ払って、ちらりとも振り返らずに入口をめざして駆けつづけた。

彼は、重い厚板の扉の前で足を止め、錠に銃弾を浴びせ、足の裏で扉をなかに蹴りこんだ。オスマーが左へ走りこんでくるのが、視界の端にちらりと見えた。

ナイメクは、オスマーに目をやって、交差するかたちで入りこむように合図をし、指で三つ数えた。

そしていっしょに、家のなかへ勢いよく飛びこんだ。

テープカットのファンファーレが鳴りおわった数分後、世界的指導者の代表団は、副長の案内でシーウルフの舷側の出入口を渡り、船殻に似たゴムの敷石をおおっている、黒い無響タイルを越えて、潜水艦内に足を踏み入れた。バラード大統領が、まず最初にハッチを降り、そのあとに、山本《ヤマモト》首相、そしてマレーシアとインドネシアの代表が続いた。

次に、マスコミの代表団がやってきた。アレックス・ノードストラムは、列の後ろから、自分の前を舷側へ向かっている長身で肩幅の広いカナダ人記者の向こうへ、じっと目を凝らしていた。

一団で列をつくって通路から制御室《コントロール・ルーム》へはいるとき、バラードは、宇宙船や時空連続体のワームホールが出てくるハリウッドのスペース・オペラのセットに足を踏み入れようとしているみたいな気がした。たしかにある意味で、ここはタイムマシンだった。ここは、彼に年月をさかのぼらせ、皮肉と計算に満ちた政治家の皮を彼の顔から引きはがし、夢を燃料に苦難に満ちた長旅を続けて貧困から大統領の地位まで駆けのぼったミシシッピ州の片田舎の十歳の孤児の、興奮の表情を、つかのま浮かび上がらせることのできる場所だった。バラードは、驚きを隠さなかった。明るい照明に照らされた空間の隅々までぎっしり詰まっている、装置と状況ボードに目を丸くした。大きく見開いた目は、ひとつの珍しい仕掛けに着地したと思った次の瞬間には、またべつの、それと同等かもっと大きな魅力に引きつけられていた。

この潜水艦の司令官をつとめるアメリカ合衆国海軍士官、マルコム・R・フリックス中佐が、コントロール・ルームの入口から客人たちに敬礼を送っていた。

「みなさまがたを、当艦にお迎えできるのは、わたくしの名誉であり特権であります」彼はそういって、首脳たちが入口を通れるようにわきへ寄った。

バラードは、熱をこめて敬礼を返した。そして、ごくりと唾をのみこみ、一段高くなった中央の台に設置されている数個の潜望鏡を指差した。

「あのなかのひとつを、のぞいてみてもいいかね？」彼はたずねた。

フリックスは、にこやかにほほ笑んだ。

「閣下は最高司令官です」彼はいった。「それはつまり、なんなりとお好きなことをなさってかまわないということです」

マレーシア陸軍第一〇落下傘旅団の司令官、ユセフ・タボール将軍は、いま電話で受けた指令が信じられない気持ちだった。三個空挺大隊を――三千人近い兵を――同時にサンダカンに配備し、海岸堡を守っているキー保管施設常駐警備隊の支援にあたれという命令だった。

だれから、あるいはなにから、それを守ることになるのかはわからない。だが、真の兵士となるチャンスが到来したのだけは確かだった。サバ州の、サンダカンから三〇マイル弱のところに駐屯しているマレーシアの緊急配備部隊のなかで、彼の部隊はいちばん近くにいた。支援部隊のなかでいちばん先に到着するはずだ。それは、望むところだった。

この十年、子犬を追いかける野犬捕獲員のように不法入国者を狩り立ててきた末に、いま、ようやく誇りに思える任務がめぐってきたのだ。


催涙ガスにやられて顔をトマトのように真っ赤にし、吐き気と咳が止まらないカオ・ルアンを、シアンは倉庫へひきずっていこうとしていた。背中から両わきに手を差し入れて、ドアを開け、後ろ向きになかへはいりかけていたが、ヘロイン商人の重い体に悪戦苦闘しているうちに、ナイメクとオスマーが勢いよく飛びこんできた。

オスマーが武器を突き出した。

「動くな!」彼はマレーシア語で叫んだ。「ふたりともだ!」

シアンは、荒い息をつきながら、CSガスのぶあつい雲をへだてて、一瞬、相手を凝視した。そのあと、片手でカオ・ルアンを支えたまま、もういっぽうの手をさっと背中に回して、ドーナツ形のP90を、ストラップのついたまま前へ持ってきた。

シアンがやみくもに撃ち散らした一連射が、屋根の支柱を襲い、木っ端が飛び散った。オスマーは、身をかがめ、意図的に低いところを狙って撃ち返した。ルアンは、大男とオスマーのあいだにいた。ブラックバーンが消息を絶った理由を、このタイ人は知っているかもしれない。だから、射殺せずに捕まえたかった。

ルアンが、がくんとひざをつき、丸々とした太股を両手でつかんだ。大腿動脈から、血しぶきがあがっていた。シアンが、倒れないように支えようとしたが、だめだった。ルアンは、どっとくずれ落ちた。シアンは、倉庫のなかへ退却し、銃の引き金を引いて、弧を描くようにオスマーとナイメクのあいだを掃射した。どこかのガラスが砕け散った。

こんどは、ナイメクが撃ち返す番だった。ふたつの引き金を小気味よく引いて、バババババッと弾を発射した。銃火を交換する散発的な音が歩道から聞こえ、床の上で力を失った海賊たちのうめき声がときおりした。

「ルアンと残りの畜生どもに、手錠をかけろ！」ナイメクが、防毒マスク越しにオスマーに叫んだ。「おれはあいつを追う！」

ホバークラフトが四隻、後ろに波のしぶきをまき散らしながら、短剣のような形をした快速艇をわきにしたがえ、空気の枕に乗って波の上を疾走していた。すでに、浜辺まで三分の一くらいのところへ来ていた。あと、ほんの数分で陸地に到着する。

クルシッは、自分の艇の前側にある甲板室で、上陸地点をざっと調べようと、目の高さに双眼鏡を持ち上げた。キーリカバリー施設の警備隊を三分の一ほど上回る、三百人近い兵を集めてあるし、そのうえこっちには、奇襲という強みが――。

クルシッは、一、二度まばたきした。

双眼鏡のレンズの前で、目がかっと見開かれた。

ふんわりした雲を背景にしたその点々は、虫のように見えた。大きく広がって降下してくる、イナゴの大群のように。

しかし、それがなにかは、知りすぎるほど知っていた。落下傘兵だ。

何百人も、何千人も、海岸堡に降り立ってくる。

スクリューのたてる轟音が耳に充満していなかったら、いま聞こえるようになってきた輸送機の接近音に、もっと早く気がついていたかもしれない。羽音に似た音がしている。その羽音が、ウーンというかん高い音になってきた。かん高い音が、すさまじいうなりになってきた……。

震える手から双眼鏡を下ろし、甲板室の無線へ駆けこんだが、ほかの船に警告を発したときには、すでにこちらに向かって射撃が始まっていた。四方八方で、世界が爆発を始めていた。

液晶画面に現われた小さな電子メールの通達を見たとたん、大森は、送信者はクルシッではなく、情報提供者の国会議員だと気がついた。国粋主義を掲げる少数派の議員だ。この人物が洩らしたシーウルフの最高機密こそ、乗っ取り計画を立ち上げたときから、計画の核心だった。

メッセージを開くと、胃がきゅっと縮んだ。

画面には、たった一語しか浮かんでいなかったが、計画がとつぜん頓挫したのを知るには、それだけで充分だった。

〈やめる〉

中止だ。

大森がこぶしを額に食いこませ、高くかぼそい苦悶の声をあげた。それはたちまち、浮きドックにいた潜水夫四人の注意を引いた。

大森は、彼らを見なかった。なにかいいもしなかった。おれの顔を見れば、それだけで、なにがあったかわかるだろう。

クルシッだ。大森は、そう胸のなかでつぶやいて、こぶしをさらに額へ食いこませた。

クルシッがしくじったのだ。

いま、手にナイフがあったら、心臓に突き立てて、この痛みにこの場でケリをつけてやるものを……。

ドアを通り抜けた瞬間、胸に衝撃を受けて、ナイメクはあやうく倒れかけた。

感覚が麻痺し、目に火花が散り、MP5Kが指を離れて飛んでいった。彼は、よろよろと壁に寄りかかった。

胸を襲った痛みに、歯を食いしばって耐えた。なにに襲われたかはわからなかったが、まるで鉄槌を打ちこまれたみたいだった。斜めにではなく、まっすぐ戸口に飛びこんでいたら、おそらく、みぞおちをやられて失神していただろう。だが、胸の筋肉に衝撃が吸収されて、どうにか倒れるのはまぬがれた。

大きく息を吸って、懸命に落ち着こうとした——。

すると、巨人のこぶしが向かってくるのが、かろうじて見えた。横へ体をねじり、頭をひねって、杭打ち機並みの破壊力から逃れた。もうひとつパンチをかわすと、海賊は、両手をぎゅっと体の前に交差させて、いきなり前に踏みこんできた。巨体と壁のあいだで、ナイメクを押しつぶすつもりだ。

そうはさせない。ナイメクの脚に、ふたたび力が流れこんできた。移動して、巨人の手の届く範囲を逃れなくては。接近戦だけは避ける必要がある。おれの胸を襲った最初の一撃は、この男の手だ。この男のこぶしだ。あの打撃は、二度と受けてはならない。

ナイメクは、ぎりぎりまで待って、前の足を持ち上げ、相手のみぞおちに蹴りこんだ。自分の足と巨人の肉体の激突する音が聞こえ、相手の体が後ろに傾くのが見えた。最初の一撃と同じあたりを、ふたたび鋭く蹴りこんだ。

シアンがさらに後ろへよろけるあいだに、ナイメクはすばやく壁を離れた。足の親指の付け根のふくらんだ部分でボクサーのようにフットワークを刻み、リズムをとって、力をたくわえた。

ところが海賊は、巨体に似合わぬ敏捷な動きを見せた。ナイメクに向き直るや、まっすぐ前に突進してきたのだ。

ナイメクは、横にフェイントをかけようとしたが、わずかに遅かった。太い前腕を口元に受けて、頭がのけぞった。血の味がし、ひざからがくんと力が抜けそうになった。ふたたびシアンの攻撃が命中した。こんどは、喉元にひじを打ちこまれた。ナイメクは、ぐえっと苦悶の声をあげ、目の前がぼやけた。

そのあと、とつぜんシアンの巨大な手のひらが、ナイメクの頭の両側にぴしゃりと当たり、その指が、あごとほお骨のまわりに鳥かごの形をつくった。ナイメクは両手を上げて、シアンの前腕の内側から相手の手首をつかみ、渾身の力をこめて手を引きはがそうとした。しかし、巨人は手を放さず、そのまま強引に前進しはじめた。ナイメクは、倉庫の床をずるずる後退していった。そして、入口と反対側の壁に頭を打ちつけられると、骨の髄まで衝撃が走った。

巨人の顔が、ナイメクに近づいてきた。その相貌は、怒りに震える仮面と化し、ナイメクの鼻先に荒い息が吹きつけられた。

「やるっていうんだな。なら、ここで首をへし折ってやる！」シアンはそう吠えて、ナイメクを揺すぶり、頭を壁にたたきつけた。「あのもうひとりのアメリカ人と同じように、ここでへし折ってやる!」

ナイメクの目が、大きく見開かれた。心臓が、どくどく打って膨れ上がった。心音が、宇宙にみなぎったような気がした。

あのもうひとりのアメリカ人と同じように。

ナイメクは、うなりをあげて力を奮い起こし、海賊の手首を押した。押した。押した――。

ここで。

あのもうひとりのアメリカ人。

押した――。

びくともしない。どうしても離れないのか……と思った次の瞬間、神の助けか、手が離れた。

ナイメクは、壁を背中で押してはずみをつけ、すばやくひざを持ち上げて、相手の股間にぶちこんだ。シアンの両手が、ナイメクの頭から下へすべり落ちた。ナイメクは、追い打ちをかけ、こぶしを激しく相手の顔にたたきこんで、前へ前へ出た。ジャブを突き、ジャブを突き、また突いた。

巨人のひざから力が抜けはじめたが、ナイメクは攻撃をゆるめなかった。ナイメクの頭にあるのは、マックスは死んだ、こいつが彼を殺したのだという思いだけだった。

強烈なジャブが、さらに二度、三度、四度と突き刺さった。そのとき、シアンが思いがけない動きに出た。ぐらりと前に倒れかけたと思うと、そのまま巨体をナイメクに浴びせ、後ろにはじき飛ばした。

一瞬、ふたりの体が離れた。シアンが、血まみれの顔を上げた。口元に、ねじれた冷笑が浮かんでいた。彼は、鞘から短剣《クリス》を抜いた。

ナイメクは、ぎょっとして、長い波形の刃身を凝視したが、シアンは反応の時間を与えなかった。巨人は前に突進し、剣をナイメクの喉元めがけてひらめかせた。

ナイメクは、半歩後ろに下がって、左足の親指の付け根を軸に回転しながら手を伸ばした。右手が、剣を握ったシアンの手の甲をつかんだ。左手が、巨人のひじの内側をぴしゃりと打って、ひじを押し上げた。そのまま動きを止めずに前へ踏みこみ、巨人を自分のほうに引き寄せると、心臓のほうへ上に向いた短剣が、胸郭の真下から深々と巨人の胸に突き刺さった。

シアンは、しばらく立ったまま、自分の胸のまんなかに突き立っている短剣を、驚愕の表情で見下ろしていた。そしてそのあと、前のめりに倒れた。

ナイメクは、あとずさって荒い息をついた。傷ついた箇所から駆け上がってくる痛みに耐えながら、倒れた巨人を見下ろした。

終わった、ついに……。

エピローグ

「つい何日か前、ここである人物に、証明はできないがマーカス・ケインが罪を犯しているのはまちがいないと話していたんだ」と、ゴーディアンは話していた。彼は、机の上の、札入れサイズのデジタル・レコーダーに手をおいた。「そしていま、その証拠を手にすることができた、きみのおかげだ」

「そして、マックスの」彼と向かいあった席から、キアステン・チューがいった。「彼がいなかったら、あれは手にはいらなかったでしょう。それに、正直なところ、モノリスにはおかしなことなどなにも起こっていないと、自分を偽っていたかもしれません」

ゴーディアンが彼女に目を向けると、彼のあけっぴろげな青い瞳が、彼女の茶色の瞳と合った。

「しばらくは、そうだったかもしれない」彼はいった。「しかしいずれは、自分を偽るのをやめていただろう。そして、やはり同じことをしていただろう」

彼女は、肩をすくめた。ふたりは、しばらく沈黙した。ゴーディアンのオフィスにいるのは、彼らふたりだけだった。ゴーディアンの後ろの窓の外には、午後の遅い時間にたちこめているスモッグの向こうに、ハミルトン山がそびえていた。堂々とした、どこか優しげな、揺るぎのない姿だった。

「おっしゃるとおりかもしれません」ようやくキアステンがいった。「でも、多くの支払いが、なんの説明もなしに自分の机を横切っていき、アメリカのロビイストたちの手に渡っていることに、わたしは気がついていたんです。骨折りにたいするまっとうな報酬を、はるかに超える金額でした。そして、細心の注意を払いはじめてみると、その支払いは、かならず、インドネシアのチャンブラの銀行の人間がうちの部長を訪ねてきたあとに行なわれていることに気がついたんです」彼女は、また肩をすくめた。「ぼんやりした人間でないかぎり、そのお金がアメリカの政治家への賄賂であることは、だれにでもわかったはずです。それを受け取っていたロビイスト・グループは、ワシントンでもっぱら暗号技術の規制解除を促進するために雇われていた人たちでした。でも、マックスにその話をするまで、わたしは、あえて真実に目を向けようとはしていませんでした」

「つまり、経理上の矛盾がないか、コンピュータのデータベースを探ろうと、きみに心を決めさせたのは、マックスだったわけだ」

「法人通信部長の部屋にこっそり音声録音機も仕掛けました」彼女は頭を振った。「あの人たちの軽率さが、いまだに信じられません。だって、わたしは毎日、上司が出社する前にあの部屋に行って、ソファの後ろにあれを仕込み、上司が仕事を終えてから保守点検の女性が掃除に来るまでのあいだにそれを回収していたんですもの。そのあと、自分の部屋にもどって、コンピュータのディスクにすべてを移してから、帰宅していたんです。そんな日々が、二カ月くらい続きました」

「だれかを殺して、いつまでもばれずにいると、人は傲慢になる。傲慢になって、自分のじゃまをするものはないような気になりはじめる。その結果、われわれは、支払いに関するモノリスの部長とガー・チャンブラとの会話を、六つ、手にすることができた……そして、その録音テープのふたつに、マーカス・ケインの声が加わっていた。きみのかつての上司のスピーカーフォンから、明瞭な音で」

「モノリスのCEOみずから、政府のどの官僚を収賄の標的にすればいいか、入れ知恵をしていたんです」キアステンがいった。「信じられないわ、ほんとに」

ふたりは、またしばらく沈黙した。そのあと、ゴーディアンが前に身をのりだし、机の上で指を組み合わせて、じっと彼女を見た。

「キアステン、きみにこのアメリカへ来てもらえるようお願いしたのは、録音機とディスクを手渡してもらう必要があったからではない」彼はいった。「きみのしてくれたことに、わたしがどれほど感謝しているか、自分の口から伝えたかったからだ。そしてもうひとつ、もしきみに、うちの仕事に就きたい気持ちがあるとしたら、謹んでアップリンクに迎えたい。

うちの組織のどこでも、好きな部署を選んでくれればいい」

彼女は、小さくほほ笑んだ。「とても寛大なお申し出です……でも、わたしがそれを——少なくとも現時点では——お断わりしても、気を悪くしないでいただけたらと思います。わたし、すこし時間が欲しいんです。その……立ち直る時間が。おわかりいただけますか？」

ゴーディアンの目は、あいかわらずじっと彼女の上にそそがれていた。

「うん、よくわかる」彼はいった。「ただし、気持ちが変わったときのために、この申し出は半永久的に有効だということを、頭に入れておいてほしい。わたしは友人のことを決して忘れないということも」

彼女は、笑みを広げてうなずいた。その純粋な、とても美しい笑顔を見て、ゴーディアンは、ブラックバーンがそこになにを見たのか、得心がいった。

「では、シンガポールに帰るのだね？」彼はいった。

彼女は、一瞬、黙りこみ、そのあとまたうなずいた。

「とりあえず、しばらくは。でも、帰る前にもうひとつだけ、このアメリカでしていかなければならないことがあります」

アーミテッジは、仕事部屋の留守番電話のかたわらにいた。燃え立たない気力を燃やして、やつれた顔からじっと目をそそいでいた。この気力を燃やすには、残されたありとあらゆる生命力が必要になり、そのすべてが使い果たされてしまいそうな気がした。けさは、マーカス・ケインからおびただしい数のメッセージがはいっていた。あとになるたびに、うろたえと絶望が強まっていた。

もうたくさんだ、と彼は思った。

衰えゆく肉体と車椅子に縛られた身だ。無用の底荷《バラスト》は捨てることにしていた。自力で動けない体という重荷がなくてさえ、大変なことなのだ。

「メッセージを消去しろ」と、彼は命じ、モノリスのサンノゼ工場のひとつで製造された音声チップつきの装置を作動させた。しばらく待ってから、ケインの自宅と会社からかかってきた電話は、すべてふるいにかけて回線を切るよう装置をセットし、遮断する番号を音声入力した。

マーカスがSEAPAC事件に果たした役割や、アップリンクを追い落とすための運動資金をはじめとする、いまわしい数々の不正が秘密でなくなった以上、あの男に足をひきずられるのはごめんだ。それどころか、すこしでも関わりをもったら、大変な責任を背負いこむことになる。

なんという急激な状況の変化だろう。ケインは、アップリンク・インターナショナルを手に入れ、これまでにこの種のどんな企業も成し遂げたことのない、メディアと技術分野の独占を果たすものと信じていた……そしてわたしは、その手助けの見返りに、アップリンクの生化学部門を、ぽんと手渡されることになっていた。その会社の資産を思うさま使うことができれば、いまの病状を改善できるどんな新療法が生まれたかわからない。その可能性は充分にあった。

だが、マーカスは期待に添えなかった。期待を裏切った。その可能性は、泡と消えた。

アーミテッジは、喉に空気を通らせ、湿っぽい吐息をついて、それを吐き出した。たぶん最後は、筋萎縮性側索硬化症《ALS》で死ぬことになるのだろう。しかし、その前に、マーカスが倒れるところは見ることができそうだ……。

そしてきっと、あの男の没落について、たくさんの人びとに読まれる興味深いコラムを書くことができるだろう。

「そら、そこだ。なんなら、全部調べてもいいぞ」

マーカス・ケインは、自分の書斎の、クッションのきいた革張りのソファにすわっていた。マホガニーの羽目板を張った右側の壁の、四角い区画が、前に引き開けられていた。扉の開いた金庫のなかが、のぞいていた。

ケインが話しかけた相手は、部屋を横切り、金庫のなかをじっとのぞきこんだ。そして、なかに手を伸ばし、帯のかかった札束をとりだして、端をぱらぱらめくり、それから元にもどして、またしばらく金庫のなかを見た。

「現金で一〇〇万ドルはいってる。それと、宝石類も少々ある……ダイヤだ。わが愛しの妻は、昔からダイヤに目がなくてな……現金よりずっと値打ちがある」

男は、視線をケインに移した。ペンシル髭の小柄な男で、目は、着ているスポーツジャケットと同じ灰色だった。

「本当にやってほしいのか？」彼はいった。

ケインは、背もたれの上に両腕を広げ、あごを上に傾けて笑い声をあげた。その音を聞いて、男はカラスの声を連想した。

「なんだ？　しくじるのが怖いのか？　あんたの仲間が飛行場でやったみたいに？　サクラメントのほうはどうだ？　あのどたばた騒ぎをいっしょに検証してみようか？」

「おれにそういう口のききかたをするのは利口じゃない」男はいった。「どっちも、ひと筋縄ではいかない仕事だった」

ケインはまた、彼独特の、ざらついたカラスのような笑い声をたてた。

「なら、あんたがやさしい仕事にどう取り組むか、見せてもらおうじゃないか」彼はいった。

「こんどはしっかり金を稼げ。そして、おれが屈辱を味わわずにすむようにしろ。一年かそこら〈法廷テレビ〉の〝顔〟になったあげく、刑務所でインタビューを受けながら生涯を送るなんて屈辱は、ごめんだからな」

沈黙が降りた。

男は、部屋を横切ってケインの前で足を止め、上着の内側に手を伸ばした。彼がそこから抜き出した武器は、ヘックラー&コッホの四五口径P9Sだった。

一瞬の時が流れた。男は、そこに立ったまま、内ポケットから消音器《サイレンサー》をとりだして、銃身にねじこんだ。

「奥さんにどう思われるか、心配じゃないのかい?」男がたずねた。

ケインは、体をまっすぐ起こし、背もたれから両腕を降ろした。苦しまぎれのおどけた表情が顔から消え、目は涙目になっていた。

急に口がこわばった。

「金を稼げ!」ケインはがなりたてた。「女房なんか、泣き叫んでもかまわん」

男はうなずいて、撃鉄を起こし、銃口をケインの顔に向けた。ケインの息をのむ音がした。

そのあと、くぐもった鈍い音とともに、十度、引き金が引かれ、弾倉が空《から》になった。

男は、仕事を終えると、銃をホルスターに収め、カウチを回りこんで金庫の前にもどった。すばやく中身を空《から》にして、自分のブリーフケースに詰めこんだ。

そして、出ていくときに、しばらく戸口に足を止めた。死体を見て、ソファと壁についた血を見た。そして満足そうに、ひとりうなずいた。

支払いぶんの仕事はした。

墓石に刻まれた銘は、格調の高いものだった。ワーズワースからの引用だ。

われらが命の燃えさしのなかに
いまなお生きるものあり
かくもうつろいやすきものを
自然が忘れざるは嬉し

これを読んで、キアステンは目頭をぬぐった。

「わたしも忘れない、マックス」彼女はいった。「忘れないわ」

彼女の後ろの、イロハモミジの木陰で、ピート・ナイメクが静かに待っていた。身元の確認が終わってすぐマレーシアから還ってきた、ブラックバーンの亡骸が、そこに埋葬されていた。

キアステンは、墓穴をおおっている土の上にひざをついた。指で触れると、まだ土はゆるかった。

「ねえ、マックス」彼女はいった。「わたしたちには、自分たちに理解できるような形で真実を見せてくれる幻が、ときどき必要になるのよ……断言はできないけど、わたし、ときどき思うの。あなたは、それがわかっていなかったんじゃないかって。わかっていなかったから、自分を責めていたんじゃないのかって。わたしにつらい選択を迫ったことに罪を感じていたものだから、わたしに本心をいえなかったんじゃないかって」彼女は、ほおに湿り気を感じた。「マックス、ロジャー・ゴーディアンのいうとおりなのよ。わたしは信じるわ。あなたは、本当はね、良心にめざめる道を、わたしに教えてくれていたんだって。自分の本心にめざめる道を」

塩っぱい味がして、彼女は唇に指を触れた。そして、墓石の、マックスの名前が刻まれている部分に手を触れた。

「あなたと……あなたとわたしが手にしたもの……あれはブラーフマンだったのよ、愛しい人」彼女はささやいた。「あれは真実だったのよ」

キアステンは、祈りを捧げるかのように、心を落ち着けるかのように目を閉じて、もうすこしだけそこにいた。

そして立ち上がると、墓からきびすを返して、ピート・ナイメクが待っている場所へゆっくりと向かった。

「だいじょうぶか?」ナイメクがそっとたずねた。

キアステンは、彼の顔を見て小さくほほ笑んだ。

「たぶん」と、彼女は答えた。

訳者あとがき

トム・クランシーの〈POWER PLAYS〉シリーズ第二弾、『南シナ海緊急出撃』をお届けする。

本シリーズの主人公、ロジャー・ゴーディアンは、米国を代表する巨大産業、アップリンク・インターナショナル社の創設者だ。ヴェトナム戦争従軍時の経験から、軍事偵察衛星の最新システムを開発して実業家としての基盤を固め、莫大な資産を築いた。しかし彼は、その成功に安んじることなく、ひとつの大望をいだくにいたった。衛星通信を基盤に人類が情報と知識を共有できるようにして、世界から圧制や独裁を消し去り、平和と安定をもたらそう——そんな使命感にとりつかれたのだ。

彼は、自社を世界展開させていく過程で、政情不安定な国々での不測事態に対応するために、私設保安部隊〈剣《ソード》〉を創設した。国際的な平和と安定、自国の利益、自社の利益が脅かされる前に、問題の発生を予測して解消する、地球規模の特別情報網だ。この部隊は、不当な暴力による危険に見舞われたときに自衛できるだけの強大な戦闘能力もそなえている。

シリーズ第一弾『千年紀の墓標』では、ミレニアムの祝祭に沸くマンハッタンが爆弾テロに襲われ、ロシア政府の要人が容疑者に浮上した。世界を揺るがした事件の真相を突き止めるため、ゴーディアンは〈剣《ソード》〉に出動を命じたのである。

そして今回、シリーズ第二弾の本書では、ゴーディアン率いるアップリンク・インターナショナルを〝乗っ取り〟の陰謀が襲う。あとがきからお読みになる方のために、さわりを紹介しておこう。

アップリンク社は、暗号技術の輸出規制解除を進める米国政府に強硬な反対姿勢を表明して、孤軍奮闘していた。そんなおり、同社は、カリスマ的な影響力をもつ金融アナリストから悪質な誹謗《ひぼう》、中傷を受けはじめ、経営が大幅に悪化中とのイメージが築かれる。そして何者かが、同社の株を大量に買い集めはじめているという情報を、ゴーディアンはキャッチする。また同じころ、東南アジアのシンガポールでは、ライバル会社の不正に探りを入れていた〈剣《ソード》〉第二の実力者、ブラックバーンが、謎のマレー人集団の標的となり、恐ろしい罠に落ちようとしていた。

陰謀の背景にちらつきはじめる、東南アジアの闇の勢力の影。太平洋をへだてて、さまざまな陣営の思惑と欲望が複雑に絡みあい、やがて、米国を含めた環太平洋諸国の未来を左右する、大きな陰謀が全貌を現わしはじめる……。

前作同様、クランシーとグリーンバーグのコンビは、いま現在、世界を揺るがしている深刻な問題に、最先端の科学や情報をふんだんにからめ、複数のストーリーを並行的に積み重ねながら、スケールの大きな物語に編み上げている。

輸出規制問題に揺れる暗号技術や、企業買収といった、米国の現在《いま》を物語の骨子に取りこみ、インドネシアの政情不安や海賊問題など、地球規模の最新事情をも絶妙に織りこんで〝すぐ目の前の未来〟を描き出す手法は、いつもながら鮮やかだ。

人間ドラマも、ふんだんにちりばめられている。きわめて人間的な願いや野望をもった人びとが、それぞれに葛藤をかかえながら自分の信じる道を進んでいる。そうした幾多の道が、あるとき、べつの幾多の道と交差し、ぶつかりあって、ドラマが生まれている――そんな現実感がひしひしと伝わってくるのが、本シリーズの魅力のひとつかもしれない。

シンガポール、マレーシア、インドネシアを中心とした、東南アジアの描写も秀逸だ。中国系、マレー系、インド系らのいりまじった多民族社会。赤道直下の熱帯気候。人跡未踏の島々、ジャングル、美しい環礁。マレーシア領ボルネオ島の少数民族。さらには、この地方独特の言語や、祝祭、複雑な政情までもが絶妙に織りこまれ、読む者のエキゾチシズムをかきたてる。なかでも、ワヤン・クリッと呼ばれる、ジャワ島を起源とする影絵劇は、本書の隠れたモチーフでもある。影絵の象徴する実体と影という概念は、本編で描かれる陰謀や人間模様の隠喩《メタファー》となって物語に奥行きと陰影をもたらしているだけでなく、真実と幻想を巧みに使い分けてリアリティに満ちた虚構の世界を構築する作家の技法にも通じて、じつに味わい深い。

さて、次作（原題 Shadow Watch）の予告をしておこう。本編からおよそ半年後の二〇〇一年四月、米国とブラジルを舞台に、いよいよ、アップリンク社の最先端技術と〈剣《ソード》〉の精鋭たちが総力を挙げて迎え撃たねばならない恐ろしい敵が出現する。国際宇宙ステーション計画のスペースシャトルが起こした原因不明の爆発。科学技術の粋を集めた未来世界さながらのステーション製造基地で繰り広げられる、〈剣《ソード》〉とテロリスト部隊との凄絶な戦い……。ハイテク・アクション・ファン必読の一編であることを保証します。楽しみにお待ちいただきたい。

最後に、本書の訳出にあたっては、さまざまな方のお力添えをいただきました。とりわけ、科学技術方面で安垣誠人氏からいただいた多大な助言には、特別の感謝を述べたいと思います。末筆ながら、お礼を申し上げるとともに、訳文中に不備や適正を欠く箇所があった場合、すべて訳者の責任によるものであることを明記したいと思います。

ザ・ミステリ・コレクション

南シナ海緊急出撃

著者／トム・クランシー
マーティン・グリーンバーグ　訳者／棚橋志行

印刷／堀内印刷　製本／明 泉 堂

発行　株式会社　二見書房
〒112-8655　東京都文京区音羽1―21―11
東京(03)3942―2311番　振替／00170-4-2639番

落丁・乱丁本はお取替えいたします。
定価は、カバーに表示してあります。

ISBN4-576-00621-5